W0207250

Sneeuwwit

Van Samuel Bjørk zijn verschenen:

Ik reis alleen
De doodsvogel
De jongen in de sneeuw
Sneeuwwit
De terugkeer van Mia

Deze titels zijn ook als e-book en luisterboek verkrijgbaar.

SAMUEL BJØRK

Sneeuwwit

Vertaald door Perpetua Uiterwaal en Liesbeth Huijer

LUITINGH-SIJTHOFF

Eerste druk, november 2021
Zestiende druk, november 2024

Oorspronkelijke titel *Ulven*
Vertaling Perpetua Uiterwaal en Liesbeth Huijer
Omslagontwerp Studio Jan de Boer
Omslagbeeld © Carmen Spitznagel / Trevillion Images
Auteursfoto © Harald Øren
Opmaak binnenwerk Crius Group, Hulshout

ISBN 978 90 210 3369 3
ISBN 978 90 245 9710 9 (e-book)
ISBN 978 90 245 9793 2 (luisterboek)
NUR 332

www.lsuitgeverij.nl
www.boekenwereld.com

Uitgeverij Luitingh-Sijthoff vindt het belangrijk om op milieuvriendelijke en verantwoorde wijze met natuurlijke bronnen om te gaan. Bij de productie van dit boek is daarom gebruikgemaakt van papier waarvan het zeker is dat de vervaardiging ervan niet tot bosvernietiging heeft geleid.

Op 28 mei 1993 worden in Zweden twee elfjarige jongens dood gevonden op een veldje in Fagerlund, ongeveer tien kilometer ten noordoosten van Uddevalla. Ze zijn vermoord. De boer die de lijken aantrof, zei over zijn vondst dat het leek 'alsof iemand de poorten naar de hel had opengezet'. De ene jongen, Oliver Hellberg, werd naakt en liggend op zijn rug aangetroffen. De andere jongen, Sven-Olof Jönsson, werd een paar meter verderop in zijn onderbroek gevonden. Tussen de jongens in lag een dier, een witte haas. Omdat de zaak zo gruwelijk was, werd er een team samengesteld uit rechercheurs van Rikskriminalpolisen in Stockholm en een lokale eenheid van Polis Väst, maar al snel werd duidelijk dat dit niet ging werken. In de daaropvolgende jaren werd de leiding maar liefst drie keer vervangen en ten slotte moest zelfs de Zweedse minister van Justitie Eva Nordberg het veld ruimen. De rechercheurs werden er ook nog eens van beschuldigd gelekt te hebben uit het dagboek van een van de jongens. De ouders van de jongen, Patrick en Emilie Hellberg, stapten naar de rechter om de sensatiepers die de privégedachten van hun vermoorde elfjarige zoon breed in het openbaar uitmat de mond te snoeren. Het echtpaar werd in eerste instantie door de kantonrechter van Uddevalla in het gelijk gesteld, maar verloor het hoger beroep bij het Hof van Västra Sverige. De moeder, Emilie Hellberg, werd een paar weken later levenloos thuis aangetroffen in de badkuip van de woning aan de Ekeskärsvägen. Ze had zelfmoord gepleegd. Op 14 oktober 1993, een dag die dikwijls 'de dag van de schaamte' wordt genoemd in de geschiedenis van de Zweedse journalistiek, werd het volledige dagboek van de jongen gepubliceerd in *Expressen* en *Aftonbladet*. Beide kranten hadden voor het eerst precies dezelfde voorpagina: de laatste paar regels van het dagboek. Omdat het er zo weinig waren, stonden ze in sierletters afgebeeld:

Morgen komt de maan. Ik ben bang van de Wolf.

De zaak is nog steeds niet opgelost.

1

April 2001

1

De zesendertigjarige Thomas Borchgrevinck stond op de parkeerplaats bij de oude Fredheimschool in Lørenskog en hoopte vurig op een beetje wind. Hij wist niet waarom ze juist hier had afgesproken, maar hij had wel een vermoeden. Het zo moeilijk mogelijk voor hem maken, toch? Of niet soms? Hij wierp een blik op zijn horloge, terwijl een groepje kraaien opvloog uit een naburige boom, luid krassend boven het verlaten gebied. Want hier was helemaal niets, alleen maar velden, een afgraving en verder dat oude witte gebouwtje, zijn vroegere school. Het andere leven was begonnen, het leven van vóór alle ellende. Hij was hier in geen tijden geweest. Niet dat hij überhaupt ergens was geweest. Twaalf jaar achter slot en grendel. Hij was een paar maanden geleden vrijgekomen en was nog niet helemaal aan het idee gewend dat hij kon doen en laten wat hij wilde. Thomas Borchgrevinck trok zijn jasje dichter om zich heen, ging op de trap van het oude gebouw zitten en richtte zijn gezicht naar de zwakke zon, die zich net van achter een bosje liet zien.

Kwart voor negen. Ze hadden om tien uur afgesproken, maar hij had geen risico durven nemen. Ze kon van alles zeggen. *Zie je wel, we hadden negen uur gezegd en hij is niet eens komen opdagen. Vind je echt dat hij het recht heeft om zijn zoon te zien? Besef je wel dat de jongen de vorige keer pas twee jaar was?* Hij hoorde plotseling wat geruis in de boomtoppen aan het einde van de weg en dat maakte hem meteen iets optimistischer. Zou het misschien toch nog gaan waaien? Eigenlijk een beetje stom om een vlieger te kopen. Hij had lang zitten piekeren over iets wat ze samen konden doen. Hij was net zo lang in de speelgoedwinkel blijven staan tot de verkoopster hem had gevraagd of het wel goed met hem ging. Of het goed met hem ging? Natuurlijk niet. Wat dacht ze wel? Zij kon er natuurlijk ook niets aan doen, dus hij had maar het eerste het beste gepakt wat voor zijn neus lag. Een vlieger. Buiten. Bij de oude school. Samen vliegeren. Als dat geen goed idee was! Hij had er spijt van natuurlijk, nu de wind weer wat ging liggen. Hij had eigenlijk aan een schaakbord gedacht, om de jongen de regels te leren en misschien een potje tegen elkaar te spelen. Maar hij had die gedachte meteen uit zijn hoofd gezet toen hij hoorde dat de ontmoeting buiten zou plaatsvinden. Met begeleiding. Dat zij hem onder geen beding alleen wilde laten met de jongen.

Ze had een heel andere toon aangeslagen toen ze bij hem op bezoek was gekomen, Siv Johnsen. Hij wist niet eens meer wie ze was. *Borchgrevinck, je hebt bezoek.* De eerste in drie jaar. *Een vrouw. Ze zit in bezoekruimte 2.*

Bezoek?

Een vrouw?

Mama?

Nee.

Natuurlijk niet.

Feestelijk gekleed, een bloem in het haar en rode wangen boven een kort zomerjurkje. Siv Johnsen. In dezelfde klas op de middelbare school, de paar maanden dat hij daar had gezeten, voordat hij uiteindelijk moest toegeven aan de stemmen in zijn hoofd.

En zo wilde ze het, elke twee weken; ze had het bijna drie jaar volgehouden. Ten slotte was hij haar bijna leuk gaan vinden. Foto's uit de kraamkliniek, de eerste verjaardag. *Martin mist zijn vader!*

En toen: afgelopen.

Niet meer.

Een andere man, had hij na een tijdje begrepen.

Ze bekeek het maar.

En het kind dan?

Het mooiste kind van de hele wereld.

Zijn zoon.

Martin.

Nee, godverdomme.

Thomas Borchgrevinck stond op van de trap en liep naar het schoolplein om de gedachten van zich af te schudden.

Rustig.

Niet kwaad worden.

Ook al was ze dan ineens niet meer gekomen, er kwamen wel brieven in haar plaats – op de computer getikte brieven van kleurloze hulpverleners, die hem vertelden dat hij de kleine niet langer mocht zien.

Hij schopte een steentje over het plein en keek weer op zijn horloge.

Kwart over negen.

Geen mens te zien.

Waarom ook? Wat heb je hier ook te zoeken? De Losbyveien vanuit Finstad, daar woonde bijna niemand, zo ver van de bewoonde wereld. De schietbaan vlak om de bocht. De afgraving achter de bosrand in de verte. Hij kende hier elke steen, had van die school gehouden, was elke morgen vroeg gekomen om niet thuis te hoeven zijn, in dat donkere huis met die kille mensen die eigenlijk op hem moesten passen. Het geluid van het Mickey Mouse-wekkertje op zijn nachtkastje dat hem erop wees dat het tijd was om op te staan, en dan sloop hij stilletjes op kousenvoeten over de vloer om niemand wakker te maken. Hij vulde zijn broodtrommeltje met wat hij kon vinden.

Hij was niet supergoed op school, maar ook weer niet een van de slechtsten.

Maar warmte?

Van iemand die om hem gaf?

Kwart voor tien, en daar kwam de eerste auto, een kleine roestige Toyota Corolla, waar een blonde vrouw met een rond brilletje in zat, die hem zenuwachtig een hand gaf.

'Astrid Lom, kinderbescherming.'

'Thomas.'

Ze stond daar onhandig met een map onder haar arm waar ongetwijfeld hetzelfde in stond als wat hij toegezonden had gekregen.

Veroordeeld wegens moord.

Achttien jaar.

Goed gedrag.

Vervroegde vrijlating.

Moeder heeft contact met de jongen goedgevonden.

Onder begeleiding.

Vijf voor tien toen eindelijk die auto kwam.

Wit.

Duur.

Natuurlijk.

Ze had iets beters gevonden, maar wat deed het er ook toe?

Thomas Borchgrevinck voelde zich helemaal warm worden toen

hij hun met klamme handen over het plein tegemoet wilde lopen.

'Nee, nee, wacht.'

Een hand hield hem tegen.

'Ja, natuurlijk, sorry.'

Stap voor stap.

Zoals de jongen het wilde.

Martin.

Daar was hij.

Thomas glimlachte breeduit toen hij de portieren van de auto zag opengaan.

Donker haar.

Een bruine trui.

De jongen bleef een beetje beduusd naast de auto staan, zonder dat de mensen voorin ook maar een vinger naar hem uitstaken.

Stelletje idioten.

Zien jullie dan niet dat hij...

De hulpverleenster had gelukkig iets meer verstand van kinderen. Ze liep met snelle stappen over het plein, sloeg een arm rond de smalle schouders, en toen was hij daar. Thomas Borchgrevinck moest moeite doen om niet in huilen uit te barsten.

'Hoi, Martin.'

'Hoi...'

Mooie blauwe ogen, die hem niet echt wilden aankijken. In plaats daarvan keek hij naar zijn schoenen.

'Hoe is het met je?'

'Wat?'

Eén blik nu, een beetje nieuwsgierig.

'Leuke trui heb je aan.'

'Eh... dank je wel.'

De jongen keek naar de hulpverleenster alsof hij haar wilde vragen wie ze was en wat ze hier deed.

'Is dat een robot, op je trui?'

'Wat? Nee. Dat is Bionicle.'

Thomas zette belangstellend een stap dichterbij.

'Bionicle. Wat gaaf.'

De jongen lachte schuchter.

'Hij heet geen Bionicle, het ís een bionicle.'

'O, sorry hoor. Hoe heet hij dan wel?'

'Deze hier?'

'Ja?'

De blonde vrouw was een eindje verderop gaan staan.

'Hij heet Makuta.'

'Cool. Is dat je lievelingsbionicle?'

De jongen keek weer voorzichtig naar hem.

'Eh... nee. Ik vind Ehlek de leukste, maar daar hebben ze geen trui van.'

'Stom, zeg!'

'Ja. Maar ik heb er wel een figuur van.'

Hij keek even achterom naar de witte auto.

'Stom dat ik niet wist dat je bionicles leuk vond, dan had ik er een voor je mee kunnen nemen.'

'Geeft niet, hoor.'

De jongen blies een lok haar uit zijn gezicht en keek nieuwsgierig naar de zak bij de trap.

'Wat zit daarin?'

'Niet veel bijzonders, jammer genoeg. Ik had gehoopt dat er wat meer wind zou zijn.'

'Wind? Waarom?'

'Dan hadden we kunnen vliegeren. Maar misschien vind je daar niets aan?'

'Jawel, hoor,' zei de jongen glimlachend. 'Ik wil best vliegeren.'

Het ruiste weer in de bomen, dus misschien had er toch iemand vanuit de hemel naar hem gekeken.

'Nou?' zei Thomas met een glimlach. 'Zullen we eens kijken of hij de lucht in wil?'

'Oké,' zei de jongen.

'Misschien moeten we even naar het veldje gaan? Daar staat vast meer wind.'

Hij nam de vlieger uit de zak en keek naar de hulpverleenster.

'Is het goed dat we...'

Ze knikte.

'Waarom zei je dat tegen haar?' vroeg de jongen toen ze het oude gebouwtje achter zich lieten en de vlieger tussen hen in op het gras lag.

April in Noorwegen.

De geur van geploegde aarde.

Binnenkort zou het graan de grond in gaan en van de zomer profiteren om te groeien en te rijpen.

Het viel hem niet zo makkelijk om zijn emoties de baas te blijven.

'Ze is hier om op te passen.'

'Op wie dan?'

'Op jou. Wil jij als eerste vliegeren? Jij rent, dan hou ik hem vast?'

'Oké.'

De jongen glimlachte weer en tilde de vlieger op.

Nu kon het hem niets meer schelen.

Die twee koppen in de auto.

De hulpverleenster met al haar documenten.

Al die jaren. Weg.

Alleen die kleine jongen die glunderend over het veld holde, tot de vlieger eindelijk wind ving en ten slotte trots tussen de wolken zweefde.

'Jeetje! Wauw!'

Twintig prachtige korte seconden, voor de vlieger het opgaf en tegen de grond sloeg, helemaal aan de andere kant van het veldje.

En toen iets wat Thomas Borchgrevinck van zijn leven niet zou vergeten.

De jongen kwam terug, nu met een heel andere blik in zijn ogen.

'Wat is er, Martin?'

'Er liggen mensen daar.'

'Wat zeg je nu?'

Het handje dat vol schaamte probeerde de natte plek op zijn broek te bedekken.

'Ze bewegen helemaal niet.'

2

Holger Munch zat in zijn zwarte Audi naar Bachs cellosuite nr. 1 in G-majeur te luisteren en voelde zijn geweten knagen omdat hij zijn gezin weer met het zondagse ontbijt had laten zitten. Niet dat ze hadden geklaagd. Dat deden ze nooit wanneer er weer werd gebeld. Laat op de avond, in het holst van de nacht, midden in de zomervakantie, op kerstavond, net wanneer het kerstdiner op tafel stond. Holger Munch werkte al bijna twintig jaar als rechercheur Moordzaken en zij was er altijd geweest: Marianne, zijn vriendinnetje van de middelbare school. Liefde op het eerste gezicht en meteen na hun eindexamen getrouwd. Eindelijk, negen jaar later, was hun dochter gekomen: Miriam, die nu veertien was en helemaal niet zo'n lastige puber was als je zou verwachten. Zijn gezin nam het altijd voor hem op, wat hij ook allemaal had gemist. Ze hadden zelfs vorig najaar zijn bevordering gevierd, terwijl iedereen wist dat hij nu nog veel meer te doen zou krijgen. Een nieuwe afdeling Moordzaken met een eigen kantoor. Ver van het politiebureau in Grønland. Holger Munch had niet alleen het vertrouwen gekregen als hoofd van deze gloednieuwe afdeling, hij had ook carte blanche om zelf zijn medewerkers te kiezen. Hij kon voor het eerst sinds tijden van de winter genieten. Gewoonlijk liep hij in dit jaargetijde in diepe duisternis van achter zijn roodblonde bevroren baard alles en iedereen te vervloeken, vooral de idioten die op hun ski's van de sneeuw aan het genieten waren, maar dit jaar was hij met andere dingen bezig. Manager! Hij had iets opgezet. Zo had hij zich gevoeld. Maar was zij er wel zo gelukkig mee geweest?

De gezette rechercheur schudde de gedachte van zich af en liet zijn pasje zien aan de agent die hem staande had gehouden bij de afzetlinten. Van het gezicht van die jonge man kon hij het al aflezen: *Dit was iets totaal anders.*

Een soortgelijke nerveuze blik, schuilgaand achter een strak uniform, trof hem een minuut later nadat hij de auto bij het witte schoolgebouwtje had geparkeerd.

'Nilsen, opsporingsleider.'

Munch knikte en haalde een pakje sigaretten uit de zak van zijn beige duffel.

'Is er al iemand van mijn team?'

'Eh... ja. Die blonde, de officier?'

'Goli.'

'En die jongen in het pak – Fredrik?'

'Riis,' zei Munch, en hij stak zijn sigaret aan.

'De technische recherche was er als eerste bij en die is er al een tijdje,' vertelde de gespierde politieman. Hij wees in de richting van het veldje.

'Forensisch?'

'Ook gekomen. Net, eigenlijk.'

De agent trok zijn ene handschoen uit en wees met zijn vinger op een kaart aan wat ze hadden gedaan.

'We hebben de weg afgezet, daar en daar. De Losbyveien. Er wonen hier niet zoveel mensen. Een paar boerderijen. We moesten die toegang wel openhouden, dus hebben we het afzetlint langs deze weg getrokken. De Vålerveien. Goed?'

'En de andere kant van het veldje?' vroeg Munch.

'Daar zijn mensen bezig,' zei Nilsen met een knikje. 'Moet onderhand in orde zijn.'

'Wat heb je nog meer?'

Munch keek nieuwsgierig naar de kaart en draaide zich naar de bossen om hen heen.

'Wat een nachtmerrie,' mompelde Nilsen. 'De jongens liggen híér,' zei hij, en hij wees het op de kaart aan. 'Zoals je ziet zijn er vooral landerijen en bos. We denken dat de dader zich híér toegang heeft verschaft en op dezelfde manier terug is gegaan. Je hebt hier vrij doorgang, volgens mij. We mogen van geluk spreken als iemand iets heeft gezien.'

'Wat is dit?' vroeg Munch, en hij wees met zijn vinger op de kaart.

'Een schietbaan.'

'Hebben we die afgezet?'

'Eh... nog niet. Die ligt toch...'

'Afsluiten,' zei Munch vermoeid. 'En stuur er een team naartoe. En dit?'

'Een flinke afgraving,' antwoordde Nilsen, wijzend naar het bos in oostelijke richting. 'Moeten we...'

'Als jullie dat nog niet hebben gedaan, ja. En?'

Hij keek naar de politieman, die het antwoord schuldig moest blijven.

'Moet daar ook een team naartoe?' vroeg die ten slotte.

'Mooi,' zei Munch met een knikje. Hij liep over het plein naar Anette Goli, die net uit het oude schoolgebouw kwam.

Medewerker nummer één.

Hij had er geen seconde over getwijfeld.

'Ben je verderop al geweest?' vroeg de blonde, bekwame officier van justitie met een knikje in die richting, terwijl ze haar hand door haar haar haalde.

'Nog niet. Hoezo?'

'Foute boel. Ik heb net Wik aan de telefoon gehad; die vroeg zich af of ze hen moesten toedekken of dat je ze wilde zien zoals ze daar liggen.'

'Laat ze maar liggen,' zei Munch, en hij stak een nieuwe sigaret met de vorige aan. 'Wie heeft ze gevonden?'

'Een zootje ongeregeld,' verzuchtte Goli. Vermoeid wees ze in de richting van het oude gebouw. 'Ik probeer erachter te komen wie wie is.'

'O ja?'

'Een vaderschapskwestie, voor zover ik heb begrepen. Iemand die zijn zoon weer eens mocht zien. De moeder is aanwezig, met nieuwe man en iemand voor de begeleiding. De kinderbescherming misschien? Dat is niet helemaal duidelijk. Ik moest ze in elk geval uit elkaar zetten. De vader zit dáár en de anderen in aparte ruimtes. Wil je ze spreken?'

'Nu even niet. Zorg eerst maar dat we alle details krijgen.'

'Oké, Katja is ermee bezig.'

'Is die er?' vroeg Munch verrast grijnzend. 'Dacht ze...'

'Kripos is niet gek, hoor,' zei Goli met een knipoog. 'Pikte haar onderweg op. Prima, toch?'

'Natuurlijk,' antwoordde Munch, weer met een glimlach.

Medewerker nummer twee.

Katja van den Burg.

De keuze was net zo eenvoudig en vanzelfsprekend geweest als de eerste.

'Nou, wil je ernaartoe?'

'Ja, waar liggen ze?'

'Die kant op,' wees Goli. 'Maar ik zou andere schoenen aantrekken, het is er nogal drassig.'

'Oké.'

Munch liet de sigaret op de grond vallen en liep naar de auto om zijn laarzen te pakken.

3

De eenentwintigjarige Mia Krüger zat helemaal achterin in het kleine auditorium in de kelder van de Politieacademie en wist met moeite haar ogen open te houden. Het was haar weer niet gelukt om voor zessen te gaan slapen. Ze kon nog net een geeuw onderdrukken, terwijl de docent met de crewcut en de glanzend gepoetste laarzen een nieuwe dia projecteerde. Verdorie nog aan toe, waarom was ze niet eerder naar bed gegaan? Ze had zich hier zo op verheugd. De introductie over de Dienst Speciale Interventie. Delta. Daarom was ze hier begonnen. Waarschuwingen van thuis of niet. De verdrietige blik van haar moeder toen ze had verteld dat letterkunde studeren aan de universiteit van Oslo niets voor haar was. Dat ze die studie al aan de wilgen had gehangen. Dat ze besloten had een beetje te reizen en in het najaar aan iets nieuws te beginnen.

De politie, Mia? Maar...

Waarom ook niet?

De eerste vrouw bij de Dienst Speciale Interventie. Ze had in een tijdschrift gelezen dat het keihard was, dat geen enkele vrouw er tot nu toe in geslaagd was aan de toelatingseisen te voldoen, en nam ter plekke haar besluit. Yep. Dat ging ze doen. *Delta.*

Dus fuck you.

Mia Krüger onderdrukte opnieuw een geeuw terwijl de lijst vooraan op de wand verscheen. De voorlopige dan. Alleen de minimumeisen. Daarna wachtten helse weken met fysieke en psychologische tests, en daarop waren de paar meisjes die het hadden aangedurfd gesneuveld. Maar zij niet. Natuurlijk niet. Eitje! Nummer één moest ze zijn. En dat zou ze hun wel eens even laten zien, of niet soms?

Wat een stelletje *male chauvinist pigs*, die nu licht honend naar haar keken en zich afvroegen wat ze hier eigenlijk te zoeken had. De enige vrouw in de zaal.

Beneden op de eerste rij zat iemand te grijnzen. Een blonde idioot, die dacht dat hij een geschenk voor de mensheid was. Al na een paar weken in het eerste jaar had hij geprobeerd haar in de sportzaal te versieren, en bij die gedachte voelde ze zich alweer misselijk worden. Clichéopmerkingen uit een of ander handboek voor losers, waarbij hij zijn spierballen voor de spiegel liet rollen, in de middeleeuwse overtuiging dat hij daar wel zijn voordeel mee zou kunnen doen.

Wat heb je een prachtige ogen...

Als de Middellandse Zee zo helderblauw...

O ja?

Zijn we ook al poëtisch aangelegd?

Jouw ogen staan te dicht bij elkaar. En weet je wel dat er een voorhoofd tussen de ogen en de haargrens hoort te zitten?

En je haar, wat exotisch donker... Het golft zo mooi over je slanke schouders... Wat ben jij eigenlijk voor meisje? Ben je in voor een lekkere date?

Pff.

Serieus?

Fucking loser.

Op haar kamer in Torshov had ze diezelfde avond nog haar haar afgeknipt. Nijdig met een schaar voor de spiegel gestaan, alle lokken in de wastafel zien vallen en later die actie herhaald wanneer ze vond dat het te lang was geworden.

Nu werd de lijst geprojecteerd met de eisen die ze vanbuiten kende. Wat had ze spijt dat ze onderweg geen koffie had meegenomen, ook al kwam die uit een automaat en smaakte hij naar slootwater. Alles om het gevoel maar kwijt te raken dat ze ieder moment zou kunnen flauwvallen.

Toen de blikken zich eindelijk richtten op het scherm vooraan, vermande ze zich.

3000 meter in minder dan 12.30.

Check.

Thuis in Åsgårdstrand had ze toen ze vijftien was de 3000 meter in 11.15 gelopen, en die walgelijke trainer, die het leuk vond om commentaar te geven op jonge meisjes in strakke trainingsbroeken, had zich op het hoofd gekrabd, op zijn stopwatch gekeken en haar gevraagd opnieuw te rennen omdat hier even iets niet klopte.

O ja?

Fuck you.

Vijftig sit-ups.

Serieus?

Check.

Vijftig push-ups.

Dat had haar iets meer tijd gekost, maar eigenlijk ook weer niet. Ze had een stok aan het plafond van haar kamer bevestigd, in het appartement dat ze deelde met twee andere meisjes uit haar jaar, die het vooral belangrijk vonden hoe ze overkwamen en wie het met wie had gedaan na de vrijdagsborrel van de studentenvereniging. Iedere ochtend, voordat de anderen wakker werden, trok ze zich op, net zo lang tot haar armen haar niet langer wilden dragen.

Tien hang-ups met bovengreep.

Twee vliegen in één klap.

Check.

Vierhonderd meter zwemmen.

Serieus?

Check.

Vrijduiken tot vier meter onder water.

Mia had er binnenpretjes om gehad.

Voor de kust van Mexico, een paar jaar geleden, in de zomer na haar eindexamen, toen ze overal genoeg van had. Die witte boot, deinend onder de ijle wolken, die mooie mensen, vrijduikers, en ja, natuurlijk een Fransman met blauwe ogen, bruinverbrand en met lange, pezige spieren.

You will feel so free down there, Mia.

Ze had het nog nooit eerder geprobeerd.

Duiken.

Met of zonder tank.

In de donkere diepte onder water was het zo stil, zo ongelooflijk mooi.

De verschrikte gezichten in de boot toen ze eindelijk weer aan de oppervlakte was gekomen.

Oh, my god.

You are crazy.

De Fransman was nu allang uit beeld, maar dat maakte niet uit, zij had haar grote liefde gevonden.

Het donker.

Alleen.

In de diepte.

Vier meter onder water?

Geen probleem.

Bijna belachelijk.

Check.

Hij had haar wel gezien, die Delta-man met de glanzende laarzen, en ze merkte dat hij voelde dat zij dat in de gaten had.

Wat zoek jij hier eigenlijk?

Dat had Mia altijd gehad: bijna voelen wat andere mensen voelden.

Jij ziet toch dingen die andere mensen niet zien? Mijn kleine lieverd?

Dat was oma, die eigenlijk niet haar oma was, maar toch wel heel erg op haar leek. Anders dan alle anderen. Af en toe een beetje gek. Toen ze bijna tachtig was, zat ze nog steeds tot diep in de nacht in de tuin pijp te roken en whisky te drinken, huilend bij vollemaan; ze had lak aan wat anderen over haar zeiden.

Ze hoorde haar mobieltje, reageerde automatisch en pakte het snel uit haar tas.

Sigrid?

Nee.

Natuurlijk niet.

Ze had al in geen maanden iets van haar tweelingzus gehoord.

Daarom liep ze 's nachts in het donker over straat met de A4'tjes die ze had geprint.

Heb je dit meisje misschien gezien?

Sigrid Krüger.

Please, bel me als je iets weet!

Sigrid en Mia.

Sneeuwwitje en Doornroosje.

De tweeling.

De ene blond, de andere donker.

Hun eigen moeder was zestien toen ze werden geboren, maar kon of wilde hen niet hebben. Geadopteerd door Eva en Kyrre Krüger uit Åsgårdstrand, zij lerares, hij manager in een verfwinkel in Horten. Mia legde instinctief haar vingers op de armband rond haar linkerpols, een cadeautje bij haar belijdenis. Een anker, een hart en de letter S op die van Sigrid, M op die van haar. En toen op een nacht, samen onder de deken op zolder.

Wil jij de mijne, dan krijg ik de jouwe?

Sindsdien had ze hem niet meer afgedaan.

Godverdomme, Sigrid!

Waar ben je?

Mia zette zich over haar pijnlijke gedachten heen, en liet de telefoon weer in haar tas glijden, toen de deur plotseling opengining en de secretaresse haar hoofd om de hoek stak.

'Sorry dat ik stoor, maar is Mia Krüger hier toevallig?'

Gemompel in het auditorium.

Alle ogen waren plotseling op haar gericht.

'Eh... ja, hier.'

'De rector wil je spreken.'

'Oké.'

De secretaresse bleef staan.

'Nu?'

'Ja, nu.'

Er kwam weer wat hoongelach vanaf de eerste rij, terwijl Mia haar spullen pakte en zo snel ze kon de trap af liep.

'Wat is er aan de hand?'

De deur ging dicht en ze stonden alleen in de gang.

'Dat weet ik niet,' antwoordde de grijzende vrouw. 'Maar het is vast belangrijk. Weet je waar het is?'

'Jawel,' zei Mia met een knikje, en ze hing haar tas over haar schouder.

Met de lift omhoog en dan over het plein naar het hoofdgebouw aan de andere kant van het asfalt.

Wat zou er nu weer aan de hand zijn?

Ze was er al eerder geweest.

Strak in de houding voor het grote bureau, als een schoolmeisje, die volwassen blik die ze niet echt serieus kon nemen.

Discipline, Mia. Ik heb van een aantal leraren klachten gekregen...

Ja hoor.

Niet mijn schuld dat de mensen hier nog steeds denken dat we in de jaren vijftig leven.

Slaap je op school, Mia? Wendelbaum zei dat hij jou opgekruld op de grond in het klaslokaal had gevonden. Alweer.

Whatever.

Ze was in het Frognerpark geweest, op zoek naar Sigrid. Achter de Monoliet, de ontmoetingsplaats van de junks, die vlak bij school was. Ze kon het niet opbrengen helemaal naar huis te gaan.

Een heel ander gezicht nu, toen ze op de deur klopte en de zware stem hoorde.

'Ha, Mia. Kom binnen, kom binnen.'

Ze bleef op de drempel staan, niet wetend wat ze hier nu weer van moest denken. De rector, Magnar Yttre, was van zijn stoel opgestaan en glimlachte haar vriendelijk toe.

'Wil je iets drinken? Koffie misschien?'

4

Munch zat aan het raam in de koffiebar op de hoek van de Bernt Ankers gate en de Mariboes gate, slechts een paar honderd meter van het nieuwe kantoor vandaan, en had het geluid van zijn beide telefoons uitgezet. De rechercheur was van de oude stempel en was nog niet helemaal gewend aan het voortdurende gerinkel in zijn zak. Hij had het liefst dat ze hem met rust lieten, zodat hij kon nadenken. Dat ging nu natuurlijk niet; hij werd de afgelopen vierentwintig uur constant gebeld. Een van die telefoontjes was van zijn oud-collega, die nu rector van de Politieacademie was. Hij had eigenlijk alleen opgenomen om te zeggen dat hij geen tijd had om te praten, maar Yttre was euforisch geweest en had hem bijna niet aan het woord gelaten. *Ik denk dat ik iemand voor je heb gevonden, Munch.* Heel slechte timing, maar hij had zich laten overhalen.

Hij had Yttre eerder over die test horen praten. Die was ontwikkeld door onderzoekers aan de UCLA. Ze lieten die door alle tweedejaarsstudenten maken; er werd hun verteld dat het een soort spelletje was, zodat er geen druk op hen lag. Een paar foto's van een plaats delict. *Wat zie je?* Dit meisje had extreem hoog gescoord.

Goed dan. Een halfuurtje kon geen kwaad. Dan kon hij meteen iets eten. Marianne had hem een tijdje geleden gebeld, bezorgd als altijd; ze vroeg of hij genoeg sliep en vooral of hij wel at.

Ze is bijzonder, Munch.

Ik zou haar gewoon een kans geven.

Hij had net een broodje en een kop koffie meegenomen naar zijn tafeltje toen de deur openging, en daar stond ze.

Eenentwintig jaar.

Jong, maar Munch wist uit ervaring dat dat niets hoefde te betekenen. Een paar collega's in zijn team, een paar van de besten zelfs, waren nog geen dertig. Niet dat hij van plan was om meer mensen aan te nemen – hij had de ploeg die hij nodig had –, maar als de normaal gesproken zo bedachtzame Yttre zo enthousiast was? *Zoiets hebben we nog nooit gezien, Munch. Op geen stukken na. Dit meisje is een klasse apart.*

Natuurlijk was hij nieuwsgierig geworden.

'Ben jij Munch?'

Ze droeg een zwarte coltrui, een strakke zwarte spijkerbroek en zwarte Converse-schoenen, en had een zwarte tas dwars over haar rug hangen, maar het eerste wat hem aan haar opviel waren haar ogen.

Fonkelend blauw en vreemd helder. Een lichtbruine huid en halflang ravenzwart haar, in verschillende lengtes geknipt; je zou haast zeggen dat iemand zich er met een botte schaar op had uitgeleefd, maar dat leek haar niet echt te kunnen schelen. De jonge politiestudente stond pal voor hem, alsof deze afspraak de normaalste zaak van de wereld was, en stak haar slanke hand naar hem uit.

'Mia Krüger.'

'Hallo, Mia. Welkom.'

'Dank je,' zei ze terughoudend, en ze ging zitten. Ze leek niet van plan haar tas van haar schouder te halen.

'Wil je iets eten? Iets drinken?'

Ze wierp een korte blik op het menu achter de bar.

'Nee, bedankt.'

'Je drinkt misschien geen koffie?'

'Jawel, maar niet hier.'

'Zo zo,' zei Munch. 'Ben je een kenner, een specialist op het gebied van koffie?'

Hij had het ironisch bedoeld. In Oslo waren de laatste tijd veel van zulke koffiebars verschenen, de ene nog moderner dan de andere, vol jonge, ijdele hipsters die koffiedrinken bijna als een religie zagen, maar zijn opmerking leek haar niet te deren.

'Wil je dat ik daarnaar kijk?' vroeg de jonge vrouw. Ze keek naar de twee lichtbruine mappen die onder zijn telefoons lagen.

'Ja. Heeft Yttre iets gezegd?'

Ze schudde haar hoofd.

'Goed,' zei Munch met een knikje. 'Ik wil alleen dat je naar een paar foto's kijkt en me vertelt wat je ervan denkt, oké?'

'Oké.'

'Hierin,' zei Munch, en hij trok de ene map naar zich toe, 'zitten foto's van een plaats delict die we vanmorgen hebben gevonden. En in deze...'

Hij legde de tweede map naast de eerste.

'... zitten foto's van een plaats delict in Zweden. Acht jaar geleden. Ik wil dat je ze allebei bekijkt en me vertelt wat je ziet, oké?'

'Of het dezelfde dader is?'

'Dat heb ik niet gezegd.'

'Maar dat bedoelde je wel?'

Ze fronste licht en keek hem vragend aan. Munch glimlachte. Yttre had gelijk: dit meisje was echt een klasse apart. Holger Munch zelf. Hoofdrechercheur bij de afdeling Moordzaken in de Mariboes gate 13. Hij was gewend dat de meeste mensen die hij tegenkwam een bijna overdreven respect voor hem hadden, maar deze jonge politiestudente leek daar geen last van te hebben.

'Ja, dat bedoelde ik.'

'Waarom zei je dat dan niet?'

'Omdat je daarin zou kunnen blijven hangen. Ik wil graag dat je er zo open mogelijk naar kijkt. Het kan zijn dat je iets anders ziet, iets wat mij nog niet is opgevallen.'

'Oké, ik snap het,' zei Mia Krüger. Ze draaide de mappen naar zich toe.

Ze sloeg ze niet open, maar bleef alleen zitten wachten.

'Kun je me even alleen laten?' vroeg ze. Na een tijdje keek ze weer naar hem toen hij de hint nog niet had begrepen.

'Natuurlijk. Hoelang heb je nodig, denk je?'

'Ik weet het niet. Twintig minuten?'

'Prima. Als er iets is, ben ik buiten.'

Munch stond op, nam zijn broodje mee en liep naar een bank aan de overkant van de straat.

Negen gemiste oproepen. De meeste van Anette.

'Hoi, met Holger. Wat is er aan de hand?'

Aan de andere kant van de lijn zuchtte de kundige officier van justitie even.

'Wat is er eigenlijk níét aan de hand? Dreyer wil graag een briefing. Het ministerie zit op haar nek, ze vindt dat we een persconferentie moeten houden.'

'We wachten, heb ik al gezegd.'

'Dat zei ik ook, maar ze leek niet overtuigd.'

'Niet overtuigd?' vroeg Munch geïrriteerd.

'Niet tegen mij uitvallen! Je weet hoe ze is.'

Hanne-Louise Dreyer, de nieuwe hoofdcommissaris op het politiebureau in Grønland. Er was veel weerstand geweest toen bekend werd dat het ministerie er een eigen afdeling Moordzaken in de hoofdstad doorheen had gedrukt. De top had met wapens gekletterd, had het opgevat als kritiek op zijn functioneren. Munch had gehoopt dat er iets zou veranderen als er een nieuwe hoofdcommissaris werd benoemd, maar zo werkte het deze keer niet. Het was blijkbaar zijn lot in dit leven dat het nooit lekker liep tussen hem en zijn chef. Wat maakte het ook uit? Hij had nu alle troeven in handen, ze konden er niets tegen doen en dat zat hen natuurlijk dwars.

'Vraag haar gewoon om te wachten,' zei Munch. 'We geven de namen niet vrij voordat we beide families op de hoogte hebben gebracht. Wat snapt ze daar nou niet aan?'

'Zoals ik al zei: niet tegen mij uitvallen. De moeder van Tommy landt om één uur met het vliegtuig. Ik heb Katja gevraagd om haar op het vliegveld op te halen. Wie gaat er nou in godsnaam naar Spanje en laat een kind van elf alleen thuis achter?'

'Misschien heeft ze daar een reden voor. Daar hoeven we nu niet over te oordelen.'

'De buren laten oppassen? Die niet eens wisten dat ze de verantwoordelijkheid voor de jongen hadden?'

'Dat zoeken we uit als ze komt. En die bestelbus?'

Het enige spoor tot nu toe. Er is een witte bestelbus bij het bosje aan de Losbyveien gezien.

'Oxen is bij de verkeerscentrale. De weg loopt dood bij de golfclub, dus hij kan niet in die richting zijn gereden. We richten ons op Rijksweg 159 in oostelijke en westelijke richting en op de tolpoortjes op de E6. Ze zoeken nu naar de beelden, ik geloof dat we zeven camera's hebben gevonden. Ik heb hem op de andere lijn, dus hij zegt het direct als ze iets vinden. Maar ja...'

'Wat?'

'Een witte bestelbus? Hoeveel zijn er daar wel niet van in Oslo?'

'Het was zondagochtend,' zei Munch geruststellend. 'Laten we hopen dat we geluk hebben. En de familie Lundgren?'

'Die is heel behulpzaam,' ging Goli verder. 'Merkwaardig kalm, eigenlijk. Ik denk niet dat het tot ze doordringt wat er is gebeurd. Fredrik is er nu. Hij belt me zo direct. Doen we nog steeds een gezamenlijke briefing om vier uur?'

'Ja. Laat jij het iedereen weten?'

'Oké. Ik moet ophangen. Dreyer belt weer.'

'Geen persconferentie voordat...' begon Munch, maar Anette had al opgehangen.

Stomme idioten.

Je zou toch wat rust moeten kunnen krijgen?

Alsof ze niet genoeg aan hun hoofd hadden.

Drie sigaretten later was de jonge politiestudente blijkbaar klaar. Hij had haar de hele tijd door het raam bestudeerd. Ze had bijna niet bewogen, maar nu waren de mappen dicht.

'Hoe ging het?' vroeg Munch toen hij terugkwam naar de tafel.

Het leek alsof ze niet had gemerkt dat hij weer binnen was gekomen. Ze had haar blauwe ogen wijd open, maar zat met haar gedachten ergens anders.

'Sorry,' zei ze uiteindelijk, en ze haalde haar hand door haar donkere haar.

'Geeft niet,' zei Munch. Hij keek op zijn horloge.

Er waren bijna veertig minuten verstreken sinds hij het kantoor had verlaten. Dit moest worden afgehandeld. Leuk natuurlijk, zo'n test – hij had dit als vriendendienst voor Yttre gedaan en ook een beetje uit nieuwsgierigheid –, maar hij had belangrijkere dingen te doen. En ja, hij had uiteraard precies hetzelfde gedacht.

Wie gaat er nou naar Spanje en laat een jongetje alleen thuis achter? Een kind van elf nog maar.

'Er ontbreken een paar foto's,' zei de jonge politiestudente voorzichtig.

'Sorry?'

Ze legde haar vinger op de ene map.

'In deze.'

'Hoe bedoel je?'

'Wat ik zei: er ontbreken een paar foto's.'

Munch fronste zijn wenkbrauwen.
'Dat begrijp ik niet helemaal...'
'Hij moest naar een hoger gelegen plaats.'
'Wie?'
'De dader.'
Het meisje keek hem vreemd aan.
'Hij moet toch ergens op hebben gestaan?'

5

Fredrik Riis parkeerde zijn auto voor het vrijstaande huis aan de Timoteiveien 18 en bleef even staan kijken naar de lage flatgebouwen aan de andere kant van het veldje. Finstad. Midden tussen Oslo en Lillestrøm. In de buurt van Lørenskog. Niet echt een stad, niet echt platteland. Zelf woonde de zevenentwintigjarige in Briskeby, midden in het stadsdeel Frogner in Oslo, in hetzelfde appartementengebouw waar hij zijn hele leven al had gewoond, met uitzicht op de iconische oude brandweerkazerne. Zijn ouders waren tien jaar geleden naar Bærum verhuisd. Nadat de dokterspraktijk van zijn vader van de grond was gekomen, was hij een van de meest gerespecteerde plastisch chirurgen van Scandinavië geworden. Hij had het appartement van zijn ouders gekregen toen hij zeventien was en sindsdien had hij nog maar sporadisch contact met hen. Niet dat hij er last van had. Hij miste hen niet echt. Zijn jeugd was... Hij wist nooit goed hoe hij het moest beschrijven als iemand ernaar vroeg. Hij had zich altijd een beetje onzichtbaar gevoeld. Alsof ze eigenlijk niet zoveel om hem gaven. Alsof het een opluchting voor hen was toen hij eenmaal oud genoeg was voor die schenking. *Alsjeblieft, hier heb je een appartement. Je moet je van nu af aan zelf redden.* Het zal wel. De jonge rechercheur had veel lering uit zijn jeugd getrokken en hij was veel harder dan zijn uitstraling zou doen vermoeden.

Een flashback naar wat destijds wél erg leuk was geweest. Om hier in Finstadjordet te zijn. Hier woonde een neef. Voordat zijn vader om een of andere reden gebrouilleerd was geraakt met zijn broer waren ze hier vaak geweest. Toen hij klein was, hield hij erg van het leven op het platteland. Zo totaal verschillend van de fletsheid thuis in het appartement. Ruime, kleurige eengezinswoningen op een rij, met grote groene tuinen en straten die naar bloemen waren genoemd: de Timoteiveien, de Kløverveien, de Tulipanveien, de Konvalieveien. Als tienjarige was hij een beetje jaloers geweest op alles wat de kinderen hier hadden: sportvelden, speelplaatsen, bloeiende akkers en vooral al die bijna magische bossen waar je op ontdekkingstocht kon gaan. Elke keer als ze terugreden naar de stad had hij weer gespannen achterin gezeten, want hij kon erop wachten, op de discussie tussen zijn ouders, over de vraag of ze niet beter hierheen konden verhuizen. Zijn moeder, die dat erg graag wilde, was zelf in een dergelijke omgeving opgegroeid, terwijl zijn vader er natuurlijk tegen was geweest. *Wij gaan niet in een dorp wonen.* Einde discussie. Hij wist nog goed hoe teleurgesteld hij was geweest dat zijn vader altijd het laatste woord had. Proestend van het lachen onder de watersproeiers in de gigantische zonnige tuin. Geschminkt als zeerovers trokken ze door de bossen, met zwaarden en pistolen die ze zelf hadden gemaakt in de onuitputtelijke hobbykamer van zijn oom. De hele familie bij elkaar, waarbij het leek alsof iedereen elkaar aardig vond en het ook leuk vond om dingen samen te doen.

Datgene waar hij nu op uitkeek deed hem ergens anders aan denken en dat was helemaal niet zo gezellig. *De paupers.* Zo had zijn neef hen genoemd. Zij hadden geen eigen huis, maar woonden in de flatgebouwen aan de andere kant van het hek, slechts honderd meter verderop. Raar eigenlijk dat Munch juist hém had gevraagd of hij in het onderzoek naar de moord de contactpersoon voor de familie van de jongen wilde zijn. Timoteiveien 18? *Daar ben ik toch eerder geweest?* Daar woonde een jongetje met wie hij had gespeeld, een vriendje van zijn neef. Fredrik wist zijn naam natuurlijk niet meer; het was te lang geleden. Er woonde nu een nieuw gezin in het grote grijze huis. Vier andere namen op het gebloemde bordje naast de deur: Sanna, Ruben, Vibeke en Jan-Otto Lundgren. De auto's die een eindje verderop geparkeerd stonden. Fotografen met telelenzen. Discreet, maar ook weer niet. De namen van de jongens waren nog niet officieel bekendgemaakt, maar de pers kende ze natuurlijk al. *Hier op het platteland heb je nooit rust. Nieuwsgierige buren, idioten die hun neus overal in steken.* Het was een van zijn vaders licht zwartgallige hoofdargumenten in de discussies in de auto.

Ruben Lundgren.
Elf jaar.
Naakt aangetroffen op een veldje minder dan een kilometer hiervandaan.
Naast een andere jongen.
Tommy Sivertsen.
Afkomstig uit een van de flats aan de andere kant van het hek.
Fredrik drukte op de bel en deed een paar passen naar achteren.
'Ja?'
Een hoofd stak om de hoek van een deur, die op een kier ging.
'Hallo. Jan-Otto?'
'Ja?'
De man in de deuropening stond hem vreemd aan te kijken, alsof hij niet doorhad dat er iemand voor de deur stond.
'Fredrik Riis. Ik heb net gebeld?'
'O, ja. Hallo. Kom binnen.'
Een doodgewoon huis. Een doodgewone metalen trap, die een beetje wiebelde toen hij achter de man naar binnen liep. Een doodgewone gang. Schoenen en laarzen, netjes naast elkaar in een schoenenrekje van IKEA. Jassen in verschillende kleuren en maten aan vrolijke haakjes, onder een plank met dozen waar iemand op had geschreven: MUTSEN, DASSEN en WANTEN. Alles met sierlijke letters op kleine etiketjes. De moeder, Vibeke Lundgren, achtendertig jaar, verkoopdirecteur bij een softwarebedrijf, met hoofdkantoor vlak bij winkelcentrum Strømmen. De vader, Jan-Otto Lundgren, tweeenveertig jaar, systeemingenieur bij Telenor. Sanna, vijf jaar, in de groep voor de groten op de Løkenkleuterschool, slechts een paar honderd meter verderop.
Een doodgewoon gezin.
Een doodgewoon leven.
Tot dat telefoontje kwam.
Vierentwintig uur geleden.
De man trok een soort grimas toen Fredrik zijn schoenen uitdeed en liep vervolgens afwezig achter hem aan de kamer in. Op de tafel voor het raam aan de parkeerplaats stond een thermoskan met witte koffiekopjes en een schaal koekjes. De moeder, Vibeke, zat op een houten spijlenstoel, met dezelfde doodse blik in haar ogen als haar man, en stond langzaam op toen hij binnenkwam.

'Vibeke Lundgren.'

Een slappe hand schudde de zijne.

'Fredrik Riis. Moordzaken.'

Er ging een siddering door de slanke vrouw heen toen ze hoorde wat hij zei en hij had meteen spijt van zijn woorden. Hij had iets neutralers moeten zeggen, alleen maar 'politie' bijvoorbeeld, maar dit had hij er automatisch uit geflapt. Het was voor hem de eerste keer dat hij zo dicht bij de familie stond en op weg hierheen had hij zichzelf moed ingesproken.

Niets had hem hierop kunnen voorbereiden. Het was zo stil in het grote huis dat hij alleen de ovale klok boven de keukendeur hoorde tikken. Het schrapende geluid van de stoel over het parket. Het rinkelende lepeltje in het koffiekopje toen hij de suikerklontjes door de koffie roerde die de trillende handen hem hadden aangeboden.

De stem van iemand die een kind in de gang tot stilte maande: 'Sst!'

Wie is daar, oma? Is Ruben weer terug?

'Ik vind het vreselijk dat ik u op deze manier lastig moet vallen,' zei de jonge rechercheur toen de ouders waren gaan zitten. 'Ik weet dat er gisteren al iemand van ons langs is geweest, maar we moeten heel zeker zijn van alle details. Van nu af aan ben ik jullie contactpersoon en als er iets is, dan ben ik er voor jullie. Op elk moment van de dag, oké?'

Hij haalde twee visitekaartjes uit het borstzakje van zijn jasje en schoof ze voorzichtig over het witte kleed.

'Is er nieuws?'

Haar stem was iel, maar ook hees, als lucht uit zwakke longen langs schuurpapier in de keel. Ze had een poging gedaan haar haar in een knotje te doen, maar het hing aan één kant los. Haar crèmekleurige blouse was verkeerd dichtgeknoopt en hing scheef over haar schouders.

'Nee, voorlopig niet. Helaas.'

'Maar jullie... werken aan...'

Hij had zich niet geschoren, had donkerbruine ogen en praatte heel zachtjes. Als een haperende robot die niet precies wist hoe of waarom je je zinnen moest afmaken.

'Voor ons is op dit moment belangrijk dat we alle bewegingen van Ruben in kaart brengen,' legde Fredrik uit, en hij sloeg zijn notitieboekje open. 'Ik weet dat jullie gisteren al met de politie hebben gepraat, maar ik wil nog graag duidelijkheid over een aantal dingen, zodat we zeker weten dat alles klopt.'

Jan-Otto Lundgren knikte langzaam.

'Jullie hebben Ruben zaterdagavond rond een uur of tien voor het laatst gezien – klopt dat?'

'Ik weet dat we tien uur hebben gezegd,' zei Vibeke. Ze streek met haar hand over haar voorhoofd. 'Maar was het niet eerder halfelf? Ik geloof...'

'Nee, het was tien uur,' zei haar man, die zijn hand op de hare legde. 'Na *Klasgenoten*, toch?'

'Klasgenoten?' vroeg Riis.

'Ja, je kent het televisieprogramma *Klasgenoten* toch wel?'

Fredrik Riis keek niet zoveel televisie, maar hij wist natuurlijk wel waar het over ging. Een amusementsprogramma op zaterdagavond. Het hele land zat voor de televisie. Twee bekende personen mochten met hun klasgenoten proberen herinneringen op te halen aan hun middelbareschooltijd.

'Hij was boos op mij,' zei Vibeke Lundgren. Ze dook met haar hoofd weer tussen haar schouders, deze keer met een flauw lachje. 'Hij wilde gehakt op de pizza. Maar dat vindt Sanna niet lekker, zij wil alleen maar ham. Dus pakte ik cola uit de kelder, al hebben we die eigenlijk nooit meer in huis. Niet zo goed voor je tanden, weet je, al die suiker.'

Haar man streelde haar weer over haar hand.

'Ruben ging na het eten naar zijn kamer om te computeren. Niet later dan elf uur, dat is de afspraak.'

'Gingen jullie nog even bij hem kijken?' vroeg Riis verder. 'Later op de avond? Of hij sliep?'

Het werd even stil.

'Dat weet ik eigenlijk niet zo goed meer,' begon Vibeke Lundgren. 'Waarschijnlijk wel. Dat doe ik immers altijd...'

'Sanna had buikpijn,' merkte de man met een verontschuldigend knikje op. 'Ze was erg onrustig. Ik heb haar op bed voorgelezen en ik moet ingedommeld zijn. Toen ik weer wakker werd was het... tja... halfeen?'

'Was Ruben de hele avond bij jullie? Keken jullie televisie? Ging hij daarna naar zijn kamer? Had hij nog plannen, voor zover jullie weten?'

'Plannen?' zei Vibeke Lundgren. 'Wat voor plannen?'

'Het is maar een vraag. Had hij met iemand afgesproken? Met vrienden? Of misschien met een vriendinnetje?'

'Een vriendinnetje?' zei de slanke vrouw snuivend. 'Hij is pas elf. Hij was gewoon thuis. Hij ging gewoon naar bed. Zoals altijd. Plannen? Wat voor plannen zouden dat moeten zijn?'

Ze keek verward op naar haar man, die haar smalle hand steviger vastpakte.

'Het raam stond half open,' zei Jan-Otto, en hij keek Fredrik aan. 'Ik wilde hem wekken voor het zondagse ontbijt. Hij moet uit het raam zijn geklommen.'

'En jullie weten niet wanneer...'

'Het moet in de loop van de nacht zijn gebeurd.'

'Deed hij dat wel vaker? Is hij eerder van huis weggelopen?'

'Nee, nooit...'

Ze mompelde nu zachtjes en trok haar hand naar zich toe.

'Hij gaat nooit ergens heen. Ruben is altijd thuis. Ruben is de liefste jongen die er is. Hij klimt niet uit het raam en ligt altijd in zijn bed. Schoon beddengoed. Met Pokémon, dat heeft hij het liefst. Ik heb twee sets gekocht, die wil hij altijd. Ik heb de ene net gewassen.'

De telefoon ging in de jaszak van Fredrik. Hij haalde het toestel eruit en keek snel wie er belde.

Anette Goli.

Hij zette het geluid uit en legde de telefoon voor zich op tafel.

'En Tommy Sivertsen, was dat een vriendje van Ruben? Ik bedoel, deden ze wel eens vaker...'

Vibeke Lundgren was opgestaan en stond plotseling met een verwarde, radeloze blik midden in de kamer. Ze trilde over haar hele lichaam.

'Ruben?'

'Ik geloof dat we moeten...' zei de man voorzichtig, en hij sloeg zijn arm om haar heen.

'Natuurlijk,' zei Fredrik, die het boekje in zijn jaszak stopte.

Weer terug op het knerpende grind deed hij zijn uiterste best om niet naar het wanhopige gehuil uit het huis te hoeven luisteren.

Zijn telefoon ging opnieuw.

Ergens ver weg.
'Ja, met Fredrik?'
'Met Anette. Waar ben je?'
'Bij de familie Lundgren.'
'Kun je afronden? Ik heb je nodig.'
'Oké, wat...'
'We hebben iets gevonden bij de schietbaan. Een bronhuisje. Het lijkt alsof de jongens hier zijn geweest. Kun je komen? Nu?'
'Natuurlijk,' zei Fredrik Riis, die de telefoon in zijn zak liet glijden en naar zijn auto holde.

6

De oude man met het witte haar wist dat een aantal mensen aan de muur waarschijnlijk 'tamelijk gepikeerd' zou zijn omdat ze niet uitgenodigd waren voor het grote feest. Vandaag was de grote dag en mochten natuurlijk alleen de intimi komen. Hij had er al dagen over nagedacht. Had zelfs een tafelkleed gestreken, dat geborduurde met kant. Dat had hij ooit met Kerstmis van zijn oma gekregen. *Of van zijn moeder, bij zijn belijdenis?* De oude man wist het niet meer precies, maar wat deed het er verder toe? Die rare gedachten mochten hem vandaag niet plagen. Het moest een dubbel feest worden. Zeventig jaar, een hele leeftijd, en dan ook nog een nieuwe rol, dat was natuurlijk het belangrijkste. Wat nou? Ze zeiden dat zijn jaren als acteur voorbij waren. Nee hoor, beslist niet. De oude man gniffelde, liet de handdoek op de grond vallen en stapte het koude water in.

Hij had al op zijn achttiende gedebuteerd, tijdens de jaarlijkse opvoering van het kerstspel van het gymnasium van Uddevalla. Natuurlijk had hij de rol van Jozef willen hebben, maar herbergier was zo slecht nog niet. Wees eens eerlijk: wie was nou in feite de belangrijkste? Die arme sloeber die bij de herberg stond te bedelen? De man die niet eens zijn eigen vrouw zwanger had kunnen maken? Of was het de man die in feite bepaalde wie er wel of niet binnen mocht komen voor een slaapplaats? Zo was het nu toevallig ook nog eens. Dat was toch vanzelfsprekend? De oude man met het witte haar moest weer glimlachen, terwijl hij zeep op de borstel deed, hem in het water dompelde en zijn rug ermee schoon begon te boenen. Wat was Lilla Köperödssjön toch mooi bij dit licht. Hij woonde hier al vierenzestig van zijn zeventig jaar, eerst met zijn moeder en zijn grootmoeder, later alleen met zijn moeder. Nu in zijn eentje.

Hoewel...

Nee, hij kon het niet opbrengen om daar nu aan te denken. Nu was er eerst feest. Lilla Köperödssjön. Met 1,6 kilometer strandlijn. Negen meter op zijn diepst, geen 5,1 zoals ze bij Ray's Bilservice beweerden toen hij daar was wezen vragen hoeveel het zou kosten om zijn oude Volvo weer aan de praat te krijgen. Vijfenhalve meter was de *gemiddelde* diepte, dus als je alle dieptes bij elkaar optelde en de som door het aantal dieptes deelde. Ze waren ook nog eens kwaad geweest; ze waren niet die hele weg het bos in gereden voor een Volvo die er niet bleek te staan. Gevloek en getier. Pardon? Kon hij er soms wat aan doen? Tuurlijk niet. Die idioot had zijn hoofd geschud en op de grond gespuugd. Jammer wel. Hij had best een auto kunnen gebruiken. Dan kwam je nog eens ergens. Nu had er niet veel anders op gezeten dan met de fiets door het bos te lopen en vervolgens helemaal naar de staatsslijterij in Uddevalla te fietsen, alleen maar voor deze gelegenheid. Hallands Fläder. Hij zou eens flink in zijn buidel tasten. Achtendertig procent, met een vleugje vlierbes en kaneel. De oude man had zichzelf nu wel genoeg schoongeboend en dook het water in om het schuim van zich af te spoelen.

Stockholm, wat stelt dat nou voor?

Nee, hij moest aan iets anders denken.

Allan Edwall.

Dat was ook zo.

Die was natuurlijk nummer één. Nu ging hij de lijstjes maken van wie er aan tafel mocht zitten en wie er aan de muur moest blijven hangen.

Tja, Stockholm, met zijn zoute water en de hoertjes die betaald werden om, nadat je te veel brandewijn gedronken had, te dansen in kamertjes die naar dood en verderf roken. Nee, dan maar liever het bos bij Uddevalla.

Dat was pas leven.

Zijn andere grote rol, die in de gevangenis, was misschien wel zijn beste geweest. Als gedetineerde, nummer 112-452311. Veroordeeld wegens exhibitionisme in het Vasapark en heling van gestolen goederen. Dat huzarenstukje was een tijdje niet van het affiche geweest. Veertien maanden. Wat een populaire rol.

Ingmar Bergman?

Aan tafel?

De oude man vond van niet en moest even lachen terwijl hij zich weer aankleedde en het pad naar zijn tuin op liep.

Geen plannen.

Natuurlijk niet.

Die idioot hing niet langer aan de muur.

Terug in de keuken was hij helemaal vergeten om op de terugweg na te denken over wat hij ook alweer ging doen. Er zat niets anders op dan maar weer naar de waterkant te gaan. Lilla Köperödssjön. Met 1,6 kilometer strandlijn, negen meter op zijn diepst, geen 5,1 zoals ze daar bij Ray's Bilservice hadden beweerd.

Zag hij daar een schaduw bij de landtong?

Ja?

Was zij er weer?

Het zeemonster?

Moest hij die journalist van *Bohusläningen* niet weer eens bellen?

Nee, die was niet zo makkelijk te bereiken.

Oké.

Concentreren.

Wie mag er aan tafel zitten?

Er hingen zesendertig foto's aan de muur. Allemaal echte Zweedse helden, die hij persoonlijk had ontmoet. Soms alleen maar in zijn dromen, maar dat was hetzelfde.

Nee, godver, nu stond hij weer bij de deur, en hij was helemaal vergeten waar hij aan moest denken, dus er zat niets anders op dan opnieuw naar het meer te gaan.

De zon was nu heel mooi, oranje en goudgeel in die schitterende, spiegelende oppervlakte. Lilla Köperödssjön. Met 1,6 kilometer strandlijn, negen meter op zijn diepst en geen 5,1, zoals ze beweerden.

Oké.

Zesendertig aan de muur.

En maar plaats voor zes aan tafel.

Zes stuks.

Allemaal een eigen stoel, want meer had hij er niet.

Hoewel, telde de houtkist eigenlijk wel als stoel? En het krukje waarop hij altijd zijn teennagels knipte?
Zei ik stoelen?
Wat?
Nee, zitplaatsen, zei ik.
Hij zwaaide met een gebalde vuist door de lucht.
Wat zeg je daarvan, Allan?
Moet jij je zitplaats niet afstaan?
Wat?
Aan de muur blijven hangen tot groot vermaak van alle anderen, terwijl wij ons tegoed doen aan Hallands Fläder?
Ja hoor.
De lekkerste dingen hebben we hier.
Hij kreeg meteen spijt en haastte zich om eraan toe te voegen: geintje, ik maak maar een grapje. Natuurlijk ben je er ook bij.
Jij krijgt de gele stoel.
Hij liep naar binnen en bleef in gedachten verzonken voor de foto's staan.
Cornelis Vreeswijk.
Ja?
Oké.
Ja.
Hij nam de foto voorzichtig van het haakje en droeg hem plechtig naar de tafel.
De rode stoel.
Tomas von Brömssen.
Hm...
Oké.
Misschien.
Nee, wat dacht hij wel niet?
Ja.
Hebbe lille.
Natuurlijk wel.
Tomas von Brömssen.
De blauwe stoel.
Nog drie, nog drie...
Kunnen we iets nemen?
Allan Edwall had de fles Hallands Fläder al opengemaakt en

wilde zichzelf een neut inschenken – *nu, voor de donder, gaan we een feestje bouwen* –, maar hij kon hem op het laatste moment nog tegenhouden.

We gaan nu toch nog niet aan de drank?

Voor de voorstelling sterkedrank? Dat doen we niet!

Dat zou wat zijn!

De oude man schudde vermoeid zijn hoofd en zette de fles zo hoog mogelijk in de kast boven het fornuis.

Net toen hij terug naar de muur ging om nummer vier te kiezen, galmde het plotseling in de hele kamer.

Wat is dit?

Hij kromp ineen en begreep niet waar het geluid vandaan kwam, tot het hem duidelijk werd dat het de nieuwe telefoon was.

Zijn mobieltje.

Werk.

Hij haastte zich over de houten vloer naar de la en trok die open.

Blauw.

Wat klein.

En wat mooi.

Een sms'je op het scherm.

Blad 1. Scène 1. Oké?

Hij toetste glimlachend zijn antwoord in.

Oké!

De oude man met het witte haar ging naar de plank onder het raam, haalde een zwarte multomap tevoorschijn, sloeg de eerste bladzijde op en haalde diep adem.

En hij ging voor zijn andere telefoon zitten.

7

Een kleine entree met twee zuilen, dan twee schuifdeuren van glas en metaal, gevolgd door een open hal, die er net gerenoveerd uitzag. Ze kon zien dat hij moeite deed om zich zo natuurlijk mogelijk te gedragen, maar dat lukte de vriendelijk ogende rechercheur met zijn roodblonde baard niet helemaal. Er lag een mengeling van nieuwsgierigheid en blijdschap in zijn normaal zo rustige, intelligente blik, alsof hij bijna niet kon geloven wat hij zojuist gezien had, intussen denkend over hoe het verder moest.

Niet altijd zo fijn, Mia, om meer te kunnen zien dan anderen.

Haar oma op een van haar mindere dagen. Ze was al een tijdje ziek, maar weigerde natuurlijk naar de dokter te gaan. Mager en met bijna zwarte ogen, in elkaar gekropen op een matras op de grond. Een bed hoefde ze natuurlijk niet, die geweldige vrouw op wie Mia zo ontzettend dol was.

Dat kan angstaanjagend en eenzaam zijn. De anderen begrijpen niet wat jij begrijpt. Van het leven en van de mensen. Van hoe alles met elkaar samenhangt. Denk aan mij wanneer ik er niet meer ben, beloof je me dat, Mia? Als je eenzaam wordt?

Echt iets voor oma. Zij was ziek, maar bleef helpen. Gelukkig was ze een paar weken later weer hersteld en nu werd ze bijna tachtig. Dit weekend. Mia Krüger verheugde zich en tegelijkertijd zag ze ertegen op. Want ze wist hoe het zou gaan, met mama. Als Sigrid er niet was.

Natuurlijk zou zij er niet zijn.

Waar hang je toch uit, Sigrid?

Mia Krüger wierp een terloopse blik op haar telefoon, terwijl de aardige rechercheur op het liftknopje drukte.

'We zitten op de tweede verdieping. Vorig jaar herfst zijn we hier officieel naartoe verhuisd, maar de renovatie is nog niet af. Je weet hoe dat gaat met verbouwingen.'

Ze had hem meteen gemogen.

Holger Munch.

Je weet meteen of je iemand aardig vindt.

Zo ging dat bij haar in elk geval.

Dit was iemand op wie je kon vertrouwen, die eerlijk was, bij wie je je veilig voelde en die je altijd en overal mee zou helpen, als dat nodig was.

Niet altijd was het zo concreet. Af en toe was het slechts een gevoel, een goed warm gevoel, in tegenstelling tot een akelig gevoel. Niets magisch. In elk geval niet bij haar. Mia Krüger had dit haar hele leven al en in feite had ze nooit het idee gehad dat ze er iets mee kon. Als klein meisje had ze gedacht dat iedereen was zoals zij. Vanzelfsprekend niet aan de buitenkant; je zag natuurlijk meteen dat niet iedereen ravenzwart haar en strakblauwe ogen had, maar vanbinnen. Pas in haar puberteit had ze begrepen dat ze anders was.

Bijna tweeëntwintig.
Over een halfjaar.
In november.
Sigrid en zij.
De vorige verjaardag had ze alleen gevierd.
Deze keer zouden ze met z'n tweeën zijn.
Dat had ze zichzelf beloofd.
Ik moet je vinden!
Wat er ook gebeurt!

Mia Krüger onderdrukte een kleine geeuw toen de liftdeuren opengleden en ze een bordje voor zich zag.

POLITIEBUREAU OSLO.
AFDELING GEWELDSDELICTEN.
MARIBOES GATE 13.

'Ja, hier zitten we dan,' zei Munch glimlachend. Hij toetste een code in op een paneel op de grijze muur en hield de deur voor haar open.

Een heel gewoon kantoor, bijna teleurstellend saai. Restjes vloerbedekking op de vloer in de gangen, waar nu parket werd gelegd. Kantoortjes met glazen wanden, een poging tot een soort open landschap. Dit was de nieuwe en hippe zakelijkheid, synergie, bij elkaar zijn, maar toch ook weer niet. Duidelijk was dat behoefte aan privégesprekken niet helemaal paste in de visie van de binnenhuisarchitect. Voor de ramen hingen roomwitte plastic lamellen, behalve bij de paar ruimtes die leegstonden. *Plaats voor uitbreiding*, zoals Munch had gezegd toen het gesprek in het café zo goed als voorbij was. Hij had naar haar gekeken met diezelfde nieuwsgierige blik.

'En de hamvraag: hoeveel wil je hebben?'

Hij had achteraf een beetje om zichzelf moeten lachen – gewoon een geintje. Een glimlachje van haar kant, maar ze begreep best dat het hem bittere ernst was.

Wil je bij ons werken?

Dan maar een andere tactiek. Kom maar mee, dan laat ik je de kantoren zien en kun je kennismaken met je teamgenoten. Heb je daar zin in?

Midden in een moordonderzoek.

Terwijl zijn telefoon constant oplichtte.

Bijna tweeëndertig uur sinds de vondst.

Twee elfjarige jongens.

Op een veldje.

De eerste achtenveertig uur zijn toch de belangrijkste?

Dat had ze in een boek gelezen.

Zo onnozel was ze niet. De blik van vermoorde onschuld die de docent had gehad toen ze de UCLA-test moest doen. *Dit is niet zo belangrijk, het is een spelletje om jullie een beetje plaatsdelicttraining te geven. Dus voel je vooral niet onder druk gezet.*

Mia had ook geen druk gevoeld, maar de foto's hadden haar verrast. Het waren levendige foto's. Het leek wel alsof de personen die erop stonden aan het praten waren. Ze keek om zich heen of er mensen in de zaal waren met dezelfde ervaring, dezelfde kick, maar daar zag het niet naar uit. Gretig als een klein meisje met haar eerste prentenboek had ze zich er helemaal door laten meeslepen en ze schrok op toen de docent met een hand op haar schouder een A4'tje aanreikte dat ze moest invullen.

'En hier is mijn plek.'

Munch liep nu als een gids door de kantoren, voorlopig nog vrolijk en nieuwsgierig, de ernst nog even in de wacht.

Opnieuw een aantal glazen kubussen, met veelal stijve witte lamellen, zodat je niet naar binnen kon kijken, maar dan een kleine verandering, een hoek om en dan kwam je in een soort open landschap. Twee personen keken licht gestrest op van grote schermen, in totaal vier, tegenover elkaar geplaatst op een grote tafel in het midden van de ruimte.

'Dit zijn Anja en Ludvig,' zei Munch.

Een oudere man – misschien tegen de zestig – stond half van zijn stoel op en gaf haar een hand. Hij droeg een halfronde bril met een metalen montuur en een bordeauxrood vest met een rode tricot stropdas. Mia moest aan die grap denken: *De jaren zeventig hebben gebeld en ze willen hun kleren terug.* Maar waarom eigenlijk? Hij leek heel aardig. Een natuurlijke lach, een warme hand, ogen die haar aankeken.

'Ludvig Grønlie.'

'Hallo, Mia Krüger.'

'En dit is Anja.'

'Hallo.'

De vrouw met het hoornen brilmontuur stond niet op, wierp een vluchtige blik op haar, zuchtte diep en keek weer naar het scherm. Haar snelle vingers gingen als die van een pianist over het toetsenbord.

'Meen je dat nou, Munch?'

'Anja Belichek. Ons ongeduldige computergenie. Vers van Harvard.'

'Nee. Nog steeds niet. Harvard is voor jonge snobs met matige intelligentie, die daar alleen maar studeren omdat hun ouders geld hebben. Ik heb op het MIT gezeten,' verzuchtte de jonge vrouw, en ze haalde even een hand door haar korte bruine krullen.

Ze droeg een geruite rok en een geklede witte blouse, die zo uit de jaren vijftig kwamen, en ze had een tatoeage van een rood hartje op haar ene pols.

'We zitten nu ergens in de vijftigduizend bladzijden,' ging het meisje verder. Eindelijk draaide ze zich weg van het scherm.

'Correct,' zei Grønlie.

Hij nam zijn bril af en poetste die schoon met zijn lichtblauwe overhemd, dat uitstak van onder zijn vest.

'We moeten meer mensen op deze zaak zetten.'

'We hebben bij de recherche in Zweden het hele dossier opgevraagd,' zei Munch.

'Het blijft maar komen,' mompelde het meisje met iets wat leek op een vermoeid lachje, terwijl ze haar neus optrok onder de zware bril. Nu pas kreeg ze Mia in de gaten.

'En jij bent?'

'Dit is Mia Krüger,' zei Munch.

'O.'

'Maar echt, Holger?'

Grønlie weer, met zijn bril terug op zijn neus.

'Natuurlijk,' zei Munch met een knikje. 'Dat is al geregeld. Ik heb Wilkinson gevraagd een team voor jullie samen te stellen in Grønland. Zeven, acht man, is dat goed?'

'Alles beter dan niets,' verzuchtte Anja.

'Wil je mij daar niet hebben?' vroeg Grønlie. 'Om op te letten dat ze doen wat ze moeten doen? Dat ze zoeken waar ze moeten zoeken? Het is een heel dik dossier.'

'Wilkinson regelt het, ik heb jou hier nodig.'

Munch begeleidde Mia weer de kamer uit, maar draaide zich bij de hoek om.

'*By the way*, mail hem toch maar een prioriteitenlijstje.'

'Doe ik.'

Grønlie haalde een notitieblok en een pen tevoorschijn.

'Sporen. Verdachten. Getuigenverhoor. De gezinnen. In die volgorde. Alles met een rood vlaggetje moet meteen naar mij toe. Ik wil iedere avond voor middernacht per mail een schriftelijk rapport.'

'Geintje, of...'

Anja draaide zich om, en Mia kon zien dat het niet flauw bedoeld was.

'Een fles Dworék als je iets vindt,' zei Munch met een knipoog.

'Een kist, dan hebben we een deal,' zei het meisje, en ze verdween weer achter haar scherm.

'Ze is Poolse,' legde Munch uit toen ze weer terug in de gang stonden.

Hij toonde haar nog een ruimte, een grote, en Mia kon nu aan hem zien hoe serieus hij was. Een klok die ergens binnenin achter zijn ogen tikte. Die glimlach had hij alleen maar voor de show opgeplakt.

Dertig uur.

Ze had de voorpagina's gezien.

Had genoeg boeken gelezen om te begrijpen waar het over ging.

Maar nu was het geen spelletje.

Na die bewuste test was ze meteen na school naar de bibliotheek gegaan, naar de Deichmanske, en daar had ze weken achtereen elke middag gezeten. Alles wat ze tegenkwam gelezen. Over plaatsen delict. Seriemoordenaars. Criminologie. Al het forensisch onderzoek. Een poging om te begrijpen wat er in haar hoofd en haar lijf was gebeurd. En tussen al die stoffige planken was er een fascinerende wereld voor haar opengegaan; het was bijna alsof ze...

Nee, nee.

De Dienst Speciale Interventie.

Delta.

Daarvoor had ze getraind.

Dat moest ze worden.

De eerste vrouw.

Ze zou die klootzakken wel eens wat laten zien.

Ten slotte werd de corpulente rechercheur serieus. Hij deed meer licht aan, en plotseling werd ze omringd door het onderzoek waar iedereen mee bezig was. De kern van de zaak, die in de kranten stond. De foto's die hij haar had laten zien waren op de wand geplakt, maar er was nog veel meer. Mia keek nieuwsgierig om zich heen.

'Hier is de briefingruimte, hier gebeurt het allemaal,' zei Munch, nog steeds met ernst in zijn afwezige blik.

Mia kreeg meteen het gevoel dat ze in de weg stond. Ze had wel eens een paar foto's bekeken, maar dit was het echte werk. Ze wilde niets liever dan zich excuseren, de lift naar beneden nemen en weer naar buiten gaan om al die mensen in alle rust hun werk te laten doen, maar de ruimte trok haar zo aan dat ze wel moest blijven staan.

'Ik wil je eraan herinneren dat alles wat je hier nu ziet vertrouwelijk is.'

'Vanzelfsprekend.'

'Ik zit vast goed fout door jou hier toe te laten.'

'Dat snap ik.'

'Maar wat je me vertelde...'

Hij keek haar aan. Alle luchtigheid was volledig verdwenen uit het ronde gezicht. Het was nu bittere ernst. Trieste ogen die haar aankeken – het was bijna alsof ze zijn gedachten kon lezen.

Twee gezinnen hebben hun kind verloren.

Ze zien hun jongens nooit meer terug.

Het is mijn verantwoordelijkheid om ervoor te zorgen dat we hem vinden.

Dat er gerechtigheid komt.

De hele wereld kijkt op dit moment naar ons.

Begrijp je dat?

'Dat begrijp ik,' mompelde Mia zachtjes.

'Wat?'

'Sorry, ik...'

Ze kwam niet verder, want de deur achter hen ging open en een vrouw van begin dertig kwam gehaast naar binnen. Een strenge blik, blond halflang haar, en op grond van haar kleding zag Mia haar eerder bij een bank werken dan bij de politie.

'Waar was je nou? Ik heb je wel honderd keer gebeld. We hebben misschien een hit op de bestelauto. Oxen heeft...'

Munch onderbrak haar.

'Anette, dit is Mia Krüger.'

De blonde vrouw deed er midden in haar zin het zwijgen toe, bleef staan en keek haar een beetje vreemd aan.

'Mia, dit is Anette Goli. Mijn rechterhand.'

'Hoi,' zei Mia met een voorzichtig knikje.

'Moet je horen,' zei de juist binnengekomen vrouw nogal geïrriteerd, terwijl ze met haar handen zwaaide. 'We hebben twee passages van dezelfde auto, de ene bij Metrosenteret in Lørenskog en de andere vlak bij het haventje van Lillestrøm. We moeten eigenlijk...'

'Geef ons twee seconden,' onderbrak Munch haar weer, en hij keerde zich naar Mia.

'Wat kon je zien? Nog een keer? Doe het voor Anette. Wil je nog een keer hetzelfde zeggen als wat je aan mij hebt verteld?'

Zijn blik was weer vriendelijk.

'Nu?' vroeg Mia.

'Ja?'

Munch glimlachte en gebaarde naar de foto's op de wand voor hen.

8

Fredrik Riis liet zijn pasje zien, werd door de afzetting gelaten en parkeerde zijn auto bij een bord met SCHIETVERENIGING LØRENSKOG. OPGERICHT IN 1891. Er stonden twee bruine geweren op het ovale logo en dat deed hem tot zijn ergernis aan zijn vader denken, die van oude wapens hield. Hij had een hele verzameling in de kelder in Bærum. Daar mocht hij natuurlijk niet aankomen. Zijn vader had nooit gevraagd of hij mee wilde. Niet dat hij zin had om op vogels te jagen met oude winchesters, maar toch. Hij schudde de gedachte van zich af en stapte uit de auto.

Hij stuitte op een bekend gezicht dat hij liever niet had gezien. Erik Brun. Een schoolkameraad van de Politieacademie, al was 'kameraad' een beetje overdreven. Een idioot uit zijn klas, kon je beter zeggen. De schreeuwerige agent struinde over de parkeerplaats en zijn gezicht betrok toen hij Fredrik zag.

'Zo, daar hebben we onze snob.'

Brun wreef over zijn kin en stak bewust zijn hand niet naar hem uit.

'Hallo,' zei Fredrik met een knikje, en hij deed alsof zijn neus bloedde.

Dat werkte het best bij zulke mensen. Ze hadden één semester samen op straat gepatrouilleerd, daarom keek hij nu zo chagrijnig naar hem. Jaloers, natuurlijk. De vacature bij de afdeling Geweldsdelicten. Een droombaan. Hij wist dat Brun ook had gesolliciteerd, maar Fredrik Riis had de baan gekregen.

Je patrouilleert nog steeds, zie ik?

Maar om dat te zeggen, was zijn eer te na. Beleefd en correct. Dat was het enige positieve dat hij van thuis had meegekregen.

De snob.

Oslo was klein. Fredrik Riis wist natuurlijk heel goed hoe hij aan die bijnaam kwam; dat verhaal was het hele bureau doorgegaan. Hij was een beetje zenuwachtig, maar ook blij toen hij de baan had gekregen, en hij had vóór zijn eerste werkdag gebeld om te vragen wat de kledingvoorschriften waren. Degene die hij aan de lijn had, had besloten om een grap uit te halen met de nieuweling. *Een pak en een stropdas. De afdeling Geweldsdelicten is daar strikt in.* Hij had misschien beter moeten weten, maar was zoals gezegd jong, naïef en vooral heel zenuwachtig. Hij was in zijn beste pak gekomen, met een net gestreken overhemd. Het had hem uren gekost en hij had zelfs een goed strijkijzer aangeschaft. Glimmend gepoetste Italiaanse schoenen. Een pochet in zijn borstzakje. Ook nog een dasspeld, van echt goud, van zijn opa geërfd. Zo trots als een pauw verscheen hij bij de eerste vergadering op zijn nieuwe werk. Hij was op de derde verdieping uit de lift gestapt en werd door lacherige gezichten verwelkomd. Hij had zich een pias gevoeld. Ongelooflijk pijnlijk. Enorm vervelend. Het was doodstil in de grote ruimte. Je hoorde alleen het knerpende geluid van zijn gloednieuwe bruine schoenen op het linoleum. Een mentale martelgang naar het tafeltje waar zijn naam op stond en toen was iedereen in lachen uitgebarsten.

Maar goed.

Het was beter geworden.

Zijn collega's waren aardig.

Hij had van de weeromstuit besloten zijn bijnaam eer aan te doen.

Waarom ook niet?

Hij was daarna elke dag met rechte rug op zijn werk verschenen, keurig gekleed. Dat was de enige manier om ze stil te krijgen. En zo ging hij nog steeds gekleed. Uiteraard iets relaxter nu; hij droeg geen stropdas meer, maar wel altijd een pak.

'Wat hebben we hier?'

'Een bronhuisje daar beneden,' antwoordde Erik Brun, wijzend. 'De forensische opsporing is bezig, we kregen te horen dat we op afstand moesten blijven. Verschil moet er zijn, hè? Die lui vinden zichzelf beter dan anderen. Ons op afstand houden, zodat we niets verpesten – wie denken ze wel dat ze zijn?'

Brun stak zijn duimen tussen zijn riem en spuugde op de grond.

Een stelletje idioten, waarschijnlijk.

'Leuk om je te zien, Erik.'

Hij sloeg de grote agent op zijn schouder en liep over de schietbaan richting de drie technisch rechercheurs in witte beschermpakken.

De lente was eindelijk aangebroken. Er stonden bomen in verschillende frisse kleuren groen langs de onverharde weg. Twee meeuwen vlogen op van het afdakje en verdwenen krijsend over de velden. Fredrik Riis haatte de winter. Dat hadden hij en Munch gemeen. Allebei waren ze midden in de stad opgegroeid, daar lag het misschien aan. Hier was het vast anders: witte besneeuwde heuvels waar je vanaf kon sleeën, waarop je een kleine skischans kon maken. Dat kon in het centrum van Oslo niet; daar had je alleen vieze kleddersneeuw, natte straten en rillende mensen. Hij had ergens gehoord dat ze kinderen op school niet meer leerden dat sneeuw wit was, want iedereen kon toch zien dat die grijs was? Als die al bleef liggen. Hij had een paar vrienden die hem elk jaar graag mee wilden hebben naar de Alpen. St. Moritz. Seefeld. Skiën. Of snowboarden. Maar dat was niets voor hem. Hij bleef bijna de hele winter binnen. Voor de open haard. Met zijn postzegels. En met zijn vogel. Wachtte tot de hemel weer lichter zou worden. Zodat je weer kon ademen. Er kwam een signaal uit de zak van zijn jasje. Hij stopte halverwege de weg om te kijken.

Verdomme.

Zien we elkaar vanavond?

Fredrik dacht even na, maar wist al wat hij had besloten.

Nee.

Hij wachtte een paar seconden op het antwoord dat zeker zou komen.

Waarom niet?

Hij schudde gelaten zijn hoofd en stopte zijn telefoon weer in de zak van zijn jasje.

'Ben je van de afdeling?'

Een vrouw van in de dertig kwam op de weg naar hem toe gelopen.

'Ja, Riis.'

'Hoi, Janne.'

Ze deed een plastic handschoen uit en gaf hem een hand.

'Wat hebben we hier?'

'Een oud bronhuisje. Iemand van de zoekactie vond het een paar uur geleden en ik vrees dat ze alles kapot hebben getrapt, maar we hebben gedaan wat we konden om er iets van te redden.'

Ze deed haar capuchon af en knikte geïrriteerd in de richting van de agenten bij wie hij net vandaan kwam.

'Je zou denken dat ze dat op school hadden geleerd, toch?'

De technisch rechercheur gaf een teken dat hij haar moest volgen naar het bosje.

'Maar zijn jullie nu klaar? Mag ik naar binnen?'

Ze knikte.

'We hebben vingerafdrukken van dat slot genomen en van alles wat we konden vinden.'

Een goudkleurig hangslotje lag op de grond voor het afgebladderde rode bronhuisje.

'Was het op slot?'

'Nee, het slot hing los aan het beslag.'

'Oké,' zei Riis, en hij trok een paar handschoenen aan.

'Neem deze maar mee,' zei de technisch rechercheur. Ze gaf hem een grote zaklamp. 'Het is vreemd donker daar binnen. Zo oud, je zou denken dat er licht door de planken zou vallen, maar iemand heeft de binnenkant met zwarte dakbedekking geïsoleerd. Het lijkt erop dat iemand het heeft gebruikt als...'

De technisch rechercheur haalde een pakje sigaretten uit een zak onder haar pak.

'Als wat?'

'Ja, wie zal het zeggen? Ergens voor, in elk geval. De rillingen lopen me niet vaak over de rug op een plaats delict. O ja, trouwens...'

Ze liep naar een grote koffer en haalde er een doorzichtig bewijszakje uit.

'Een onderbroek?'

'Of die van een van de jongens is weten we niet. Maar de kans is groot, denk je niet?'

De blonde rechercheur schudde haar hoofd en knikte naar een van de anderen, die kwam aanlopen met een aansteker en haar sigaret aanstak.

'Maar ik mag naar binnen?'

'Ga je gang.'

Fredrik Riis knipte de zaklamp aan, boog voorover en kroop voorzichtig door het deurtje.

O, verdomme.

9

KNIP. En de wereld om je heen verdwijnt. Nu alleen nog maar deze foto's. Neem de tijd die je nodig hebt. Er is hier verder helemaal niemand. Alleen jij en die foto's. Leg de foto's naast elkaar. Verticaal en horizontaal, zodat ze in een vierkant voor je op tafel liggen. Kies niet te veel foto's uit. Kies foto's die je zo veel mogelijk een totaalindruk geven. Blijf bij je eerste keuze van foto's. Het hele verhaal moet in één zin kunnen worden verteld, zonder onderbreking. Heb je de foto's die je nodig hebt? Heb je het overzicht? De detailfoto's die je denkt nodig te hebben? Neem een zin, een klank, of proef de smaak van iets op je tong om je helemaal te onthechten. Als je mediteert, weet je waar ik het over heb. Het mag best absurd zijn. Zolang je lijf en je hoofd maar weten waar het over gaat. Ben je er klaar voor? Dan gaan we aan de slag.

Denk aan oma.

Mia sloot de wereld om zich heen buiten en concentreerde zich volledig op de foto's die systematisch voor haar op tafel lagen. Deze keer voelde het beter. Ze was er net al binnen geweest, hoefde er niet meer tegen op te zien, niet meer bang te zijn voor wat ze zou aantreffen. Nu moest ze er echt helemaal in duiken. Nog dieper dan de vorige keer. Ze had de vorige keer vast iets over het hoofd gezien. Niet dat er foto's ontbraken. Het was iets anders. Er zat een gat in het verhaal van de foto's. Er klopte iets niet. Er was iets wat ze niet helemaal snapte. Iets wat haar recht in het gezicht staarde, maar wat ze toch niet zag. Mia sloot een ogenblik haar ogen en probeerde zich niet te ergeren aan de blonde vrouw die het geluid van haar telefoon wel afgezet had, zoals haar was gezegd, maar vergeten was ook de trilstand uit te schakelen. In de zak van haar jasje. Een blazer. Gemaakt door een kleermaker, geen confectie, in elk geval niet van een van die goedkope ketens. Hemelsblauw. Een passieve en rustige kleur. Geen impulsieve beslissingen. *Ik ben rustig. Denk goed na.* Weer dat geluid uit dat jasje. Wol en viscose. Drie knopen. Zakken aan weerskanten, op heuphoogte.

'Sorry, maar zou je misschien even...'

Mia wendde zich naar degene die Anette heette en knikte in de richting van de trillende telefoon.

'Tuurlijk, sorry hoor.'

Een stijf glimlachje rond de smalle mond en gelijktijdig een korte blik naar Munch, gevolgd door meewarig hoofdschudden.

What the f... Holger?

Weet je dat alles om ons heen op instorten staat?

Oké, Mia.

Kalm aan.

Denk aan oma.

Er liggen twee bijna naakte jongens op een veldje. De ene heeft kort blond haar. Hij ligt op zijn rug, met zijn ene hand op zijn borst en de andere schuin naar opzij. Zijn gezicht maakt een vredige indruk. Een paar sproeten op zijn kleine neus. Hij doet in eerste instantie denken aan een engel, aan van die poesieplaatjes van vroeger, van engeltjes die over een wolk kijken. Deze jongen heeft geen kleren aan. Zijn piemel is klein en hij heeft een paar haartjes boven zijn geslacht. Blonde, dezelfde kleur als de krullen op zijn hoofd. Niets op de balzak. Je weet het nu, maar als je moest gissen, zou je zeggen dat hij tien was. Hij is dus elf. Hij is lang van stuk. Tenger, fragiel. Je zou zeggen dat hij jonger was, misschien pas negen. Zijn ledematen zijn slank. Zijn benen lijken te lang voor het kleine lichaam. Je kunt hem zien rennen. Hij loopt snel, als een wervelwind, lacht en hapt naar adem wanneer hij eerder bij de finish is dan de anderen. Vergeet dat maar. Je weet niet of hij aan wedstrijden meedeed. Maar hardlopen kon hij als de beste. Hij heeft een blauwe streep om zijn hals. Hij is gewurgd, van achteren, met iets duns, niet met staaldraad. Dat zou andere plekken op de huid achterlaten. Vissnoer? Misschien. Je ziet dat hij moeite heeft gehad met ademhalen. Dat zie je aan de borstkas. Waarom houdt hij zijn handen niet omhoog om zich te verdedigen? Geen schrammen. Niet op zijn vingers of zijn armen of op andere plekken op zijn witte lichaam. Ja, toch wel... een paar blauwe plekken, een op zijn elleboog, een op zijn linkerknie. Maar dat heeft hier niets mee te maken. Foto's van de vingers. Ik zou er graag iets dichter op zitten, met een microscoop, maar hier moet ik het maar mee doen. Want dit is het eerste wat in het oog springt. De moordenaar heeft de tijd voor hem genomen. Jongens hebben doorgaans niet zulke schone nagels. Hij heeft ze geknipt, verzorgd. De vingers netjes neergelegd, in waaiervorm, als op een schilderij. Een portret van een hand. Voorstudie. Misschien een Rembrandt of anders een Caravaggio. Arme jongen. Je weet nu dat hij Ruben heet. De arm op zijn borst zit in het gips. De vingers steken er nauwelijks uit, maar ze zien er net zo verzorgd uit als die aan de andere hand. Ruben is het middelpunt in de klas. Hij is gewond aan zijn arm. Gebroken? Wat heb je gedaan, Ruben? Ben je gevallen met je fiets? Met je arm op een muur geslagen? Nee, daar ben je het type niet voor. Je schouders hangen een beetje naar voren. Je schaamt je misschien voor je lengte. Of misschien ook niet. Maar er is wel iets. Word je al een tijdje gekleineerd? Door volwassenen soms? Ben je erg bang geweest? Alleen zulke kinderen krijgen afhangende schouders, ze beschermen zich tegen de buitenwereld. De andere kinderen mogen je kennelijk. Ze hebben op het gips geschreven, met viltstiften in verschillende kleuren. Er is een meisje dat jij erg leuk vindt, of in elk geval zij jou. Sylvia. Er staat een rood hartje om haar naam op het gips. Wat is er met je arm gebeurd, Ruben? Heeft dat met je afhangende schouders te maken? In dit stuk ben jij in elk geval de hoofdpersoon. De protagonist. Die andere jongen speelt maar een bijrol. Hij is lang niet zo mooi. Lang niet zo mooi neergelegd. Niet eens helemaal uitgekleed. Hij heeft een oude donkerblauwe onderbroek aan met slap elastiek. Duidelijk talloze malen gewassen;

hij blijft haast niet zitten. Gewoon naast jou op de grond gegooid. Niet eens met zijn gezicht naar de hemel. Even flikkert het beeld van die twee andere jongens op, die uit Zweden. Dezelfde houding. De ene helemaal naakt, de andere niet. De jongens zijn niet op deze plek vermoord. Ze zijn hier om een bepaalde reden neergelegd. Dat kan geen toeval zijn. Het is nauwgezet voorbereid. Alles, tot in het kleinste detail. Er is een dier tussen hen in gelegd, een klein vosje. Het ziet er vredig uit, alsof het slaapt. De ogen zijn gesloten, de poten uitgestrekt. Zijn kop naar de jongen die eruitziet als een engel. Waarom heeft de fotograaf niet begrepen dat dit belangrijk is? Dat we het van een afstandje moeten zien? Om het hele tafereel te zien? Dat dat iets betekent?

Mia Krüger voelde zich ineens onpasselijk, bijna misselijk. Ze wilde even niet naar de foto's kijken, bleef op haar stoel zitten, met haar ene hand voor haar gezicht, moeizaam ademend.

'Gaat het wel?'

Munch met een vriendelijke blik, weer terug in de werkelijkheid. De klok naast het witte scherm liet zien dat er maar drie minuten voorbij waren gegaan. Het had wel een eeuwigheid geleken.

'Ja. Ja, het gaat wel weer,' mompelde Mia, en ze ademde rustig door haar neus in een poging de hartkloppingen onder haar witte trui tot bedaren te brengen.

Waarom had ze er eigenlijk ja tegen gezegd?

Als bij een circus?

Een freakshow?

Zo voor twee vreemde mensen zitten?

Nee, verdomme.

Het is genoeg geweest.

Naar huis.

Terug naar haar leven.

Slapen.

De donkere straten weer op.

Om Sigrid te vinden.

'En?' mompelde de blonde vrouw.

De vrouw die Goli heette was met haar armen over elkaar op een tafel gaan zitten. Haar lichaamshouding straalde uit dat ze dit alles verspilde moeite vond.

'Kort samengevat,' zei Munch, die naar de kopieën liep van de foto's die aan de wand hingen. 'Mia denkt dat hier ergens...'

Een vinger wees naar een van de foto's.

'Een stoel moet hebben gestaan. Of een huishoudtrapje. Zoiets was het toch?'

Mia knikte kort.

'En dat is belangrijk, omdat...' verzuchtte Goli.

'De jongens hier niet vermoord zijn. Ze zijn zo neergelegd. Dat bedoel je toch, Mia?'

'Ja.'

'De moordenaar is heel omzichtig te werk gegaan,' ging Munch verder, gretig nu. 'De vingers. Verzorgd. De lichamen zo neergelegd als hij ze hebben wilde. Op zo'n manier vermoord dat ze geen verwondingen, beschadigingen hebben of onder het bloed zitten. Ze zijn zo schoon mogelijk, op de strepen op de hals na. En verder...'

Hij knikte nu naar Mia en wilde haar de eer geven, maar ze wuifde het weg; het was niet meer zo belangrijk voor haar.

'Het is een schilderij,' zei Munch triomfantelijk. 'Een kunstwerk. Twee dode jongens op een veldje. Hij moest de hoogte in om dit te kunnen vastleggen.'

'En?' zei Goli, die iets minder sceptisch was dan zo-even.

Ze keek nieuwsgierig naar Mia en weer terug naar de foto's.

'En die beesten dan? Een vos? En de haas van de Zweedse plaats delict?'

'Geen idee,' antwoordde Mia kortaf.

'Jullie zeggen "hij",' zei Goli. 'Weten we zeker dat het een man was?'

Munch keek naar Mia.

'Ja,' zei ze snel, en ze stond op van haar stoel. 'Ik moet er nu echt vandoor, trouwens. Succes verder.'

Ze verliet zo snel mogelijk de ruimte en was al een stuk de gang op toen hij weer achter haar aan kwam. Niet bepaald in topvorm. Zwaar ademend als gevolg van zijn zwaarlijvigheid bekeek hij haar met diezelfde nieuwsgierige blik als waarmee hij in de lift naar haar had gekeken.

'Weet je zeker dat je niet...'

'Nee, bedankt,' zei Mia resoluut. Ze pakte de deur vast.

Hij liep nog een eindje verder met haar mee.

'Hier,' zei hij, en hij gaf haar een visitekaartje. 'Je mag me altijd bellen als je van gedachten verandert of als er iets in je opkomt. Oké?'

'Goed,' zei Mia. Ze stopte het kaartje in haar achterzak, terwijl de liftdeuren zachtjes openschoven.

Op straat was de voorjaarslucht frisser dan gewoonlijk.

Mia bleef doodstil op het asfalt staan, tot ze haar hart onder haar trui eindelijk wat rustiger voelde kloppen.

Toen liep ze zo rustig mogelijk naar de Hausmanns gate om de tram te nemen naar haar kamer in Torshov.

10

Ze had de wekker op halftien gezet, maar werd al rond negen uur wakker. Er dreunde muziek door de muur, afkomstig van haar huisgenoten, en Mia bedacht dat ze vergeten was dat het maandag was. De tweedejaarsstudenten begonnen op dinsdag laat, dus dit was wel een dingetje geworden: het maandagbiertje. Indrinken in de Vogts gate. Opgedirkte, giechelende studentes van de Politieacademie, wel tien, vijftien man in de kleine gezamenlijke ruimte. Mia had overwogen er iets van te zeggen, maar had het idee snel van zich af gezet. Ze keken haar toch al zo vreemd aan. Als ze zich helemaal lam wilden drinken moesten ze dat in godsnaam maar doen. Maar moest dat nou uitgerekend bij haar in huis? In de flat die al zo klein was? Ze waren met z'n drieën, maar soms voelde het alsof ze met veel meer waren. Altijd de badkamer bezet. En de wc. Nooit een keer alleen in de keuken om te koken. Ze woonde bijna anderhalf jaar in Torshov en wanneer het weer het toestond bracht ze zo veel mogelijk tijd buiten door. Ze zat graag in het Torshovpark met een boek of fietste naar Maridalen om te zwemmen. Alles liever dan in die kleine flat zitten en al dat geroddel aan te horen. Gewauwel. Het ging nergens over. Mia Krüger was bijna allergisch voor dit soort mensen. Dan kon je maar beter alleen zijn. Ronddolen over straat. Ook 's nachts. Twee vliegen in één klap. Alleen zijn met je eigen gedachten.

En ze kon naar Sigrid zoeken.

Ze had zin in een douche, maar dat zat er vanavond niet in natuurlijk, dus trok ze haar strakke zwarte spijkerbroek aan en een zwart T-shirt, met daaroverheen een dunne maar warme zwarte trui. Ze pakte een grote tas uit haar kast en stopte wat ze nodig had in haar rugzak. Handschoenen, een zaklantaarn. Een aantal flyers. Hoeveel? Vijftig? De voorraad in de tas begon al aardig te slinken.

HEB JE DIT MEISJE GEZIEN?

SIGRID KRÜGER.

PLEASE, BEL ME ALS JE IETS WEET!

Ze moest binnenkort weer langs het secretariaat op school, om te bedelen om nog wat extra kopieën. Mia deed haar armholster om, zodat het handvat van het mes vlak onder haar linkeroksel zat. Een zwarte EKA Nordic, helemaal van metaal met een lichtgewicht kunststof handvat, zodat het goed in de hand lag. Natuurlijk was het illegaal om met een mes in Oslo op straat te lopen. Als ze gepakt werd kon ze de Politieacademie wel schudden, maar ze was niet van plan de hele nacht door deze stad rond te sjouwen zonder iets van een zelfverdedigingswapen bij zich te hebben. Hoe naïef waren sommigen. Ze namen de tram van en naar het werk, daarna een etentje met familie en vrienden. Alles bij klaarlichte dag. 's Avonds flauw vertier op de televisie, kon ermee door. Dan een tikkeltje dommer, maar geestelijk voldaan, naar bed. Het prachtige Oslo, het veilige Noorwegen. Waar gingen al die stralende mensen in anorak naartoe? *Hé hallo, wat gezellig.*

Tot het donker werd.

En alle kakkerlakken wakker werden.

Mia stak haar mes in de armholster, knoopte haar Dr. Martens-laarzen dicht, deed een zwarte hoody aan, trok de capuchon over haar hoofd en wierp voor ze wegging een laatste blik op zichzelf in de spiegel bij de kleerkast.

Helemaal niet slecht.

Het leek wel een vermomming.

Een pantser tegen alles wat ze op straat zou tegenkomen.

Met gebogen hoofd liep ze door het lawaai heen naar buiten en al snel zat ze in de tram op weg naar het centrum.

Oslo Centraal.

Plata, daar was altijd haar startpunt, waar de junks bij elkaar kwamen.

Heroïne?

Mia had haar oren bijna niet kunnen geloven toen haar zus het zich liet ontvallen. Het was niet de bedoeling dat ze het zou weten, maar ze had haar in het nauw gedreven. Wat is er godverdomme met jou aan de hand, Sigrid? Ik zie je bijna nooit meer. Zouden we niet alles samen doen? Een leuke tijd hebben? Lekker studeren in Oslo? Ik heb je school gebeld – ja, dat heb ik echt gedaan – en ze zeiden dat je daar niet meer was, dat je er nauwelijks geweest was. Je wilde toch verpleegkundige worden? Wat is hier verdomme aan de hand?

Ik spuit niet, hoor.

We roken alleen.

Haar zus moe en mager, met matte ogen, onder het ooit zo mooie lange blonde haar.

Spuiten?

Roken?

Waar heb je het godverdomme over?

Sigrid.

Het aardigste, slimste, saaiste meisje in heel Åsgårdstrand.

Dat handbalde, paardreed, goed was op school en vrijwilligerswerk deed op de bejaardensoos.

Nee.

Ze had eerst gedacht dat het een grap was.

Dat iemand met een camera binnen zou komen, om de matte schmink van het ingevallen gezicht van haar zus af te wassen, dat er confetti uit het plafond zou komen, dat er applaus en gelach zouden klinken en dat ze haar er gewoon in hadden willen laten lopen.

Ik stop ermee.

Verdomme, Sigrid...

Natuurlijk ga ik ermee stoppen, maar nu niet. Ik heb schulden. Niet zoveel, maar een paar duizend. Kan ik het van je lenen? Maar een paar dagen? Please?

Ze waren samen naar de geldautomaat gegaan.

Mia had bijna al haar geld opgenomen.

Tienduizend kronen.

Nu drie maanden geleden.

Daarna had ze haar niet meer gezien.

Waar ben je, Sigrid?

Mia Krüger pakte een paar flyers uit haar rugzak en stapte op de mensenmassa af. Het Christian Frederiks plass. Precies tussen het station en Oslo Børs. Genoemd naar de Deense koning die eens over Noorwegen regeerde en thee dronk in zijn keurig onderhouden paleistuin. Dat was het trefpunt van de junks geworden. Er was nauwelijks iets koninklijks meer van over. Het slijk der aarde. De losers. De toeristen hadden geklaagd. Op dit plein stapten ze uit de vliegveldshuttle om dat prachtige Oslo te bezoeken en dan was dit het eerste waarmee ze geconfronteerd werden. Horse, smack, junk, bruin, heroïne. Trillende dunne vuile vingers boven joggingbroeken vol gaten en versleten oude donsjacks. Duizend kronen per gram. Vijf doses per gram, verfrommeld zilverpapier met een aansteker eronder. Het geborrel, het gesis. De injectienaald die de geelbruine vloeistof opzoog. De rode rubberen band rond de dunne armen, om de bloedvaten onder de huid te vinden. De afgeknipte rietjes, van de Burger King verderop in de straat. Voor degenen die liever rookten. Rillende gestalten, menselijke zombies, in een kring op het koude asfalt, gebogen over wat hun heilig was, met hun zelfgemaakte witte pijpen in de mond. Mia had bijna moeten overgeven toen ze die stank voor het eerst rook. Iemand had vlak naast haar iets aangestoken. Een jongen en een meisje, niet veel ouder dan vijftien, zestien. Godallemachtig, wat had ze dat erg gevonden, alsof alles wat in deze wereld mooi was gewoon uit haar werd weggezogen. Weg in een fractie van een seconde. De aanblik van die jonge mensen op straat. Levende doden. De vernedering. En dan de glimlach die plotseling op de jonge gezichten verscheen wanneer de drug begon te werken en hun rust schonk in al hun ellende, al was het maar voor even.

'Hé, Polly. Hoe gaat het met je?'

Ze was hier nu vaak genoeg geweest. Aanvankelijk hadden ze haar de rug toegekeerd. Het instinct van een junk. Ze konden aan haar ogen zien dat zij niet kwam om te kopen, dat ze een outsider was. Maar na een tijdje waren ze aan haar gewend geraakt, hadden haar in de groep opgenomen. *Ze komt alleen naar haar zus zoeken. Hé, heeft iemand haar zus gezien? Hoe heette ze ook alweer? Weet iemand er soms iets van? Heb je misschien een paar kronen voor me? Voor de bus? Voor een kopje koffie? Een paar munten? Sigrid, kent iemand een Sigrid? Een nieuwe uit Horten?*

Het vermoeide meisje knikte langzaam, kon met moeite haar ogen openhouden, maar wist zichzelf op een of andere manier toch op de been te houden. Wereldkampioenen, die junks. In uithoudingsvermogen. Geen eten. Geen slaap. Geen voedingsstoffen. Toch, dag in dag uit, bleven ze doorgaan, alsof het vanzelf ging, behalve dan dat ze af en toe bijtankten met een shotje.

De ogen van het jonge meisje lichtten op toen ze haar zagen.

'Hé, ben jij het? Wat kom je hier doen?'

De junk, die Polly heette, wierp een heimelijke blik om zich heen en trok haar grijze wollen vest dichter om haar lichaam. Onduidelijke doffe stem, droge gesprongen lippen.

'We hebben toch afgesproken?' vroeg Mia voorzichtig. 'Dat ik zou komen? Met een cadeautje voor jou, weet je dat niet meer?'

Langzaam begon het haar te dagen, onder de vuile muts.

'O ja, dat is ook zo. Shit.'

Op het gezicht van het meisje verscheen plotseling een voorzichtige glimlach.

'Heb je het bij je of niet?'

'Ja,' zei Mia, en ze gebaarde met haar hoofd naar haar rugzak. 'Je zou me helpen, weet je nog? Je zei dat je misschien wist waar Sigrid was?'

Gefronste wenkbrauwen en opnieuw een blik om zich heen.

'Kom mee. Niet hier,' zei het meisje gebarend, en ze slofte voor haar uit naar de hoek van de Østbanehallen.

Nog een keer om zich heen kijken.

Paranoia.

Niet bepaald de veiligste plek ter wereld hier.

Plata.

'Mag ik kijken?' vroeg het meisje nieuwsgierig. Ze krabde aan haar gezicht.

'Tuurlijk,' zei Mia, die haar rugzak afdeed. 'Maar je zou me toch helpen?'

'Ja, ja, zeker weten,' zei de junk nerveus knikkend. 'Welke kleur heeft ze?'

'Je wilde toch een roze?' vroeg Mia. Ze haalde de pop uit haar rugzak.

Polly. Uit Bergen. De eerste die naar haar toe gekomen was. Met de flyer in haar hand.

Ik weet wie ze is.

Sigrid.

Ik heb haar gezien.

Mia ging hier nu al drie weken elke avond heen, zonder succes. De jonge junk met het vlassige haar leek van de aardbodem verdwenen te zijn, maar nu was ze eindelijk terug.

Ik kan je helpen.

Denk ik.

Maar ik wil graag iets hebben.

Een cadeautje.

Kun je dat regelen?

Haar bankrekening was weer bijna leeg. Naïef en een beetje onnozel had ze mensen geld gegeven. Voor tips. *Ja, haar ken ik wel. Geef me honderd kronen, dan zal ik even bellen.* Geen barmhartige samaritanen, die junks; hier moest je overleven, wie je daarvoor ook te grazen moest nemen. Ze was ermee gestopt, was volwassen geworden, maar de wens van dit meisje was zo bijzonder dat ze wel iets moest doen.

Een Cabbage Patch-pop.

Ik had er zo een toen ik klein was.

Ze paste op mij.

Denk je dat je me een nieuwe kunt geven?

Mia Krüger huilde niet vaak, bijna nooit, maar deze ochtend op weg naar huis had ze haar tranen de vrije loop gelaten. Zo moe. Zo weinig slaap. Sigrid was nergens te bekennen. Al die ellende. En dan wilde dat arme meisje een pop hebben?

Godallemachtig.

Natuurlijk.

Natuurlijk krijg je een pop.

Ze was naar de speelgoedwinkel gegaan zodra ze wakker was, had niet eens ontbeten en ze had haar laatste geld uitgegeven. Ze liep een beetje achter met de huur, maar verdomme, er zijn ergere dingen.

Toen het meisje de pop aanpakte en die dicht tegen zich aan drukte, begonnen haar vermoeide ogen ineens te stralen. Twee korte seconden en dan weer die blik, waarna ze de pop snel onder haar vest moffelde.

'Dank je wel.'

'Graag gedaan. Maar je wist toch iets, zei je?'

Het meisje knikte voorzichtig en keek weer nerveus om zich heen.

'Maar dat weet je niet van mij, hè?'

'Nee, natuurlijk niet.'

'Ze vermoorden me nog.'

'Wat?'

Mompelend nu, fluisterend; ze kon bijna niet verstaan wat het meisje zei.

'Ze zeggen dat ze een van de nieuwelingen is, die op pad gaan.'

'Op pad gaan? Wat bedoel je?'

Het meisje schrok opeens. Er was tumult daarginds op het plein, hoogoplopende ruzie, stampende voeten op het asfalt, er flonkerde iets.

En toen werd het gevaarlijk.

Er kwamen gestalten op hen af.

Verdomme, Polly, wat ben je nu aan het doen?

'Markus Skog,' mompelde het meisje. Ze boog haar hoofd en trok haar vest nog dichter om zich heen voor ze op een holletje in het duister verdween.

Wat?

Mia voelde woede in zich opkomen. Moest weg van de gestalten, die met vragen op haar afkwamen, want anders zou ze hun nog iets aan kunnen doen.

Markus Skog.

Markus *fucking* Skog.

Terwijl de stoom uit haar oren kwam liet ze het plein en de junks achter zich en hijgend bleef ze staan bij de ingang van winkelcentrum Byporten, terwijl ze probeerde tot bedaren te komen.

Rustig, Mia.

Niet zo boos worden.

Al wil je hem nog zo graag vermoorden.

Al verdient hij het om weg te rotten in de hel.

Daar heeft Sigrid allemaal niets aan.

Mia zette haar capuchon op en haalde nog een keer diep adem.

Ze voelde zich plotseling erg moe.

Geen energie meer.

Ze had net nog wel geslapen.

Er reed een auto met open ramen langs. Jonge mensen met zwaaiende flessen, meejoelend met de muziek, boeren in de stad, feest in de straten van Oslo vanavond. Plotseling kreeg ze een flashback toen ze hoorde welke muziek er werd gespeeld.

Weezer.

De band van dat stelletje nerds uit Californië, waarvan Sigrid beslist vond dat ze ernaar moest luisteren.

Achteraf was het de eerste keer dat door haar heen was gegaan: *Hier klopt iets niet.*

Lieve Sigrid.

Die van Celine Dion en Whitney Houston hield.

Die posters van de Backstreet Boys en NSYNC aan de wand had.

'Moet je horen, Mia, is dat niet cool?'

Op een zomeravond in de tuin in Åsgårdstrand. Ze waren maar met z'n tweetjes. Papa en mama weg en ze hadden het hele huis voor zichzelf. Een zusjesfeest. Champagne, aardbeien en de roze vissoep die Sigrid altijd maakte. Niet dat de soep zo bijzonder was, maar die hoorde er gewoon bij.

De auto met de joelende jongeren verdween door de Fred Olsens gate, terwijl de muziek nog in haar oren nagalmde.

Weezer.

In de tuin onder de lampjes.

Ze had voor het eerst over hem verteld.

Markus Skog.

Dat ze verliefd was geworden op een muzikant uit Horten.

Dat Mia moest beloven niets tegen papa en mama te zeggen, want ze zouden hem vast niet aardig vinden.

Omdat hij anders was.

Omdat hij het moeilijk had.

Maar dat het wel goed zou komen.

Ze had beloofd om hem te helpen.

Want hij kon zoveel.

Hij was zo diepzinnig.

Deze muziek bijvoorbeeld?

Hartstikke cool, toch?

Moet je dat logo zien...

Met blote benen onder haar witte jurk dansend op het warme gras, glimlachend op een manier als nooit tevoren, dolgelukkig, met de vingers gekruist tot een W.

Weezer.

Die verdomde Markus Skog.

Gore klootzak.
Gore junk.
Het was allemaal zijn schuld.
Mia liep met grote stappen naar de verkeerslichten en wilde net op de knop drukken toen het door haar heen schoot.
Het zal toch niet waar zijn...
Bijna huiverend haalde ze haar telefoon uit haar rugzak en toetste het nummer in dat op het visitekaartje stond, dat ze uit de achterzak van haar spijkerbroek haalde.
'Met Munch.'
'Ik geloof dat ik wat heb.'
'Met wie spreek ik?'
'Met Mia. Mia Krüger. Ik denk dat ik heb begrepen wat ik over het hoofd heb gezien.'
'O ja?'
'Het gips. Zijn gips. Hij had toch een gebroken arm?'
'Eh... ja.'
'Hij heeft erop geschreven.'
'Wie?'
'De dader. Hij heeft zijn handtekening erop gezet.'
'Hoe dan wel...?'
'Alle andere namen staan voluit,' ging Mia verder. 'Maar niet die van hem. Maar één letter. Kijk zelf maar. Stom dat ik het niet meteen heb gezien.'
'Kunnen we er morgen vroeg over praten?' vroeg Munch met slaperige stem. 'We hebben om negen uur een briefing waar iedereen bij is. Kom jij ook?'
'Ik zal er even over nadenken.'
'Oké, mooi.'
Mia lachte in zichzelf en liet de telefoon weer in haar rugzak glijden, terwijl het licht voor haar ogen van rood op groen sprong.

2

11

De twaalfjarige Lydia Clemens zat op haar hurken in het bosje, had de gespannen boog stevig vast en betreurde het dat de wereld binnenkort zou vergaan. Dat al het moois om haar heen spoedig zou verdwijnen. Het leverbloempje bij de boomstronk. De grazende herten bij het moeras. De groene blaadjes aan de grote berk, waar ze vaak onder uitrustte tijdens een van haar wandelingen. Dit zou allemaal binnenkort weg zijn, doordat de mensen niet aardig waren en de wereld kapot hadden gemaakt. Ze wist niet precies wanneer, maar opa Willy had gezegd dat het niet lang meer zou duren. Daarom woonden ze hier met z'n tweeën ver weg van iedereen en hadden ze zichzelf geleerd te overleven zonder hulp van anderen. Het zou als één lange, donkere winter worden. De Lange Tijd. Eeuwige vorst, sneeuw en kou. Iedereen moest zichzelf dan maar redden, zo goed en zo kwaad als dat ging, net zo lang tot Moeder Aarde al die mensen had opgeruimd die niet voor elkaar en de planeet konden zorgen. Wat jammer nou dat het allemaal zou verdwijnen, vooral nu het lente aan het worden was. Alleen al op weg hierheen had ze zeker zestien verschillende voorjaarsbloemen geteld. Bosgeelster, hazelaar, klein hoefblad, bosanemoon, hondsdraf, kraaihei, krokus, sleutelbloem, goudveil, wilgenkatjes, wollegras, madeliefje, rood peperboompje, speenkruid, bosboerenkers en voorjaarszegge. En de leverbloempjes natuurlijk, die waren het mooist. Het meisje hield van die kleur lila – bijna lila dan – en de zes kroonblaadjes die de witte vruchtjes omkransten. Schattig waren ze. Het leverbloempje had, zoals alle andere bloemen en planten om haar heen, ook een Latijnse naam, of de 'echte naam', zoals opa Willy het noemde wanneer ze school hadden in hun kleine huisje. *Hepatica nobilis*. Hepatica omdat dat 'lever' betekende, dat grote orgaan dat bij mensen rechts onder de borstkas zat en dat het lichaam gebruikte om zichzelf te reinigen. De blaadjes van de leverbloem waren levervormig. Opa Willy had haar de signatuurleer uitgelegd, een oude theorie die eigenlijk uitgaat van soort zoekt soort: omdat de leverbloem bijvoorbeeld levervormige blaadjes had, werden deze onder andere gebruikt tegen leverziektes. Andere planten uit het bos hadden ook namen die pasten bij het gebruik, bijvoorbeeld hartgespan, longkruid en dooiermos. De populairste en belangrijkste plant was de alruin, omdat de wortel zo op een mensenlichaam leek. Daarom dachten de mensen dat die plant alles kon genezen, en voordat de mensen alles met hun nieuwe technologie hadden kapotgemaakt, waren deze planten peperduur en werden ze bijna als heilig beschouwd.

Ze hadden haar wat vreemd aangekeken, die twee leraren met wie ze één keer per jaar moest praten. Ze hadden hun hoofd geschud toen ze voor het eerst bij dat kleine huis kwamen en ze had goed gehoord, al was dat niet de bedoeling, wat die twee zeiden: *Hier kan een kind toch niet wonen?*

Opa Willy was ontzettend kwaad geworden. Hij was bijna gaan schuimbekken toen ze had verteld wat ze had gehoord en hem had gevraagd wat de kinderbescherming was. Zo kende ze hem niet. Hij was altijd vriendelijk, aardig en heel grappig. Lydia vond dat ze het maar getroffen had om de Lange Tijd bij hem te mogen doorbrengen. Niemand was zo slim als opa Willy. Hij wist werkelijk alles, en Lydia zat vaak met open mond te luisteren als ze school hadden, onder de indruk van al zijn kennis. Hij was een wandelende bibliotheek. Lydia was nog niet op zoveel verschillende plekken geweest. Wel in Vassenden, als ze bijvoorbeeld suiker gingen kopen, als die op was omdat ze die niet zelf konden verbouwen.

Maar toch wist ze heel wat van de wereld. In een land dat Egypte heette, in de stad Alexandrië, had ooit de mooiste bibliotheek ter wereld gestaan, waar alle kennis verzameld was die de mensen nodig hadden om met elkaar in vrede te leven. Maar toen hadden een paar slechteriken de bibliotheek in brand gestoken en nu was het meeste van die kennis weg. In plaats daarvan hadden die slechte mensen de anderen ervan overtuigd dat ergens daarboven een man woonde, die hen kon zien. En als ze niet deden wat hij zei, zouden alle aardbewoners eeuwig branden op een plek die de hel heette. Dat maakte de mensen geweldig zenuwachtig en bang. Hoewel sommigen probeerden ertegenin te gaan door te zeggen dat dit niet waar kon zijn, zoals opa Willy bijvoorbeeld, hadden de slechten ten slotte toch gewonnen. En nu was het in de wereld zover gekomen dat de mensen met gebogen hoofd de man daarboven om hulp en vergiffenis moesten vragen als ze iets verkeerds hadden gedaan. Ze moesten geld weggeven dat ze hadden verdiend; de man daarboven wist dan wel alles en kon alles zien, maar zelf geld verdienen, ho maar. Hij had er aardig wat van nodig en hij had speciale mensen aangesteld die wisten hoe ze dat geld konden ophalen.

Geschiedenis en biologie vond Lydia het leukst. En natuurkunde. Oeps, ze was bijna wiskunde vergeten, dat vond ze toch echt het allerleukste. Opa was de grappigste leraar die je je kon voorstellen. Hij kon alles reuze spannend vertellen, niet zoals die lui die één keer per jaar kwamen controleren. Die om haar gelachen hadden en niet eens wisten wat de signatuurleer was. Wiskunde. Getallen waren overal. In de pees van de boog die ze nu spande voor haar rechteroog. In de bladeren van de es aan de andere kant van het moeras, die nu ook groen waren geworden. Lydia had de ontwikkeling het hele jaar gevolgd, want opa had gezegd dat essen aardig waren en mensen hielpen. Hij had vast gelijk, zoals meestal. Toen ze een keer haar armen om die ene boom heen had geslagen, had ze hem bijna kunnen horen fluisteren: *Jij bent de prinses van de Lange Tijd.* Sindsdien was ze er bijna elke dag naartoe geweest, als ze niets hoefde te doen in het huisje. Dat laatste kwam vaak voor, want je voorbereiden op alles wat zou gaan komen was niet niks. Hoeveel hadden ze eigenlijk van alles nodig? Het huisje was niet groot genoeg om alles in op te slaan, dat kon je zo wel zien. Daar was alleen maar plaats voor de keuken, de badkamer, de kamer van opa Willy, die van haar en het klaslokaal. Daarom had die goede opa Willy bijna zijn hele leven besteed aan het uitgraven van de geheime bunker met een ingang die niemand kon vinden als je niet wist waar die was. Wat was daar veel plaats! Het leek wel een zaal! De bunker was ook zo gemaakt dat je er kon slapen en beschermd zou zijn als de slechten met hun oorlogen begonnen. Want zo zou het allemaal beginnen: met oorlogen. Het was al aan de gang, op andere plekken in de wereld. Bijna elke avond, nadat ze had zitten lezen in een van de boeken die opa Willy voor haar had geleend in de bibliotheek in Vassenden en nadat ze zich in de badkamer had klaargemaakt om te gaan slapen, vertelde opa Willy het laatste nieuws over de buitenwereld. Lydia wist natuurlijk wel wat kranten en internet en televisie waren, maar dat hadden ze allemaal niet in het bos. Er stonden toch alleen maar leugens in, van degenen die geloofden in de man daarboven. Die mensen wilden anderen alleen uitbuiten en hen dingen laten kopen waar ze niets aan hadden, en tot slot zouden ze de hele planeet kapotmaken. Opa Willy had wel een radio, niet zo een met een uitstekende antenne – nee, een echte radio. Een langegolfradio. Die stond in een aparte ruimte in de bunker en daarmee kon opa Willy praten met mensen die net waren als zij. Die ook aardig waren, die zich ook voorbereidden. Wanneer alles voorbij was zouden ze naar elkaar toe gaan, op een aarde die alleen maar schoon, goed en mooi was.

Nu wordt er op Sri Lanka gevochten.

Opa Willy stond achter haar, terwijl ze haar blonde haar stond te borstelen, zodat het niet zou klitten.

Nu wordt er in Angola gevochten.

Ze waste de as van haar wangen die ze daarop aanbracht als ze op jacht ging, zodat de zon niet te sterk in haar ogen zou schijnen.

In Afghanistan wordt nog steeds gevochten.

Wanneer ze haar tanden poetste.

Op de Westoever zijn ze elkaar nu weer aan het afmaken.

Lydia had nog nooit een oorlog gezien; ze had er alleen maar over gelezen en gehoord wat opa Willy erover vertelde. Oorlog was dat gewone mensen, zoals zij, elkaar met wapens begonnen te vermoorden, omdat ze het niet met elkaar eens waren. Gewoonlijk waren ze het niet met elkaar eens over de kleur haar van die man daarboven of dat hij had gezegd dat dit mocht of dat dat mocht. Ze kwamen er gewoon niet uit, en daarom gingen ze elkaar maar te lijf. Soms waren ze het niet met elkaar eens over van wie welk deel van het land was, dan wel die of die berg, en of die rivier van de een of de ander was. Daar maakten ze elkaar voor af. Oorlog was het begin van het einde en ze waren nu al zover gekomen dat het niet meer lang zou duren voor de Lange Tijd zou aanbreken.

Lydia liet de boog zakken en kreeg weer dat droeve gevoel dat al het mooie om haar heen zou verdwijnen. Ze had geen vrienden, kende geen andere kinderen, dus dit was het enige wat ze had. Niet dat het niet genoeg was, absoluut niet. Ze hield van de bomen, de rivier, de vogels – ja, van alles om haar heen, en ze zou heel verdrietig zijn wanneer het hier ook donker zou zijn. Wel vreemd hoe kwetsbaar alles in wezen was. Zoals nu bijvoorbeeld. Ze had een ree in het vizier. Als ze de pees had losgelaten, zou de pijl over het moeras zijn gevlogen en in de kop van het mooie dier zijn beland. Zijn leven zou voorbij zijn, het kon niet langer ademen. Het hart zou van het ene op het andere moment ophouden met kloppen, alleen maar omdat zij de pees had losgelaten. Was dat niet vreemd? Dat kon toch niet? Waarom was alles om hen heen niet wat sterker? Dan konden de natuur en alle dieren, en ja, ook de aardige mensen, al die slechte mensen aan. Ze had er opa Willy naar gevraagd, op een dag dat ze geen lesprogramma hadden maar waarop ze alles mocht vragen wat ze maar wilde, en hier had hij geen antwoord op gehad. Hij was alleen maar verdrietig geworden, had aan zijn baard geplukt en met zijn hoofd geschud, haar aangekeken met zijn warme bruine ogen en gezegd: *Dat zou ik ook graag willen weten, lieve kind.*

Op dat moment had ze begrepen dat opa Willy, die toch de verstandigste man van de hele wereld was, ook niet alles wist.

Bijvoorbeeld over dat andere huis, diep in het bos.

Daar wist hij niets van.

En dat ze andere kinderen miste.

Iemand om mee te spelen.

Dat er soms leuke en grappige dingen op de televisie kwamen, waar ze om moest lachen en helemaal blij van werd.

Nu was ze op weg naar dat huis.

Ze had het toevallig een keer ontdekt.

Sindsdien ging ze erheen zo vaak ze maar durfde.

Want ze kon door de ramen naar binnen kijken.

Soms had de man die daar woonde de televisie aan.

Ze voelde zich schuldig, maar ze kon het toch niet laten.

De laatste keer was ze helemaal tot aan het raam geslopen.

Wat was dat spannend!

Ze had een speelgoedkikker gezien, die met een speelgoedvarken praatte, blijkbaar een soort prinses, want ze had een prachtige roze jurk aan en kon dingen laten verdwijnen door met een toverstokje te zwaaien.

Het meisje keek naar de zwakke zon en bedacht hoelang ze erover zou doen.

Ze zou het wel redden.

Ze zou makkelijk op tijd zijn voor het avondeten.

Lydia Clemens lachte in zichzelf, stopte de pijl terug in de koker, hing de boog om en holde over het moeras naar de andere kant van het bos.

12

Dinsdagochtend. Achtenveertig uur. Fredrik Riis stond in de lift op weg naar de tweede verdieping en wist niet meer wanneer hij voor het laatst zo slecht had geslapen. Meestal had hij daar geen problemen mee. Met de moordzaken. De eerste keer dat hij een lijk had gezien wel. Het had hem achtervolgd: een oudere vrouw die in haar eigen bed in de Oslose wijk Sagene was vermoord, en hij was een van de eersten geweest die op de plaats delict waren. Maar dit? Hij drukte op de liftknop en probeerde zich te vermannen. Hij zag even zijn eigen gezicht in de glimmende deuren, maar keerde zich af, had vandaag geen zin om naar zichzelf te kijken, zoals net nog thuis in de badkamer, moe en tastend naar zijn tandenborstel. Fredrik kreeg het beeld niet uit zijn hoofd van wat hij in het bronhuisje had gezien. Bijna onwerkelijk, iets wat je alleen in films ziet, zo kwaadaardig en duister. Hij was er niet op voorbereid, het was dwars door zijn verdedigingsmechanismen heen gegaan en sindsdien flikkerden de details voor zijn ogen. Twee uur. Drie misschien. Hij had liggen woelen in bed, bijna wanhopig, wist heel goed welke dag het was, dat hij al zijn krachten nodig had. De gezamenlijke briefing na achtenveertig uur. Altijd een keerpunt, als de eerste twee dagen om waren. Hij had nu met Munch aan vijf zaken gewerkt en de methode die zijn ervaren baas volgde was altijd dezelfde: geen reacties in de eerste twee dagen, alleen informatie verzamelen. Tenzij ze iets heel concreets hadden om te onderzoeken. Hij was een beetje verbaasd geweest bij die eerste moordzaak. Munch was zo kalm, terwijl hij zelf op het puntje van zijn stoel zat. Een oudere vrouw vermoord in haar eigen huis. Ze konden toch wel iets doen? Maar hij had snel begrepen dat het zo niet werkte. *Het is geen sprint, het is een marathon.* Toen het belletje van de lift ging, wierp Fredrik Riis toch een blik op de spiegelende wanden, alleen om te kijken of hij er niet al te brak uitzag, want zo voelde hij zich wel. Was hij deze keer aan de beurt om het te krijgen? Hij had verhalen gehoord over de meest doorgewinterde rechercheurs die tientallen jaren nergens last van hadden, en dan opeens, uit het niets, dook er een zaak op die ze zich zo aantrokken dat ze er niet meer tegen konden. Was dit zo'n zaak voor hem?

Vooroverbuigen. Het deurtje door.

Die lucht.
Hij wist niet wat het was, maar het was iets.
Kou.
Iets verrots.
Onmenselijk.
Bladen op de grond. Topless vrouwen op de voorkant. Een lokmiddel waarschijnlijk, erotische tijdschriften, spannend voor elfjarige jongens.
Flessen bij de ene muur.
Cola.
Sinas.
Lege zakjes.
Van schepsnoep.
Hij voelde dat hij misselijk werd.
Fredrik Riis stopte zijn overhemd in zijn broek, streek zijn blonde lok opzij en probeerde toen de liftdeuren opengleden een normaal gezicht op te zetten.
De briefingruimte. Hij probeerde niet recht naar de nieuwe foto's die aan de wand hingen te kijken en koos een stoel achter in de ruimte. Van korte duur, toch? Gewoon even een schok? Dat gaat wel weer over.
Iedereen was er. En het voelde eigenlijk goed nu iedereen hier was. Ze deden dit samen.
'Oké, allemaal,' zei Munch, die ongeduldig bij het scherm stond. Hij leek ook weinig te hebben geslapen.
Zijn haar zat in de war. Dezelfde grijze trui en bruine ribbroek die hij de dag ervoor ook aan had gehad. De gezette chef krabde even aan zijn baard, voordat hij de afstandsbediening van de beamer pakte.
Er verschenen foto's van de twee jongens.
'Ruben Lundgren. Elf jaar. Tommy Sivertsen. Elf jaar.'
Een nieuwe foto, van het veld dit keer.
'Gevonden op een veldje op een paar honderd meter van hun huis. Ruben was helemaal naakt. Tommy had alleen een onderbroek aan.'
Een nieuwe foto. Van dichterbij dit maal.
'Beide jongens zijn gewurgd, waarschijnlijk met staaldraad, misschien met vissnoer.'

Nog een foto.

'Volgens Wik wijst niets op seksueel misbruik en er zitten ook geen wonden op de ledematen.'

Munch drukte nog een keer, en Fredrik moest even wegkijken. De binnenkant van het bronhuisje.

'Vierhonderd meter ten zuiden van de vindplaats vonden we dit.'

Nieuwe foto's. Ingezoomd op verschillende voorwerpen.

'In deze flessen frisdrank en sterkedrankflesjes werden resten van rohypnol en valium aangetroffen.'

'Wat een klootzak.'

Het was Karl Oxen die de stilte doorbrak.

Anette Goli wierp hem een blik toe en legde haar vinger tegen haar lippen, maar de gespierde rechercheur kon het niet laten.

'Wat krijgen we nou? Snoep, drank en porno? En toen heeft hij ze gepakt terwijl ze gedrogeerd waren?'

'Karl...' brak Munch hem af.

'Ja, maar verdomme nog aan toe. Wie doet...'

Karl Oxen.

Misschien wel de laatste met wie Fredrik wilde samenwerken. Er ging een steek door hem heen toen hij hoorde dat de oude bokser deel van het team zou uitmaken. Hij snapte eigenlijk niet waarom hij erbij zat. Munch vond intelligentie belangrijker dan kracht, toch? Kijk naar Grønlie, Anette Goli, Katja van den Burg. Ja, en naar hemzelf ook. Die forse vent van een meter negentig met snor, zeemanstatoeages en een houthakkershemd? Hij wist natuurlijk wel wat zijn sterke kanten waren. Karl Oxen: de politieagent die iedereen binnen de georganiseerde misdaad in het oosten van het land kende. Alle bendes. De motorclubs. Om een of andere reden zagen ze Oxen als een van hen. Ze haatten de politie normaal als de pest, maar nee, met Oxen wilden ze wel praten. Als iemand een kraak had gezet, of er een vrachtwagen vol pillen aan de grens was tegengehouden, pleegde Oxen één telefoontje en dan wist hij in elk geval direct wie het níét had gedaan. Een bijzondere agent natuurlijk, een goudmijn. Maar binnen deze afdeling? Nee, Fredrik wist nog steeds niet wat hij daarvan moest vinden.

Hoe dan ook, Oxen had gewoon gezegd wat iedereen in de ruimte dacht.

'Nu moeten we niet te snel conclusies trekken, maar daar lijkt

het wel op,' zei Munch, en hij drukte weer op de knop.
Een overzichtsfoto.
Het veld.
De oude school.
De afgraving.
De schietbaan.
'Zoals we zien staat hier het bronhuisje. Verscholen in het bos. Je ziet het niet, totdat je er heel dichtbij staat. Zoals Karl al zei, lijkt het erop dat de dader ze hierheen heeft gelokt en ze heeft gedrogeerd. Later heeft hij ze gewurgd, uitgekleed en naar dit veldje gebracht, waar hij ze neerlegde zoals hij wilde dat wij ze zouden vinden.'
'In die witte bestelbus?' vroeg Ludvig Grønlie, die bij de muur zat met zijn laptop op zijn schoot.
'Zou best kunnen,' zei Munch. Hij drukte weer op de knop. 'Zoals jullie allemaal weten, is er vier keer zo'n bestelbus gezien. Een Peugeot Boxer.'
Een foto van een witte bus verscheen op het scherm.
Munch klikte terug naar de overzichtsfoto.
'De observaties zijn híér gedaan. Op zaterdag rond vier uur in de middag. En híér, op zaterdag rond acht uur 's avonds. Nog een keer hier in de nacht van zaterdag op zondag, rond enen, en tot slot híér, op zondagochtend om zeven uur.'
'Dus we denken dat hij ze de hele nacht vasthield? In dat bronhuisje?'
Dat was Katja van den Burg, die in tijden niet zo ernstig was geweest. Fredrik had zich niet op de samenwerking met Oxen verheugd, maar wel op die met de lange Nederlandse. Ze hadden het in Grønland direct goed met elkaar kunnen vinden. Hij wist niet precies hoe ze in Noorwegen terecht was gekomen, maar er gingen geruchten dat ze een Noor had ontmoet toen ze uitgezonden was naar Afghanistan en dat ze er later achter was gekomen dat ze meer van het land dan van de man hield. Ze sprak nu goed Noors, met het beschaafde maar wat hakkelende accent dat buitenlanders vaak hadden. Ze was uitermate knap en zag er karakteristiek Hollands uit: lang, slank en hoge jukbeenderen. Lange armen en benen, en altijd recht voor zijn raap. Ze hadden samen veel gelachen, en Katja was eigenlijk de enige met wie hij naast het werk wel eens

afsprak. Niet vanwege de postzegels. Ze had haar hoofd geschud en gevraagd hoe oud hij nou eigenlijk was toen hij een keer vertelde dat hij net een blauwgroene Kong Haakon uit 1910 had gekocht en dat er een gestempelde Lærdal van twintig öre uit 1885 naar hem onderweg was. Nee, vanwege films. Zo brachten ze hun tijd samen door. Hij had zo van haar gezelschap genoten dat hij zelfs een tijdje dacht dat hij verliefd op haar was, maar op een avond was hij op de bank iets te dichtbij gekomen en toen had ze hem bijna ironisch weggeduwd. *Doe normaal, Fred.* Maar gelukkig bleef ze wel komen, al was het nu al even geleden. *2001: A Space Odyssey* van Kubrick draaide in bioscoop Gimle en hij was van plan geweest om haar mee te vragen, maar nu niet natuurlijk.

Ze hadden andere dingen aan hun hoofd.

'Nogmaals: dat vermoeden we, maar we weten het niet zeker,' zei Munch, en hij liet een nieuwe dia zien.

Er stond 'mogelijke verdachten' op het scherm.

'Ludvig?'

'We hebben een lijst met veertien mogelijke verdachten opgesteld die zich op dat moment in de buurt bevonden. Het zijn veroordeelde pedofielen en anderen die zich op onze radar bevinden.'

'Zoals jullie weten, hebben we speciale mensen hiervoor in Grønland,' onderbrak Anette Goli hem. 'Ze verzamelen alle waarnemingen en tips van de bevolking.'

'Die zijn nagetrokken,' ging Grønlie verder. 'Er blijft één persoon over die heel interessant lijkt.'

Munch liet een nieuwe foto op het scherm zien.

'Philip Pettersen.'

Het was een portret van een man van halverwege de vijftig, met licht grijzend haar en borstelige wenkbrauwen. De foto was korrelig en leek van grote afstand te zijn genomen.

'We hebben verschillende tips over die Pettersen gekregen,' legde Anette Goli uit. Ze keek in haar papieren. 'Hij was conciërge op de Finstadschool, de school van de jongens, maar werd een paar jaar geleden ontslagen na talloze meldingen over ongepast gedrag. We hebben geen informatie over de details gekregen, maar volgens verschillende omwonenden, de tipgevers dus, ging het onder andere over het filmen van kinderen in de douche en pogingen om buiten schooltijd met hen af te spreken.'

'Toen we nagingen wat er in ons dossier over Philip Pettersen stond, vonden we een paar kwesties,' ging Grønlie verder. 'Geen veroordelingen, maar wel vier aangiften.'

'Van wat?' vroeg Katja.

'Soortgelijk gedrag. Kinderen thuis uitnodigen, op speelplaatsen rondhangen – dat soort gerommel, maar zoals gezegd: geen veroordelingen.'

'Speelplaatsen zijn toch geen verboden gebied?' vroeg Oxen een beetje nors, met zijn armen over elkaar.

'Inderdaad,' ging Goli verder. 'Daarom zit hij ook niet vast, maar het werd toch verontrustend gevonden en hij werd zoals gezegd ontslagen bij de school waar hij werkte.'

'Dus,' zei Munch, en hij drukte nog een keer op de knop. 'Philip Pettersen.'

Hij keek naar de aanwezigen.

'Hij wordt al bijna vierentwintig uur geschaduwd. En we zijn van plan om hem vandaag een bezoek te brengen.'

'Sorry,' onderbrak Anette Goli hem. 'Ik vergat te zeggen dat Pettersen acht jaar geleden in Göteborg stond ingeschreven. Dat is maar een uurtje van de plaats delict van de vorige moorden. Hij verhuisde... even kijken...'

Een nieuwe blik op haar papieren.

'Ja, hij verhuisde in augustus 1993 terug naar Noorwegen, naar Lørenskog, nog geen drie maanden na de moorden in Zweden.'

Er werd wat gemompeld.

'Nogmaals,' nam Munch het over. 'Philip Pettersen, eenenvijftig jaar, is conciërge geweest. We bespreken straks hoe hard we hem aanpakken, ik laat jullie nog weten hoe we het doen en wie erheen gaan.'

Spanning en een soort opluchting. Fredrik Riis voelde het zelf ook, een glimlachje op zijn vermoeide gezicht.

Eindelijk hadden ze iets.

'Kan...' begon Oxen, maar hij werd onderbroken.

'Ik laat dus nog weten hoe we het doen en wie erheen gaan, maar ik moet zeggen dat ik voorzichtig optimistisch ben. In de tussentijd werken we verder. Mensen rond onze slachtoffers. Gezinnen. Vrienden. Leraren. Wie heeft daar iets over?'

Fredrik en Katja staken tegelijk hun arm omhoog.

'Ja, Katja?'

'Tommy Sivertsen woonde alleen bij zijn moeder, Hanna Sivertsen. Zoals jullie vast al hebben gehoord, zou ik haar van het vliegveld halen, maar ze kreeg een beroerte en daarom wilden ze haar niet aan boord laten. Ze is nu...'

Ze bladerde snel in haar notitieblok.

'In Hospital Vithas Alicante. Ik heb gisteravond met een arts daar gesproken. Hij wilde niet zoveel kwijt, maar ik heb contact gehad met iemand van Buitenlandse Zaken die er vandaag heen gaat en hij houdt me op de hoogte.'

'Mooi,' zei Munch met een knikje.

'Ik heb weinig andere familie gevonden. Blijkbaar weet niemand wie de vader is, en Hanna, de moeder dus, heeft een zus die in het noorden woont, in Finnmark, maar die hebben al lang geen contact meer met elkaar.'

Ze bladerde in haar notities.

'Wat de buren betreft: de mensen die op die jongen zouden passen, hebben hun verklaring veranderd. Nu zeggen ze: *Ja, we zouden op hem passen, maar we wisten niet dat dat deze week was...*'

De Nederlandse schudde haar hoofd en zette een denkbeeldige fles aan haar lippen.

'Die zijn niet helemaal fris. Ik kon hun appartement bijna niet in omdat er overal lege flessen lagen.'

'Oké. Mooi, bedankt,' zei Munch, en hij wilde verdergaan met de lijst die voor hem lag toen zijn telefoon opeens een bliepje gaf.

Hij keek ernaar en er verscheen een glimlachje om zijn mond.

'We stoppen even. We nemen vijf minuten pauze en daarna wil ik graag iemand aan jullie voorstellen, oké?'

13

Mia Krüger zat op het kantoor van Munch, onder de indruk van wat ze het laatste uur had meegemaakt. Ze had een aantal uren de Majorstuveien op en neer gedraafd en was uitgeput haar bed in getuimeld. Gelukkig in een lege flat, want voor de feestbeesten was de avond al voorbij. Weer knaagde het gevoel aan haar dat ze voor de gek werd gehouden. Polly, die junk uit Bergen.

Wat was ze toch naïef. Ze bleef maar geloven dat de mensen op Plata haar graag wilden helpen. Een van die mensen daar had op een nacht ooit eens iets tegen haar gezegd. *Je kunt junks niet vertrouwen. We doen alles, alles voor een shotje. Dat is het enige wat ons interesseert. Helaas.* Een scheve lach boven bruine tanden en een uitgestoken hand waarin ze een paar kronen had gestopt. *Een van de mensen die op pad gaan?* Verzinsels natuurlijk.

Ze was in slaap gevallen met de beelden van het gips in haar hoofd. Van alle namen en die letter, een beetje alleen, onderaan, met een punt erachter.

W.

We hebben een briefing om negen uur.

Kom jij ook?

Ze werd bijna opvallend uitgerust wakker.

Goeie hemel, Mia.

Wat denk je nou?

Natuurlijk zeg je ja.

De tram vol met gezichten die er niet bepaald uitzagen alsof ze zich verheugden op de nieuwe dag. Maar zij glimlachte de hele weg, terwijl ze haar hart onder haar leren jasje voelde bonzen. Ze had vol ontzag voor de zuilen gestaan en opgekeken naar het hoge crèmekleurige gebouw. Een beetje te laat, maar dat vond hij niet erg. Een grote grijns achter zijn roodblonde baard toen hij de lift uit kwam op een manier alsof hij haar wilde omhelzen.

Welkom, Mia.

Fijn dat je er bent.

Kom even mee om kennis te maken.

Ze was niet echt op haar gemak toen ze het rondje had gemaakt in de grote briefingruimte. Nieuwe foto's aan de wand. Pornografische foto's. Flesjes frisdrank.

Ze had zich bijna niet kunnen concentreren.

Handen, knikken, glimlachen.

Katja.

Lang, als een olympische atleet.

Hallo.

Fredrik.

In het pak en met een vriendelijke lach.

Goedemorgen.

Karl Oxen.
Brommende stem en een anker op zijn onderarm.
Ludvig en Anja.
Hallo, wij kennen elkaar al.
Anette Goli.
Dezelfde bankiersoutfit, maar nu veel aardiger.
Ik heb een opzetje voor een contract voor je gemaakt. We kunnen er na de briefing even naar kijken.
Toen moest Anette de pers weer te woord staan.
Een hele groep deze keer.
Weer die foto's.
Munch had speciaal voor Mia een serie foto's uitgezocht. Hij stond bijna als een trotse vader naast het scherm toen hij de foto's projecteerde en er een toelichting op gaf. Het licht van de beamer op zijn gezicht.
Het gevoel van een circus was helemaal weg.
Gelukkig.
Het voelde wonderlijk goed.
Alsof het deze keer echt was.
Serieus.
Ze hadden haar met open armen ontvangen, en ze wist nog niet helemaal wat ze ermee aan moest, het was bijna te veel van het goede.
'Ik heb het er maar op gewaagd,' zei Munch vriendelijk van achter zijn bureau met een onaangestoken sigaret bungelend in zijn mondhoek, en hij pakte iets uit de la.
Hij legde een pasje met een koord eraan op tafel.
'Voor mij?'
'Als je hier werkt moet je een pasje hebben. En vooral dit.'
Hij haalde een andere la van het slot en legde een pistool op tafel.
'Ben je hiermee bekend?'
'Ja.'
Hij leek niet helemaal tevreden met het antwoord, dus ging ze verder.
'Een Glock 17, *safe action* 9 mm. Zeventien kogels in het magazijn met een optie voor drieëndertig. Vervaardigd in Oostenrijk door Glock. Veelgebruikt handwapen, vooral bij het leger, overal ter wereld. Populair gemaakt door Bruce Willis in de film *Die Hard 2*.'

'Nou, eh...'

'Ik weet dat ze zeggen dat het een Glock 7 is, maar het is een 17. De vierde generatie.'

Mia knikte naar het wapen en viste een pastille uit haar zak.

Munch moest even lachen.

'Ik bedoelde of je kon schieten.'

'O, dat. Sorry. Ja, ik kan schieten. Maar de politie in Noorwegen draagt toch helemaal geen wapens?'

Hij moest weer lachen en pakte een magazijn uit de la.

'Nou, je zult wel merken dat we hier heel wat privileges hebben. Dat is een van de redenen waarom we niet bij de anderen zitten.'

Hij schreef iets op een papiertje en schoof het naar haar toe.

'Wat is dit?'

'Je salaris.'

Ze was met stomheid geslagen.

'Genoeg?'

Munch glimlachte weer en leunde achterover.

'Ja, jeetje...'

'Anette komt later langs met je contract. Dus we zijn het eens?'

Weer een grijns en een hand over het bureau die werd uitgestoken naar de hare.

'Welkom in het team. We hebben een kantoor voor je in gereedheid gebracht, op de hoek helemaal achter in de gang. Ik heb Ludvig gevraagd de belangrijkste documenten uit Zweden voor je bij elkaar te zoeken. Er moet ook een map "Philip Pettersen" liggen met alles wat we tot nu toe over hem weten. Iets zegt me dat hij er misschien niets mee te maken heeft, maar we moeten ergens beginnen.'

Ze volgde haar nieuwe baas de gang in.

'Laat het me weten als je iets nodig hebt, oké?'

'Ja, dank je,' zei Mia met een knikje, en ze liep voorzichtig de gang op op zoek naar haar kantoor.

14

Fredrik Riis zat voor de lerarenkamer van de Finstadschool, eerlijk gezegd nogal in zijn nopjes met de opdracht die hij van Munch gekregen had. De school. De leraren. De leerlingen. De mensen die deze twee jongens, die er nu niet meer waren, goed hadden gekend. Een trieste Noorse vlag halfstok in de milde voorjaarsbries en eenzelfde stemming binnen in het gele gebouw. Aangeslagen. De directeur wat onzeker op haar kamer. *Silje zal je zo ontvangen, ze moet alleen even een les afmaken met groep zeven, daarna heb ik haar voor jou vrijgemaakt. Silje Simonsen, mentor van 6B. Zij kan je het meeste vertellen. We hebben de geheimhoudingsplicht besproken, maar de agenten die hier gisteren waren, zeiden dat er ontheffing is bij een sterfgeval, klopt dat? Ik heb overleg gehad met de schooladviesdienst. Ze zouden de zaak bekijken en waren van mening: binnen de grenzen der redelijkheid. Niet dat we iets te verbergen hebben, maar we moeten wel rekening houden met onze andere leerlingen en de ouders. Weet je overigens al iets over de begrafenis? Iedereen wil ernaartoe, het gaat om driehonderd leerlingen en dertig leraren, en zo groot is die kerk niet.* In het dagelijks leven een vrij strenge vrouw, van midden vijftig, met een kort kapsel en een witte kunststofbril, nu tamelijk van slag, met een geforceerde autoriteit, waar op dit moment niet zoveel van over leek te zijn. De directeur, die twee van haar leerlingen had verloren. *Het hoefde niet langer dan tien, vijftien minuten te duren. Wil je iets drinken? Water? Koffie?*

Fredrik Riis wilde geen van beide en hij herinnerde zich dat hij beloofd had het gezin te bellen.

De begrafenis.

Het forensisch onderzoek was eigenlijk afgerond, maar Munch had hun laten weten dat hij niet tevreden was en dat het nog wel een paar dagen zou duren voordat ze de stoffelijke resten vrijgaven.

De telefoon in zijn zak plingde en op hetzelfde moment klonk de schoolbel. Voorzichtig gingen de deuren open. De kinderen deden stilletjes hun jas aan en liepen langzaam naar buiten.

Tot vanavond?

Riis zuchtte hoofdschuddend.

'Hallo, wilde je me spreken?'

Ze keek hem nieuwsgierig aan, een stapeltje boeken onder haar arm. Hij stond op, knikte en gaf de docent een hand.

'Fredrik Riis.'

'Silje.'

'Kunnen we misschien ergens...'

'Ja, natuurlijk,' zei de blonde docente met een glimlach, en ze ging hem voor naar een kamertje verderop in de gang.

Er waren zes werkplekken verdeeld over drie bureaus, waar grote stapels op lagen. De Noorse scholen mochten dan wel tot de beste ter wereld behoren, de middelen waren nog steeds beperkt. Hij had een paar dagen geleden in de krant gelezen dat er stakingen gepland waren. Deze keer niet voor loonsverhoging, maar voor geld voor nieuwe schoolboeken. In het ernstigste geval stond erin dat koning Olav nog koning was en Ronald Reagan president; in een leerboek over huishoudelijke vakken konden de leerlingen nog lezen dat het 'belangrijk was voor een vrouw om haar keuken op orde te hebben'. Op die manier dus. Hij kon het wel begrijpen. Maar er was nu geen staking. Er waren nog docenten bezig in de kleine werkkamer. Ze hadden gehoord dat de ruimte ergens anders voor nodig was en het duurde niet lang voor ze alleen waren.

'Iets drinken? Koffie? Thee?'

Fredrik Riis beschikte niet over die echte politieblik waar iedereen het altijd over had. Het vermogen om alle details te zien, een gezicht tot op het kleinste moedervlekje te beschrijven. De keren dat hij op school had moeten opletten om details en fysieke kenmerken na te vertellen, waren hem niet zo meegevallen. Het was ook niet zijn sterkste kant. Hij vond het veel interessanter om te bedenken met wat voor mensen hij te maken had. Waarom en hoe ze daar waren terechtgekomen. Wat hen ertoe gebracht had juist die keuzes te maken. Hoe ze als kind waren geweest, als middelbare scholier. Zulke dingen. Wat ze thuis deden, wanneer niemand hen kon zien.

Geen reprimande, eerder een diepe zucht van Munch toen deze hem had gevraagd een oudere man te beschrijven die hij een paar jaar geleden had verhoord. Daarna had hij zichzelf maar bij elkaar geraapt en een beetje geoefend.

Silje Simonsen was een knappe vrouw, zo te zien begin dertig. Blauwe ogen, blond haar tot net op de schouders. Geen ring. Misschien niet getrouwd? Hij wierp een snelle blik op het overvolle bureau en zag geen foto's van een man of van kinderen. Een beige katoenen jasje over smalle schouders. Een spijkerbroek met versleten knieën, platte rode sportschoenen, Adidas. Sproeten.

'Dit hoeft niet zo lang te duren,' zei Riis, en hij haalde de foto uit de zak van zijn jasje.

Ze keek er enigszins verrast naar.
'Waarom?'
'Het is vertrouwelijk, dus ik wil graag dat je het voor jezelf houdt, afgesproken?'
'Natuurlijk,' antwoordde ze voorzichtig.
'Ik wil graag dat je alle handtekeningen die hierop staan identificeert.'
'Wie er op het gips hebben geschreven?'
'Ja. Lukt dat, denk je?'
Ze pakte de foto aan en bestudeerde hem nieuwsgierig.
'Herken je er al een paar?'
'Wat? Ja, natuurlijk. Hier is Trond, Sylvia, Bente, Einar... Maar waarom?'
Hij kon aan haar zien dat ze het antwoord op haar eigen vraag al wist.
We denken dat de handtekening van de dader ertussen staat.
'Moet ik zoeken naar...'
Ze fronste haar wenkbrauwen en kneep haar lippen samen.
'Dat weten we niet. We willen alleen... Ja, er is iets waar we duidelijkheid over moeten hebben. Meer kan ik er niet over zeggen.'
'Natuurlijk,' mompelde Silje. Ze bestudeerde de foto opnieuw.
'Ik geloof dat ik ze bijna allemaal al herken. Het is gewoon steeds hetzelfde groepje, weet je. Dezelfde klas, de jongens voetballen in hetzelfde team. Drie zitten ook op schermen.'
'Zat Ruben op schermen?'
'Ja.'
Riis pakte zijn notitieboekje uit zijn zak en nam een pen uit het bakje op het bureau.
'Deze is zeker van zijn zusje?'
Ze lachte voorzichtig en hield haar vinger op de foto.
Sanna.
De letters waren duidelijk het handschrift van een vijfjarige.
'De enige die ik eerlijk gezegd niet kan plaatsen, is deze...'
Opnieuw een vinger op de foto en vragende ogen in zijn richting.
'w?'
'Niemand in de klas?'
Simonsen dacht nog even heel diep na.
'Nee... We hebben geen w.'

De deur ging open en een enigszins verrast gezicht verontschuldigde zich en wilde de deur weer dichtdoen.

'Zeg, Konrad, hebben jullie een W in klas A?'

'Een wat?'

'Hebben jullie leerlingen in 6A van wie de naam met een W begint?'

'Nee...'

'Of in klas C?'

'Geen idee. Hoezo?'

Riis nam de foto uit haar handen en legde die op de tafel met de beeldzijde naar beneden. Hij glimlachte en knikte kort naar de net binnengekomen leraar, die het begreep en weer wegging.

'Zoals gezegd...'

'O, sorry,' zei Silje Simonsen. 'Ik dacht er even niet aan, ik wilde gewoon graag helpen...'

'Het is goed zo. Maar je weet hoe geruchten ontstaan. We willen dit het liefst voor ons houden – voorlopig.'

'Maar jullie zoeken naar iemand van wie de naam met een W begint?'

'Dat heb ik niet gezegd. We willen alleen graag weten wie er allemaal zijn naam op het gips van Ruben heeft gezet. Het hoeft helemaal niets te betekenen. Misschien is het wel de naam van een zwerver aan wie hij geld heeft gegeven. Of van een jongen uit een kiosk waar hij kauwgom kocht. Als we dat weten, kunnen we ook andere dingen overwegen, snap je?'

'Snap ik.' Silje Simonsen knikte ernstig en schoof de foto in een boek op het bureau om te laten zien dat dit tussen hen bleef.

'Hoe is het eigenlijk gebeurd?'

'Wat?'

'Zijn arm? Hoe is die gebroken?'

Verrast keek ze hem aan.

'Weten jullie dat dan niet?'

'Nee?'

'Dat was een enorm drama hier, voordat...'

'Vertel verder.'

'Het heeft zelfs de krant gehaald en zo. Hij kreeg er een beetje bekendheid door, Ruben, in elk geval hier op school.'

'Omdat?'

'Omdat hij geluk had gehad, natuurlijk.'

Ze keek hem opnieuw vragend aan, bijna een tikje achterdochtig omdat hij van niets leek te weten.

'Hoezo dan? Is hij ergens vanaf gevallen of zo?'

'Nee, hij zat in een auto die werd aangereden. Hij heeft nóg geluk gehad dat het zo goed is afgelopen. Hij moest uit de auto worden geknipt.'

'Waar is het gebeurd?'

'Bij De Grill.'

'En dat is?'

Ze moest even lachen.

'Sorry, ik vergeet dat ik met iemand te maken heb die niet alles over iedereen weet. Het is hier niet zo groot.'

'De Grill dus. Een snackbar?'

'Ja, op het kruispunt van de Gamleveien en de Nordliveien. Zijn vader had de auto geparkeerd. Ruben zat achterin. Ze zeggen dat er een auto keihard over de parkeerplaats aan kwam rijden en zich pardoes in die van hen boorde. De chauffeur is er daarna vandoor gegaan. Het gaf hier een paar weken geleden nogal wat beroering. Hij had enorm veel geluk gehad, zegt men. Hij had alleen maar zijn arm gebroken. Het had faliekant fout kunnen aflopen.'

'En toen... hit-and-run?'

'Omdat ik leraar Noors ben, zou ik het eigenlijk een "vluchtmisdrijf" willen noemen, maar ja.'

Simonsen glimlachte.

'Hebben ze die chauffeur nooit gevonden?'

'Niet voor zover ik weet. Maar...'

Ze aarzelde even.

'Wat?'

'Nee...'

Een ietwat onzekere blik, alsof ze niet goed wist of ze het wel moest zeggen.

'Jullie hebben... Hoe moet ik het zeggen? Jullie weten vast dat de vader van Ruben, of ja... Misschien weten jullie het ook wel niet.'

'Wat bedoel je?'

'Dat hij...'

De lerares kwam niet verder. De deur ging plotseling open en daar stond de directeur met de witte bril weer.

'Het spijt me vreselijk dat ik stoor, maar Ragnar moest naar huis. Denk jij dat je klas c kunt overnemen? Ze zitten al bijna tien minuten alleen en ik kan verder niemand vinden.'

Ze glimlachte verontschuldigend.

'Natuurlijk,' antwoordde Simonsen. 'Wat hebben ze?'

'Levensbeschouwing. Zie maar wat je ervan kunt maken...'

Opnieuw een verontschuldigende blik, voor ze weer verdween.

'Het spijt me,' zei Silje, en ze stond op.

'Alle begrip,' zei Riis. Hij pakte een visitekaartje uit zijn zak. 'Kun je me misschien later bellen? Vanavond? Of als je tijd hebt?'

'Komt goed.'

Silje moest even glimlachen, en verdween door de deur.

Buiten op de parkeerplaats bij de vlag in rouwstand. Al een paar keer had de telefoon in Fredriks zak getrild.

Hetzelfde bericht.

Waarom niet?

Waarom niet?

Fredrik dacht even na, voordat hij met enige tegenzin het antwoord intoetste.

Omdat je getrouwd bent. Daarom.

Hij startte de auto en ging op weg naar snackbar De Grill.

15

Ludvig Grønlie had dezelfde kleren aan als de vorige dag en Mia begreep plotseling waarom toen hij een geeuw onderdrukte en een beetje glazig voor zich uit bleef staren in de kleine kamer: hij had weinig geslapen. Hij was de hele nacht opgebleven. Mia voelde zich bijna schuldig toen ze in de gaten kreeg hoe dat kwam. Door haar. Het was Munch meteen duidelijk geweest, toen zij hem de vorige avond had gebeld, dat ze wilde komen. Dat ze de baan wilde. Grønlie glimlachte vermoeid, haalde een hand door zijn dunne haar, en gebaarde met zijn hoofd naar de mappen die hij netjes op haar bureau had klaargelegd. De rode gebreide das hing slap onder de boord van zijn lichtblauwe overhemd, dat gekreukeld over zijn broek hing. Omdat hij geruite pantoffels droeg, begreep Mia dat Ludvig Grønlie waarschijnlijk niet bij het team hoorde dat gewapend over straat rende, maar het grootste deel van zijn tijd hier op kantoor doorbracht.

'Trek je er maar niets van aan,' zei Grønlie, terwijl hij tegen de rand van zijn bureau leunde.

'Waarvan?'

'Als er commentaar zou komen op de vaart waarmee jij bent aangenomen. Niet iedereen is even aardig. Jaloezie. Je weet hoe dat gaat.'

'Nou, nee,' zei Mia voorzichtig.

Grønlie moest even lachen.

'Nee, natuurlijk niet. Hoe oud was je ook alweer?'

'Bijna tweeëntwintig.'

'O, tweeëntwintig,' zei Grønlie dromerig, en hij zette zijn bril weer af. 'De jeugd, die zorgeloze tijd, zonder verantwoordelijkheid. De naïviteit. De jacht op de liefde. Het geloof dat de wereld nog steeds goed is. Dat verandert de zaak. Geniet ervan zolang je nog kunt.'

'Dank je,' antwoordde Mia, die een beetje moest lachen.

Grønlie gniffelde en zette zijn bril weer op zijn neus. 'Luister maar niet naar mij. Ik word een beetje filosofisch als ik moe ben.'

'Heeft hij je wakker gehouden?'

'Hij heeft me om halfeen gebeld, zei dat jij bij ons zou beginnen. Hij wilde graag dat ik alles zou voorbereiden.'

'Sorry.'

'Nee, nee, geen probleem. Je moet nu eenmaal keuzes maken in het leven. En dan moet je er ook achter staan. Ik had ook visser kunnen worden. Vijf uur op, eigen baas op zee. Of misschien dominee. 's Zondags preken over de zonden van het volk en de rest van de week vrij. Maar ik ben nu eenmaal hier. Munch is de baas en ik gehoorzaam. Dat is mijn eigen keuze, dus ik mag eigenlijk niet klagen.'

Grønlie knipperde en krabde aan zijn voorhoofd.

'Waar was ik?'

Mia gaf hem de koffie die ze op weg naar haar kamer voor zichzelf had gehaald.

Hij pakte de koffie aan, en bleef weer staan terwijl hij wat onzeker om zich heen keek.

'De mappen?'

'O ja, natuurlijk. Munch wilde dat ik een korte samenvatting voor je zou maken, maar zover ben ik nog niet gekomen. Acht jaar onderzoek, goeie hemel, ik kan me gewoon niet voorstellen hoe dat voor hen moet zijn geweest. Gelukkig hebben een paar verstandige Zweden de documenten op prioriteit gesorteerd. Anders zouden we tot sint-juttemis bezig geweest zijn om alles op orde te brengen.'

'Wat heb je hier voor mij?' vroeg Mia. Nieuwsgierig keek ze naar het bureau.

'Het belangrijkste wat we tot nu toe hebben gevonden,' zei Grønlie, die een slok koffie nam. 'In de eerste map zitten de verdachten. Het zijn er niet weinig, maar we hebben het aantal kunnen terugbrengen tot drie – dat wil zeggen, de drie op wie de laatste jaren de aandacht het meest was gericht. Men heeft geprobeerd tegen twee van de drie een tenlastelegging te laten uitbrengen, maar die werden beide keren door de hoofdofficier van justitie tegengehouden. Hopeloos, Mia. Nu weet ik wel dat jij nog maar net komt kijken en dat het je nu een fantastische organisatie lijkt, maar ik spreek je nog wel over een week of twee weken, of een maand of een jaar...'

Grønlie fronste zijn wenkbrauwen.

'Duidelijk.'

'De eerste zaak waar ik aan heb gewerkt, bijna dertig jaar geleden, heeft ons vijf jaar gekost.'

'Dat is geen kattenpis.'

'Nog steeds begrijp ik niet dat we het uiteindelijk hebben kunnen oplossen. Puur geluk. Hij heeft zichzelf aangegeven – schuldgevoel zeker. Als hij niets had gezegd, vraag ik me af of we de zaak ooit hadden opgelost.'

'Dat gaat de dader deze keer niet doen,' zei Mia terwijl ze de eerste map opensloeg.

'Wat?'

'Zich melden.'

'O? Wat maakt je daar zo zeker van?'

'Gewoon een gevoel.'

Ze legde de foto's naast elkaar op tafel.

'Zijn het deze drie?'

'Yep,' zei Grønlie met een knikje, en hij leek een beetje opgekikkerd te zijn van de koffie. 'Ik heb alles van de wanden gehaald, als je voor jezelf een systeem wilt maken. De tape ligt naast de computer.'

Mia hing de eerste foto aan de wand bij het raam.

'Steinar Svensson,' zei Grønlie. Hij zette zijn kopje weg. 'Loodgieter. Had een paar weken voor de moord werkzaamheden uitgevoerd bij de familie Hellberg. Werd daarnaast ook nog op de avond voor de lugubere vondst van de jongens op de plaats delict gezien. In zijn huis had hij een kamer met bladen, foto's, je kent dat wel. Het bleek dat hij niet zomaar een gemiddelde brave burger was. De laatste jaren maakte hij negen reisjes naar Thailand, zonder dat we hem direct aan iets illegaals konden linken, alleen vermoedens.'

'Geen technische sporen?'

Grønlie schudde zijn hoofd.

'Toch wel vreemd, die schone plaatsen delict. Nog geen haar te vinden. Je zou bijna denken dat hij weet wat hij doet.'

Hij fronste vragend zijn wenkbrauwen en pakte het koffiekopje weer.

'Hoezo?' vroeg Mia nieuwsgierig.

'Nee, úíterst zeldzaam, zou ik zeggen. Daar vallen ze namelijk het vaakst mee door de mand. Bloed. Sperma. DNA uit een haar. In een van mijn oude zaken had de dader op het slachtoffer gespuugd. Zelfs ik was toen onder de indruk van wat de technici boven tafel konden krijgen. Vergeet alles maar wat je hebt gelezen of op de televisie hebt gezien, Mia. Wij kunnen nog veel meer dan de mensen denken. Een speld in een hooiberg vinden: een peulenschil. Ik heb gezien... Ja, je hebt 'm door. Maar deze keer?'

Hij keek haar een beetje vreemd aan.

'Niets om te onderzoeken?'

'Nee, niets.'

'Niet in Zweden? En hier ook niet?'

Grønlie haalde zijn schouders op en keek haar weer zo vreemd aan.

'Munch wil het niet opgeven, hij heeft om nog een onderzoeksronde gevraagd, maar...'

'Waarom kijk je me zo vreemd aan?' vroeg Mia. Ze vond een pastille in haar broekzak.

'Hè?'

'Je zegt dingen waarbij je me vreemd aankijkt.'

Grønlie moest nu hard lachen.

'Munch zei het al.'

'Wat dan?'
'Dat jij niet bent als alle anderen.'
Grønlie liep naar de deur en keek even de gang in voor hij hem dichtdeed.
'Wat ik bedoel, omdat je het me zo recht voor z'n raap vraagt, is dat er in deze hele zaak iets onuitgesprokens ligt.'
'O?'
'Die schone plaatsen delict? Geen technische sporen?'
Hij bleef staan, alsof hij wachtte tot ze iets zou zeggen.
'Ik begrijp het niet helemaal...'
Grønlie ging dichter bij haar staan en dempte zijn stem.
'Het lijkt alsof hij goed weet wat hij doet. Heel goed. Alsof hij weet waar wij naar zoeken. Dat precies weet. Onze procedures kent, dingen die je niet uit boeken kunt leren. Dingen die alleen wij weten...'
'O, bedoel je dat hij...'
Hij legde een vinger op zijn lippen en keek weer naar de deur.
'Zoiets zeggen we niet hardop.'
'Een... politieagent?' vroeg Mia zachtjes.
'Niet onmogelijk.'
Grønlie haalde zijn schouders op, en nam nog een slok koffie.
'Zullen we even naar de andere verdachten kijken?'

16

Fredrik Riis stapte snackbar De Grill binnen en werd overvallen door de ranzige lucht. Hij was al sinds zijn vijftiende vegetariër en kon zich niet herinneren wanneer hij voor het laatst in een snackbar was geweest. Aan het menu boven de versleten balie kon hij zien dat je hier niet moest zijn als je op je cholesterol wilde letten, of als je een beetje aan je gezondheid dacht. De medewerker achter de balie was een jonge man in een rood overhemd, die een rode zonneklep droeg met het logo van het cafetaria erop: een grote G die leunde op iets wat eruitzag als een driedubbele burger, omringd door twee gebogen frietjes die verdacht veel weg hadden van de bogen van een beter bekende fastfoodketen. Daar zou waarschijnlijk wel een rechtszaak in zitten, maar Riis dacht niet dat hier veel advocaten kwamen. De klantenkring bestond vooral uit jongeren die niet veel anders te doen hadden dan hier te zitten roken en hun hard gespaarde kronen uit te geven aan 'twaalf kipnuggets voor maar 29 kronen' en misschien een 'Mega Lørencola (geen coca)' nu 'voor maar 8,99 kronen, 1 kroon extra als je hem binnen opdrinkt'. Riis wachtte geduldig tot de jongeman achter de balie de bestelling van de klanten vóór hem had opgenomen en moest denken aan een artikel dat hij niet zo lang geleden had gelezen in een Brits tijdschrift in de wachtkamer van de tandarts: 'The Founder. Het verhaal van Ray Kroc.' Een Amerikaanse verkoper van milkshakemachines die op een dag in een bijzondere burgertent in het Californische San Bernardino kwam, gerund door de gebroeders Richard en Maurice McDonald. In die tijd, in de goede jaren vijftig, werd het eten door serveersters naar de klanten gebracht die in hun auto zaten te wachten. Dat leidde tot lange rijen en weinig winst. Daarom hadden de broers *the speedy system* verzonnen. Ray Kroc kocht de rechten van de gebroeders McDonald voor een bedrag van 2,7 miljoen dollar en beloofde dat ze één procent van de totale omzet zouden krijgen, maar dat geld zagen de broers uiteraard nooit, en alsof dat nog niet genoeg was moesten de broers hun restaurant sluiten omdat ze de rechten op hun eigen naam niet meer hadden. Een uniek idee en hopla, weg was hun levenswerk. Wie doet zoiets nou? Hij was zo verdiept in het verhaal dat hij bijna vergeten was dat hij een wortelkanaalbehandeling kreeg. Hij voelde dat hij kwaad werd omdat die broers hun naam en hun levenswerk afhandig waren gemaakt. Niet dat die houding iets nieuws voor hem was. Hij had lang genoeg geprobeerd om echt bij zijn familie te horen en in zijn jonge jaren aan te zitten bij overdadige diners waar de champagne rijkelijk vloeide en altijd hetzelfde werd besproken. Geld, wie het had en hoe ze meer konden krijgen. Geadopteerd? De foto's die hij lange tijd thuis aan de muur had hangen, vertoonden duidelijke gelijkenissen met zijn moeder en zijn vader, dus dat was eigenlijk uitgesloten, maar toch...

Niet dat hij ze nodig had. Hij redde zich wel alleen.

'Volgende.'

De jongen achter de balie onderbrak zijn gedachten.

'Fredrik Riis, politie,' zei Riis, en hij liet zijn pasje zien. 'Kan ik de manager spreken?'

‘Bedoel je Laila?’ vroeg de jongen aarzelend. Onder zijn zonneklep veegde hij zijn voorhoofd af.

‘Als zij de manager is wel, ja,’ antwoordde Riis.

‘Ze is er niet.’

Het werd even stil aan de smoezelige balie.

‘Oké. Wanneer komt ze?’

‘Dat weet ik niet.’

Weer een stilte, en toen rinkelde de deur achter hem.

‘Wil je iets bestellen?’

‘Nee, ik heb alleen een paar vragen. Misschien kun jij me helpen?’

‘Eh... oké,’ zei de jongen. Hij krabde even aan zijn kin. ‘Maar ik heb klanten, dus...’

‘Die kunnen wel even wachten. Het gaat om een auto-ongeluk, een aanrijding op de parkeerplaats hier een paar weken geleden. Werkte je toen toevallig?’

‘Eh... ja.’

‘Zag je wat er gebeurde?’

‘Nee, ik hoorde alleen de knal. Gaat het om die jongen?’

‘Ja,’ antwoordde Riis.

‘Dat vond ik altijd al een beetje vreemd,’ zei de jongen, en hij schudde even zijn hoofd.

‘Wat bedoel je?’

‘Nou, hij mocht nooit mee naar binnen.’

‘Waren ze hier vaak? Met het hele gezin?’

‘Nee, alleen hij en zijn vader. Maar die jongen moest dus altijd in de auto blijven.’

‘Dat is toch niet zo heel gek? Ik bedoel, de vader koopt eten en dan eten ze het later samen op...’

‘Nee hoor,’ onderbrak de jongen hem. ‘Hij bestelde altijd alleen voor zichzelf.’

‘De vader?’

‘Ja.’

‘Altijd?’

‘Eh... ik kom hiermee toch niet in de problemen of zo?’

‘Nee, waarom zou je in de problemen komen?’

‘Nou ja, om met een smeris te praten en zo...’

De jongen trok een doek uit zijn zak en begon zonder te kijken wat hij deed de balie af te vegen.

'Natuurlijk niet. Ik zag dat er buiten camera's hangen. Heb je toevallig beelden van het ongeluk?'

De jongen schudde zijn hoofd.

'Die doen het niet. Ze zijn nep.'

'Oké, heb je dan misschien een telefoonnummer van die Laila?'

'Nee.'

'Nee? Heeft ze geen telefoon?'

De jongen was even stil.

'Vraag eens of ik je buiten iets kan laten zien,' zei hij zachtjes, en hij haalde de doek weer over de balie.

'Wat?'

De jongen knikte naar de deur en zei hardop: 'Ja, natuurlijk, maar het moet wel snel, oké? Er wachten klanten.'

Hij gooide de doek over zijn schouder, kwam naar voren en liep hoofdschuddend naar de deur.

Een groep jongeren aan een tafel in de hoek gniffelde.

'Sorry, ik wil mijn tanden graag houden,' zei de jongen voorzichtig toen ze de hoek om waren. 'Ze houden hier niet van smerissen, snap je?'

'Ik snap het,' zei Riis met een knikje. 'Dus hier is het gebeurd?'

'Ja. De auto stond hier geparkeerd en ik heb geen idee hoe, maar de andere auto kwam opeens uit de Gamleveien en reed hier zo over het gras.'

De jongen wees.

'Het werd een enorm gedoe. Politie, brandweer, een sleepwagen en weet ik wat nog meer. We moesten de zaak sluiten, de klanten konden niet naar binnen. Ze moesten hem uiteindelijk uit de auto knippen.'

'Ruben?'

'Heette hij zo? Arme jongen.'

'En die andere auto verdween gewoon?'

'Voor zover ik weet wel.'

'En deze doen het niet?'

Riis wees naar de camera's aan de muur.

'Nee, zoals ik al zei, zijn die gewoon nep. Maar...'

'Ja?'

De jongen keek om zich heen en kwam een stap dichterbij.

'Ik ben geen verklikker die smerissen helpt, maar als ik jou was zou ik Kruppel opzoeken, in dat grijze huis daar.'

Hij knikte even naar een huis aan de overkant van de weg.

'Kruppel?'

'Ja, een rare snijboon, maar hij heeft camera's.'

'O ja?'

'Komt zelden zijn huis uit. Mensen zeggen dat hij om een of andere reden een beetje paranoia is. Hij schijnt een keer thuis in elkaar te zijn geslagen en nu heeft hij overal beveiligingsapparatuur – je weet wel, alarmen en een hoop camera's. Je kunt ze hiervandaan zien als je...'

De jongen knikte weer naar het huis, terwijl een van de klanten zijn hoofd om de deur stak.

'Kunnen we nog een burger krijgen, Kevin? Of sta je je nieuwe vriend af te trekken?'

Gelach uit de open deur.

'Kruppel,' zei de jongen weer zachtjes, waarna hij zich terughaastte over de parkeerplaats.

Riis zat net achter het stuur van de Audi toen de telefoon rinkelde. Hij kreeg een zacht pratende Munch aan de lijn.

'Met Munch, had je gebeld?'

'Ja, waar ben je?'

'We zijn bij het huis van Philip Pettersen. Hij is net thuisgekomen. We staan op het punt om naar binnen te gaan. Was het belangrijk?'

'Nee, het kan wel wachten.'

'Mooi,' mompelde Munch, en hij hing op.

Kruppel?

Had hij die naam niet eerder gehoord?

Fredrik Riis stopte zijn telefoon weer in de zak van zijn jasje en stak de sleutel in het contact.

17

Munch liep het kantoor aan de Mariboes gate 13 binnen met een enigszins slecht geweten, maar dat ging al snel over toen hij de jonge vrouw door de glaswand van het ronde hoekkantoor zag. Haar eerste dag in een nieuwe baan en hij had haar gewoon in het diepe gegooid. Maar het leek haar niet echt te hinderen. Ze had haar bureau helemaal in een hoek gezet, de stoel weggehaald, de computer uit het zicht geschoven en de wand bijna helemaal volgeplakt met A4'tjes, briefjes, foto's, sierlijk boven en onder elkaar bevestigd. Hij kon er eerlijk gezegd geen systeem in ontdekken vanaf de plek waar hij nu stond, maar dat was er ongetwijfeld wel. Ze mompelde in zichzelf, verschoof de foto's, ging een ogenblik op de grond zitten met haar gezicht in haar handen, en sprong even later op om wat ze net aangebracht had in een andere volgorde te hangen.

Munch moest twee keer op de deurpost kloppen, voordat ze merkte dat hij er was.

'Stoor ik?'

'Ja,' zei Mia.

Ze sloeg haar hand voor haar mond en focuste met halfgesloten ogen op iets aan de wand, alsof ze probeerde het weer tot leven te roepen.

Munch glimlachte om haar opmerking. Hij mocht haar wel. Haar manier van optreden. Dat ze zich niet veel leek aan te trekken van gebruikelijke omgangsvormen, alsof er in haar wereld andere regels golden. Erg verfrissend. Hij voelde dat zijn humeur alweer de goeie kant op ging. De vergeefse rit naar Pettersen had hem de hele terugweg geïrriteerd, maar zijn irritatie ebde weg toen hij nieuwsgierig bleef staan om Mia nog een foto te zien verplaatsen.

'Betekent dit dat je het liefst alleen bent?'

'Eh... wat zeg je?'

Ze keek even zijn kant op, alsof ze verrast was dat hij daar stond.

'Nou ja, ik...'

Mia bleef nog even staan met haar blauwe ogen op de wand gericht, terwijl het leek alsof ze grip probeerde te krijgen op iets onzichtbaars. Ten slotte gaf ze het op, zuchtte even en was er met haar aandacht weer bij.

'Kun je er de vinger achter krijgen?'

'Wat? Ja, nee...'

Ze haalde haar hand door haar haar en schudde even haar hoofd.

'Ik vind een aantal zaken vrij duidelijk, maar andere dingen, tja...'

Munch deed zijn jasje uit en leunde tegen de ene wand.

'Leid mij erdoorheen en zeg me wat je denkt.'

'Oké,' zei Mia. Ze schraapte haar keel en liep naar een serie foto's.

De haas. Het vosje. Foto's vanuit alle hoeken, die hij nog niet eerder had gezien. Ze moest Ludvig hebben gevraagd om rechtstreeks toegang tot de fotograaf te krijgen.

'Die beesten...' zei ze, zich naar hem toe draaiend. 'Ik geloof dat ik weet waarom hij ze daar heeft neergelegd.'

'Ga door.'

'Je herinnert je toch nog wel het dagboek van dat ene Zweedse slachtoffer?'

'Ja?'

Ze pakte een blaadje van de wand en gaf het aan hem.

'Het gepubliceerde dagboek. *Morgen komt de maan. Ik ben bang van de Wolf.*'

Ze liep snel weer naar de foto's van de beesten op de wand en wees gedecideerd met haar wijsvinger naar beide.

'Ik kan je niet helemaal volgen...'

'*De Wolf*,' zei ze weer, en ze keek naar de foto's van de beesten. 'Denk je niet...'

'Denk ik wat?'

Munch moest even lachen.

'Je moet bijna...'

'O ja, sorry. Als hij zichzelf ziet als de Wolf, dan is dit toch duidelijk?'

Een snelle vinger naar de kop van de haas.

'En dit?'

De vos.

Het werd hem geleidelijk duidelijk waar ze naartoe wilde.

'Zijn de haas en de vos prooidieren? Voor de Wolf? Bedoel je dat?'

'Ja, inderdaad.'

Ze glimlachte triomfantelijk.

'Prooidieren. Naar dat woord zocht ik. Hij laat ze ons zien. Heb je wel eens een kat gehad?'

'Een kat?'

'Ja, thuis? Een kat? Wij hadden een kat en die nam altijd muizen mee naar binnen. Legde ze voor ons op de grond. Ze wilde ons laten zien hoe goed ze was. Wat ze wel allemaal niet kon.'

'Dus je denkt dat ze er voor ons neergelegd zijn?'

Ze wist even niet wat ze moest zeggen, keek naar de wand en raakte weer in zichzelf gekeerd.

'Misschien niet voor ons,' zei ze na een tijdje. 'Of ja, ik weet het eigenlijk niet. Misschien eerder voor hemzelf. *Kom eens kijken, ik ben de Wolf. Kijk eens wat ik allemaal kan.* Kunnen we daar iets mee of...'

Mia leek ineens erg onzeker van zichzelf. Ze wendde zich naar hem toe en krabde even aan haar voorhoofd.

'Het klinkt heel plausibel,' mompelde Munch langzaam, niet in staat te verhullen dat hij onder de indruk was.

Hoeveel uur was hij weggeweest?

Drie?

En hier had dat meisje al...

'Oké, goed,' zei Mia glimlachend. 'Nou, dat is het ene.'

Ze begaf zich snel naar een andere serie foto's die bij elkaar hingen met een kaart van de plaats delict en de omgeving. Nu de slachtoffers. Ze had foto's uitgekozen die van een afstandje genomen waren, geen close-ups. Munch liep nieuwsgierig achter haar aan.

'Het andere waar ik aan dacht, is...'

Ze fronste even haar wenkbrauwen.

'Ja, dit is wel minder concreet, het is meer een gevoel. Mag dat even?'

'Ja, natuurlijk.'

'Goed. Luister. Het visuele speelt een rol. Het is immers mooi om naar te kijken. Esthetiek lijkt heel belangrijk voor hem te zijn, maar nu heb ik het al twee keer gezegd en ik weet niet precies hoe ik het moet...'

'Maakt niet uit. Ga verder.'

'Nou ja. Ik weet bijna zeker dat dit is gemaakt om ervan te genieten. Visueel. Dus dacht ik...'

Ze ging bij de kaart staan.

'Hij moet hebben toegekeken.'

'Wat bedoel je? Toegekeken?'

Ze draaide zich naar hem toe.

'De plaats delict. Hij moet hebben toegekeken, hebben genoten van zijn creatie, denk je niet? Stel je eens voor, dat je dat allemaal gecreëerd hebt. En dan stuiten wij erop. Wat een kick moet dat geven. Hij moet daar geweest zijn. Ik heb een kaart van Ludvig gekregen en moet je hier eens kijken...'

Ze wees met haar vinger en keek hem aan.

'Alleen hier is het hoger, dus dan denk ik misschien hier of hier of misschien wel hier... Maar ik zou begonnen zijn...'

'De afgraving?'

'Ja, misschien een beetje riskant. Het bos is beter – hier bijvoorbeeld? Daar kon hij zich verstoppen.'

'Dus je denkt dat hij naar ons heeft zitten loeren?'

'Ja!'

Haar blauwe ogen glansden.

'Zou jij er dan niet van genieten? Om te zien hoe wij ontdekten wat jij tot stand had gebracht?'

Munch knikte en liep dichter naar de wand.

'Dat klinkt goed, Mia.'

'Ja?'

'Heel goed. Laten we er meteen mensen naartoe sturen. Je denkt dus op deze plek?'

Hij wees op de kaart.

'Ja. Of misschien hier, het is voor mij ook gissen. We moeten zoeken naar een plaats met precies goed zicht op de plek waar ze lagen. Dat kunnen er niet zo heel veel zijn. Híér bedoel ik is het alweer te laag, toch?'

'Goed hoor, Mia. Heel goed. Ik was even ongerust, omdat ik je alleen had gelaten.'

Ze keek hem verbaasd aan.

'Hoe dat zo? Ik kan mezelf wel redden.'

'Dat kun je zeker,' zei Munch glimlachend. 'Goed werk. Was dit alles?'

'Ja. Of eigenlijk: nee.'

'Wat dan?'

'Nog één kleinigheidje.'

Ze ging weer ergens anders staan, nu aan de andere kant van de kamer.

'Ik ben er nog maar net aan begonnen, maar het lijkt me niet onbelangrijk.'

Een lijst met maar twee punten.

'En dat zijn?'

'1993, twee moorden in Zweden. 2001, twee moorden in Noorwegen. Acht jaar ertussen.'

'Ja?'

Ze spreidde haar armen.

'Waar is hij al die tijd geweest?'

'Natuurlijk. Dat heeft mij ook dwarsgezeten.'

'Ja toch?'

Ze knikte en streek de lok weer van haar voorhoofd.

'Wat denk jij ervan?'

Ze dacht even na voor ze antwoord gaf.

'Tja, wat moet ik daarop zeggen? Misschien had hij wel geen zin. Misschien had hij nog niemand gevonden. Maar ja...'

'Wat?'

'Misschien heeft hij de gelegenheid niet gekregen. Wat denk jij?'

'Hoe bedoel je?'

'Nou, ik weet het niet. Die man spoort niet helemaal. Misschien wel in zijn eigen hoofd, maar in elk geval niet naar onze maatstaven. Ik bedoel, als hij de Wolf is...'

'Waar denk je aan?'

Het was even stil.

'Misschien iets te simpel. Kan hij niet ergens hebben vastgezeten?'

'In de gevangenis?'

'Ja? Of misschien is hij ergens onder behandeling geweest?'

'Een gekkenhuis?'

Ze glimlachte even.

'Ik geloof dat het zo niet langer wordt genoemd, maar zoiets ja.'

'Goed werk, Mia. Echt, hoor.'

'Oei, nu vergat ik misschien wel het belangrijkste.'

Mia schudde haar hoofd en liep terug naar de foto's van de beesten. Ze haalde er een van de muur en gaf hem die.

'Zie je dat?'

Ze pakte een appel uit haar zak, beet erin en wees dwingend naar de foto.

De vos.

Een close-up van de kop.

'Niet helemaal...'

'Je moet wel goed kijken,' zei ze gedreven, en ze wees weer. 'Kijk eens naar het oor...'

‘En nu?’

‘Zie je dat niet? Die plekjes daar? Helemaal aan de rand?’

Munch zag waar ze naar keek en toen werd het hem duidelijk.

Wauw.

Het zal toch niet waar zijn?

‘Denk je dat hij misschien… gemerkt was?’

‘Ja, daar lijkt het wel op, toch?’

Ze glimlachte weer en ging voortvarend verder.

‘Een merkje in zijn oor – dan hebben ze dus gevolgd waar hij geweest is? Hij lijkt het te hebben verwijderd. Stel dat het een actief zendertje is geweest, zo een met een gps? Als dat werd verwijderd…’

Ze keek hem bijna plagend aan.

‘Wel verdomme,’ zei Munch met een glimlach.

‘Dat is toch zo? Als het ophield met signalen uitzenden toen het werd verwijderd, dan weten we waar…’

‘Shit.’

Munch lachte.

‘Heb je…’

Mia was haar aantekeningen al aan het pakken, met de appel in haar mond.

‘Ik heb een beetje rondgebeld en ik ben het volgende te weten gekomen. De Hogeschool in Lillehammer heeft in samenwerking met het Noors Instituut voor Natuuronderzoek in elk geval hier in het oosten een vossenproject lopen. Ik heb een naam gekregen… Waar heb ik hem ook alweer? O ja, hier – Nina Dobrov. Ze had het druk, maar ik kon morgenochtend vroeg langskomen.’

‘Dat heb je verdomd goed gedaan, Mia,’ zei Munch. Op het moment dat hij een sigaret uit zijn zak pakte, werd er plotseling op de deur geklopt en een kortademige en ongeduldige Fredrik Riis stak zijn hoofd om de hoek.

‘Stoor ik? Ik heb iets wat jullie beslist moeten zien…’

De onberispelijk geklede rechercheur wachtte niet op antwoord, maar liep haastig langs hen heen naar zijn kamer en stak een USB-stick in zijn computer.

‘Oké, ik moet jullie eerst even iets uitleggen. Ik ben op die school geweest om navraag te doen over dat gips. Ik bedacht dat wij niet wisten waarom die arm in het gips zat. Ik had eigenlijk gedacht dat het niets met onze zaak te maken zou hebben. Ik bedoel, een elfjarig jongetje, het kon van alles zijn, maar wat de leraar vertelde, heeft me toch wel nieuwsgierig gemaakt.'

Hij had nu alle aandacht. Munch pakte een stoel en stopte de sigaret terug in het pakje.

'Ruben blijkt niet zo lang geleden in het middelpunt van de belangstelling te hebben gestaan. Het gips kreeg hij na een merkwaardig verkeersongeluk. Zijn docent, Silje Simonsen, zei dat iedereen opgelucht was dat het zo goed was afgelopen. Het had veel slechter kunnen uitpakken. Daarom besloot ik dit eens goed na te trekken. Wat jullie nu te zien krijgen, is bij snackbar De Grill gebeurd. Ruben en zijn vader waren daar om iets te eten te kopen. Dat wil zeggen, zijn vader was binnen en Ruben was op de parkeerplaats om de hoek in de auto achtergebleven...'

'En dat staat op film?'

'Nee. Hun camera's waren niet aangesloten. Ze waren eigenlijk nep, maar een van de medewerkers heeft me een tip gegeven. Herinneren jullie je Roy Kruppel nog?'

Munch knikte.

'Was dat niet die man die...'

'Precies,' zei Riis happig met een glimlach.

'Wie?' vroeg Mia, van de een naar de ander kijkend.

Munch wilde het net uitleggen, maar Riis was hem voor.

'Roy Kruppel. Een vervelende zaak van een paar jaar geleden. Heel ongebruikelijk in Noorwegen. Heel barbaars. Daarom heeft het ook zoveel aandacht gekregen. Roy Kruppel was een heel normale man, werkzaam in het verzekeringswezen. Zijn vrouw werkte op een kleuterschool in de buurt. Ze hadden twee kinderen die het huis uit waren. Eigen huis, auto, hond – ja, normale mensen, een normaal leven. Tot op een avond, het was in mei, de achttiende in feite. Ik weet het nog omdat ik onze nationale feestdag gevierd had met...'

Munch gromde een beetje.

'O, sorry...'

Riis glimlachte verlegen naar Mia.

'Om een lang verhaal kort te maken: die avond drongen drie mannen zijn huis binnen. Zonder enige reden, leek het. Een poging tot inbraak misschien. Dat was niet helemaal duidelijk. Het echtpaar bezat niets waardevols, in elk geval bleek dat niet uit de rapporten. Beiden werden vastgebonden en gekneveld, de hond werd verdoofd. Zo hebben ze eerst uren gelegen en toen, onduidelijk waarom, begonnen de daders erop los te slaan. Eerst sloegen ze de hond dood. Toen namen ze de vrouw van Kruppel te grazen. Nogmaals: agressief, gewelddadig, het leek totaal zinloos...'

'Ze was na de overval volkomen invalide,' vulde Munch een beetje ongeduldig aan. 'En dit is belangrijk, omdat...?'

'Ja, sorry... In elk geval werd Roy Kruppel na die overval een heel ander mens. Begrijpelijk natuurlijk, wie zou dat niet worden? Een overval in je eigen huis? Daar zou je toch veilig moeten zijn? Kortom, nu is hij doodsbang dat zoiets opnieuw gebeurt. Hij maakte zo ongeveer een fort van zijn huis. Een hek eromheen, met prikkeldraad erbovenop en natuurlijk overal camera's.'

'Dus hij heeft op beeld wat er bij de snackbar is gebeurd?'

'Ja, maar dat niet alleen...'

'Mogen we het zien?' vroeg Munch, en hij pakte de sigaret weer uit het pakje.

De jonge rechercheur keek alsof hij eigenlijk nog meer had willen zeggen, maar begreep de hint, keerde zich weer naar de computer en speelde de video af.

Die was niet al te duidelijk. Zwart-wit. Een camera die duidelijk was ingesteld op de omgeving van het huis en niet op het gebouw aan de andere kant van de weg. Wat ze te zien kregen, speelde zich af in een hoekje van het scherm, bijna uit het zicht. Een lichte auto, geparkeerd achter de snackbar. Riis stopte de video en wees.

'Dit is de Volvo van de familie Lundgren. We kunnen Ruben net nog op de achterbank zien zitten.'

Hij liet de video weer lopen.

Er gebeurde secondelang weinig. De lichte auto stond gewoon stil. De jongen op de achterbank bewoog niet.

'Let nu goed op...'

Volledig onverwacht kwam er een witte bestelbus over het gras aanstuiven. Hij slingerde met hoge snelheid over de parkeerplaats en boorde zich plotseling in het achterportier van de Volvo.

'Jezus christus...'

Mia verschoot van kleur.

'En kijk hier...'

Riis wees naar het scherm en draaide zich opgewonden naar hen toe.

'Hij stopt gewoon niet.'
De witte auto slipte een beetje op het asfalt.
'Hij heeft problemen met de versnelling, het lijkt alsof...'
Hij knalde twee keer tegen het portier waarachter de jongen zat.
'En hier is hij in z'n achteruit...'
De auto stoof weer naar achteren, voor hij helemaal tot stilstand kwam.
'Krijgt nu vaart... nu...'
De witte bestelauto maakte een draai en slipte weer, voor hij uit beeld verdween.
'Jeetje,' mompelde Munch.
'Vreemd, hè?' zei Riis, en hij keerde zich naar hen toe. 'Komt uit het niets, boort zich in de Volvo. Slipt in paniek en gaat er weer vandoor. Stapt niet eens uit om te kijken.'
'Is het onderzocht?'
Riis pakte een notitieboekje uit de zak van zijn jasje.
'Ja. Ik heb met iemand van Verkeer gesproken. Er is aangifte gedaan, het is onderzocht en geseponeerd. Geen doden, dus geen prioriteit.'
'Er was toch een gewonde?'
'Ja, mijn idee. Maar dit is het antwoord dat ze me hebben gegeven. Hij leek niet helemaal goed op de hoogte, maar ze zouden me het pv in elk geval per mail toesturen.'
'Is dit alles wat we hebben?' vroeg Munch met een knikje naar het scherm.
'Nee,' zei Riis. 'Kruppel had de hele dag op beeld, de hele week zelfs. Hij heeft me zijn archief laten zien. Een volledige uitrusting in de kelder. Het leek daar wel een soort controlekamer. De CIA zou er jaloers op zijn.'
'Arme man,' mompelde Munch. Hij stak de sigaret tussen zijn lippen. 'En is dit alles wat we van het incident hebben?'
'Ja,' zei Fredrik, die een nieuw bestand van de USB-stick koos, 'maar er is ook dit nog.'
'En dat is...'
'Wat er na afloop is gebeurd. Aankomst van de politie en de brandweer met van die grote metalen kniptangen die ze gebruiken om iemand ergens uit te bevrijden. De wegenwacht was er ook snel. De ambulance pas na een tijdje; wel vreemd dat die zo laat kwam.

Ze halen de jongen eruit en leggen hem op de grond, waar hij een tijdje blijft liggen. Veel ramptoeristen.'

Riis haalde zijn schouders op.

'De jongen ligt in de ambulance. Iedereen gaat weg. De wegenwacht sleept de Volvo weg...'

Munch stond op.

'Goed gedaan, Fredrik. Heel goed.'

'Dank je wel,' zei de rechercheur glimlachend. Hij wierp een snelle blik op Mia, die zo ongeveer aan het scherm gekluisterd zat.

'Een witte bestelauto,' zei ze voorzichtig. 'Hadden jullie die ook niet geobserveerd op de plaats delict?'

'Ja, die hadden *wíj* geobserveerd,' zei Munch met een knipoog, terwijl hij een aansteker uit zijn zak pakte.

'Ja, sorry. Waren *wíj* niet naar zo'n type op zoek? Een witte Peugeot Boxer? Is die al gevonden?'

'Nee.'

'Ik weet niet of het jullie is opgevallen, maar het kenteken aan de voorkant ontbrak,' haastte Riis zich nog te vertellen.

'Maar het kenteken aan de achterkant niet,' zei Mia, die zich dichter naar het scherm boog. Riis had de video stilgezet toen de auto bijna uit beeld was verdwenen. 'Kunnen we het kenteken zien?'

'Helaas. Ik heb de film naar de technische afdeling gestuurd. Ze proberen hem op te blazen. Als we geluk hebben, kunnen we het zien, als de pixels niet te groot worden.'

'Goed werk, Fredrik,' zei Munch weer, terwijl zijn telefoon ging. Hij liep naar de gang om hem aan te nemen.

'Ja?'

'Met Anette. Helaas lijkt het alsof we ernaast zitten.'

'Pettersen?'

'Ja. Zijn alibi is nagetrokken.'

'Godver. Nou ja, het is niet anders. Kom je hierheen?'

'Ben onderweg.'

'Mooi. Weet jij hoeveel agenten met de zaak bezig zijn?'

'In Finstadjordet?'

'Ja, degenen die de huis-aan-huis doen en zo?'

'Geen idee, een stuk of dertig. Hoezo dat?'

Munch hield de telefoon tussen zijn kin en zijn schouder en liep naar het ronde hoekkantoor.

'Kun je er tien, twaalf naar het bos sturen?'

'Oké. Is daar iets bijzonders?'

'Mia denkt dat hij ons daar misschien heeft bekeken. Ik heb hier een exacte locatie. Heb je een pen?'

'Yep...'

'Goed, stuur ze hierheen,' zei Munch, en hij las de coördinaten voor van de grote kaart die de jonge nieuweling had gevonden en aan de wand had gehangen.

18

Lydia Clemens bewoog zich langzaam en stil door het bos. Ze was een tijdje terug met dit spelletje begonnen: doen alsof ze een tijger was die geruisloos door het bos sloop zonder dat iemand haar hoorde. Ze was er snel goed in geworden, zoals het haar altijd verging als ze iets nieuws uitprobeerde. Boogschieten, bijvoorbeeld; het had haar niet veel tijd gekost voor ze zelfs beter was dan opa Willy. *Tjongejonge*, had hij gezegd toen ze snel drie keer achter elkaar midden in de roos had geschoten, het doel dat hij had gemaakt op het graslandje achter het huis. Ze kon nu raken wat ze maar wilde. Met haar eigen pijlen, met eigen veren. Opa Willy had de punten in de smederij gesmeed, net als het mes dat ze voor haar verjaardag had gekregen. Ze zou nooit zijn gezicht vergeten toen hij zag hoe blij ze ermee was. Opa Willy huilde nooit, maar nu moest hij wel een traantje wegpinken, voor de haard in de kamer in het kleine huis. *Het is fantastisch!* had ze geroepen, en ze had hem meteen een dikke zoen gegeven. *Ja? Echt? Ben je er blij mee? Hartstikke!* En dat was ook echt zo, want met haar oude mes had ze herten geslacht en vis schoongemaakt; ze had er gras voor de geiten mee afgesneden en vossenpelzen mee schoongeschraapt, er houten poppetjes mee gesneden – ja, ze had er van alles en nog wat mee gedaan en het was nu aan het eind van zijn Latijn. Ze had ten slotte geklaagd, bij de slijpsteen: *Moet je mijn mes eens zien. Er is bijna niets meer van over*. Ze was een beetje boos geworden, omdat hij had gezegd: *Dit mes gaat nog lang mee.* Maar hij had toch maar mooi een nieuw voor haar gemaakt; daarom was hij zo vaak stiekem naar zijn smederij gegaan. *Ik moet even naar de smederij, Lydia. Ga jij je huiswerk maar maken.*

Huiswerk, altijd maar huiswerk. Het was wel eens veel, maar Lydia Clemens begreep natuurlijk wel dat dit belangrijk was, dus ze hield vol, al was het niet allemaal even leuk. Want na de Lange Tijd zou de Eeuwige Zomer komen en dan had de aarde mensen zoals zij nodig. Mensen die veel konden. Dan hoefde de beschaving niet helemaal van voren af aan te beginnen. Dan waren er verstandige mensen nodig die veel gelezen hadden en het meeste wisten. Geschiedenis. Biologie. Wiskunde. Scheikunde. Maar ook praktische dingen, zoals hutten bouwen en je eigen kaarsen maken. En jagen natuurlijk. Dan had je wat aan je boog en je mes – zorgen voor voedsel voor jezelf en je familie. Niet alleen tijdens de Lange Tijd, maar ook daarna, als alles voorbij was. Het zou tijd kosten om weer een samenleving op te bouwen, misschien wel een paar honderd jaar nadat alles kapot was gemaakt door de slechten. Dieren doden was niet bepaald haar hobby, maar ze begreep wel dat het moest.

Lydia had een versje gemaakt, dat ze altijd zachtjes voor zich uit mompelde vlak voordat ze een dier doodde. Alleen om de wereld om haar heen en alle geesten in de bomen en degenen die vanaf de sterren naar haar keken te laten weten dat ze respect had voor het leven dat ze nu ging beëindigen. *Het spijt me, mooi dier.* Met haar oog gericht op de gespannen boog. *Ik hou erg veel van jou. Ik hoop dat er een hemel is voor* (hier noemde ze het bewuste dier, bijvoorbeeld hazen). *En wanneer je daar bent, zul je altijd gelukkig zijn.* Ogen sluiten. Dat zou ze graag hebben gedaan, maar dat kon natuurlijk niet. Je moest de pijl helemaal tot het doel volgen. Dat was het geheim achter boogschieten. Met je brein bepalen waar hij moest treffen en hem dan de hele weg nakijken.

De twintig langste rivieren in China: de Chang Jiang, de Huang He, de Amur, de Parelrivier, de Mekong, de Tarim, de Argun, de Han Jiang, de Wu Jiang, de Selenge, de Nen Jiang, de Liao He, de Hai, de Yalong Jiang, de Kherlen, de Orkhon, de Yarlung Tsangpo, de Dadu He, de Jialing Jiang, de Huai He.

De eerste twintig elementen van het periodiek systeem: 1. Waterstof. 2. Helium. 3. Lithium. 4. Beryllium. 5. Borium. 6. Koolstof. 7. Stikstof. 8. Zuurstof. 9. Fluor. 10. Neon. 11. Natrium. 12. Magnesium. 13. Aluminium. 14. Silicium. 15. Fosfor. 16. Zwavel. 17. Chloor. 18. Argon. 19. Kalium. 20. Calcium.

De Russische Revolutie in 1917: grootgrondbezitters en fabriekseigenaren bezaten de meeste rijkdommen in Rusland, terwijl het volk in honger en armoede leefde. De rijken wilden niet delen met de anderen en daarom kwam het volk in opstand. Onder leiding van Vladimir Iljitsj Oeljanov (Lenin) nam het volk de leiding in het land over, zodat iedereen voedsel en fatsoenlijk werk zou krijgen, zonder het hoofd te hoeven buigen en zich te vernederen voor de kapitalisten.

Het recept van zelfgemaakte zeep: 150 gram dierlijk vet, 4 deciliter raapolie, 1,5 deciliter koud water, 71 gram loog (als we het hebben).

Dat laatste was een praktische toets. Die over de Russische Revolutie was een schriftelijke toets geweest en daar had ze een beetje moeite mee gehad. Ze vond het namelijk veel makkelijker om te praten dan om te schrijven, maar ze was er op een of andere manier wel doorheen gekomen. Opa Willy was heel tevreden geweest en hij had zelfs gezegd dat ze het restje suiker voor een taart zouden gebruiken, en toen was het niet meer zo belangrijk dat ze zoveel moeite had gehad om al die stomme woorden die rondsprongen op papier in de juiste volgorde te krijgen.

Stil als een muis en nog steeds met de sluipende gang van een tijger kwam ze bij het huisje aan de andere kant van het moeras. Ze maakte zich voorzichtig klein in de hei achter een grote oude den en haalde haar verrekijker tevoorschijn. Het was daar helemaal stil, ze zag geen rook uit de schoorsteen komen zoals de vorige keer. Jammer. Zo koud was het buiten niet, dus je hoefde niet te stoken, al had de man die daar woonde dat de vorige keer toen ze hier was wel gedaan. Ze stak haar kijker terug in haar riem en liep voorzichtig over de gele graspollen. Ze was dol op de geur van moeras. Die was bijna magisch, alsof er verroest metaal in de vochtige spleten lag. Opletten natuurlijk, altijd je voeten op het veen zetten, niet in de verleiding komen om de modderige moerasgaten te proberen, anders kon je eens en voor altijd verdwijnen. Voor haar was dat natuurlijk geen enkel probleem. Zij kende dit bos als haar broekzak en ze stond op goede voet met alle pollen en planten in dit moeras. Het huisje was oud, bruin en niet zo fraai; de verf was op veel plaatsen afgebladderd. Een kleine ongeverfde grijze schuur aan de andere kant van het erf, geen bloemen of moestuin of zoiets. De man die hier woonde, was niet netjes op zijn spullen. 'Het zal hem een zorg zijn,' zou opa Willy zeggen. Er stond een kleine quad naast het huis, maar het was overal muisstil. Het laatste eindje kroop Lydia verder op haar buik, helemaal tot aan de muur van het huis, en ze voelde haar hart bonzen onder haar jasje van hertenleer. Ze wist het natuurlijk wel, ze had halverwege het moeras al gezien dat de televisie niet aan stond. De vorige keer had ze immers geluid door de dunne wanden horen komen, maar ze gluurde toch even over de rand en keek snel naar binnen. Als ze het niet dacht: het zwarte scherm was helemaal dood. *Jammer, hoor.* Ze had zich er zo op verheugd. Ze zuchtte en liet zich teleurgesteld op het bruine gras bij de muur vallen. De zon raakte nu bijna de toppen van de bomen die lange schaduwen over het geelbruine veen wierpen. Ze kon eigenlijk net zo goed weer op huis aan gaan. Naar het nieuws luisteren op de radio van opa Willy terwijl ze haar tanden poetste. Haar hoofd op het kussen leggen en genieten van het lekker warme dekbed.

Lydia was net opgestaan, toen ze een vreemd gejank en gerammel van metaal hoorde. Geritsel en gedreun. Ze sloop voorzichtig om de hoek van het huis. Absolute stilte.

Had ze...

Nee, daar was dat geluid weer.

Voorzichtig over het erf.

Haar leren schoenen maakten nauwelijks geluid op het hobbelige grind, en toen stond ze plotseling voor hem.

Een das.

In een kooi.

Opgesloten.

Twee ogen en een snuit. Hij probeerde te ontsnappen door de valdeur.

Wel alle...

Lydia werd kwaad.

Dieren vangen?

In vallen?

Dat kon toch niet waar zijn?

Ze vervloekte de man die in het vervallen huis woonde en maakte het slot open dat het dier gevangenhield.

De das snuffelde voorzichtig.

Toen schuifelde hij eruit.

Hij keek haar dankbaar aan, voordat hij er razendsnel vandoor ging, de vrijheid in de struiken tegemoet.

Wat?

Een dier op zo'n manier opsluiten?

Haar bloed ging ervan koken.

Lydia wierp een boze blik op de deur en spuugde demonstratief op het grind.

Ze maakte zich klein en begon aan de terugtocht over het moeras.

19

Fredrik Riis stapte voor de eerste keer in twee dagen zijn appartement in Briskeby binnen. Al had hij nog best een nacht op de bank op kantoor kunnen slapen, hij moest even naar huis om voor zijn vogel te zorgen. Hij had natuurlijk niets tegen de anderen gezegd. Het was al erg genoeg dat ze hem een snob vonden in zijn eeuwige pak, ze moesten hem niet ook nog 'de vogelaar' gaan noemen. Hij schopte zijn Italiaanse schoenen uit, droeg zijn tas de keuken in en werd welkom geheten door de kaketoe die op de ventilator boven het fornuis zat en hem verdrietig aankeek. Hij glimlachte en bood de vogel zijn hand aan. Die aarzelde een beetje, zoals altijd wanneer hij een tijdje weg was geweest, maar na een poosje trippelde hij over zijn vingers en via zijn arm naar zijn schouders, tot aan zijn wang, waar hij het liefst zat. Sjöberg, een grijswitte kaketoe met een gele kuif en oranje wangen. Genoemd naar de hoogspringer Patrik Sjöberg, die in Stockholm in 1987 dat fantastische wereldrecord zette: 2,42 meter. Hij liep keuvelend naar het voederbakje en liet de kaketoe zien dat hij schoon water en vogelzaad bijvulde, met nog een beetje vogelsnoep in het bakje onder het belletje. Hij had gelezen dat dit belangrijk was voor een zo groot mogelijke interactie met de vogel. De witte kaketoe zette zijn veren op en maakte een zacht, tevreden geluidje. Fredrik pakte de sushi die hij onderweg had gekocht, en zo zaten ze samen een poosje in de keuken te eten. Hij was net onder de douche vandaan gekomen toen de telefoon ging. Het was een nummer dat hij niet had opgeslagen. Fredrik liep naar de slaapkamer.

'Met Fredrik Riis.'

'Hallo, Fredrik, met Silje Simonsen.'

Even denken wie zij ook alweer was. De blonde lerares van de school.

'Ja, hallo. Natuurlijk. Hoe gaat het?'

'Goed, dank je.'

Ze klonk opgewekt aan de andere kant van de lijn.

'Sorry dat ik je zo laat bel, maar ik heb een tamelijk hectische dag achter de rug. Mijn dochter was boos omdat ik haar zo laat van de kleuterschool haalde. Vervolgens wilde ze niet slapen.'

'Geeft niet, hoor,' zei Fredrik.

'Nog even over het gips,' ging de docent verder. 'Het ging toch om de w?'

'Ja, dat klopt. Wat heb je gevonden?'

'Ik kon niemand vinden. Op schermen zit wel een William, maar die had zijn naam er ook al op gezet, dus ik denk dat jullie hier niet veel verder mee komen.'

'Heb je iemand gebeld die niet in je klas zit?'

'Ja, mocht dat niet?'

'Jawel,' zei Fredrik lachend. 'Aardig van je, maar het had niet gehoeven.'

Hij ging de keuken in, pakte een flesje water uit de koelkast en nam het mee naar de woonkamer.

'Ik wilde graag helpen,' zei de vriendelijke stem. 'Het is wel leuk om een beetje detective te spelen. Zo vaak krijg ik daar de kans niet voor. Mijn baan is bepaald niet zo spannend als die van jou.'

'Nou, dat weet ik zo net nog niet,' zei Riis. Hij plofte weer op de bank.

'Dat was eigenlijk het enige wat ik wilde zeggen.'

'Nou, dank je wel dan. Je hebt mijn nummer, als je nog iets anders te binnen schiet.'

'Ja...' zei ze aarzelend.

'Is er verder nog iets?'

Ze viel even stil.

'Ja, wat moet ik zeggen?'

'Nou...'

'Weet je... er zitten een paar jongens in mijn klas die – hoe moet ik het zeggen – zich anders zijn gaan gedragen.'

'O ja? Hoe dan?'

'Dat is een beetje moeilijk uit te leggen. Het kan ook gewoon het heftige van de situatie zijn. Ze zijn erg onder de indruk van wat er is gebeurd, maar ik weet het gewoon niet. Tegen mij zijn ze meestal open, maar de laatste dagen hebben ze me vermeden, als je begrijpt wat ik bedoel.'

'Jazeker,' zei Fredrik en hij liep de slaapkamer in.

'Eerder vandaag nog, toen ik een controlerondje deed en de hoek om kwam, hielden ze ineens hun mond. Ik vond ze er bijna schuldig uitzien.'

'Aha,' zei Fredrik. 'Misschien moet ik nog een keer langskomen.'

'Ja, misschien wel.'

'We moeten toestemming van de ouders hebben om formele verhoren bij kinderen af te nemen, maar we zouden informeel even met hen kunnen praten en dan kijken of er iets uit komt.'

'Prima,' zei Simonsen lachend. 'Dat lijkt me een goed plan.'

'Afgesproken, dan doen we dat. Ik bel je morgen.'

'Ja, prima. Sorry dat ik zo laat belde.'

'Geeft niet, hoor. Ik was toch nog op.'

'Oké. Welterusten.'

'Welterusten,' zei Fredrik Riis, en hij legde de telefoon op zijn nachtkastje.

Welterusten?

Een beetje intiem misschien?

Nee, hij was te moe om zo te denken.

Hij moest eerst eens gaan slapen.

Hij was net uit de badkamer gekomen, had het kleed over de kooi van Sjöberg gehangen, zodat die ook wat nachtrust zou krijgen, en was onder de warme dekens gekropen toen het plotseling trilde onder zijn bedlampje.

Zien we elkaar gauw?

Hij zuchtte en toetste met tegenzin een antwoord in.

Nee, dat kan niet.

Het duurde nog geen tel voor het volgende bericht kwam.

Even maar? Toe nou?

Hij dacht een ogenblik na, werd bijna misselijk, maar hij had een besluit genomen.

Nee, dat kan echt niet.

Onmiddellijk weer een nieuw bericht.

Waarom niet?

Hij ging rechtop in bed zitten en legde zijn gezicht in zijn handen. Waar was hij nu weer in verzeild geraakt? Nee, dit…

Hij beet op zijn lip en toetste het antwoord in zo snel hij kon.

Omdat je getrouwd bent.

Met een van mijn collega's.

Daarom.

3

20

Susanne Hval Pedersen keek nerveus door de keukengordijnen aan de Timoteiveien 13 en wou dat ze nog wist waar ze haar pillen had verstopt. Zeker op een slimme plek, want ze zou ze toch niet gebruiken. Haar huisarts had haar een paar weken geleden een recept gegeven. Zij, valium? Nee, geen sprake van. Voor haar geen slaapmiddelen. Maar haar dokter had erop aangedrongen; dan kon ze een beetje ontspannen na alles wat er was gebeurd. Haar man was zijn baan kwijtgeraakt en hij gedroeg zich nu opeens heel anders. Heel vreemd. Ze herkende hem bijna niet. Hij ging 's nachts op pad en als hij wakker werd, verdween hij weer zonder een woord te zeggen. Zonder te zeggen waar hij was geweest of waar hij heen ging. *Waar lagen die pillen nou? Ergens in de badkamer, toch? In het medicijnkastje? Maar nee, daar heb je al drie keer gekeken.* Daar liggen alleen paracetamol en de astmamedicijnen van Nora.

Susanne keek weer uit het keukenraam, maar deed een stap achteruit toen ze een vreemde auto langzaam langs haar huis zag rijden. En dan dit ook nog? Alsof ze niet al genoeg aan haar hoofd had. Ruben? Van verderop in de straat? De zoon van Jan-Otto en Vibeke? Vermoord? Hier op het veldje? Lieve help, wat gruwelijk. Dat kon toch niet? Het kon toch niet waar zijn? Maar het hele land had het bijna nergens anders meer over. Op de radio als ze ontbijt stond te maken. In de lokale krant op de mat als ze de kat naar buiten liet. Op alle radiozenders in de auto met Nora op weg naar de crèche en later naar Lillestrøm om de winkel open te doen. Op de tv's die in de etalage in de winkel ernaast stonden. De Elkjøp. Normaal gesproken waren er alleen schitterende natuurprogramma's of mooie muziekclips te zien, maar nu niet meer. De hele dag extra uitzendingen. Zowel op NRK als op TV 2. Vooraanstaande journalisten met ernstige gezichten boven hun microfoons. Grote letters die over de schermen rolden: LAATSTE NIEUWS: POLITIE GEEFT NAMEN VERMOORDE JONGENS VRIJ. Je ontkwam er gewoon niet aan. Bekende gezichten, belangrijke mensen. Politie strak in het uniform. De minister van Justitie. Dat was hem toch, die man met die rattenkop? In haar lunchpauze in de kiosk op de hoek om sigaretten te kopen. De sensatiekranten op een rijtje. Schreeuwende koppen: GEEN VERDACHTEN. LAND IN ROUW. Alsof het oorlog was. Alsof het hele land die twee kinderen had verloren. Mensen die in de supermarkt vóór haar in de rij stonden. Fluisterend, smiespelend: *Heb je gehoord dat de moeder van die ene jongen in Spanje zat? Liet die jongen alleen thuis achter. Ja, dat zeggen ze. Wat? Nee, buren schijnbaar, maar die wisten niet op welke dagen dat zou zijn. Bestaan zulke mensen? Ja, in die flats natuurlijk. Wat? Nee, ik heb geen idee wie die jongen is. Tommy. Maar Ruben kennen we wel. Ja, wist je dat niet? Mijn dochter Anita zit in zijn parallelklas. O ja, hij was een keer bij ons op bezoek. Mooi jongetje. Sproeten. Blond. Net een engeltje.*

Susanne Hval Pedersen trok de gordijnen dicht en keek op de klok boven de aanrecht. Kwart over negen. Ze had Nora net naar bed gebracht, in haar eentje. Alweer. Hoewel de kleine wel naar hem had gevraagd, arm ding. *Waar is papa? Ik wil dat papa me voorleest.* Rupsje Nooitgenoeg. *Nee, niet jij, mama, ik wil papa.* Ze had twee keer zo lang moeten zingen als anders voordat het meisje in slaap viel. Ze had het opgegeven om hem te bellen, want hij nam toch niet op. De laatste keer dat ze hem had gezien was... Ja, wanneer was dat eigenlijk? Gisteravond? Zondagochtend? Nee, ze had hem niet gezien, ze had alleen de deur gehoord. Had wakker gelegen onder haar dekbed, hopend dat hij naar de slaapkamer zou komen, naast haar ging liggen, haar zou vasthouden zoals hij vroeger deed; dan zou dit alles voorbij zijn. Wat het dan ook was. Nee, hij kwam niet, ze had alleen zware stappen op de trap gehoord. Naar de logeerkamer. En toen weer de stappen naar beneden, lang voordat ze normaal opstond, maar ze had niet meer kunnen slapen. De dreun van de zware buitendeur. De auto die startte en verdween.

Waar had ze die pillen verstopt?

Ze liep naar de tv-kamer in het souterrain en door naar de hobbykamer. Ze kwam daar niet vaak en het duurde even voordat ze het lichtknopje had gevonden. Dit was zijn kamer. Hier had hij zijn gereedschap. Een kleine stereo in de ene hoek. Platen uit zijn jeugd, uit zijn jongenskamer, en de posters die ze niet in de woonkamer wilde hebben. Led Zeppelin. Rolling Stones. Jimi Hendrix. Thin Lizzy. Al die muziek die ze eigenlijk haatte. Nou ja, ze haatte die niet echt, maar al die rock, een beetje ordinair, ze was daar niet aan gewend. Bij haar thuis werd er een beetje op neergekeken en dat was blijven hangen. Klassieke muziek, dat was echte muziek. Een vleugel in de woonkamer waar ze allemaal omheen stonden als haar moeder speelde. Een enorme kerstboom. Mooie jurken. De betere kringen. Een beetje als in *Fanny en Alexander*. Kinderen die je mocht zien, maar niet horen. Maar daar had ze niets op tegen. Ze had een fijne jeugd gehad. Zelf speelde ze cello. Niet op professioneel niveau natuurlijk, maar ze speelde best aardig. Mocht een paar keer meespelen in het zomerconcert van muziekinstituut Barratt Due. En toen had ze die man ontmoet. De man die niet eens wist welk bestek je voor wat gebruikte. Die zich kleedde alsof hij iets uit een tweedehandswinkel had meegegrist. Waren ze uit elkaar gegroeid? Was dat soms gebeurd? Die dagelijkse routines. Die sleur. Eerst met hun zoon, die nu drieëntwintig was en niet meer thuis woonde. Naar Bergen om te studeren. Medicijnen nog wel. Susanne was apetrots toen hij dat vertelde. Dat hij was toegelaten. Niet in Oslo, maar Bergen was toch ook prima? Hoeveel mensen hadden zich eigenlijk aangemeld? En hoeveel hadden een plek gekregen? Haar zoon was een heel jaar lang elke dag op en neer geweest naar Bjørknes Privatskole om zijn cijfers in een aantal vakken op te halen. Arts? Stel je voor. Haar moeder was zeer tevreden, ze wist niet meer wanneer ze haar voor het laatst zo had zien glimlachen. Was het dat geweest: waren ze langzaam uit elkaar gegroeid? Was het niet gewoon dat wat er een paar maanden geleden was gebeurd? En die kleine, die fantastische Nora die opeens was gekomen. Ze hadden het niet eens geprobeerd. Seks kwam niet meer zo heel vaak voor in de blauwgeschilderde slaapkamer. Zo gaat dat bij stellen van hun leeftijd, voor zover ze van haar vriendinnen begreep, maar op een dag gebeurde het toch wel. Zwanger? Ongelooflijk. Of ze het kind wilde houden? Wat? Natuurlijk wilde ze het kind houden, waar hadden ze het over? Negenendertig was toch nog jong? Haar diabetes, wat had dat ermee te maken? Ze was geïrriteerd geraakt, had zelfs een andere huisarts genomen. En nu lag Nora daar te slapen, lief in haar bedje. *Waar is papa? Ik wil dat papa komt!*

Susanne zuchtte en bleef midden in de kamer staan. Wist niet eens wat ze hier deed. Hier had ze die pillen niet verstopt. Ze was hier al heel lang niet geweest. Wenche, een vriendin van verderop op de Kløverveien, had verteld dat niet zij, maar iemand anders van wie ze de naam niet wilde noemen in het souterrain een geheime kamer achter de fitnesskamer van haar man had gevonden. Susanne had het niet geloofd, het klonk absurd, maar haar vriendin hield vol dat het echt waar was. Een kastje met een verstopte schakelaar, zoals je alleen in films ziet. En daar binnen waren... het klonk bizar, spullen voor... Ja, hoe noemde je dat? Dat heette toch sm? Maskers, kettingen, zwepen, leren pakken en grote dildo's. Wenche had er uitgebreid over verteld, maar Susanne had zich ervoor afgesloten en aan iets anders gedacht. Hier? In deze woonwijk? Met straten die naar bloemen waren genoemd? Waar iedereen elkaar kende? Nee, dat was toch onmogelijk? Maar nu? Na alles wat er gebeurd was, wist ze niet meer wat ze moest geloven.

Susanne Hval Pedersen wilde net het licht weer uitdoen, toen ze iets in een hoek zag liggen. Een hoopje kleding. Was dat niet zijn overhemd? Ze liep er voorzichtig heen. En die versleten spijkerbroek die ze van hem niet mocht weggooien? Ze pakte de kleren op en bleef er nieuwsgierig naar staan kijken. Waarom lagen die hier beneden? Hij legde ze altijd in de bijkeuken, zoals ze hem had gevraagd, zodat ze overzicht had. Ze vond het niet erg om de was te doen, maar ze wilde haar eigen systeem volgen, dat wist hij toch? Niet overal kleding neergooien, had ze dat niet duidelijk gezegd?

Ze pakte geïrriteerd het overhemd op en toen zag ze het.

De vlekken.

Iets roods.

Opgedroogd.

Wat was dat in godsnaam?

Ze zaten overal.

Jezus, waar ben je mee bezig, Gunnar?

Nee, nu is het genoeg.

Hier moeten we over praten.

Ze nam een beslissing.

Niet meer in bed liggen wachten.

Op een stoel.

Bij de deur.

Ze zou blijven zitten tot hij kwam.

Dus.

Dat moest gewoon.

Ze nam het hoopje kleding mee naar het washok en zette de machine op zestig graden.

En toen ging ze naar boven om koffie te zetten.

21

Het Noors Instituut voor Natuuronderzoek was gevestigd in een rood bakstenen gebouw bij het Ullevaal Stadion, waardoor Mia Krüger steeds maar aan haar vader moest denken, aan het gesprek van de vorige avond en hoe afschuwelijk het was geweest om tegen hem te liegen, ook al was het haar fout eigenlijk niet. Een leugentje om bestwil, maar toch. Ullevaal. Het Noorse voetbalelftal. Daar kon Mia bepaald niet warm voor lopen, maar ze hield van haar vader en ze was ooit meegegaan naar een wedstrijd omdat hij het zo leuk vond als ze meeging. Niet Sigrid. Háár had hij gevraagd, en dat kon ze zich vooral herinneren van het bezoek aan het Ullevaal Stadion. Zij samen, papa en zij. Noorwegen had het voor één keer niet zo slecht gedaan. Kon zich voor het WK kwalificeren voor het eerst sinds... was het 1938? Iets dergelijks. In elk geval erg lang geleden. Een nieuwe trainer, die voortvarend te werk was gegaan. Zelfs Mia had meegekregen hoe die man heette: Drillo, een excentriekeling die links stemde, op een soort kaplaarzen rondliep, alles over aardrijkskunde wist, alle soorten muziek herrie noemde en een nieuw soort voetbal liet spelen, waar de rest van de wereld een bloedhekel aan had, maar dat kennelijk goede resultaten opleverde. Wat er op het veld gebeurde had haar niet zoveel kunnen schelen, maar ze wist nog steeds hoe gezellig het was om zo dicht bij elkaar op de tribune te zitten, omringd door vlaggen en mensen met vikinghelmen en beschilderde gezichten. Noorwegen-Engeland. Het kleine broertje tegen de grote broer. Nee, zo was het niet. Drie keer niks tegen het land waar voetbal was uitgevonden, dat was misschien juister. Maar toen had het kleine Noorwegen toch mooi gewonnen. 2-0. Veertien jaar, en wat was ze blij. Omdat alle anderen zo blij waren. Dertigduizend gelukkige mensen bij elkaar, en toen in de auto op weg naar huis. Zo had ze haar vader nooit eerder gezien. Hij zong met de raampjes open, in die stemming die dagenlang in het land bleef hangen.

Kun je niet met Sigrid praten? Zeggen dat mama het zo niet heeft bedoeld? Dat wij haar allebei zo missen?

Die breekbare stem door de telefoon; ze had op haar lip moeten bijten om haar mond niet voorbij te praten.

Eigenlijk wel goed dat ze ruzie hadden gemaakt. Want dat gaf haar tijd. Om haar zus te vinden, om orde op zaken te stellen, voordat papa er lucht van kreeg. Het verdriet zou hem zijn levensvreugde volledig ontnemen, dat wist ze wel zeker.

Mama, koppig en streng als altijd: *Als je doorgaat met die lapzwans, dan wil ik je hier in huis niet meer zien, begrepen?*

Dergelijke dingen zei ze altijd en later had ze er spijt van, maar nu zou ze natuurlijk niet toegeven. Nee, als ze gezegd had dat Sigrid niet thuis mocht komen zolang Markus Skog haar vriendje was, dan was dat zo. Nu geloofde papa natuurlijk, de diplomaat die altijd de middenweg koos bij zulke ruzies, dat Sigrid net zo koppig was.

Ze neemt de telefoon niet eens op! Ook niet als ík bel! Wat heb ik gedaan? Ik mis mijn meisjes zo. Kun je zeggen dat ze thuis moet komen? Alsjeblieft?

Mia was eigenlijk niet van plan om iets te zeggen. Wilde wachten tot ze thuis was, maar ze had het eruit geflapt, vooral om over iets anders te praten.

Ik heb een baan, papa.

Wat? Maar...

Zo trots op haar.

Typisch die lieve papa.

Ze had gehoord hoe het hem had ontroerd, hij bleef haar maar prijzen.

Dit moeten we vieren!

Je komt zaterdag toch wel?

Zaterdag.

De tachtigste verjaardag van oma.

Ze had het Munch nog niet gevraagd, wist niet helemaal hoe de regels waren. Iedereen in het team leek de hele week lang wel de klok rond te werken, maar ze had toch maar ja tegen haar vader gezegd.

Nina Dobrov, hoofd Wetenschappelijk Onderzoek, was midden veertig en zag er precies zo uit als Mia zich had voorgesteld.

Een metalen montuur en halflang donkerblond haar. Een kleurloze broek, waarboven een even kleurloze trui. Niet opgemaakt, haar gedachten ergens anders, en tijdens het gesprek keek ze een paar keer weg. Niet dat alle wetenschappelijk onderzoekers even stereotiep zijn, maar deze vrouw was het beslist wel. Ze leek niets om haar uiterlijk te geven, was erg afgeleid, haar kamer was ongelooflijk rommelig, maar ze praatte enthousiast en bevlogen over haar werk.

Mia kreeg een volledige rondleiding met veel uitleg.

'Noors Instituut voor Natuuronderzoek, oftewel NINA. Vind je het niet geestig dat het hoofd van NINA Nina heet?'

De vrouw had een restje van wat misschien yoghurt was op haar wang, maar Mia had geen zin er iets van te zeggen. Ze knikte maar beleefd toen ze door allerlei smalle gangen werd geleid, langs de vooral lege kantoren.

'Het hoofd, zeg ik nu wel, maar dat is niet helemaal juist, want het hoofdkantoor staat in Trondheim, terwijl we hier op dit moment ook wel met vrij veel zijn. We zijn wel met z'n zevenendertigen, inclusief de mensen met een onderzoeksbeurs. Onze onderzoeksgebieden zijn ecologie en biodiversiteit in bossen, bergen, drasland, cultuurlandschap – alles wel, eigenlijk. Hier is de kamer van Daniel; hij is er nu niet, hij werkt aan entomologische taxonomie. Hier is de kamer van Vibeke, terrestrische natuurmonitoring is haar vakgebied, en hier zit Arnt. Zoals je ziet werken de meeste van onze wetenschappers buiten in bos en veld, daar horen we immers thuis, niet op kleine kantoortjes. Zijn veld is insectenmonitoring. Berit, die meestal dáár zit, werkt aan een heel spannend project over de gezondheid van onder andere de blankvoorn en de kleine forel in zwavelhoudende meren. De stichting NINA werd na een eindeloze procedure in 1988 door het parlement opgericht. Het probleem was dat onderzoek en beheer gescheiden moesten blijven, maar het uiteindelijke doel was de onderzoekers weg te krijgen uit het ministerie van Milieubescherming. Het lijkt wel de scheiding tussen Kerk en Staat, vind je niet? We kunnen toch geen ministerie hebben dat voorschrijft hoe onderzoek gedaan moet worden? Onderzoek moet vrij zijn. Neem bijvoorbeeld de kweekzalm, toch heel belangrijk voor de Noorse economie. Maar is het gezond? Voor het milieu? Voor de mensen? Een staat die alleen maar op economische gronden beleid uitzet, dat kunnen we niet hebben. Nee, onze...'

Reuze interessant, maar Mia moest haar op dit punt onderbreken. Het leek alsof het enthousiaste onderzoekshoofd bijna vergeten was waarvoor Mia eigenlijk was gekomen.

'Ik kwam voor de vos, weet je nog?' zei ze, en ze klopte voorzichtig op haar tas.

'O. Ja, natuurlijk, sorry,' zei Dobrov. Ze veegde eindelijk de yoghurtklodder van haar wang. 'Lars had hier eigenlijk moeten zijn; hij weet er het meeste van, maar hij is nu in Lillehammer. Zoals je hebt begrepen zijn we over alle windstreken verspreid. In Lillehammer houdt de Hogeschool zich vooral bezig met het merken van het wild hier in het oosten van het land. De administratie zit bij ons en als hoofd van de afdeling weet ik er ook wel iets van.'

Ze glimlachte en nam Mia mee naar een spreekkamer.

'Je had toch foto's die je wilde laten zien?'

Mia ging zitten en pakte de foto's uit haar tas.

'Het gaat om dit vosje,' zei ze. Ze schoof de foto over de tafel. 'Je ziet hier wat merkjes in zijn oor en ik dacht...'

'Hm, ja, eens kijken. Jammer dat Wilfred er niet is, aan hem zou je wel wat hebben gehad.'

De vrouw glimlachte weer naar haar.

'O ja? En wie is dat?'

Een man met een houthakkershemd en ongekamd haar stak zijn hoofd om de hoek.

'We hadden vandaag toch een vergadering?'

'Nee, die is naar volgende week verplaatst. Ottar moest naar Vadsø.'

'Vadsø? Ik ben er speciaal voor gekomen!'

'Is dat je niet verteld?' vroeg Dobrov glimlachend.

'Nee. Zoals altijd. Zou iemand niet eens een keer...'

De man mompelde verontwaardigd in zichzelf, schudde zijn hoofd en verdween weer.

'Waar waren we ook alweer gebleven?'

'Je had het over ene Wilfred...?'

'Wilfred, ja,' zei Dobrov met een glimlach. 'Een van onze veelbelovende PhD-studenten. Echt dol op vossen. Ik had hem graag een vaste baan aangeboden, maar de liefde is ertussen gekomen, helaas. Hij woont nu in Australië. Ja, zo kan het lopen.'

'Oké, maar denk je...'

Mia wees weer op de foto, maar deze keer gedecideerder.

'Hier lijkt echt wel een merkje te hebben gezeten,' zei Dobrov. Achter haar dikke brillenglazen kneep ze haar ogen samen. 'Toch wel vreemd, vind ik.'

'Hoe dat zo?'

'Dat doen we eigenlijk niet meer.'

'Wat niet?'

'Dit soort passieve merkjes aanbrengen, bij vossen in elk geval. Vorig najaar hebben we nieuwe zendertjes gekregen. Dus zulke...'

Ze haalde haar vingers over haar hals.

'Bandjes. Gps-zenders – beter voor het dier en ook voor ons. We kunnen ze de hele dag volgen, elk stapje dat ze zetten. We kunnen te allen tijde op de computer zien waar ze zijn. Die nieuwe technologie is toch wel enorm fascinerend.'

'Je zei net... passieve merkjes?'

'Er zijn veel verschillende manieren om merkjes aan te brengen,' begon Dobrov weer op docerende toon. 'Pootringetjes, bijvoorbeeld, gebruiken we bij vogels. Vroeger werden er wel radiozenders gebruikt, die operatief in de buik van zo'n arm dier werden geplaatst. We hebben trouwens twee keer een dode bruine beer gevonden waarbij het implantaat in de buik was gaan roesten en kortsluiting had gemaakt. Triest. Dus dat doen we niet meer. De achterliggende gedachte was dat...'

'Maar passief,' vroeg Mia voorzichtig. 'Zoals hier op de foto. Betekent dit dat jullie niet weten waar het dier geweest is?'

'Klopt. Daar is een halsband voor nodig. Helaas.'

'En die gebruiken jullie nu voor vossen?'

'Ja. Daar zijn we jammer genoeg pas een jaar geleden mee begonnen.'

'Betekent dit dat deze vos eerder gemerkt is, meer dan een jaar geleden?'

'Dat zou ik wel denken.'

'Passief dus?'

'Ja.'

'En daardoor kunnen we er niet achter komen waar hij is geweest?'

'Wij merken hoofdzakelijk in het oosten. Als anderen dit merkje hebben aangebracht, kan het dier overal vandaan komen. Bijvoorbeeld uit Zweden, waar we veel mee samenwerken.'

'Oké, in elk geval bedankt voor je hulp,' zei Mia. Ze probeerde haar teleurstelling te verbergen terwijl ze de foto's terug in haar tas stopte.

Op de parkeerplaats wilde ze net weer instappen, toen haar telefoon ging. Op het display stond een voor haar onbekend nummer.

'Met Mia.'

'Hallo?'

Een bekende stem, die haar deed glimlachen.

'Oma?'

'Hallo? Mia? Hallo?'

'Ik hoor je, oma.'

'Hallo?'

Gemompel aan de andere kant, waarna het gesprek plotseling werd verbroken.

Mia moest glimlachen toen er opnieuw werd gebeld.

'Ha, oma.'

'Hè, hè, eindelijk contact. Ik geloof dat ik op een verkeerd knopje heb gedrukt. Moeten die knopjes zo klein zijn? Waar is dat voor nodig?'

'Heb je een mobieltje gekocht?'

'Ja, leuk hè?' zei de warme stem trots. 'Een rode, die precies in de zak van mijn rok past.'

'Wat goed, oma. Hoe gaat het trouwens met je?'

'Met mij? Laten we het over jou hebben. Ik heb gehoord dat je een baan hebt. Gefeliciteerd, hoor!'

'Dank je wel, oma. Ik hoop dat ik zaterdag kan komen.'

'Hoezo, zaterdag?'

'Je verjaardag, toch?'

De oude dame gniffelde aan de andere kant van de lijn.

'Nee, dank je wel, ik hoef echt geen feest.'

'Wil je geen feest? Maar...'

'Jij krijgt een cadeau van mij.'

'Wat?'

'Ik heb er lang over nagedacht, maar dit is het moment. Ik kom morgen naar Oslo. Kunnen we dan afspreken?'

'Hoe bedoel je?'

'Je krijgt een cadeau van me. Kunnen we om twaalf uur afspreken?'

'Even denken, hoor...'

De oude dame viel weg, maar wist de verbinding te herstellen.

'Kom maar gewoon, Mia. Achter het paleis? Om twaalf uur?'

'Ik zal het proberen...'

'Wat?'

'Ik kom,' zei Mia glimlachend. 'Maar ik kan niet zo lang blijven.'

'Het duurt niet lang.'

'Fijn. Dat is dan afgesproken.'

Het werd weer stil, maar ze kon horen dat haar oma nog aan de lijn was.

'Oma?'

'Ja?'

'Wil je ophangen?'

'Eh... ja.'

'Dan moet je op het rode knopje drukken.'

'Oké, liefje, dank je wel.'

'Tot morgen.'

'Tot dan.'

22

Munch stond bij de afgraving in Finstadjordet en keek naar de rode afzetting die ze op het veldje hadden aangebracht. Hij zat een beetje met die nieuweling in zijn maag en eerlijk gezegd had hij wel het een en ander van Anette Goli te verduren gehad. De officier van justitie stond erom bekend dat ze het hart op de tong droeg en deze keer was het niet anders geweest. *Je geeft haar een vaste baan, maar hoe goed ken je haar eigenlijk na een kwartier?* Maar het was al verstomd. Zowel het stemmetje in zijn hoofd als de kritiek van Anette, die al na twee dagen haar scepsis had ingeruild voor een grote bewondering voor de nieuweling. *Wát heeft ze gevonden? Echt waar? In het oor van de vos? Wat stelde ze voor te gaan doen, zei je? Je moet er maar op komen. Daar zou ik nou zelf niet aan hebben gedacht.* Goli kwam op hem afgelopen. Ze had haar bankiersoutfit verwisseld voor iets praktischers, en dit was ook weer een voorbeeld van zijn selectie van mensen. Ze deden niet alleen wat ze moesten doen, ze deden veel meer. Omdat ze het leuk vonden. Hij had op andere plekken gewerkt waar de mensen zo weinig energie hadden dat je zou denken dat je in de eetzaal van een bejaardenhuis was terechtgekomen. Maar Mariboes gate 13 stond daar lijnrecht tegenover. Het was af en toe te veel van het goede, maar zo was het nu eenmaal. Mia had gesuggereerd dat de dader wel eens naar hen had kunnen zitten kijken, toen zij de lijkjes vonden. Dit was slecht gevallen bij zijn team, een soort belediging. *O ja?* Maar iedereen die niet met iets anders bezig was, had toch maar zijn jas aangetrokken en was nu het bos aan het uitkammen op zoek naar sporen. Munch stak net een sigaret met de vorige aan toen Anette naar hem toe kwam en naar boven wees.

'Je moet helemaal naar dat rijtje bomen gaan om de afzetting te kunnen zien. Daarvandaan heb je in alle richtingen ongeveer driehonderd meter goed zicht. Met een verrekijker natuurlijk, maar die had hij wel. Ik moet er nu vandoor, Dreyer heeft gebeld. Ik had toch gezegd dat je nog bij haar langs moest?'

'Geen tijd.'

'Dat zal best, maar ik heb het je wel gezegd, hè?'

'Ja hoor.'

'Mooi. Dan krijg ík in elk geval niet op mijn lazer wanneer ze weer een van haar donderpreken houdt.'

Goli glimlachte en zwoegde verder in de richting van de afgraving, maar bedacht zich na een paar meter en kwam weer terug.

'O ja, bijna vergeten. Ik heb een telefoontje van Rikskrimi in Stockholm gekregen. Ze vroegen zich af of we hulp konden gebruiken.'

'O? Welk team dat de zaak niet heeft opgelost gaan ze dan wel sturen?'

Hij had het niet sarcastisch bedoeld, maar zo kwam het wel over.

'Ze hebben iemand die het hele traject aan de zaak heeft gewerkt. Een psycholoog. Stelde een profiel op. Patrick zus of zo. Dan hoeven Ludvig en Anja zich niet in alles in te lezen. Goed idee, hè?'

'Absoluut.'

'Ik dacht al dat je dat zou zeggen, dus ik zei dat het goed was. Hij komt morgenochtend met het vliegtuig. Ik zal een gastenappartement voor hem regelen, als er een beschikbaar is. Vang jij hem op?'

'Vanzelfsprekend.'

'Oké, mooi. Als ik meer weet, vertel ik je wel waar en wanneer.'

Goli knikte en liep weer richting afgraving, toen Munchs telefoon ging.

Marianne.

Munch keek even in de richting van het bos, waar een vijftigtal mannen en vrouwen de grond al afzocht.

Hij vond het eigenlijk vervelend door het thuisfront te worden gestoord.

Dat was een andere wereld, die niet met deze vermengd mocht worden.

Niet alleen om zich maximaal te kunnen concentreren, om zo diep mogelijk na te denken, maar het was ook iets anders, wat misschien wel net zo belangrijk was: *Dan had hij een normaal leven wanneer hij thuiskwam. Een leven waarbij niemand dode elfjarige jongens op een veldje vond.*

De telefoon stopte met rinkelen, maar toen stond haar naam er alweer.

Het schoot ineens door hem heen.

Was het vandaag...

23 april.

Ja, natuurlijk.

Hij was het helemaal vergeten.

Munch drukte op het groene knopje.

'Ha Marianne.'

'Ha lieverd, hoe gaat het met je?'

'Goed hoor.'

'Ik wilde je niet storen, maar je weet toch wat voor dag het vandaag is? Gaan we nog vandaag, net als altijd, of laten we het zitten?'

Munch nam een diepe trek van zijn sigaret en blies de rook traag de lucht in.

23 april 1992.

Negen jaar geleden was zijn vader overleden. Ze hadden er een mooie traditie van gemaakt om op die dag met de hele familie naar het kerkhof te gaan.

Plots werd Munch overvallen door een sterke vermoeidheid. Hij had niet veel geslapen sinds ze die twee jongens hadden gevonden en hij begon het nu te merken. Kwetsbaarheid. Een scheurtje dat negatieve gedachten onder zijn huid toeliet.

Acht jaar?

Waren de Zweden er zo lang mee bezig?
Nog steeds niets gevonden?
Zou hij hier nog steeds staan?
Over acht jaar?
Zonder antwoord?
'Holger, ben je er nog?'
'Hè? Ja, ik denk dat we het dit jaar maar moeten laten zitten. Het is hier volle bak...'
Zijn vrouw klonk teleurgesteld.
'Ja, natuurlijk. We kunnen het misschien later doen, eventueel in het weekend?'
Een sprankje hoop aan de andere kant, maar hij kon het niet beloven.
'We zien nog wel, oké?'
'Goed. Was je van plan vanavond thuis te komen? Dan maak ik wat te eten voor je en leg ik schone kleren voor je klaar.'
De gedachten kwamen toch wel, al probeerde hij ze van zich af te zetten.
Zijn vader.
Hij had nog zoveel tegen hem willen zeggen.
Hij zag hem nu voor zich.
Trots en glimlachend.
Op een van die eeuwige skitochtjes. Munch was opgegroeid in een bescheiden rijtjeshuis in Larvik, met verplichte tochtjes op zondag. Zijn vader fier voorop, met chocolademelk en sinaasappels in zijn rugzak. Zijn moeder was gelukkig wat geduldiger als haar onhandige zoon moeizaam voortschuifelde, op zoek naar iets in de verte. *Nog een klein stukje. We zijn er bijna.* Noorwegen. Nationale trots. Eindelijk waren ze op een of andere heuveltop, en daar stond zijn vader stralend als een koning over het landschap uit te kijken. *Moet je ons land eens zien, Holger. Wieg van reuzen. Dat is toch van ons allemaal, vind je ook niet? Dat mogen de kapitalisten niet van ons afpakken!* Zijn vader had bij de spoorwegen gewerkt en hij stond hoog op de kieslijst van de Noorse Communistische Partij. Hij was natuurlijk nooit ergens verkozen, om de simpele reden dat niemand langer communistisch stemde, maar dat leek zijn vader niet te hebben meegekregen. Elke verkiezingsnacht dwong hij zijn zoon weer wakker te blijven, altijd even gedreven, altijd even opti-

mistisch. *Vanavond gebeurt het, Holger, nu zullen we ze eens wat laten zien!* Het affiche van Lenin in de gang en die merkwaardige groene pet met een rode ster erop, die hij na enig aandringen van zijn moeder achter in de kast had gehangen, maar die elke keer als er een nieuw parlement of een gemeentebestuur werd gekozen tevoorschijn moest worden gehaald, onder het genot van een borrel welteverstaan. Het zou nog heel wat jaren duren voor hij begreep dat zijn vader alcoholist was. Hij was nooit gewelddadig, werd nooit te dronken als de kinderen wakker waren. Zijn moeder kreeg het allemaal te verduren. Ook dat kreeg hij pas laat in de gaten, eigenlijk pas na het obductieverslag van het auto-ongeluk. Meer dan 2 promille, een vrachtwagen in de tegenovergestelde rijrichting. Er werd nooit gesproken over een eventuele zelfmoord, het was een kleine hint van de dokter bij wie hij later langsging. Zijn vader had een lever die niet meer functioneerde en de dokter had hem nog geen jaar gegeven. Zijn moeder was daarna min of meer verschrompeld. Ze was een ander mens geworden. Nu zat ze in een verpleeghuis, had Jezus gevonden en herkende haar zoon nauwelijks wanneer hij langskwam. Daardoor was hij haar helaas steeds minder gaan bezoeken.

Munch had zich één keer in zijn leven als veertienjarige bezat aan de kersenbrandewijn van zijn vader.

Daarna had hij geen druppel meer aangeraakt.

'Viel je nu weer weg, Holger?'

'Wat? Nee, ik ben er. Ik zal proberen even thuis te komen.'

'Fijn, dan zet ik iets voor je klaar.'

Er was daar boven iets aan de hand.

Hij kon Katja met haar armen zien zwaaien.

'Lekker. Ik moet ervandoor. Tot vanavond?'

'Oké.'

'Holger!'

De stem van de Nederlandse schalde vanaf de afgraving.

'We hebben iets gevonden! Ik geloof dat we de plek hebben gevonden!'

Munch liet zijn sigaret op de grond vallen en begaf zich met zijn zware lijf in de richting van de steile helling.

23

Fredrik Riis voelde zich een beetje licht in het hoofd omdat het zo leuk was haar weer te zien. Silje Simonsen deed de deur achter hen dicht en ze waren alleen in het klaslokaal. De school. Een beetje vreemd om hier te zijn als volwassene, hij kreeg bijna het gevoel alsof hij iets verbodens deed toen Silje de klassenfoto van de wand haalde en voor hem neerlegde. Fredrik was niet zo dol op autoriteit, misschien was het daarom wel. Zijn vader was streng geweest. Heel streng. En dat had hij zijn hele volwassen leven met zich meegedragen: een bijna overdreven respect voor iedereen die ouder was dan hij of hoger in rang stond. Het lerarenkorps op zijn eigen school was van de oude stempel geweest, bijna als een nasleep van de pedagogiek uit de jaren vijftig. Het was nauwelijks pedagogiek te noemen. De belangstelling lag in elk geval niet bij de leerlingen. Kinderen moesten fatsoenlijke volwassenen worden, het juiste antwoord geven en verder hun mond houden. Dat was nu wel anders, gelukkig. Hij was een tijdje terug met zijn neefje mee geweest naar een open dag en het had hem positief verrast hoeveel vrijer en gezelliger het geweest was dan nog maar vijftien jaar geleden. De wereld was in verandering – ten goede, gelukkig.

'Het gaat over deze twee,' zei Silje zachtjes, wijzend naar de foto. 'Lasse en Karl-Martin. Gewoonlijk levendige jongens, maar zoals gezegd: de laatste tijd zijn ze zich anders gaan gedragen.'

'Heb je al met hen gepraat?' vroeg Fredrik terwijl hij de foto beter bekeek.

Ongeveer twintig kinderen, netjes opgesteld, de ogen dichtknijpend naar de camera, vereeuwigd in een groepje waar over een paar jaar niets meer van over zou zijn.

'Had ik dat misschien moeten doen?' vroeg Silje zich af, en ze beet op haar lip. 'Ik weet het gewoon niet, na alles wat er is gebeurd. Ik wil ze ook niet bang maken. Het is al erg genoeg wat ze allemaal hebben meegemaakt.'

'Beslist,' zei Fredrik met een knikje. 'Goed dat je op mij hebt gewacht. Ik heb het even nagevraagd bij ons en ik heb me toch vergist. Het klopt dat we toestemming van de ouders moeten hebben, maar dat is alleen maar het geval bij formele verhoren, maar dit, gewoon een babbeltje, dat is geen enkel probleem.'

'Mooi zo,' zei Silje. 'Zal ik ze even gaan halen?'

'Schikt dat?'

'Ja, ik heb overleg gehad met Bente, de klassendocent van klas c. Ze zei dat ik gewoon maar moest komen als jij er was.'

'Prima.'

Silje Simonsen stond op en liep naar de deur.

'Met z'n tweeën? Of apart?'

'Ja, wat is het handigst? Misschien is samen wel net zo praktisch. Ik wil niet dat ze het eng vinden, ze voelen zich vast veiliger als ze met z'n tweeën zijn.'

'Oké.' Silje glimlachte en verdween de gang in.

Er trilde iets in de zak van zijn jasje en hij liep naar het raam om de telefoon te beantwoorden.

'Met Riis.'

'Hallo, met Bernhard, FO, afdeling Elektronica. Je had toch een film gestuurd en wilde een kenteken?'

'Ja? Hoever ben je?'

'Wil je eerst het goede nieuws horen of eerst het slechte? Of een mash-up?'

In de jonge stem klonk een lach door.

'Een wat?'

'Een *mash*? Good news? Bad news?'

Fredrik Riis zuchtte en wierp een blik op de speelplaats. De afdeling Elektronica. De politie had eindelijk begrepen dat ze achterliepen op het gebied van datacriminaliteit en elektronisch onderzoek. Daarom hadden ze panisch het hele net afgestruind op zoek naar personeel en hadden ze vooral negentienjarigen aangenomen, nog niet droog achter de oren. Ook wel de E-afdeling genoemd. Zo beroerd was het misschien niet, maar het scheelde niet veel. Ze waren met een inhaalslag bezig, had hij gehoord, maar nu had hij er eentje aan de lijn die nog thuis bij mammie woonde.

'Nou, good news? Bad news?'

Hij kon horen dat de jongen ergens op kauwde, met de telefoon tegen zijn wang en zijn vingers op een toetsenbord.

'Kunnen jullie het kenteken zien of niet?'

'*Affirmative*.'

'Wat?'

'Ja. We kunnen het zien. Daar ben ik 99,7 procent zeker van.'

'Oké.'

'Maar... het systeem hier is gecrasht. Alweer.'

'Windows?' vroeg Riis droogjes.

Een standaardgrapje op hun afdeling. Hij was al eerder met hen in contact geweest.

'Vertel mij wat,' zei de brutale vlerk. 'Is het niet vreemd dat die boomers nog steeds met die oude Gates blijven werken, terwijl dat toch inmiddels ook niet meer is dan een rammelend geraamte?'

Hij moest lachen om zijn eigen spitsvondigheid en nam een slok uit zijn beker.

'Snap jij dat? Waarom niet alles onder Linux draaien?'

'Je neemt me de woorden uit de mond,' riep de jongen uit. 'Ik kan het veel beter thuis doen, snap je?'

'Mij best. Dan neem je het toch mee naar huis?'

'Eh... wat? Eh... nee... ik...'

'Wanneer denk je dat jullie weer in de lucht zijn?' verzuchtte Riis, terwijl er vanaf de speelplaats een bal op hem af rolde.

Een zwart meisje kwam naar hem toe en pakte de bal. Ze bleef een ogenblik staan, keek hem met een schuin hoofd aan, zwaaide naar hem en liep terug naar de andere kinderen, met de bal in haar hand.

Wat schattig.

Fredrik glimlachte breed. De vorige keer dat hij dat gevoel had gehad, was hij samen met zijn neefje. Hadden mannen eigenlijk ook een biologische klok, net zoals vrouwen? Die riep dat het nu de hoogste tijd was om kinderen te krijgen? Hij wist het niet, maar hij werd wel eens door dat gevoel overvallen. Hij had zichzelf er de laatste tijd op betrapt dat hij jaloers naar mensen met kinderwagens keek.

'Het kan een uur duren, het kan de hele nacht duren – waarschijnlijk het laatste. Gates, weet je wel, die...'

'Bel me als je het kenteken hebt.'

'Is goed. Ik...'

Riis verbrak de verbinding, terwijl de deur openging en twee nieuwsgierige jongens naar binnen schuifelden.

'Kijk jongens, daar is hij,' zei Silje vriendelijk; ze had haar docentenstem weer opgezet. 'Hij heet Fredrik en is van de politie, maar dat betekent niet dat jullie in de problemen zitten. Hij wil alleen maar met jullie praten. Wíj willen even met jullie praten.'

De jongens kwamen naar hem toe en gaven hem een hand.

'Lasse.'

'Karl-Martin.'

'Fredrik,' zei Fredrik met een glimlach. 'Ga zitten, en het is precies zoals Silje zegt. We willen alleen even met jullie praten.'

Hij ging zo ontspannen mogelijk achter het bureau zitten, terwijl de jongens allebei achter een tafeltje plaatsnamen. Ze keken even zenuwachtig naar elkaar, en ze zaten zo rechtop dat Fredrik zich er bijna ongemakkelijk bij voelde.

'Jullie waren toch vrienden van Ruben?'

Hij glimlachte en probeerde zijn stem zo vriendelijk mogelijk te laten klinken.

'Ja,' antwoordden ze allebei, en ze keken elkaar weer aan.

'Ook van Tommy?'

'Nee, niet echt van Tommy,' zei Karl-Martin.

Hij had blond steil haar en helderblauwe ogen, en hij deed een beetje denken aan Emiel uit de boeken van Astrid Lindgren.

'Was daar een speciale reden voor?'

De jongen die Lasse heette, aarzelde even.

'Nou ja, hij... Hij hoorde er eigenlijk niet helemaal bij, hoe moet ik het zeggen...'

Hij keek even naar Silje Simonsen, die hem bemoedigend toelachte.

'Hij had niets met Tommy,' zei Karl-Martin plotseling.

Zijn vriendje reageerde.

'Karl...'

'Ja, maar. We zouden toch...'

'Hij?' vroeg Fredrik, nieuwsgierig. 'Wie is "hij"? Een andere jongen?'

Beiden schudden stilletjes hun hoofd.

'De man,' zei Karl-Martin.

Fredrik zag dat de zenuwen door hun keel gierden. Hij had gedacht dat dit was omdat de politie bij hen was, maar plotseling werd het hem duidelijk dat het iets veel ergers was. Beide jongens leken gewoon bang te zijn, voor iets of iemand.

'Jongens,' zei Fredrik rustig, en hij boog zich naar hen toe. 'Eerst wil ik zeggen dat als jullie iets hebben gezien en dat nog aan niemand hebben verteld, dat helemaal niet erg is. Daar hoeven jullie je niet schuldig over te voelen. Verder, als jullie...'

Lasse begon plotseling te huilen.

'Hij zei dat hij ons wilde vermoorden!' zei hij snikkend. 'Als we het tegen iemand zeiden.'

'Die man?' vroeg Fredrik voorzichtig.

Beiden knikten.

Karl-Martin zei met trillende stem: 'Hij wilde dat we hem hielpen Ruben daarheen te brengen.'

'Waarheen?' vroeg Silje.

'Naar het bronhuisje,' zei Lasse snikkend. Hij veegde met zijn hand zijn neus schoon.

Fredrik wierp een snelle blik op Silje, die met ogen op steeltjes zat te luisteren.

'Hebben jullie een man gezien? Die wilde dat jullie met hem meegingen naar het bronhuisje? Dat rode huisje bij de schietbaan?'

De jongens knikten en schudden tegelijkertijd van nee.

'Niet ons. Hij wilde Ruben hebben.'

'Oké. Dat weten jullie heel zeker?'

Ze keken hem aan.

'Wat?'

'Ik bedoel: weten jullie zeker dat hij Ruben moest hebben? Dus niet zomaar iemand?'

'Ja,' zei de blonde, ernstig knikkend. 'Dat is precies wat hij zei. Hij zei dat we er geld voor zouden krijgen als we hem konden helpen. Het zou een verrassing zijn; hij had een cadeautje voor Ruben, in dat huisje. En we zouden ieder honderd kronen krijgen als wij hem daarheen brachten.'

Fredrik zag de handjes op hun schoot trillen.

'Weet iedereen waar dat bronhuisje is?' vroeg Fredrik.

'Misschien niet iedereen, maar de meesten wel. Ze gaan daarheen om te zoenen. En wij gaan erheen om ze te bespioneren. Wij hebben toch niets verkeerds gedaan?'

'Nee hoor,' zei Silje om hen te kalmeren.

'Natuurlijk niet,' stemde Fredrik in. 'Jullie zijn echte detectives. Jullie moeten juist trots zijn dat jullie ons dit vertellen, dat snappen jullie toch wel?'

De jongens keken elkaar voorzichtig aan.

'Laten we bij het begin beginnen. Dat kunnen jullie best.'

Ze knikten en er leek wat spanning van hen af gevallen te zijn. Fredrik Riis pakte het notitieboekje uit zijn jaszak.

'Waar zagen jullie die man voor het eerst?'

'Bij het voetbalveld.'

'Nee, daar niet,' zei de blonde. 'We zagen hem toch eerst bij De Grill?'

'Hè? Ik niet, in elk geval.'

'Weet je dat niet meer? Ik had geld van mama gekregen en we gingen chips kopen.'

'Daar was ik niet bij,' zei Lasse.

'Wel hoor,' zei de ander. 'Else-Karin was er ook en die zei dat Tove wilde dat we bij haar in de speelkamer kwamen.'

'Zijn jullie in de speelkamer van Tove geweest?'

'Nee. We gingen ergens anders spelen, maar jij bent er toch geweest...'

'Nee, dat moet Mats zijn geweest.'

Fredrik onderbrak hen voorzichtig. 'Jullie hebben die man in elk geval bij het voetbalveld gezien.'

'En bij De Grill.'

'En bij De Grill. Kunnen jullie beschrijven hoe hij eruitzag?'

Beide jongens leefden op. Ze leken gelukkig over de ergste schrik heen te zijn.

'Hij had een snor,' zei Lasse.

'En rare tanden,' voegde Karl-Martin eraan toe.

'Ja, die zagen er heel raar uit,' bevestigde Lasse. 'Ze stonden vooraan bijna over elkaar.'

De jongen deed zijn mond open om het aan te wijzen.

'Was hij oud?'

'Ja,' zei Lasse met een knikje.

'Hoe oud ongeveer?'

'Misschien zo oud als jij,' zei de blonde, en hij wees op hem.

'Ongeveer dertig?'

'Ja. Of veertig of zo.'

'Hij was heel raar, wilde vriendjes zijn maar was wel erg oud en praatte over voetbal en vroeg of we Manchester United leuk vonden en zo...'

'En Solskjær.'

'Ja,' viel zijn vriendje hem bij. 'Hij vroeg of we Solskjær goed vonden en zei dat hij wel voor een handentekening kon zorgen.'

'Bedoel je een handtekening?'

'Ja, zijn handtekening.'

'Ja, dat.'

'Ja, hij zei dat hij met Solskjær op de middelbare school had gezeten. Schepte op dat hij hem had uitgespeeld, dat hij eigenlijk een veel betere spits was en dat híj bij Manchester United had moeten spelen, maar er was iets met zijn voet gebeurd.'

'Met zijn knie,' verbeterde Karl-Martin. Hij wees even naar zijn eigen been.

'Hij hinkelde een beetje, dus het kan best.'

'Bedoel je dat hij mank liep?' vroeg Silje.

'Ja, hij liep mank.'

'Dus jullie zouden de handtekening van Solskjær krijgen. Heeft hij toen ook over Ruben gepraat?'

Ze keken elkaar even aan.

'Nee, de eerste keer niet.'

'Dus jullie hebben hem vaker gezien?'

'Ja, bij de bushalte. Hij hield ons tegen toen we aan het fietsen waren en toen vroeg hij dat.'

'Hij liet ons een foto zien,' voegde Karl-Martin er voorzichtig aan toe.

'Van Ruben?'

'Ja. Hij vroeg of we hem kenden en zo. Of we hem konden helpen om, eh...'

'Om hem in het bronhuisje te krijgen?'

Beide jongens knikten zwijgend.

'En wat zeiden jullie toen?' vroeg Silje vriendelijk.

'We zeiden nee.'

'Oké,' zei Fredrik. 'Mag ik vragen waarom? Waarom wilden jullie hem niet helpen?'

Het duurde even voor het antwoord kwam.

'Hij was niet aardig meer.'

'O nee? Hoezo dat?'

'Hij deed anders. Veel meer... als grote mensen, en streng, een beetje als...'

Lasse keek even naar Silje.

'Zoals ik?'

'Ja. Of nee, nou niet echt zoals jij, maar zoals wanneer de leraren kwaad worden...'

'Agressief?' vroeg Fredrik voorzichtig.

'Ja, zoiets. Het spuug kwam bijna uit zijn mond van boosheid.'

'En toen zei hij het,' zei Lasse nerveus. 'Dat hij ons zou vermoorden als we tegen iemand zouden zeggen dat hij met ons had gepraat.'

'Zijn snor was ook anders.'

'Wat?'

'Nee, zo...'

De blonde jongen haalde een aarzelende vinger langs zijn neus.

'Ja, de eerste keer was het meer zo, en nu was het meer zo...'

'Denken jullie,' begon Fredrik rustig, 'dat jullie hem voor ons kunnen beschrijven als ik een tekenaar meebreng?'

'Een tekenaar?'

Ze keken elkaar vragend aan.

'Ja, de politie heeft wel eens tekenaars, als we niet weten hoe iemand die we zoeken eruitziet.'

'Moeten wij een tekening maken?'

'Nee, nee, jullie moeten hem alleen maar vertellen wat jullie hebben gezien en dan doet de tekenaar de rest.'

'Oké.'

Ze keken weer naar elkaar.

'Misschien,' zei Lasse.

'Maar hij was niet steeds hetzelfde,' viel zijn vriendje hem bij.

'Dat geeft niets. Hebben we een afspraak? Dat we iemand hierheen sturen? Dan kunnen jullie vertellen hoe hij eruitzag.'

'Oké,' zeiden de jongens. Ze keken haast een beetje blij.

'Nog één ding: zijn jullie er echt helemaal zeker van dat hij Ruben moest hebben en niet een van de anderen?'

'Ja, dat zei hij tenminste.'

'Heeft hij ook gezegd waarom?'

Ze schudden allebei hun hoofd.

'Mooi,' zei Fredrik. Hij stond op. 'Hartstikke bedankt, jongens. Jullie hebben ons enorm geholpen. Wij zijn er om jullie te beschermen, dus jullie hoeven niet meer bang te zijn. Beloofd? Niet meer bang, hè?'

Er verscheen een glimlach op hun gezicht.

'Oké.'

Hij gaf beide jongens een stevige hand en keek hen na toen Silje hen meenam de gang in.

Toen de deur achter hem dichtviel, pakte hij met trillende vingers zijn telefoon uit zijn zak.

'Ja, met Munch?'

'Met Fredrik. We hebben een beschrijving van de man.'

'Wat?'

'Twee jongens. Ze hebben hem een paar keer gezien. Kun je voor een tekenaar zorgen?'

'Natuurlijk.'

'Geweldig. En weet je?'

'Nou?'

'Hij moest Ruben hebben.'

'Wat?'

'Het zijn geen toevallige slachtoffers. Hij wist precies wie hij wilde hebben.'

'Wel verdomme...'

'Zeg dat wel.'

'Mooi werk. Kom je even langs?'

'Zo meteen. Eerst hier even een paar dingen regelen.'

Fredrik Riis liet de telefoon weer in zijn zak glijden en verliet het lokaal om Silje Simonsen te gaan zoeken.

24

De oude man met het witte haar was erop voorbereid dat er iets zou gebeuren, maar dat ze hem zo snel zouden vinden had hij zich nooit kunnen voorstellen. Het was natuurlijk gewaagd geweest om zes beroemde Zweden uit te nodigen voor een feest, maar zo moest het toch? Wie niet waagt, die niet wint. Verdorie, een gewone man zou misschien een veiligere weg hebben gekozen, maar hij niet – nee, dat kon je van hem niet zeggen. Hij was een avonturier die zich met zijn machete een weg door onontdekte jungles baande. Dat had hij vroeger geleerd, want toen had hij vaak buiten geslapen, als een vos in een hol, als hij niet naar binnen mocht. Soms ook 's winters, maar dat stelde voor een globetrotter als hij niets voor. Nee, de ijzige bergen van de Himalaya in het bos bij Uddevalla, en ja, het was koud. Twee vingers aan zijn linkerhand kon hij niet meer goed bewegen vanwege bevriezing, want zijn moeder had gezegd dat hij een rotjong was dat het verdiende om buiten te slapen, dus dat was dan zeker zo. Want naar moeders moest je luisteren, ook als hun stem soms uit de radio kwam als die niet eens aan stond.

Het feest was een groot succes geweest. Mikael Persbrandt was natuurlijk dronken geworden en wilde absoluut Flesje Draaien spelen, maar dat had Allan Edwall geweigerd. Maar goed ook, want Persbrandt had het toch alleen maar over die Maria Bonnevie en over hoe hij die slijmbal van een Fredrik Skavlan op zijn bek wilde slaan. Hij stond natuurlijk op zijn stoel en schudde dreigend met zijn vuist in de lucht. Zelf had hij het wel leuk gevonden om Flesje Draaien te spelen, want dan hadden de gasten misschien naar elkaar geluisterd in plaats van alleen maar over zichzelf te praten. Gelukkig had Cornelis Vreeswijk zijn gitaar gepakt en 'De ballade over Fredrik Åkare en Cecilia Lind' gezongen. Toen hadden ze allemaal een traantje weggepinkt en getoost met de glazen met Hallands Fläder, totdat Ingmar Bergman toch was opgedoken, met al zijn zwaarmoedigheid. Hopeloos type. Wat een partypooper. Maar met z'n allen was het uiteindelijk gelukt om hem in de kelder op te sluiten, en hoewel ze hem met een bezemsteel tegen het plafond hoorden bonken, had niemand zich daar iets van aangetrokken. Vooral niet toen de rivierkreeftjes op tafel kwamen en hij het vaatje zelfgestookte drank tevoorschijn had gehaald dat hij persoonlijk uit de schuur van de buren aan de andere kant van het bos had gestolen.

De oude man keek onder de met aluminiumfolie bedekte parasol vandaan en vroeg zich af hoe het nou kon dat het gezag hem zo snel had ontdekt. Hij was op de vloer wakker geworden, met de jas van Max von Sydow over zich heen, en toen had hij ze gehoord. De stemmen die tussen de planken van de keukenmuur door klonken. Het was niet helemaal goed geïsoleerd. Hij had krantenpapier in de grootste kieren gestopt, maar die waren eruit gewaaid, dus toen had hij een paar rollen glaswol gevonden die los in een garage lagen bij het nieuwe huis dat in Äspäröd werd gebouwd, maar dat had erg gekriebeld en er kwamen gele stukjes in zijn eten. Dus nam hij de tocht en de geluiden die erdoorheen kwamen maar voor lief. Maar hij had al snel begrepen dat het niet om die geluiden ging – nee, er waren duistere machten van de maan en andere plekken gekomen, dus hij moest zich als de bliksem verstoppen. Aluminiumfolie. Hij had gehoord dat dat zou helpen. Dus was hij zo snel mogelijk naar ICA Kvantum aan de Göteborgsvägen gefietst en daar had hij zich in het magazijn achter een paar dozen chips verstopt totdat het licht uit was gegaan. Toen kon hij zoveel folie pakken als hij nodig had.

De nieuwe rol.

Hij had het al gedacht.

Dat het gezag het daarom op hem gemunt had.

De mooie, nieuwe telefoon.

Die blauwe.

Die steeds piepte in de keukenla.

Verdomme.

Hij nam een besluit.

Die telefoon moest weg.

Geen acteerwerk meer.

De nieuwe rol.

Het mobieltje.

Dat moest hij kwijt zien te raken.

Dat moest hij doen.

De oude man met het witte haar kwam overeind, telde tot drie en rende zo hard als hij kon over het erf.

Binnen bleef hij staan, met zijn rug tegen de deur.

Mooi.

Tot nu toe gaat het goed.

Geen geluiden nu.

Hij sloop voorzichtig over de vloer, paste op dat hij niet tegen de lege flessen zou schoppen die overal rondslingerden, hield zijn oren even dicht toen hij Ingmar Bergman nog steeds in de kelder met zijn bezem hoorde bonken, maar toen was hij er eindelijk.

Bij de keukenla.

Nadenken, nadenken.

Hoe moest hij dit aanpakken?

Hij wierp een blik om zich heen in de keuken, en gelukkig diende de oplossing zich aan.

De gele afwashandschoenen.

Perfect.

Hij trok de handschoenen behoedzaam aan en had net de keukenla opengetrokken toen er weer een piep klonk.

Verdomme.

Hij wierp een voorzichtige blik op het blauwe telefoontje.

Blad 2. Scène 3. Oké?

Hij stond er even over te peinzen.

Hij wilde de regisseur natuurlijk niet teleurstellen.

Hij moest daar even hebben gestaan, want er kwam weer een piep.

Blad 2. Scène 3. Oké?

Goed dan.

Het is buigen of barsten.

Een laatste gesprek.

De oude man liep naar de multomap die op de bank onder het raam lag.

Haalde een keer diep adem en toetste het nummer in op zijn vaste telefoon.

25

Mia had voor het eerst sinds tijden weer eens goed geslapen en merkte hetzelfde optimisme bij de rest van de teamleden, allemaal bij elkaar in de briefingruimte voor de eerste tussenstand. Een glimlachende Munch kwam de ruimte binnen en ging vooraan bij de beamer zitten.

'Hartelijk welkom allemaal. Na die geweldige dag van gisteren moeten we vandaag alle ballen in de lucht houden. Er staat heel wat op het programma, dus ik stel voor dat we meteen beginnen.'

Hij drukte op de afstandsbediening en de eerste foto verscheen op het scherm.

Een grote den, in het bos boven de afgraving.

'De dader heeft naar ons gekeken.'

Nog een foto, van de grond onder de boom.

'Ik weet dat dit bij een aantal van jullie niet goed valt, en dat is misschien maar goed ook. Ik vind dat we van die irritatie gebruik moeten maken.'

'Klootzak,' mompelde Karl Oxen, en hij stak wat snus onder zijn lip.

'Zeg dat wel, Karl, goed zo. Je hebt er niet het allerbeste uitzicht, maar het was wel de perfecte plaats. Een beetje beschermd onder de bomen, maar toch goed zicht op het veld waar de jongens lagen.'

Munch klikte de volgende foto tevoorschijn met het zicht op de plaats waar ze de jongens hadden gevonden.

'Vraagt niemand zich af waarom hij juist deze plek had gekozen?' vroeg Katja van den Burg.

'Nou?'

De Nederlandse zag er vandaag sportief uit in een blauw Adidas-trainingspak, alsof ze net een flink stuk had gerend.

'Het moet heel planmatig zijn gegaan, lijkt me. De plek was willekeurig, toch? Misschien is dit het antwoord wel en zijn ze daar neergelegd omdat hij een goede uitkijkpost had gevonden.'

Gemompel en instemmend geknik vanuit het team.

'Goed bedacht, Katja.'

'Hier kunnen we wel wat mee,' mompelde Anette Goli.

'Wat dan wel?'

Karl Oxen weer. Mia merkte dat ze genoeg begon te krijgen van die opschepper. Wel apart dat die anders zo intelligente Munch hem voor zijn team had gekozen.

'Dat snap je toch wel, Karl?' verzuchtte Katja.

Ze sloeg haar armen over elkaar in haar blauwe trainingspak.

'Nee?'

'Denk eens even na, jongens. Zoveel tijd hebben we niet.'

Ludvig Grønlie, vanaf zijn plaats bij de wand. De oudere grijzende rechercheur zei niet zoveel en kreeg daarom alle aandacht wanneer hij af en toe zijn mond opendeed.

'Wat bedoel je?' vroeg Oxen. Hij draaide zich bruusk om.

'Hij bedoelt dat jij je waffel moet houden,' zei Katja, nog steeds met haar armen over elkaar.

'Waarom zou ik?' bromde hij met een nijdige blik naar de Nederlandse. 'Dat mag ik toch wel vragen? Waarom maakt het wat uit of hij eerst zijn uitkijkplaats heeft gevonden?'

Katja zuchtte hoofdschuddend.

'Hier hebben we geen tijd voor, jongens.'

Ludvig Grønlie weer.

Karl Oxen mompelde wat binnensmonds.

'Dank je, Ludvig,' zei Munch van bij het scherm. 'Bij de plaats waar hij stond vonden we deze...'

Volgende foto.

Een verzameling peuken. Op de grond onder de boom.

'Die kunnen ook van iemand anders zijn. Maar dikke kans dat onze man hier heeft gestaan. Het zijn Camel Lights en we hebben ze naar FO gestuurd. Ik heb gevraagd om het de hoogste prioriteit te geven, dus hopelijk krijgen we in de loop van de dag al te horen of ze er DNA uit kunnen halen.'

Er werd instemmend geknikt.

'Hoe makkelijk is dat eigenlijk?'

Dat kwam van Anja. De bebrilde nerd zei nooit zoveel op dit soort bijeenkomsten.

'Wat bedoel je?'

'DNA uit peuken halen, is dat niet iets van tv? Kan dat eigenlijk wel?'

Vragend keek ze in het rond.

'Jij hebt toch op Harvard gezeten?' gniffelde Oxen.

'Nee, ik ben naar... Ik mag toch wel iets vragen?'

Anja leek beledigd.

'Alle biologische sporen op een oppervlakte kunnen worden geanalyseerd,' zei Ludvig. 'Bloed, speeksel, sperma, huid, epitheelcellen. Als er maar genoeg van is, dan kunnen we een DNA-profiel opstellen.'

'O ja? Dus we redden het wel met een peuk?'

Mia had met haar te doen, want ze zat natuurlijk niet in het team vanwege haar politievaardigheden, maar vanwege haar computerdeskundigheid.

'Met een beetje geluk hebben we genoeg,' zei Munch. 'We hebben twaalf peuken. Ik zeg niet meteen bingo, maar zonder geluk vaart niemand wel. Ik hoop dat we in de loop van vandaag of morgen antwoord krijgen.'

'Fredrik?'

Munch knikte naar de in pak gestoken rechercheur, die opstond en naar het scherm ging.

'Zoals jullie vast al hebben gehoord, heb ik gisteren met twee jongens op de Finstadschool gesproken.'

Hij nam de afstandsbediening van Munch over.

'De jongens wisten te vertellen dat ze contact hadden gehad met een man die had geprobeerd hen over te halen om Ruben naar het rode bronhuisje te lokken. Dankzij een tekenaar hebben we gisteren deze compositietekening gekregen.'

Er verschenen twee potloodtekeningen op het scherm.

'Wacht even,' zei Oxen. Hij stak deze keer zijn hand op. 'Zei je nu dat hij niet geprobeerd had hén mee te lokken?'

'Correct.'

'Maar dat moet dan verdomme betekenen dat... hij alleen Ruben moest hebben?'

Hij keek in het rond.

'Gefeliciteerd, Sherlock,' zei Katja, en ze nam een hapje van haar appel.

Geroezemoes van de anderen.

'Ja, maar...'

'Juist,' zei Riis, en hij vervolgde: 'Heel belangrijke info, als je het mij vraagt. Die man is voorafgaand aan de moorden duidelijk met een aantal kinderen uit die buurt in contact geweest. En zoals Karl terecht opmerkte, had hij het specifiek op Ruben voorzien.'

Jezus, dacht Mia, maar ze realiseerde zich niet dat ze het hardop had gezegd.

Alle ogen waren nu op haar gericht.

'Ja, Mia?'

'O, sorry hoor, ik dacht alleen maar...'

'Ja?'

'Aan die andere jongen, Tommy. Hij hoorde toch niet bij dat groepje? Hij kwam... hoe zei je het ook alweer, Fredrik? "Van de andere kant van het hek", of zoiets?'

'Ja, feitelijk van de andere kant,' antwoordde Riis knikkend.

'Wat denk je Mia?' vroeg Munch.

'Nou, het is misschien niet zo heel belangrijk, maar die jongens die je hebt gesproken hebben toch niet gedaan wat hij wilde?'

'Wat hij wilde?'

'Ruben meenemen naar het bronhuisje?'

'Nee, daar waren ze duidelijk over,' zei Riis.

'Misschien was Tommy het wel.'

Het werd nu stil in de ruimte.

'Die andere jongen,' vervolgde Mia. 'Misschien was hij, "van die andere kant", niet zo populair. We hebben immers gehoord hoe het er thuis aan toeging. Probleemgevallen, moeder die er niet was... Hij zou misschien meer geneigd zijn zoiets te doen. Een vreemde man komt naar je toe en biedt je geld aan en de vurig gewenste aandacht?'

'Goed bedacht,' zei Munch.

'Dat zou veel kunnen verklaren,' zei Goli. 'We vroegen ons al af wat die twee, Ruben en Tommy, bij elkaar deden. Het leek niet bepaald alsof ze vrienden waren.'

'Dat kan de plaats delict ook verklaren,' ging Mia verder. 'Die twee jongens, die zo verschillend lagen. Het was duidelijk, in elk geval voor mij, dat Ruben als de hoofdpersoon fungeerde. Hij was degene die helemaal naakt was.'

'Dus die Tommy was maar...'

'Iemand die hij gebruikte,' zei Mia voorzichtig. 'Een toevallig slachtoffer.'

'Je bent scherp vandaag,' zei Munch. Met een knikje gaf hij Riis te kennen dat hij terug naar zijn plaats kon gaan. 'Oké, laten we dit even vasthouden, zodat we het niet kwijtraken. Twee slachtoffers, de een werd gebruikt om de ander te vangen. Waarom?'

'Omdat hij uit was op Ruben,' constateerde Katja.

'Maar waarom? Waarom nou net Ruben?'

Weer stilte in de ruimte.

'Het auto-ongeluk,' ging Munch verder, 'waarbij Ruben bij De Grill werd aangereden – hoever zijn we met die zaak?'

'FO had wat problemen, maar ze waren ervan overtuigd dat ze in de loop van de dag een kenteken voor ons zouden hebben.'

'Dan krijgt dat topprioriteit wanneer het binnenkomt, goed?'

Het team knikte.

'En nogmaals: waarom Ruben? Waarom juist hij?'

'Misschien moeten we zijn familie eens onder de loep nemen,' stelde Goli voor. 'Misschien ligt daar het antwoord wel.'

'Goed,' zei Munch.

'We hebben al een aantal zorgmeldingen over zijn vader gehad,' vulde Grønlie aan.

'Ja, inderdaad,' zei Munch. 'Ik had besloten om het even te laten liggen, maar het lijkt nu relevant dat spoor te volgen. Ludvig en...

Katja, kunnen jullie degenen die ons hebben gebeld natrekken?'

Een knikje vanaf de wand en van de Nederlandse.

'We moeten Zweden niet vergeten,' zei Mia.

'Wat bedoel je?'

'Alles wijst erop dat hij Ruben heeft gekozen, maar wie was de uitverkorene van de jongens in Zweden? We kunnen het antwoord toch niet alleen zoeken bij de familie van Ruben in Noorwegen?'

Weer geroezemoes in de ruimte.

'Als er nou eens geen verband is tussen de families in Zweden en die van hier?'

Karl Oxen weer, en het was het eerste verstandige woord dat uit zijn mond gekomen was.

'Daar heb ik natuurlijk ook aan gedacht,' zei Mia. 'Maar ik heb niet zoveel tijd gehad om alles vanaf 1993 door te lopen.'

Ze keek naar Ludvig, die verderging.

'We hebben zoals gezegd ontzettend veel materiaal uit Zweden. Het zijn wel zo ongeveer...'

'Honderdduizend,' zei Anja.

'Ja, bijna honderdduizend bladzijden documentatie, en waar moet je beginnen met zoeken?'

'Begin hier,' zei Munch gedecideerd. 'Alles wat ook maar doet denken aan een verband tussen de families Lundgren en...'

Hij wendde zich tot Mia.

'Wie denk jij dat de hoofdpersoon is op de Zweedse plaats delict?'

'Oliver.'

'Oké, dus de families Lundgren en Hellberg. Pluis alles uit wat we hebben en kijk of je daar ook nog iets kunt vinden.'

Katja en Ludvig knikten.

'Daar krijgen we vanaf vandaag hulp bij,' merkte Anette Goli op.

'Ja, dat is ook zo, dat klopt,' zei Munch. Hij keek weer even naar zijn mensen. 'Zweden heeft ons iemand gestuurd die ons kan helpen met het onderzoek. Hij is psycholoog. Hij heeft voor alle drie de teams die met de zaak bezig waren het profiel opgesteld. Ik denk dat we wel baat hebben bij de hulp van die man. Hij heet...'

'Patrick Olsson,' zei Goli.

'Precies, ja. Olsson komt hier vanmiddag naartoe en dan spreken we af hoe hij het best ingezet kan worden.'

'Wij misschien eerst?' vroeg Ludvig met een knikje naar Katja.

'Zeker. De familiesporen. Lundgren en Hellberg. Vinden we daar een verband? Waarom heeft onze man juist Ruben gekozen? En waarom juist Oliver?'

'Als het tenminste klopt wat onze jonge vriendin zegt,' zei Oxen droogjes. Hij draaide zich naar Mia.

'Vast wel,' antwoordde Munch met een vriendelijke glimlach naar haar. 'Oké, dat waren de families. En verder?'

Hij krabde zich even op zijn hoofd.

'De tekeningen,' zei Riis met een hoofdgebaar naar de tekeningen die nog steeds op het scherm stonden.

'Ja, natuurlijk,' zei Munch. 'Zoals jullie zien zijn het twee verschillende. Hij zag er kennelijk voor de jongens twee keer anders uit. Wat dat betreft heb ik nou niet zoveel fiducie in deze tekeningen. Het lijkt erop alsof hij het gewoon leuk vindt om zich te verkleden...'

'Denk je dat het vermommingen zijn?'

'Zou best kunnen. In elk geval die ene. We moeten nog even bespreken of we ze naar buiten brengen, of we capaciteit hebben om alle eventuele foutobservaties van deze twee...'

Hij wendde zich tot Goli.

'Ik vind dat we het wel moeten doen. Ik zal Dreyer vragen om nog meer mensen in Grønland bij de telefoon te zetten.'

'Oké, afgesproken. Dus stuur deze tekeningen in de loop van de dag naar de media, dat brengt het balletje misschien nog verder aan het rollen.'

Hij krabde aan zijn neus en dacht een ogenblik na.

'Goed, hadden we verder nog iets?'

Riis stak zijn vinger op.

'Ja?'

'Nog één ding, maar ik weet niet of we er wat aan hebben. Het kan ook een leugen zijn, maar ik voel aan mijn water dat het wel eens iets kan zijn.'

'En dat is?'

'De jongens met wie ik heb gesproken hadden het over Manchester United – voetbal. Onze man had dat gebruikt als invalshoek om met hen in contact te komen. Hij noemde ook terloops Solskjær. Dat ze op dezelfde school hadden gezeten en dat ze zelfs in hetzelfde team hadden gespeeld. In de lagere klassen, denk ik dan. Er was iets met een knieblessure. Onze man liep een beetje mank. Het kan onzin zijn, maar je weet het niet...'

'Beslist de moeite waard om na te trekken,' zei Munch.

'Clausenengen!' riep Oxen.

'Wat?'

'Ole Gunnar Solskjær. Hij speelde bij Clausenengen toen hij jonger was. In Kristiansund.'

'Mooi. Dat zoek jij uit, Karl. Oude trainers, oude foto's – je kent dat wel.'

'Aan de slag.'

'Oké, er ligt genoeg. Nu gaan we allemaal aan het werk en dan komen we hier vanavond terug voor een update, of eerder natuurlijk als we al sneller iets weten.'

Munch pakte een sigaret uit zijn zak.

'Mia, jij wilde mij even spreken?'

'Een kleinigheidje. Privé.'

'Oké, kom zo maar even naar mijn kantoor. Dat was het voor nu, jongens. Succes vandaag.'

Munch glimlachte, stak de sigaret in zijn mond en verdween naar het rokersbalkon.

26

De overgang was bijna een schok voor de zintuigen. Mia was zo opgegaan in haar nieuwe baan dat ze bijna was vergeten dat er ook nog een andere wereld bestond, maar die kwam zachtjes weer binnendruppelen toen ze de Karl Johans gate verliet en naar het Slottspark liep. Mooie, grote bomen heetten het voorjaar welkom met glanzende groene bladeren, dansend in het lichte briesje. Ze kon de vogels niet zien, maar ze kreeg toch het gevoel dat ze erdoor omringd was. Luid kwetterend alsof al die kleintjes allemaal hierheen gekomen waren om feest te vieren, vóór het Noorse paleis. De vlag hing uit en dat betekende dat de koning thuis was. Dat had ze als klein meisje geleerd en toen was het haar een raadsel geweest hoe hij in hemelsnaam in dat grote huis de weg kon vinden. Alleen al om naar de wc of naar bed te gaan, of als je ging ontbijten, moest je zo ver lopen dat je er moe van werd. De koning moest alles wel lang van tevoren plannen, hoe zou hij het anders allemaal halen? Ze waren hier één keer op de nationale feestdag geweest, de dag waarop het hele land de klederdracht van zijn geboortestreek aantrok en blij zwaaide naar de koninklijke familie op het balkon. Ze had er enorm naar uitgekeken hen te zien, maar het was wel hectisch geweest. Schetterende trompetten en politie te paard, juichende en schreeuwende mensen die met hun vlaggetjes zwaaiden. Ze was er bijna een beetje bang van geworden, opgesloten in die grote mensenmassa op straat. Maar gelukkig waren er de sterke armen van papa. Hij had haar op zijn schouders genomen en toen had de wereld er heel anders uitgezien. Erg koningsgezind was hij niet, maar wel meer dan mama, die altijd klaagde over het geld dat besteed werd aan koninklijke families. *Kijk eens naar Engeland. Ze trouwen daar in zilveren jurken en op gouden tronen met veel pracht en praal voor miljoenen, terwijl de mensen in de arbeiderswijken hongerlijden. Waar is dat nou voor nodig?* Dan toch liever maar papa. Hij rook lekker, droeg een pak net van de stomerij en had een dikke portemonnee. Later waren er de optochten van de Åsgårdstrandschool – ook leuk, maar het werd nooit meer hetzelfde. *Vaderskindje.* Ze voelde zich een beetje schuldig toen ze voorbij de Grot liep, de kunstenaarswoning van de staat, ontworpen en gebouwd door Henrik Wergeland in 1841 en sindsdien voorbehouden aan een enkele kunstenaar die belangrijk genoeg was om het land te vertegenwoordigen in een eigen woning naast het koninklijk paleis. Nu woonde de hedendaagse musicus Arne Nordheim daar, met zijn tingeltangelmuziek, zoals papa het noemde, maar mama vond het natuurlijk mooi. Ze was een beetje snobistisch en van iets elitairs werd ze altijd blij. *Hij vindt jou leuker dan mij.* Sigrid voor de garage. Dat riep ze altijd als ze vervelend wilde doen: *Vaderskindje.* Mia had dat altijd als een scheldwoord beschouwd. Vaderskindje, goed dan. Ze was graag in de garage wanneer hij aan het klussen was aan zijn oude jadegroene Jaguar. Hoewel mama het niet zo'n goed idee had gevonden lag hij nu bijna elke avond onder de auto in de hoop hem weer aan de praat te krijgen. Wildebras. Dat was erger, maar ten slotte kon ze zich er niet zo druk meer over maken. De meisjes uit haar klas. Omdat zij niet, zoals de anderen, bij de benzinepomp stond te zuipen en roze kauwgom kauwde in de hoop op een lift in een van de auto's naar het zuidelijke puntje van het Borrevannet om te flikflooien. In plaats daarvan had ze haar eigen motor gekregen, een rode Honda CB 100, waar mama in elk geval het heen-en-weer van had gekregen. *Wat, wil je dat ze zich doodrijdt? Je bent niet goed wijs, Kyrre.* Verstandige papa, ook deze keer aan haar kant. *Ze mag toch zelf wel uitmaken waar ze het geld van haar belijdenis voor gebruikt?* Sigrid heeft al handbal en paardrijden. Dan mag Mia toch ook wel iets voor zichzelf hebben? Wat was ze toch een vaderskind. Daarom kon ze waarschijnlijk ook altijd zo goed opschieten met haar oma van vaderskant.

'Manestraal,' zei de oude dame glimlachend terwijl ze haar een stevige omhelzing gaf.

De tachtigjarige had zich voor de gelegenheid opgedirkt. Ze had haar woeste zwarte haar in een knotje gewerkt en zich met vrolijke kleuren opgemaakt. Ze had haar mooie rode lievelingsjas aan en haar goudkleurige laarsjes met kwastjes, die Mia altijd zo leuk vond. De donkere, diepe ogen keken haar warm aan toen de bejaarde vrouw haar hartelijk met een gerimpelde hand over haar wang streelde.

'Wat zie je er leuk uit, oma.'

'Nee, jij ziet er pas leuk uit, Mia,' kwetterde de oude dame, en ze pakte haar handen. 'Laat me eens goed naar je kijken. Dat mijn indiaantje toch zo groot is geworden!'

'We hebben elkaar pas toch nog gezien, oma? Twee weken geleden.'

'Dat is wel zo, maar toch. Nu heb je een echte baan. Ik kon niet langer wachten. Kom mee. Ik heb me hier zo op verheugd.'

Oma glimlachte, stak haar arm door die van Mia en liep samen met haar over de Parkveien naar een achterliggende straat.

'Dit, liefje,' zei oma, en ze glimlachte geraffineerd, 'is de Inkognitogata.'

'Oké.'

'Daar,' ging ze als stadsgids verder, terwijl ze de deftige straat in liepen, 'is de Koreaanse ambassade en daar de Italiaanse. Even verderop is de ambtswoning van de premier en een eindje verder hebben we de Chileense, de Zweedse en de Cubaanse ambassade, dus je zit hier wel op stand. En dan is de koning ook nog eens je buurman.'

De oude dame knipoogde en ging een poort door naar een kleine tuin voor een groot witgepleisterd huis.

'Gebouwd in 1879, ontworpen door architect Stener Lenschow. Zoals je ziet een asymmetrische façade in neorenaissancistische stijl.'

Het laatste werd een beetje overdreven uitgesproken, alsof ze optrad in het lievelings-tv-programma van mama.

'Je weet toch dat we allemaal onze geheimpjes hebben? En dit is het mijne.'

Oma knipoogde weer en haalde iets uit haar zak.

'Van mij voor jou, omdat ik zo dol op je ben.'

Een sleutelbos.

'Wat?'

De oude dame glimlachte tevreden.

'Alsjeblieft, liefje.'

Mia keek naar de sleutelbos en begreep er niets van. Ze keek naar het prachtige huis en terug naar oma.

'In de jaren vijftig, snap je,' zei de oude dame met een knipoog, 'zat er leven in dit lijf. Swinging Oslo – ja, zo heette het. Na de oorlog wisten we van gekkigheid niet wat we moesten doen. We waren buiten onszelf van vreugde.'

Ze lachte en begon te hoesten.

'Gaat het, oma?'

'Ja, natuurlijk,' antwoordde de oude dame.

'Is dit... jouw huis?'

'Jazeker,' zei de oude dame listig glimlachend. 'Nou ja, niet het hele huis, dan zou ik nog rijker geweest zijn dan ik destijds was. Maar het antwoord is ja, de hele eerste verdieping is van mij, tweehonderdvijftig vierkante meter.'

De sleutelbos weer, voor haar gezicht.

'En nu is het van jou.'

'Nee, dat meen je niet...'

Mia was in shock. Ze wist werkelijk niet wat ze moest zeggen.

'Jawel hoor, dat meen ik echt.'

Oma nam haar weer bij de arm.

'Goeie hemel, oma, dit...'

'Kom maar mee,' zei de oude dame met een glimlach, en ze nam de eerste trede van de imposante trap. 'Wil je niet zien hoe het er vanbinnen uitziet?'

27

Fredrik Riis had juist zijn lunch gehaald bij de bakker in de Wilses gate en stond in de lift toen zijn telefoon ging. De E-afdeling weer, maar gelukkig deze keer iemand die iets hoger in de pikorde stond.

'Hallo, met Morten Olsen, spreek ik met Riis?'

'Ja.'

'Het spijt me dat het even heeft geduurd, ons systeem was gecrasht.'

'Dat hoorde ik, ja. Maar het is jullie gelukt?'

'Ja, uiteindelijk wel. We hadden problemen met het laatste cijfer, of het een 7 of een 1 was, maar we zijn bij 7 uitgekomen.'

'Oké,' zei Riis, die alweer was vergeten dat hij honger had.

Ze hadden de auto gevonden.

'Ik moet toegeven dat we een beetje versteld stonden,' ging de man aan de andere kant verder.

'O ja?'

'Nou, we zagen je naam op de opdracht en dachten dat het misschien een geintje was.'

'Omdat?'

De lift was nu bij de tweede verdieping. Grønlie liep de gang in en keek alsof hij hem iets wilde zeggen, maar Fredrik gebaarde dat hij in gesprek was.

'Nou, ik spreek toch met Fredrik Riis?'

'Ja.'

'Jij werkt toch samen met Munch?'

'Ja.'

'En je neemt me niet in de maling?'

'Luister eens,' zei Fredrik, die zijn geduld begon te verliezen. 'Je hoeft me alleen maar te zeggen op wiens naam de auto staat, duidelijk?'

'Jawel, maar ik moest het toch even checken. Die witte bestelbus op de video die jullie hebben gestuurd staat op jóúw naam.'

'Wat?'

'Op jouw naam, zeg ik. Heb je een bedrijf in Alnabru?'

'Nee.'

'Dan moet het een naamgenoot zijn. Het kenteken van die witte

Boxer is DN 87127 en staat op naam van Fredrik Riis AS, Verksmester Furulunds vei 12. Dus hij is niet van jou?'

'Nogmaals: nee,' zei Fredrik. Hij liet zijn lunch staan en liep terug de gang in. 'Weten jullie wat voor firma het is?'

'Nee, we hebben alleen maar de naam en het adres.'

'Oké, mooi, dank voor jullie hulp,' zei Riis. Hij hing op, terwijl Grønlie zijn hoofd weer om de deur stak.

'Heb je twee minuten?'

'Nee, eigenlijk niet. We hebben een hit op de bestelbus van de aanrijding bij De Grill. Ik ben nu op weg ernaartoe. Belangrijk of niet?'

'Het is maar hoe je het bekijkt. De jongen wordt morgen al begraven.'

'Morgen al? Waarom dat?'

Grønlie haalde zijn schouders op.

'Geen idee. Wat zou jij hebben gedaan als je een kind verloren had? Je moet ook aan je rouwproces kunnen beginnen, zou het daarom zijn? Munch wil graag dat wij erheen gaan. Zijn jij en Katja in de gelegenheid?'

'Natuurlijk. Wat kunnen we verwachten? Dat hij ook van de partij is, aangezien hij ons op de plaats delict heeft gezien?'

'Zoiets,' zei Grønlie met een knikje. 'De dienst begint om twaalf uur in de kerk van Lørenskog.'

'Dank je, ik zal het tegen Katja zeggen,' antwoordde Fredrik, en hij nam de lift naar de parkeergarage.

Fredrik Riis AS?

Als de omstandigheden anders waren geweest, had hij het misschien wel grappig gevonden, maar vandaag was hij slechtgehumeurd. Hij was weer wakker geworden van sms'jes op zijn telefoon en deze keer had hij ervoor gekozen ze niet te beantwoorden. Verdomme nog aan toe. Hoe had hij het nou weer voor elkaar gekregen om in zoiets verzeild te raken? En al die toevalligheden? Hoe kon dat nou? Dat verzin je toch niet?

Een concert in Grünerløkka, een jazztrio, hij wist de naam niet meer. Hij was in zijn eentje gegaan, dat deed hij wel vaker. Hij vond het helemaal niet erg om alleen te zitten en op te gaan in de muziek. Na het concert had hij zich in de foyer een beetje raar gevoeld. Prettig, maar ook verdrietig, melancholiek; de muziek had iets met hem gedaan. En daar zat zij. Er waren niet veel zitplaatsen, daarom had hij maar voorzichtig gevraagd 'of deze plaats vrij was'. Geen enkele achterliggende gedachte, alleen maar een stoel en een plek om zijn pilsje neer te zetten. Drie uur later wist hij bijna alles over haar. Het gesprek verliep wonderlijk natuurlijk. Eerst makkelijk, flirterig. Muziek, films, een beetje politiek, gevoelens, gedachten. De jazzclub moest sluiten en ze waren naar een ander café gegaan, alsof dat vanzelfsprekend was, aangeschoten, maar niet dronken, nog steeds met alles op een rijtje, en toen waren de verdrietige verhalen gekomen. Fredrik Riis wist niet hoe het kwam dat mensen altijd hun hart bij hem uitstortten. Over de meest intieme kwesties. Het leek wel alsof hij een gemankeerde dominee was, of hij had eenvoudigweg een erg vriendelijke uitstraling. Wat het ook was, dit overkwam hem al sinds hij op de middelbare school zat. Klasgenoten met hun geheimen op zijn kamer, altijd meteen: *Dit mag je tegen niemand zeggen, hoor*. En zo was het gebleven toen hij volwassen werd. Hij was er weer voor gevallen, voor dat verdriet, met tegenover hem dat scharminkeltje dat duidelijk behoefte had aan een arm om haar heen.

Mijn man is niet aardig.

Als onze dochter er niet was geweest...

Niet dat hij niet om haar geeft.

Het zachte, vreemde lichaam onder de deken op de slaapkamer.

Niet meteen de eerste keer.

De vierde keer.

Wat doet je man eigenlijk?

Godver.

Hij draaide de parkeerplaats op voor de grote loods en checkte zijn telefoon nog een keer, maar er waren verder geen berichten.

Gelukkig.

Een geel bordje en een deur die hem naar de eerste verdieping leidde, een aantal kleine kantoortjes achter elkaar. Hij klopte voorzichtig op de eerste deur en werd binnengeroepen door een oudere vrouw achter een soort ouderwetse receptie. Wat het bedrijf deed stond nergens, maar het moest al wel een tijdje bestaan, want het interieur leek sinds de jaren zeventig weinig veranderd. De grijze vrouw glimlachte en rondde haar telefoongesprek af.

'Hallo, ik ben Fredrik Riis, politie.'

De vrouw lachte even en pakte zijn pasje aan.

'Maak je een grapje?'

'Eh... nee, ik...'

'Olav!' riep de vrouw, en ze klopte op de flinterdunne kantoorwand.

Een man van dezelfde leeftijd, met een vest en een ribbroek, stak zijn hoofd om de hoek.

'Ja?'

'Je grootvader is op bezoek,' zei de oudere dame glimlachend.

'O ja?'

'Fredrik Riis,' zei Fredrik. Hij gaf de man een hand.

'Kijk maar.'

Ze liep moeizaam naar hem toe en liet hem de legitimatie zien.

'Goeie hemel.' Glimlachend pakte de man met het vest zijn bril, die aan een koord om zijn nek hing. 'Politie? Hebben we iets verkeerds gedaan?'

'Ik heb een vraag over deze auto,' zei Fredrik. Hij liet de foto zien. 'Hij staat op jullie naam. Herken je hem?'

De man mompelde wat en liep voor hem uit door de smalle gang. Hij trok een stoffige luxaflex voor een raam omhoog, glimlachte weer en wees naar de binnenplaats achter hen.

'Bedoel je een van die daar?'

Fredrik keek neer op een rij geparkeerde auto's.

'We hebben er tweeëndertig,' zei de oude man met een glimlach. 'Dus hij kan best van ons zijn.'

'Wat voor bedrijf is dit?'

'We wassen voor grote bedrijven,' legde de man trots uit. 'Volgend jaar is ons veertigjarig jubileum. Wil je een rondleiding?'

'Nee hoor, dat hoeft niet,' zei Fredrik. 'Grote bedrijven... Zoals?'

'Hotels. In het hele oostelijk deel van het land zijn zesduizend hotelbedden die elke dag schoon beddengoed moeten hebben. In de tijd van mijn grootvader was alles anders natuurlijk. Toen zaten we midden in het centrum, een heel gewone wasserij, maar toen op een keer, zomaar tijdens een lunch in Kaffistova... Hij kwam uit Seljord, moet je weten, en hij hield niet zo van "al dat nieuwerwetse voedsel", zoals hij het noemde.'

'Oké, interessant,' onderbrak Fredrik voorzichtig. 'Dus daarom hebben jullie al die auto's?'

'Vuil gehaald, schoon gebracht,' zei hij glimlachend. 'Dat had onze slogan kunnen zijn. Elke dag. We pendelen. Vooral in het centrum natuurlijk, maar ook in Lillestrøm, Gardermoen, Drammen...'

'Met deze auto?' vroeg Fredrik, en hij liet de foto weer zien.'

De man keek weer over zijn brillenglazen.

'Ja hoor. Dat kan best een van de onze zijn. Ben je al in de chauffeurskamer geweest?'

'Nee. Waar is die?'

'Kom maar mee.' Hij ging hem voor de krakende wenteltrap af, naar een nieuwe kamer op de verdieping eronder.

Het leek wel een kantine. Duidelijk de pauzeruimte. Een cola-automaat in de ene hoek. Een buffetje waar je koffie en broodjes kon pakken, maar MAX DRIE PER CHAUFFEUR, WIL JE ER MEER, LEG DAN GELD IN 'T MANDJE, stond er op een bordje.

Een paar glurende ogen boven een papieren koffiebeker.

Een man met donker haar en een snor legde zijn krant weg toen ze binnenkwamen.

'Olav, wat brengt de leiding helemaal bij ons sterfelijken? Krijgen we alweer loonsverhoging?'

Gelach van de chauffeurs die op de bank bij het raam zaten.

'Vandaag niet,' antwoordde de baas. Hij liet zich niet van de wijs brengen door het overduidelijke sarcasme. 'We zijn op zoek naar een auto.'

Hij knikte naar Fredrik, die de foto liet zien aan de man die eruitzag als een zeerover.

'DN 87127. Hm.'

De man met het donkere haar stond op en ging naar een lijst aan de wand.

'Ja, die is van ons. Hoezo dat?'

Hij plukte een kruimeltje uit zijn snor.

'Wie gebruikt hem?' vroeg Fredrik. 'Hebben jullie een vaste chauffeur op elke wagen, of...'

De man richtte zich tot het groepje bij het raam.

'Weet een van jullie wie rijdt in...'

Hij keek weer naar het nummer.

'DN 87127?'

Er werd met hoofden geschud.

'We hebben een roulatiesysteem,' legde hij uit. Hij knikte naar de wand, waar sleutels hingen onder een bordje waar VRIJ op stond. 'Als je een auto nodig hebt, pak je gewoon een sleutel.'

'Dus jullie weten niet wie...' begon Fredrik, maar hij werd onderbroken door een jonge man op de bank.

'Er is er toch een gejat?'

Opnieuw geroezemoes en geknik van de chauffeurs.

'Ja, tering, was die het?'

De man met het donkere haar streek even over zijn snor.

'Is er een auto weg?' vroeg de baas. 'Wanneer is dat gebeurd?'

De man, die graag loonsverhoging wilde hebben, maar duidelijk geen controle over het werk had, bleef het antwoord schuldig. Hij werd echter opnieuw gered door zijn kameraden.

'Een paar weken geleden.'

'Ja, ongeveer twee weken geleden. Ik was net op weg om... om het te vertellen. Er moet aangifte worden gedaan, dus dat zullen we doen. Jij bent toch politie? Kunnen we...'

Geïrriteerd stampte de baas op het linoleum.

'Dat is toch jouw verantwoordelijkheid?'

'Nou ja, ik dacht gewoon...'

'Ga meteen aangifte doen van die auto. Ik heb je toch gezegd dat je je zaakjes op orde moet hebben?'

'Jaha...'

Beschaamd keek hij naar de vloer. De chauffeurs bij het raam begonnen weer te mompelen.

'Dus we zijn een auto kwijt en niemand weet waar die is?'

Stilte op de bank.

'Nu meteen,' zei de man met het vest, en hij tikte op de tafel van de nalatige werknemer.

Weer terug op de eerste verdieping. Hij had zich de hele weg naar boven op de krakende trap verontschuldigd.

'Nogmaals: ik vind het erg vervelend.'

'Hebben jullie hier camera's hangen?' vroeg Fredrik, met opnieuw een blik op de rij auto's.

'Hier niet. Je moet een pasje hebben om de binnenplaats op te komen. Maar buiten bij de poort zijn er twee. Ik zal de bewaking vragen of we opnames hebben.'

'Of een lijst. Ze moeten toch aftekenen wanneer ze een auto meenemen, of niet soms?'

De oude man zuchtte.

'Ja, dat zou eigenlijk wel moeten. Maar je hebt het zelf gezien. Mijn vrouw zegt het steeds: *Je bent veel te aardig, Olav. Dit is toch geen sociale werkplaats?* Mijn grootvader zei altijd...'

'Kun je contact met me opnemen als je weet wie er als laatste mee heeft gereden? Of als iemand nog iets te binnen schiet?'

Fredrik haalde een van zijn visitekaartjes uit zijn binnenzak en gaf dat aan de oude baas, die knikte.

'Natuurlijk. Ik zal doen wat ik kan.'

'Dank je. Prettig kennisgemaakt te hebben.'

Fredrik knikte ten afscheid, ook naar de oudere vrouw achter de receptie, en ging de smalle trap af naar zijn auto.

Verdorie nog aan toe.

Hij had zo gehoopt Munch met goed nieuws te kunnen bellen.

Maar nu wisten ze in elk geval waar de auto vandaan kwam.

Dat was tenminste iets.

Fredrik was net achter het stuur gaan zitten, toen er op het raam geklopt werd.

Hij herkende het gezicht meteen: de chauffeur die had verteld dat de bestelbus weg was.

De jonge man keek schielijk om zich heen.

'Ik weet wie het heeft gedaan.'

'Wat?'

'Ik weet wie het heeft gedaan, wie de auto heeft meegenomen.'

28

Mia Krüger wou dat ze de tijd stil kon zetten, dat ze het laatste uur steeds opnieuw kon afspelen, zodat ze voor altijd met haar oma in het nieuwe appartement kon blijven. Ze was nog steeds van haar stuk en wist niet wat ze moest zeggen toen die lieve oude vrouw haar armen spreidde en in een van de vele grote kamers midden op de vloer onder de plafondrozet een pirouette draaide.

'Zoals je ziet, kun je er zo in trekken,' zei oma glimlachend. 'Het is jarenlang verhuurd geweest, maar nu heb ik alle meubels uit de opslag erin laten zetten. Als je ze niet mooi vindt, kun je ze later altijd vervangen. Het leek me fijn voor je als je vast iets had.'

'Wat prachtig, oma,' zei Mia met een glimlach, en ze haalde voorzichtig het laken van een gele bank.

'Nou, dat weet ik niet. Niet zo modern misschien, maar het is beter dan niets.'

'Wat is het allemaal mooi.'

'Ja?' vroeg oma terwijl ze haar hoofd een beetje schuin hield. 'Denk je dat je het hier naar je zin zult hebben?'

Het liep niet helemaal zoals Mia wilde, want opeens rinkelde haar telefoon in haar zak en verstoorde de idylle. Ze liep naar de enorme keuken met uitzicht op de Italiaanse ambassade en nam op.

'Hoi, met Holger. Waar ben je?'

Mia viel even stil.

Ja, waar ben ik eigenlijk?

Ze keek weer om zich heen in het fantastische appartement en voelde het geluk nog steeds in haar buik kriebelen.

'Bij mijn oma. Sorry, ik moest even iets regelen. Gaat alles goed?'

'Ja, prima. We hebben een match voor de witte bestelbus bij De Grill.'

'O ja?'

'Goed werk van Fredrik. We gaan nu op weg om die man te verhoren. Daarom bel ik je.'

'Oké.'

'Ik zou die Zweed opvangen, Patrick Olsson. Hij is op weg naar de Mariboes gate, maar we moeten weg. Kun je hierheen komen?'

'Nu?'

'Ja, hij komt zo. Heb je een van de auto's gepakt?'

'Nee, ik ben lopend.'

'Neem dan een taxi.'

Er was herrie op de achtergrond, Munch viel even weg, maar kwam weer terug.

'Ik moet ervandoor. Ben je onderweg?'

'Ik kom eraan,' antwoordde Mia. Ze was een beetje teleurgesteld toen ze haar telefoon weer in haar achterzak stak.

'Werk?' vroeg oma.

'Ja, helaas,' zei Mia. 'Ik moet ervandoor.'

'Geen probleem. Ik blijf nog even hier. Om een poosje over mijn oude leven te mijmeren, als je dat niet erg vindt.'

'Natuurlijk niet. Blijf zo lang als je wilt. We kunnen hier toch samen wonen? Zou dat niet fijn zijn?'

Oma lachte.

'Je bent lief, Manestraal. Maar ik heb het aan de fjord naar mijn zin. En zoals gezegd: je kunt er zo in trekken. Staan er veel spullen op je kamer?'

'Nee, bijna niets. Zodra ik tijd heb neem ik alles mee hierheen. Vanavond al, hoop ik.'

'Fantastisch,' zei de oude dame glimlachend. 'Heb ik je de sleutels gegeven?'

Mia gaf haar een dikke knuffel, liet op weg naar beneden de sleutelbos heerlijk rinkelen, en toen stond ze in de prachtige straat en rende naar de Bogstadveien om een taxi te pakken. Nog buiten adem stapte ze de auto weer uit, na wat stress met betalen, maar dat had niet gehoeven. Patrick Olsson leek de kalmte zelf. Hij stond met gesloten ogen tegen de crèmekleurige muur geleund. Mia liet de taxi wegrijden en bleef hem van een afstandje bekijken. Psycholoog. Dat zou ze niet van hem hebben gedacht. Eerder een creatief beroep. Architect, ontwerper – zoiets. Omdat hij stijl had. Een lange grijze wollen jas en een zwarte coltrui. Een blauwe spijkerbroek en enkelhoge bruine suède laarsjes. Niet slecht. Ze was bijna onder de indruk. Weinig mannen hadden verstand van schoenen. Mooie handen. Lange vingers, als van een pianist. Blauwe ogen. Zweeds. Natuurlijk. Maar niet blond. Donker haar. Net als zij, misschien een tint lichter, met hier en daar wat grijs, dat stond hem goed. Hoe oud was hij volgens Munch? Rond de veertig? Dat kon wel kloppen. Te oud voor haar natuurlijk, maar toch. Wel een knappe man. Kon hij echt wel expert zijn op het gebied van seriemoordenaars? De enige in het Zweedse team die de hele tijd aan de zaak had gewerkt? Hij zag er meer uit als een model. Blies zijn haar uit zijn gezicht, wierp even een blik op een duur horloge.

Er was maar één manier om erachter te komen.

'Patrick Olsson?'

Ze stak de straat over en liep rustig op de knappe Zweed af.

Zijn felblauwe ogen lichtten op toen hij haar zag.

'Ja.'

'Mia Krüger,' zei Mia, en ze gaf hem een hand.

‘Aangenaam kennis te maken.’ De man glimlachte en pakte zijn suède tas van de stoep op. ‘Komt Munch niet?’

‘Nee, hij heeft het helaas te druk.’

‘Oké,’ zei Olsson, en hij gooide zijn tas over zijn schouder.

‘Is dat alles wat je bij je hebt?’

Hij lachte even.

‘Nee hoor, ik heb mijn koffer al naar het hotel gebracht.’

‘Hadden ze geen appartement voor je geregeld?’ vroeg Mia, terwijl ze haar pasje langs de kaartlezer bij de buitendeur haalde.

Een kalme stem. Hij gaf haar een veilig gevoel. Ze was sinds haar zevende niet meer bij een psycholoog geweest, maar als het een keer nodig was, zou ze graag naar deze man gaan. Op de divan gaan liggen om hem al haar geheimen te vertellen. Een charismatische glinstering in zijn ogen en een vriendelijke glimlach om zijn lippen toen hij rustig naast haar op de lift bleef staan wachten.

‘Ik ben net begonnen,’ zei ze. ‘Ik kom er al aardig in. Ik voel hem aan. Als je begrijpt wat ik bedoel.’

De ogen van de Zweed lichtten weer op.

‘Oké. Dus je bent...’

‘Ik ben niemands assistent,’ zei Mia met een glimlach. ‘Munch is een beetje onduidelijk over de functieomschrijving, maar “profiler” is misschien het juiste woord. Ik weet het niet precies.’

‘Zo jong?’

Hij nam haar van top tot teen op, maar het voelde niet ongemakkelijk, zoals de starende blik van bepaalde mannen.

‘Yep.’ Met een knikje stapte Mia de lift in. ‘Ik zat een paar dagen geleden nog op de Politieacademie.’

Olsson lachte even – nog steeds niet op een vervelende manier, gewoon vriendelijk.

‘Echt waar?’

‘Yep. Zoals ik al zei, ben ik nog niet zo heel ver, maar het begin is er. Wil je zien wat ik tot nu toe heb? Of wil je eerst een uitgebreide rondleiding?’

‘Een uitgebreide rondleiding lijkt me niet nodig,’ zei de Zweed lachend.

‘Oké, mooi,’ zei Mia. Ze drukte op de knop voor de tweede verdieping.

29

Susanne Hval Pedersen had het toch niet gedaan: bij de deur zitten wachten tot haar man thuiskwam. Dat wil zeggen, ze had het geprobeerd, had een keukenstoel in de gang gezet en daar was ze gaan zitten met een kop thee en een paar tijdschriften, maar na een paar uur was het alsof ze van een afstandje de absurditeit van de situatie zag. Nou ja, iedereen heeft wel eens zo'n periode. Hij ging nu natuurlijk door een of andere fase, maar vroeger zou hij dat altijd hebben verteld. Ze vond het maar niks. Hoe hij 's nachts thuiskwam, de trap op denderde naar de logeerkamer, zonder zijn hoofd bij haar naar binnen te steken; dat hij nog sliep als ze Nora aankleedde voor de crèche en meestal weer weg was als ze uit haar werk kwam. Maar dat was zijn zaak, toch? Hij moest naar haar toe komen als hij hulp nodig had. Ze had een paar weken geleden een artikel in een vrouwenblad gelezen: 'Is je man afstandelijk of ongeïnteresseerd?' Er stond in dat dat vaker voorkwam bij ouder wordende mannen. 'De paniek' noemden ze het. Ze had gehoord dat het midlifecrisis heette, maar het liet haar koud hoe het heette. De psycholoog die het artikel had geschreven legde uit dat mannen zo werden als ze doorkregen dat er geen weg terug was. Een huis, een baan, kinderen en bijna veertig – dan zagen ze opeens in dat ze geen rockster meer konden worden. Of voetbalmiljonair. Dat dit het leven was, de dagelijkse sleur van het huishouden, rekeningen en saaie tv-programma's op vrijdagavond. Het kwam eigenlijk hierop neer: let goed op, want in deze periode van zijn leven zoekt je man vaak troost bij een ander. Meestal bij een jongere vrouw. Ontrouw? Verdomme, zeg. Ze was helemaal misselijk geworden. Alles wees daar toch op? Hij was 's nachts vaak weg. Check. Hij kwam met ontwijkende antwoorden op al haar vragen. Check. Hij toonde steeds minder interesse in hun dochter. Check. Hij kocht opeens nieuwe kleren, werd lid van een sportschool, nam een nieuw kapsel, gebruikte misschien een nieuw luchtje en kreeg andere hobby's. Eh... nee. Geen check. De laatste keer dat ze hem had gesproken, twee seconden in de gang, had hij iets gemompeld en was vertrokken. Hij had er toen slechter uitgezien dan ooit.

Dus wat was er met hem aan de hand?

Hoe dan ook.

Vandaag wilde ze duidelijkheid.

Ze had Nora eerder dan anders naar de crèche gebracht, maar in plaats van naar de winkel te rijden had ze zich ziek gemeld.

Een dag thuis.

Dus nu zou ze thuis zijn als hij opstond.

Kon hij niet zomaar naar buiten glippen.

Ze had zich voorgenomen om een beetje streng te zijn.

Waar ben je mee bezig, Gunnar?

Nora mist je.

Ik mis je.

Zo kun je je toch niet gedragen?

Susanne had zich in haar hele leven nog nooit ziek gemeld, maar dat was dan maar zo.

Ze moest duidelijkheid hebben.

Vandaag nog.

Toen ze haar lege theekop in de spoelbak zette, bewoog er weer iets voor het keukenraam.

Weer een auto.

Met een fotograaf op de bijrijdersstoel.

Weer die journalisten?

Konden ze dat gezin niet met rust laten?

Wenche had verteld dat Holm van nummer 11 er eentje in zijn tuin had gezien die foto's wilde nemen van het huis van de familie Lundgren. Hij had hem weggejaagd.

De brutaliteit.

Wat verzinnen ze straks nog meer?

In de vuilnisbak graven?

Had dat gezin het niet moeilijk genoeg?

Ze deed de koelkast open en voelde weer de angst waarmee ze een paar dagen geleden wakker was geworden, een vrees die haar niet helemaal wilde loslaten.

En als het Nora was geweest?

Nee, verdomme...

Er waren beelden door haar hoofd geschoten, ze liep in huis rond op zoek naar de kalmerende pillen waar de huisarts haar een recept voor had gegeven, maar ze vond ze niet.

Ruben werd binnenkort begraven.

Morgen al.

Ze had even overwogen of ze zou gaan. Was je dat als buurtbewoner eigenlijk niet verplicht? Om ze te steunen? Of moest ze juist niet gaan? Afstand houden uit respect voor de familie? Zodat het niet zo druk was als iedereen kwam condoleren? Hoe hoorde het eigenlijk? En wat was het beste voor hen?

Ze was op 'niet gaan' uitgekomen.

Ze kende Vibeke wel een beetje, maar ze zeiden elkaar alleen gedag. Haar man knikte meestal slechts, maar met tegenzin en alleen als zij het eerst deed. Hoe heette hij ook alweer? Jan-Ottar? Jan-Otto? Zoiets. Er was iets met hem. Ze had ook geruchten gehoord. Niet dat je die moest geloven, maar toch...

Ze pakte een ei, klopte het los met een scheutje melk, tijm en bieslook, en goot het mengsel in een pan op het fornuis. Een stevig laat ontbijt. Dat ging ze maken. Voordat hij de wind van voren kreeg. Nee hoor. Ze glimlachte nu even en zette de radio aan. Ze zag dat er een auto voor hun huis stopte, en toen nog een. Ze trok het gordijn een beetje opzij. Wat was dat nou? Een gezette man met een roodblonde baard stapte uit de eerste auto en wees om zich heen. Gebaarde iets naar de andere auto, die aan de overkant was gestopt. De man met de baard liep hun grindpad op, gevolgd door een jongere man in een pak. Meer auto's nu, in de straat aan de achterkant. Opeens ophef daar buiten.

Wat krijgen we nou?

Susanne Hval Pedersen waste haar handen, veegde ze af aan haar broek terwijl ze de gang in liep en was net bij de deur toen er werd aangebeld.

'Gunnar Pedersen?'

'Die woont hier, maar hij slaapt. Kan ik ergens mee helpen?'

'Ik ben Holger Munch. Dit is Fredrik Riis. We zijn van de politie.'

'Wat? Is er iets gebeurd?'

Ze zag verderop in de straat iets bewegen.

Een groepje journalisten.

Op weg naar haar huis.

'Maar waarom...'

Er werd haar een document toegestoken.

'We moeten je vragen om hem wakker te maken.'

4

30

De elfjarige Kevin Myklebust zat achter in de oude Toyota Corolla en zou het liefst gewoon verdwijnen. Hoe dat precies in zijn werk moest gaan wist hij niet, maar het zou voor iedereen het beste zijn, in elk geval voor mama. Want het was zijn schuld dat zij in die oude auto moest rijden. Die was zo roestig dat hij zo ongeveer uit elkaar viel, en nu had hij in the middle of nowhere weer dienst geweigerd, met aan alle kanten bos. Hij had hen de vorige avond weer in de kamer gehoord. Mama en Elsebet, een van de vriendinnen die op bezoek kwamen om naar *Big Brother* te kijken, en toen had mama het weer gezegd. *Dat had ik kunnen zijn op de televisie. Niet met dit lijf natuurlijk, hemel, nee, maar zoals ik er vroeger uitzag. Ik ben blij dat ik in elk geval geen borstvoeding heb gegeven, dan zou het nog erger zijn geweest.* Hij kon alles horen en had de deken maar weer over zijn hoofd getrokken; dat had een beetje geholpen. Toen had hij weer die droom gehad waar hij altijd zo blij van werd. Die van die engel, die hem kwam halen en hem ergens anders mee naartoe nam, maar toen hij wakker werd, ging het weer door hem heen: *Het zou voor iedereen het beste zijn als ik er niet meer was.* Maar hij wist niet hoe dat moest.

Vroeger was mama jong en mooi geweest, en alle mannen draaiden zich altijd naar haar om. In Oslo was ze een keer aangesproken door een man die vroeg of ze fotomodel wilde worden. Ze zou veel geld verdienen en in New York in een echt chic penthouse wonen, niet in dat waardeloze souterrain. Vervolgens was ze helaas zwanger geworden, en ze had er niets aan gedaan tot het te laat was. Toen was haar leven geruïneerd en daar was weinig aan te doen.

Buiten hing mama op en stapte zuchtend weer in. Ze draaide het spiegeltje naar haar gezicht en keek of haar lippenstift nog wel goed zat, waarna ze het weer een beetje draaide, zodat hij kon zien dat ze naar hem keek.

'Waarom heb ik toch zo'n kloteleven, Kevin? Kun jij me dat vertellen?'

Hij haalde voorzichtig zijn schouders op.

'Deze auto, wat stelt die voor? Moet dat nou? Waarom heb ik geen normale auto zoals ieder ander? Een nieuwe? Een SUV? Met vierwielaandrijving, een zonnedak en een skibox, misschien een Mercedes. Stel je voor, zou jij dat niet leuk hebben gevonden, om mama te zien rondrijden in een prachtige grote Mercedes?'

'Ja, dat had ik wel leuk gevonden, mama.'

'Ja toch? Maar heb ik dat? Nee, dus.'

Ze schudde haar hoofd en haalde de sigaretten uit haar tasje. Zuchtte diep toen ze zag dat er nog maar twee in het pakje zaten.

'Verdomme nog aan toe...'

Kevin had vaak naar de pakjes sigaretten in de winkel gekeken en wou dat hij een pakje voor haar had durven pikken – misschien wel een heleboel, dan hoefde ze niet zo verdrietig te zijn dat ze zo arm waren en dat ze niet zoveel kon roken als ze zou willen. Hij wist dat veel andere jongens in de klas dat deden, stelen, maar alleen al bij de gedachte had hij buikpijn gekregen en zich op weg naar huis lopen schamen. Hij zat hier alleen maar in de weg en dan was hij niet eens brutaal genoeg om een pakje sigaretten te pikken?

De andere kinderen in de straat hadden grootouders. De meeste in elk geval. Dat zou best makkelijk zijn geweest. Dan had hij alleen zijn tas maar hoeven te pakken en niet eens tot ziens hoeven te zeggen, alleen maar met de fiets of met de bus erheen gaan. Naar de ene oma of de andere. Maar hij had nooit over hen gehoord. Hij wist niet eens of ze bestonden. De enige bejaarde die hij kende was de mevrouw van de bibliotheek, en zij was heel aardig, maar hij kon toch niet zo maar naar haar huis gaan?

Nee, zo simpel was dat niet.

'Nou ja, we zijn in elk geval nog lid van de wegenwacht. Dat is die eikel vergeten op te zeggen.'

Mama glimlachte in de spiegel en stak toch een sigaretje op.

'Toch maar mooi meegenomen, Kevin, dat we nog iets aan hem hebben overgehouden voor hij de benen nam.'

De elfjarige knikte en probeerde ook maar te glimlachen. Hij vond het wel fijn om eens niet de pineut te zijn. Dat lukte hem heel af en toe wanneer ze over de rooie ging en hij langs zijn neus weg vroeg naar een van de mannen die een tijdje bij hen hadden gewoond, want dan wist hij dat ze nog kwader zou worden en in plaats daarvan niet hém, maar een van hén de huid vol zou schelden.

'Een verdomde loser ben ik. Ik kan niet eens een fatsoenlijke man krijgen. Hier in die krottenkolonie gaat het al helemaal niet lukken. Waarom kan ik niet in Oslo wonen, waarom woon ik helemaal hier? Kun jij dat aan mama uitleggen, jongen, waarom de wereld zo onrechtvaardig is?'

Nee, dat kon hij niet, ook al had een van de leraren een keer aan de klas verteld dat al het geld ter wereld op zo'n manier verdeeld was dat een paar mensen veel hadden en de meeste anderen bijna niks. Maar hij dacht niet dat mama dat bedoelde. Hij had er lang over nagedacht, maar hij wist niet wat hij moest doen om te zorgen dat het wat beter met haar ging.

'Een heel uur verkloot,' verzuchtte mama met een blik op haar horloge. 'Wat heeft dit voor zin? Waarom betaal ik voor hulp als ik daar zo lang op moet wachten?'

Even overwoog Kevin om te zeggen dat zij niet had hoeven te betalen, maar dat Jan-Erik had betaald. Zoals hij al het andere had betaald in de maanden dat hij bij hen had gewoond. Huur en elektriciteit, een nieuwe tv en kleren voor mama, en ook al had mama gezegd dat hij maar een plukhaantje was, geen echte man, toch had ze een beetje moeten huilen toen hij zijn koffers had gepakt en weer was vertrokken. Lang had het niet geduurd, want maar een paar dagen later was er een nieuwe man gekomen, Rune, en daarna een die Gunnar heette, maar Kevin had Jan-Erik het aardigst gevonden en hij vond het best jammer dat die vertrokken was.

Meestal bleven ze niet zo lang.

De meesten maar een paar weken – zo was mama nu eenmaal. Eerst vond ze alles even leuk, deed wat ze kon, maakte zich extra op en moest hard om van alles en nog wat lachen. Ze liep als een kat om die mannen heen en gaf hoog over hen op, bijvoorbeeld als ze een mooie motor hadden, ook al wist hij dat motoren haar geen lor konden schelen. Of bijvoorbeeld als ze gespierd waren; dat kon haar wel iets schelen, want ze raakte ook niet uitgepraat over de spieren van Ronny, een van zijn vrienden, tegen wie ze gezegd had dat hij een knappe man zou worden als hij later groot was, en toen had ze liefkozend door zijn haar gewoeld. Toen was de moeder van Ronny boos langsgekomen en had gezegd dat Ronny niet langer naar hen toe mocht en dat Kevin ook niet meer bij Ronny mocht komen. Dat was ontzettend jammer, want beneden in hun souterrain hadden ze een enorme racebaan die de vader van Ronny had gebouwd, en het was geweldig om daar te racen met die supercoole auto's, maar dat ging nu dus niet langer.

Plukhaantje.

Hij wist best wat dat was. Het was niet wat iedereen dacht: een kleine haan die later als hij groot was geplukt zou worden voor de pan, zoals bij Nina thuis. Mama noemde hem en de andere mannen die kwamen – de meeste in elk geval – plukhaantjes, wat betekende dat zij zich een tijdje geen zorgen over geld hoefde te maken, omdat er iemand met geld bij hen was komen wonen.

Kevin wist eigenlijk niet wat hij het liefst had. Alleen met mama wonen natuurlijk, maar het werd na een tijdje altijd erg moeilijk, want steeds wanneer er enveloppen met de post kwamen moest ze huilen. Ze opende de meeste niet eens, maar legde ze in een la, totdat die zo ongeveer niet meer dicht kon. Dan was het maar het best dat er iemand kwam met geld, al waren ze niet allemaal even aardig en leken ze vaak een beetje teleurgesteld wanneer ze erachter kwamen dat mama toch niet alleen woonde, maar dat er een jongetje was dat zich op zijn kamer had verstopt terwijl zij in de woonkamer bezig waren. Soms gingen ze dan zomaar weg, meteen, zonder ook maar gedag te zeggen, maar Jan-Erik niet; die was heel anders dan de anderen.

Bijna als een papa.

Kevin had zijn vader nooit gezien, al wist hij tamelijk zeker dat hij er wel een had, want af en toe, wanneer het mama echt allemaal te veel werd, kon ze dingen zeggen als: *Kijk niet zo naar me met die blik van je en je sproeten! Aan die man wil ik nu niet herinnerd worden.* En dan dacht hij dat het dan vast zijn echte papa was. Iemand die op hem leek, met blonde krullen en sproeten. En dan had hij gedaan wat hij altijd deed als hij er niet meer tegen kon: in het hokje bij de bushalte gaan zitten tot het donker werd, terwijl hij fantaseerde over die man, hoe die was en vooral wáár hij was. En hij had gedacht dat het misschien net zo was als in een stripverhaal: dat er verschillende dimensies in de wereld waren en dat hij toevallig in een verkeerde was terechtgekomen en dat er ergens een totaal andere echte was waar zijn vader op hem zat te wachten. Wanneer die gedachten door hem heen gingen, raakte hij altijd in een beter humeur.

Mama draaide het autoraampje naar beneden, gooide de peuk naar buiten en keek weer even in het pakje, waar nog maar één sigaret in zat. Eerst borg ze het pakje weer in haar tas, maar toen veranderde ze van gedachten en stak ze hem toch maar op, terwijl ze nu nog dieper inhaleerde.

'Jezus, Kevin, waar moet dat heen met mij?'

Ze keek weer in het spiegeltje en schudde haar hoofd.

'Kijk nou eens hoe ik eruitzie! Kijk dan!'

Ze draaide zich naar hem toe en wreef over de huid onder haar ogen en op haar wangen.

'Ik vind anders dat je er best goed uitziet.'

'Ja? Niet te veel rimpels?'

'Nee hoor, niet te veel.'

'Wat bedoel je? Heb ik rimpels? Waar dan?'

'Je hebt helemaal geen rimpels, mama.'

'O nee? Je zei net dat ik er niet zovéél had. Eerlijk zeggen.'

'Je bent heel mooi, mama.'

Ze draaide zich naar het spiegeltje, schudde vermoeid haar hoofd en reageerde toen plotseling op iets wat achter hen gebeurde.

'Hè, hè. Daar is hij.'

Ze pakte snel haar lippenstift uit haar tas, bracht een beetje extra rood aan op haar al rode lippen en trok haar trui zo naar beneden dat haar schouder zichtbaar werd.

'Wacht hier.'

Ze deed het portier open en zwaaide vrolijk naar de man die in de rood-met-gele sleepwagen aan kwam rijden.

Kevin zette het raampje op een kier om wat frisse lucht te krijgen. Het stonk in de auto erg naar rook. Hij kon het nu horen aan haar stem, zien aan de manier waarop ze haar lichaam bewoog.

Als een kat.

'En wat is hier aan de hand?'

De man krabde even op zijn hoofd, alsof hij zich niet kon voorstellen dat er nog mensen waren die in zulke wrakken rondreden.

'Ik zou het niet weten. Maar jij bent toch een ridder die een jonkvrouw in nood helpt?'

'Ja, ik zal wel moeten.' De man knikte en schudde zijn hoofd weer.

'Wat fijn,' zei mama glimlachend, en ze legde haar hand op zijn arm.

31

Katja kwam het kamertje binnen, zette haar koffie op het tafeltje bij de doorkijkspiegel, bleef naast Munch staan en keek bezorgd naar de veertiger in de verhoorkamer.

'Laten we hem wachten?'

Munch knikte.

'Hij moet een beetje tot bezinning komen.'

'Hij ziet er niet uit,' zei de Nederlandse, en ze haalde een appel uit de zak van haar trainingsjack. 'Heeft hij iets gezegd?'

'Geen woord in de auto,' zei Fredrik Riis, die op een stoel aan de andere kant van de kamer was gaan zitten.

'Wil hij geen advocaat?'

'Nee, hij zegt van niet,' zei Munch.

'Vreemd. Hij ziet er anders wel verdomd verdacht uit.'

Katja nam een hap van haar appel en ging dichter bij de doorkijkspiegel zitten.

'Hij ziet lijkbleek. Kijk hem eens trillen. Schuldig, als je het mij vraagt.'

'Dat kan best zijn,' verzuchtte Munch. 'Maar waaraan?'

Hij haalde zijn schouders op, trok zijn jasje uit en ging alleen de verhoorkamer binnen. De veertigjarige kromp ineen en stond op van zijn stoel.

'Blijf maar zitten, Gunnar,' zei Munch met een knikje. 'Wil je iets drinken? Koffie? Een glaasje water?'

'Nee, dank je,' mompelde de trillende man. 'Of misschien toch maar water. Ik heb een droge mond.'

'Water graag,' zei Munch met een handbeweging naar de doorkijkspiegel, waarna hij tegenover Gunnar ging zitten en op het in de tafel verzonken knopje drukte.

'Het is 24 april, 15.20 uur. We nemen een verhoor af bij Gunnar Egil Pedersen. Aanwezig in de ruimte zijn Pedersen en hoofdrechercheur Holger Munch. Gunnar Egil Pedersen heeft afstand gedaan van zijn recht op een advocaat.'

Munch keek naar de man aan de andere kant van de tafel.

'Kun je dat hardop zeggen, Gunnar?'

'Wat?'

Hij was even niet bij de les en maakte de indruk niet helemaal te begrijpen waar hij was.

'In de microfoon? Het klopt toch dat je geen advocaat wilt?'

'Wat? Eh... ja. Ik heb geen advocaat nodig.'

'Oké,' zei Munch. Hij opende de map die hij mee naar binnen had genomen. 'Gunnar Egil Pedersen. Geboren op 12 januari 1961. Klopt dat?'

'Wat? Eh... ja.'

'Je woont op de Timoteiveien 13. Je bent getrouwd met Susanne Hval Pedersen. Een dochter? Nora, van vijf?'

Pedersen wreef over zijn voorhoofd en knikte.

'Mooi. Dan hebben we de juiste persoon. Laten we met iets eenvoudigs beginnen. Weet je waarom je hier bent?'

De deur ging open en Katja zette een flesje water op tafel. Ze verdween weer even stil als ze was gekomen.

Pedersen zweeg en zag er nog steeds uit alsof hij probeerde te bedenken waar hij precies was. Of dit de bittere werkelijkheid betrof of dat hij nog steeds thuis in zijn bed lag.

'Nee,' zei hij ten slotte, en hij keek even naar Munch.

'Nee? Dat klinkt niet erg overtuigend, Gunnar. Zullen we het nog een keer proberen? Weet je waarom je hier bent?'

De tengere man beet op zijn lip en keek uit een denkbeeldig raam.

'Ik... geloof eigenlijk van niet.'

'Je moet een beslissing nemen, Gunnar. Weet je niet waarom je hier bent? Of denk je dat je niet weet waarom je hier bent? Je wilt toch niet zeggen dat je geen enkel vermoeden hebt? Dat het puur toeval is dat we je hebben opgehaald?'

'Nee, misschien is het niet helemaal toevallig,' antwoordde Pedersen zachtjes, en hij keek weer naar de tafel.

'Laten we onze tijd hier niet verdoen, Gunnar. Wij allemaal niet. Het is niet zo leuk om hier te zitten, toch? Waarom geef je het niet gewoon toe? Dan kunnen we tenminste allemaal weer naar huis.'

'Mag ik dan weer naar huis?' vroeg Pedersen voorzichtig.

'Tja,' zei Munch met een knikje naar het flesje.

De man was zo in gedachten verzonken dat hij niet in de gaten leek te hebben gehad dat de Nederlandse binnen was geweest.

'Het hangt helemaal af van wat je ons vertelt.'

Pedersen schroefde de dop los, maar trilde zo dat hij het flesje maar moeilijk aan zijn mond kon houden.

'Het was helemaal niet...' begon hij, en hij keek weer voorzichtig op naar Munch.

'Het was niet...'

'Nee, het was niet de bedoeling dat het zo zou gaan.'

Weer de blik naar de grond, tussen zijn benen.

'Ik was alleen maar van plan... Ja, nee. Zo had het in elk geval niet gemoeten. Dat was helemaal niet de bedoeling.'

'Was het alleen maar een spelletje voor je?'

'Eh... ja... Of nee, dat nou ook weer niet, maar ik dacht dat het misschien niet zo erg was. In het begin in elk geval, als je begrijpt wat ik bedoel.'

Hij keek weer voorzichtig op naar Munch.

'Nee, ik snap het niet, Gunnar. Maar dat betekent dat je in elk geval weet waarom je hier bent. Kunnen we het daarover eens zijn?'

Pedersen schroefde met enige moeite de dop terug, zette de fles op de grond bij zijn voeten en knikte langzaam.

'Ja? Je weet waarom je hier bent?'

'Ja. Ik weet waarom.'

Het klonk alsof er een last van hem af viel die zwaar op zijn schouders had gedrukt. Er kwam een merkwaardig soort opluchting over het tengere lichaam. Hij ademde zwaar uit en keek naar Munch met iets wat je als een glimlachje zou kunnen opvatten.

'Maar ik had niet gedacht dat... weet je... dat het allemaal zo verkeerd zou aflopen.'

Ernst nu weer op zijn gezicht, toen hij Munch licht kuchend weer aankeek.

'Was het alleen maar een spelletje voor je? Was dat het?'

'Ja. Of nee, misschien geen spelletje, dat is het juiste woord niet. Maar ik was kwaad. Tjongejonge, vreselijk kwaad. Ik wilde me wreken. Ik heb toch gezegd dat ik het terug zou betalen? Maar nee, daar wilden ze niet van horen. En het ging niet eens om zoveel geld – maar vijftigduizend kronen. Daar geef je iemand de zak toch niet voor? Ik werk daar nu al tien jaar. Je dacht toch niet dat daar mijn ambitie lag, bij de administratie van een wasserij? Ik heb verdomme alles van mezelf gegeven, heb dag in dag uit gewerkt...'

Munch onderbrak hem.

'Wat bedoel je, vijftigduizend?'

Pedersen keek hem ietwat verbijsterd aan.

'Nou ja, het geld. Dat ik heb meegenomen. Daarom ben ik hier toch?'

'Nee, Gunnar.'

Munch pakte een foto uit de map en schoof hem over de tafel.

'Dit is de reden waarom je hier bent.'

Pedersen keek naar de foto en zette grote ogen op.

'Wat?'

De plaats delict. De jongens op de grond met de vos ertussenin.

'Ben je gek? Jullie geloven toch niet dat...'

'Was het alleen maar een spelletje voor je, Gunnar? In het begin? Met de jongens? Is het zo gegaan? In het bronhuisje? Een beetje plezier hebben, zat dat erachter? Ze dronken voeren? Een beetje genieten?'

'Nee, nee... dat...'

Pedersen had zijn ogen wijd opengesperd en schudde nu wild zijn hoofd.

'Maar toen ging het mis – zo is het toch gegaan? Zijn ze daar binnen overleden, Gunnar? Of was het later? Leefden ze nog toen je ze naar het veldje bracht?'

Pedersen was helemaal rood aangelopen en kon maar moeilijk stil blijven zitten.

'Nee, nee, nee...'

Hij schoof naar achteren en stak zijn handen voor zich uit.

'Haal dat weg. Haal het weg.'

'Dus jij was het niet?' vroeg Munch rustig, en hij legde nog een nieuwe foto naast de andere.

'O, godverdomme!'

Pedersen wendde zich bruusk af.

'Nee?' zei Munch, die een derde foto op tafel legde. 'Jij hebt Ruben niet vermoord?'

Een vinger naar het naakte jongenslichaam.
'En Tommy?'
De ander trilde zo dat hij zijn gezicht bijna niet in zijn handen kon verbergen.
'Ik wil het toch,' zei hij zacht.
'Wat wil je toch, Gunnar?'
'Een advocaat,' mompelde de trillende man. 'Ik wil een advocaat.'

32

Mia Krüger zat bij Mother India in de Pilestredet onder een bronskleurige buste van de god Shiva en merkte dat ze wat gespannen was, want ze kreeg niet echt hoogte van die Zweedse psycholoog. Alleen zij was aan het woord geweest. Bijna twee uur lang had ze voor de foto's op kantoor gestaan met het gevoel dat ze zichzelf tot vervelens toe herhaalde, en al die tijd had Patrick Olsson geen woord gezegd. Zijn grijze jas hing over een stoel naast hem. Een leesbril onder een gefronst voorhoofd. Af en toe een korte knik. Een notitieboekje op zijn schoot, dat hij van tijd tot tijd opensloeg om er iets in te schrijven, maar geen commentaar. Uiteindelijk trok ze het niet meer en had ze met haar armen over elkaar geslagen recht op de man af gevraagd: 'Wat denk je? Ben ik iets op het spoor?'
De Zweed had even geglimlacht, zijn bril voorzichtig in de brillenkoker gestopt en gemompeld: 'Ik denk dat we iets moeten eten. Zit er een goed Indiaas restaurant in de buurt?'
Normaal gesproken zou ze geïrriteerd zijn geraakt. Om daar te staan, een beetje zenuwachtig, als groentje en dan haar gedachten te delen met iemand die al zo lang in het vak zat. *Kom op, man, zeg iets. Kom ik in de buurt? Heb ik deze persoon doorgrond? Of zit ik er faliekant naast?* Maar iets in hem zorgde ervoor dat ze zo niet reageerde. Hij was heel rustig. Heel vriendelijk. Heel vertrouwd. Zijn stilzwijgen was bijna het natuurlijkste wat er was. En misschien wel het belangrijkste: op geen enkel moment tijdens de korte presentatie had ze het gevoel gehad dat hij haar niet als zijn gelijke behandelde. Hoewel ze dit werk nu pas drie dagen deed. Hoewel ze al haar kennis uit bibliotheekboeken had gehaald. Veel boeken,

dat wel, maar dit was toch iets heel anders. Geen foto's in een Amerikaans naslagwerk. *Colombus, Ohio, April 4th, 1987. Notice that the two prostitutes, just like on the previous crime scene, are placed facing each other, with the fingernails removed, and the hands on each others hips.* Niet zo. Dit was echt. Maar mocht hij tijdens de presentatie hebben gedacht dat ze ongeschikt was, dan had hij daar met geen woord over gerept.

'Kip curry met koriander klinkt goed,' zei de Zweed van achter zijn menu. 'Heb je hier eerder gegeten?'

'Eén keer,' zei Mia.

'Wat heb je toen genomen?'

'Lam korma. Nummer 53.'

'Was dat lekker?'

Rusteloos nu, ze hield het bijna niet meer uit.

'Jawel, maar ik heb gehoord dat alles lekker is.'

'Tikka masala is altijd goed,' zei de Zweed achter zijn leesbril, met zijn ogen weer op het menu gericht.

En toen kwam het gevoel terug dat ze al heel lang niet had gehad.

Bij de psycholoog.

Zeven jaar oud, ze had er niet zoveel van begrepen. Op een vroege zondagochtend waren haar ouders voor een keertje eens allebei wakker, ook mama, die van uitslapen hield.

We moeten eens met je praten, Mia.

Zo serieus had ze haar ouders nog nooit gezien, en de gedachten raasden rond in haar hoofd. Had ze iets verkeerd gedaan? Wat kon dat zijn? De dertig kronen in munten die in de pot bij de buitendeur hadden gezeten? Het was Sigrids idee geweest, maar zij was er ook bij, daarom voelde ze een steek in haar buik. Snoep uit de kiosk dat ze op haar geheime plek op zolder had verstopt. Of was het de barst in het kelderraam? Het croquetongelukje in de tuin? Ze had het laatste poortje gemist en de bal vloog met een knal tegen het raam, maar gelukkig was het niet gebroken. Een klein barstje maar – hadden ze dat ontdekt? Het was toch bijna niet te zien?

Maar ze kreeg niet op haar kop.

Ze waren allebei rustig en vriendelijk, en er lag een pannenkoek met jam voor haar klaar.

'Weet je, Mia, als je soms even... helemaal met je gedachten ergens anders bent...'

'Wat bedoel je, papa?'
'Ik bedoel: als je je even helemaal afsluit...'
'Afsluit?'
Ze wisselden een blik.
'Papa bedoelt: als je zit te staren. Dat is niet goed.'
'Als ik zit te staren?'
En toen was de pannenkoek opeens niet zo lekker meer, die lag als een koude klont in haar maag.
'Je weet wel wat we bedoelen, Mia.'
'Nou ja, eigenlijk geeft het niets, maar het leek ons goed om er eens met iemand over te praten.'
Papa's warme hand op die van haar, gelukkig.
'Weet je wat een psycholoog is?'
En toen een halfjaar lang, eens in de veertien dagen. Ze verdronk in de grote leren stoel die vreemd rook, tegenover de volwassene die deed alsof hij aardig was, maar ze zag dat hij maar deed alsof. Hij was vooral nieuwsgierig en stelde steeds dezelfde vraag, alsof dat hem niets kon schelen: 'Maar wat zíé je dan, als je urenlang naar dingen staart?'
Een aardige serveerster, en eindelijk wist de Zweed wat hij wilde. Blijkbaar vond hij het tijd om haar te vertellen wat hij ervan vond. De psycholoog hield zijn bril op, haalde het notitieboekje uit zijn beige tas en legde het naast zijn bord.
'Oké,' zei hij, en hij glimlachte even. 'Allereerst moet ik dit zeggen: wauw.'
Hij leunde achterover in zijn stoel, spreidde zijn armen en zei het nog een keer.
'Wauw. Ik ben zacht uitgedrukt enorm onder de indruk. Nee, dat zegt ook niet genoeg...'
Hij lachte zijn parelwitte tanden bloot.
'Ik ben geschokt. Kan ik dat zeggen? Ik heb hier jaren aan gewerkt. Hoeveel waren het er wel niet?'
De Zweed werd onderbroken door de serveerster, die een karaf water kwam brengen.
'Vijftien jaar? En hoelang ben jij ermee bezig?'
Mia kreeg het een beetje warm en schaamde zich bijna.
'Ik heb wel veel gelezen,' zei ze met een glimlach. 'Ik heb een tijdje min of meer in de bibliotheek gewoond.'

'Ja, goed. Maar wat jij hebt... Die intuïtie...'
Hij tikte tegen zijn slaap.
'Dat leer je niet uit boeken.'
'Dat weet ik niet, hoor,' zei Mia weer met een glimlach. Ze nam een slok water om zich achter haar glas te verschuilen.
'Ik ben nu al fan van je,' zei de Zweed zachtjes lachend. 'Hoe oud zei je dat je was?'
'Bijna tweeëntwintig,' zei Mia.
'Jeetje, heel indrukwekkend. Ik verheug me er nu al op om je de volgende keer in actie te zien.'
De Zweed lachte weer even, terwijl de serveerster terugkwam en een glas wijn voor hem inschonk.
'Weet je zeker dat jij niets wilt? Wijn? Ja?'
Mia schudde haar hoofd.
'Ik drink geen alcohol.'
'O nee?'
'Niet vaak in elk geval. Ik hoef mezelf niet te verdoven. Ik vermaak me zo ook wel.'
Dat laatste viel niet helemaal goed. Ze zag dat hij heel even fronste en een andere uitdrukking op zijn gezicht kreeg, alsof ze hem ergens aan had herinnerd.
'Dat vind ik. De meeste mensen die ik ken drinken, de hele wereld drinkt. Dat doen mensen toch, drinken? Dus dan wijk ik waarschijnlijk af van de norm.'
Hij was er weer bij met zijn hoofd en glimlachte, maar leek een beetje gegeneerd toen hij zijn wijn proefde.
Jezus, Mia.
Kom op nou.
Moet je altijd zeggen wat je denkt?
Opeens verlegen keerde ze zich van hem af en deed alsof ze de buste van Shiva achter zich bestudeerde. Getrouwd met Parvati. De god van de tegenstellingen, zowel man als vrouw, zowel ascetisch als dierlijk, zowel schepper als vernietiger. Religie... De leraar die zuchtte omdat ze weer een vraag had. Zowel scheppingskracht als vernietigingskracht. Mia schraapte haar keel en keek tersluiks naar de Zweed. Ze hoopte niet dat ze de sfeer tussen hen nu al verpest had, want ze moesten samenwerken, langere tijd nauw samenwerken misschien, tot dit voorbij was. Maar de psycholoog had het

goed opgevat. Zijn notitieboek lag open, het wijnglas hield hij in zijn andere hand.

'Wil je dat ik er echt op inga?'

Hij keek haar bijna plagend aan over de rand van zijn glas, terwijl de geur van gebakken lamsvlees en rode curry naar hen toe kwam.

'Graag.'

De tafel stond bomvol – geuren uit een andere wereld.

'Zullen we eerst eten?'

'Moet dat?'

'Wil je het meteen horen?'

'Jazeker. Ik hou het niet meer uit.'

Hij lachte.

'Ben je altijd zo eerlijk?'

'Ja, helaas wel.'

'Verfrissend. Ik denk dat we goed kunnen samenwerken. Ik verheug me er al op.'

De psycholoog glimlachte fijntjes, hief zijn glas en schoof zijn notitieboekje over het witte tafellaken voorzichtig naar haar toe.

'Zie je dit?'

'Ja.'

'Ik denk dat je de spijker op zijn kop hebt geslagen.'

33

Fredrik Riis had zo lang achter de doorkijkspiegel tussen de observatiekamer en de verhoorkamer gezeten, gefascineerd door wat zich daar afspeelde, dat hij niet van zijn stoel af was geweest. Het verhoor was met de nodige spanning gestart, want in eerste instantie was hij er zeker van geweest dat ze de goede te pakken hadden. Gunnar Pedersen was een trillend espenblad geweest, lijkbleek en in elkaar gedoken, klaar om zijn zonden te bekennen. Nadat na een tijdje de advocaat was gekomen en de veertigjarige in staat was gebleken zijn verhaal goed onder woorden te brengen, had Fredrik begrepen dat het niet zo simpel was als hij had gedacht. Schuldig, ja. Maar niet aan de moorden. Dat was steeds duidelijker geworden. Hij had dat ook aan Munch gemerkt, die dit soort verhoren heel professioneel afnam: hoe meer Pedersen prijsgaf, des te milder werd de toon van de rechercheur. Nu waren ze in de afrondende fase en Fredrik had net besloten zijn benen even te strekken en koffie te gaan halen, toen Anette Goli de kamer binnenkwam met twee papieren bekers, de ene gelukkig voor hem.

'Hoe gaat het?' vroeg de officier van justitie, terwijl ze op de stoel naast hem plofte en geboeid naar de ruimte aan de andere kant van de doorkijkspiegel keek.

Het was bijna vreemd om haar zo te zien, zittend. Hij wist dat Anette Goli de eerste keus van Munch was geweest toen hij het nieuwe team samenstelde, en dat kon hij wel begrijpen. In Grønland had ze de bijnaam 'het Duracell-konijn'. Haar eigenlijke functie was officier van justitie, maar er was geen klus die ze niet aanpakte. Nogmaals: hij had haar niet vaak op een stoel gezien in de jaren waarin ze samenwerkten; ze was altijd onderweg, meestal met tegen beide oren een telefoon geklemd. Iedereen wist dat Munch het niet goed kon vinden met zijn meerdere, zowel de vorige als de huidige, dus daar zette Anette zich ook voor in: ze hield de lijnen open en zorgde ervoor dat de samenwerking soepel verliep. Hij was simpelweg erg van haar onder de indruk.

'Is dat onze man?' vroeg ze zachtjes, en ze schoof het ene bekertje over het tafelblad naar hem toe.

'Nee, helaas.'

'Zeker weten?'

Lichte teleurstelling in haar stem – hetzelfde gevoel dat hij een paar uur geleden zelf had gehad.

'Ja, helaas. Of dat denk ik in elk geval. Het ziet ernaar uit dat Munch dat ook denkt. Waarschijnlijk houden we hem vannacht hier, maar de advocaat probeert hem steeds naar huis en zijn gezin te krijgen.'

Goli fronste haar wenkbrauwen en nam een slok koffie.

'Hoe zit het dan?'

Riis schudde vermoeid zijn hoofd.

'Dieptreurig, eigenlijk.'

'Vat het eens voor me samen,' zei Goli, met een blik op de ene telefoon, die ze voor zich op tafel had gelegd. 'Kort. Ik moet zo weer rennen.'

'Oké. Gunnar Pedersen. Boekhouder bij Fredrik Riis AS.'

Goli moest even lachen.

'Ja, een merkwaardige samenloop van omstandigheden. Misschien had ik daar wel moeten werken.'

'Ik ben blij dat je bij ons werkt,' zei Goli, en ze beantwoordde snel een binnengekomen sms'je.

'Ik weet niet of hij zich in zijn huwelijk verveelde of in het leven in het algemeen, maar hij heeft de laatste jaren in elk geval een niet mis te verstane gokverslaving ontwikkeld.'

'Aha.'

'Het fijne weet ik er ook niet van, maar het was iets met die alomtegenwoordige speelautomaten. Je kent ze wel, je gooit er een paar kronen in, dan gaat het knipperen en moet je drie citroenen op een rijtje krijgen of zoiets.'

Goli negeerde een nieuw sms'je.

'Dus hij was helemaal verslaafd aan gokautomaten? Een volwassen man?'

Riis haalde zijn schouders op.

'Dat komt veel vaker voor dan je denkt. Vermoedelijk uit verdriet. Even ben je dan gelukkig, een dopamineshot, geen idee.'

'Triest, hoor.'

'Ja. Verder was er ook nog iets anders; er was iets met aandelen misgegaan en hij dacht dat iemand van zijn pokerclub hem had belazerd.'

'Dus gewoon geldproblemen?'

'Ja, en toen deed hij op een moment van wanhoop een greep in de kas – niet zoveel, geloof ik. Vijftigduizend kronen, maar ze hebben hem betrapt en de laan uit gestuurd en toen is het hem allemaal te veel geworden.'

'Maar was hij nou degene die Ruben heeft aangereden?'

Fredrik knikte en nam een slok koffie.

'Onder invloed. Of het waar is weet ik niet, maar hij zou er nooit problemen mee hebben gehad, tot hij plotseling tot over zijn oren in de shit zat. Hij herinnert het zich niet goed en haalt blijkbaar van alles door elkaar. Hij heeft wel bekend dat hij de auto van de wasserij heeft gestolen, als wraakactie, een beetje onduidelijk, en heeft ook toegegeven dat hij die bewuste dag dronken achter het stuur zat en mogelijk de auto waarin Ruben zat heeft geraakt. Hij werd de volgende dag wakker met een gebroken neus en bloed op zijn kleren, en vermoedt dus dat hij het heeft gedaan.'

'Oké.' Goli knikte en keek weer op haar telefoon, terwijl de advocaat en de geknakte Pedersen in het verhoorkamertje opstonden van hun stoel.

'Nou, dan is dat in elk geval opgehelderd,' zei Goli. 'Weer iets wat we van ons lijstje kunnen schrappen.'

'Hebben we de DNA-resultaten van de peuken al?'

Goli schudde haar hoofd.

'In de loop van morgen, zeggen ze. Sorry, ik moet deze oproep even beantwoorden.'

'Met Goli.'

De officier van justitie knikte hem ten afscheid glimlachend toe en verliet haastig de ruimte.

34

Munch parkeerde zijn auto bij de garage voor het witte huis, zette de motor af en bleef een ogenblik stil achter het stuur zitten. Huis. Tuin. Fantastische vrouw. Een geweldige dochter van veertien. Op dagen als deze vroeg hij zich werkelijk af waarom hij eigenlijk deed wat hij deed. Waarom niet gewoon lekker thuis zijn? Naar klassieke muziek luisteren? De ramen naar de achtertuin openzetten? De rozen water geven? Deze herfst zou hij drieënveertig worden, maar hij voelde zich veel ouder. Zo'n dag als vandaag droeg daar erg toe bij. Menselijke misère. Een arme stumper die alleen maar naar de zin van zijn leven zocht, had een paar keer een scheve schaats gereden, zijn baan verloren en was bijna als moordenaar geëindigd. Het was maar net goed gegaan. Munch schudde vermoeid zijn hoofd, stapte de auto uit, stak een sigaret op en bleef even naar de lucht staan kijken. Oslo in april. Lichtere dagen. Een zachte, behaaglijke schemering boven de stad en de geur van voorjaar. Had hij wel ja moeten zeggen tegen een eigen team, eerzuchtig als hij was? Hij kon haar nu binnen zien zitten. Over het grind liep hij dichter naar het raam. Op de bank, met haar benen onder zich gevouwen. Het licht van de lamp op een boek, dat bijna uit haar handen was geglipt. Ze was in slaap gevallen. Moe. Niet zo gek, natuurlijk. Ze had een volledige baan in de opvang. Asielzoekerskinderen, gevlucht uit alle mogelijke ellende, en nu moest zij hun Noors leren, hen helpen hun plaats in een nieuw land te vinden, in een heel andere wereld. Daarom hield hij van haar: omdat ze zo was. Omdat ze anderen hielp, zonder er iets voor terug te vragen.

Munch liep naar de heg, gooide zijn peuk op straat en stak een nieuwe sigaret op, toen de telefoon ging.

'Ha, Mia.'

'Hallo, Holger, stoor ik?'

'Nee, nee, natuurlijk niet. Ben je nog steeds aan het werk?'

'Wat?'

'Ben je nog op kantoor?'

'Eh... ja.'

'Dat hoeft nou ook weer niet, dat weet je toch? Je moet ook af en toe vrij nemen. Deze zaak kan nog wel even duren. Ik heb meer aan je wanneer je uitgerust bent.'

'Ik ben alleen maar iets aan het afronden waar Patrick en ik aan begonnen zijn.'

Patrick Olsson, de Zweedse profiler. Hij had hem natuurlijk zelf moeten ophalen, maar dat had er niet in gezeten. De gezamenlijke briefing morgen zou in elk geval een goede gelegenheid zijn om hem met iedereen te laten kennismaken. Gelukkig spraken Mia en hij elkaar al met de voornaam aan. Het ging de goede kant op.

'Hoe ging het?'

'Wat?'

Munch kon het niet laten even te glimlachen. De jonge vrouw zat nog niet zo lang in het team, maar hij had het gevoel dat hij haar al redelijk kende. Ze was voortdurend afwezig. Zij had hem gebeld, maar het leek alsof ze dat al vergeten was. Hij kon haar bijna voor zich zien. Het zwarte haar. De blauwe ogen die zo geconcentreerd naar de foto's op de wand keken alsof ze verwachtte dat ze tot leven zouden komen en dat ze dat voor geen goud wilde missen.

'Mia, ben je er nog?'

'Wat? Ja, ik moest alleen...'

'Ging het goed met Olsson? Voelt hij zich thuis in het appartement?'

'Nee.'

'Nee?'

'Het appartement was nog niet klaar, dus toen heeft hij maar een hotel genomen.'

'Oké. Ik zal kijken wat ik kan doen.'

Weer iets voor zijn mentale memoboekje, achter in zijn toch al overvolle hoofd: *Anette vragen naar het appartement voor Olsson. Gesprek met Dreyer plannen. De dagrapporten van Anja en Ludvig lezen. Katja en Fredrik briefen over de begrafenis van morgen: camera's in de auto. Katja vragen iets anders aan te trekken dan het blauwe trainingspak. Anette vragen een rapport over de vader van Ruben te maken. Geruchten – zit daar iets in? Moeten we hem eigenlijk niet verhoren?*

'En nog iets,' zei Mia.

'Ja, wat?'

'Verder gaat de samenwerking goed. We hebben eerst een paar uur doorgeploegd wat wij – of eigenlijk ik – tot nu toe hadden. Toen zijn we gaan eten, waarna hij naar zijn hotel is gegaan. Daarna ben ik hier gebleven, maar er is iets waar ik niet helemaal de vinger achter kan krijgen...'

Ze was weer even in zichzelf verzonken, maar was weer snel bij de les.

'Wat dan wel?'

'Ja, dat weet ik juist niet. Patrick liet zich ontvallen dat we niet alle relevante foto's uit Zweden hadden. Dus probeerde ik het bij Ludvig, maar ik kreeg hem niet te pakken. Weet jij er iets van?'

'Van Ludvig?'

'Nee, van die ontbrekende foto's van de Zweedse zaak.'

Nog iets om te onthouden, naast al het andere.

'Ik zal het laten uitzoeken. Heeft hij iets gezegd over welke foto's?'

'Nee...'

Ze was weer met haar gedachten ergens anders. Hij kon horen dat ze iets verplaatste.

'Mia?'

Het was nu donkerder geworden. De schemering ging over in de nacht en de straatverlichting floepte aan. Hij keek jaloers de tuin van de buren in. Hij zag het blauwe licht van de televisie en twee mensen gezellig samen op de bank.

'Maar hij had wel wat bij zich.'

'Hè?'

'Patrick. Hij heeft aardig wat materiaal bij zich, dus ik vraag me af of we dat niet beter kunnen gebruiken in plaats van dat Ludvig en Anja dagenlang zoeken in wat we toegezonden hebben gekregen.'

'Natuurlijk. Goed idee,' zei Munch. Hij stak een nieuwe sigaret aan met de vorige.

'En ja, hier belde ik eigenlijk over. Liever gezegd: er zijn twee dingen, maar ik moet eerst even goed nadenken.'

'Waar moet je goed over nadenken?'

'Of ik het allebei zal vragen of alleen het ene.'

Munch kreeg binnenpretjes. Haar eerlijkheid was op zijn zachtst gezegd ontwapenend. Weer iets om te onthouden: *Yttre bedanken dat hij haar had gestuurd.*

'Goed dan. Vraag me dan maar het ene, maar hou er wel rekening mee, terwijl je erover nadenkt, dat het al laat is.'

'Ik heb een nieuw appartement gekregen.'

'Dat is fijn, zeg. Gefeliciteerd! Was dat een vraag?'

Mia raakte weer even in zichzelf gekeerd, maar dat duurde niet lang.

'Het is hier zo klein. Er is geen plaats voor alles. Dus ik dacht aan mijn nieuwe appartement, met enorme muren als grote witte schermen. Daar zou ik wel iets aan kunnen hebben, helemaal opnieuw beginnen. Alles met een frisse blik zien, als je snapt wat ik bedoel. Dan kan Patrick misschien een paar andere muren voor zijn spullen krijgen, en kunnen we vergelijken. Denk je dat dat kan?'

Ze was nu wel erg schattig, en hij realiseerde zich dat goed, iets wat hij absoluut niet moest vergeten: hoe slim, getalenteerd en schijnbaar sterk deze jonge vrouw ook was, ze was nog altijd maar een kwetsbaar meisje.

'Zeg, Mia?'

'Ja?'

'Je zit niet meer op school.'

'Hoe bedoel je?'

'Ik bedoel dat je in het algemeen precies kunt doen wat je nodig vindt. Ik vind het fijn dat je me af en toe vertelt waar je bent en wat je doet, maar verder beslis je zelf, oké? Als je alles wilt meenemen naar je nieuwe appartement, prima. Ik vind het een geweldig goed idee. Ook om het te combineren met het materiaal van die Zweed.

Perfect. Ik bof dubbel met jullie tweeën. Maar je moet je telefoon aan laten staan, afgesproken?'

'Afgesproken,' zei Mia afwezig.

'Hallo, is dat aangekomen?'

'Wat?'

'Ik moet je kunnen bereiken, dat is het enige.'

'Natuurlijk. En er is nog iets.'

'Ja?'

'Hoe gaat het met de moeder van Tommy Sivertsen?'

'Een vrouw van het consulaat is vandaag in het ziekenhuis geweest, maar mocht niet met haar praten.'

'Jammer. Weten we iets over wanneer dat wel mag?'

'Anette heeft contact met hen. Hoezo?'

'Nou ja, weet je...'

'Zeg maar wat je op je hart hebt.'

'De jongen heeft plekken boven zijn enkels. Het is me in eerste instantie niet opgevallen, want je ziet het niet als hij op zijn rug ligt, maar ik heb net de foto's van de obductie gekregen, en toen... ja... nee, ik weet het niet...'

'Wat voor plekken?'

'Gewoon een paar... stippen.'

'Staat dat in het obductierapport?'

'Dat heb ik niet gelezen.'

Ze kwam weer even afwezig over.

'Kijk eens na of er iets over in staat. Dan kan ik er morgen ook naar kijken als ik op kantoor ben, goed?'

'Oké... Hebben we morgenochtend vroeg een gezamenlijke briefing?'

'Ja, om negen uur.'

'Ik probeer er te zijn. Zo niet, dan leg ik een afdruk van de foto's op je kantoor, goed?'

'Dank je, Mia.'

Hij wachtte nog even of er nog een vraag kwam.

'Verder nog iets?'

Stilte aan de andere kant.

'Dat andere, wat je me misschien nog wilde vragen?'

Opnieuw stilte, waarna ze zachtjes antwoordde.

'Misschien een andere keer. Vanavond niet.'

'Prima, Mia. Mooi werk, welterusten.'

'Welterusten, Holger.'

Munch liet de telefoon weer in de zak van zijn duffel glijden, en ging zo zachtjes mogelijk naar binnen om Marianne niet wakker te maken.

35

De kerkklokken waren al een tijdje stil, maar Fredrik Riis had het gevoel dat het geluid nog steeds onder zijn huid zat toen hij de camera's controleerde die ze aan de binnenkant van de autoramen hadden bevestigd. Eén op het dashboard richting de kerk en één boven aan elk raam, die de straten aan beide kanten moesten dekken. Die kerkklokken waren iets uit zijn jeugd, en hoewel hij er natuurlijk voor het grootste deel afstand van had genomen, ging er nog steeds een huivering door hem heen wanneer hij ze hoorde. Hij kon bijna haar stem horen. Oma. Het gevoel van onmacht en verraad. Omdat zijn ouders niet naar hem en zijn kleine zusje hadden willen luisteren, elke zomer in Telemark, wanneer vader en moeder naar de zon gingen en de kinderen achterlieten in de christelijke martelkamer, zoals ze het waren gaan noemen. Jaar in jaar uit dezelfde procedure: het autoritje naar Ulefoss, wat eigenlijk Noorwegen op zijn mooist zou moeten zijn. Een prachtige grote boerderij met uitzicht over het Nomevatn, een binnenmeer in het mooie Telemarkskanaal. Goudgele akkers en grazende koeien. Kippen in de stal en geiten op het dak van het voorraadschuurtje. Als een sprookje van Asbjørnsen en Moe vereeuwigd in schilderijen van Tidemand en Gude. Als het alleen aan opa had gelegen of aan een van zijn twee broers die in het voormalige knechtenhuis woonden, was het louter vreugde en blijdschap geweest, maar nee, op Nedre Riis Gård was er maar één heerseres: oma. Oma had niet alleen op een avond in het bos Jezus gezien, ze had tijdens deze openbaring ook nog de boodschap gekregen dat de wereld een poel van zonde en verderf was en dat het haar persoonlijke opdracht was ervoor te zorgen dat de wereld Gods koninkrijk op aarde werd. Met andere woorden: ze was streng. Drie weken lang was het een hel, om het nog zacht uit te drukken. Gelukkig was dat alles nu lang geleden, maar het zat nog steeds in zijn lijf en hij werd elke keer weer misselijk als hij die ellendige kerkklokken hoorde.

'Leuke vent, die Zweed,' zei Katja, plagerig lachend.

'O ja, vind je?'

'Helemaal mijn type. Je zou bijna zin krijgen om naar een psycholoog te gaan.'

Katja moest even lachen en draaide het raampje naar beneden.

De gezamenlijke briefing een paar uur eerder. Het hele team keek uit naar de nieuwe aanwinst, die als klap op de vuurpijl aan de Zweedse zaak had gewerkt. Het had alle kanten op kunnen gaan, maar zelfs Oxen had zich heel stilletjes laten imponeren.

Rustig, aardig, en het was niet aan hem voorbijgegaan dat deze charmante profiler zijn uiterlijk mee had.

'Goed, denk ik,' mompelde Katja.

'Wat?'

'Dat hij erbij gekomen is. Met al zijn ervaring, bedoel ik. Ons studentje is wel heel scherp, maar toch...'

'Wat bedoel je?'

'Nou, we hebben het erover gehad. Ze heeft wel goede ideeën, maar het kan niet zo zijn dat het hele onderzoek bouwt op háár... hoe moet ik het zeggen...'

'Invallen?'

'Nou, zo bedoelde ik het niet, maar...'

'Munch heeft het onder controle.'

'Weet ik. Ik zeg alleen dat ik het een verrijking vind dat hij hier is.'

'Omdat hij zo knap is?'

'Ha!'

Ze grijnsde en sloeg hem op zijn schouder.

'Nee, ik bedoel: hij heeft ervaring met profielen. Dus hij weet wat hij doet, dat geeft een goed gevoel. Alsof we in veilige handen zijn.'

Fredrik schonk een kop koffie uit de thermoskan en keek naar de kerkdeuren.

'Hoelang zou het duren?' vroeg Katja met een blik op haar telefoon.

Hier zaten ze op te wachten. Zij tweeën en de politie in uniform, die daar voornamelijk stond om de pers op een afstandje te houden. Een vertegenwoordiger van de familie was de vorige avond op het nieuws geweest en had gevraagd of degenen die daar niets te maken hadden uit de buurt wilden blijven. Hij had zich heel beleefd uitgedrukt, maar dit had iedereen tussen de regels door kunnen lezen: jullie van de pers, willen jullie godverdomme wegblijven? Het leek niet veel effect te hebben gehad. Het waren dan wel geen hordes, maar wel zoveel dat de aspiranten rusteloos over de stoep aan de andere kant van de straat liepen om de straat af te zetten voor doorgaand verkeer. Er stonden al drie auto's bij de sleetse trap, klaar om de naaste familieleden te vervoeren. Het had zo Hollywood kunnen zijn. Of een staatsbegrafenis, in de kerk van Lørenskog met plaats voor honderdveertig mensen. Maar er waren er heel veel meer gekomen. Bijna als een volk dat verdrietig was over een gestorven staatshoofd: groepjes mensen die huilend bij elkaar stonden, wat verdwaasd na het sluiten van de deuren. Zeeën van bloemen, veel foto's en waxinelichtjes. De fotografen stonden klaar met hun zoomlenzen op grote statieven, gericht op het kerkhof, in de hoop de beste plaatjes te schieten van de vertrokken gezichten wanneer de kist de aarde in ging, maar Riis wist meer dan zij. Uit veiligheidsoverwegingen was besloten dat de familie de kist van de jongen zou dragen. Dat zou de volgende ochtend in alle stilte gebeuren. In de hoop dat de familie ongestoord door anderen de jongen de laatste eer kon bewijzen.

'Ik heb geen idee,' zei Fredrik. Hij trommelde met zijn vingers op het stuur. 'Zijn ze niet om één uur begonnen of zo? En alleen al om al die mensen uit de kerk te laten gaan, zou wel...'

'Ja, maar ze laten de familie en goede vrienden toch wel als eerste eruit?' vroeg Katja. Zachtjes tikte ze op de map die Grønlie had meegegeven.

Een volledig overzicht over de hele familie, van de naaste tot de verre familie. Ze hadden de meesten afgevinkt, maar er waren er nog een paar over.

'Hebben we hém gezien?'

Katja wees naar de foto van een man met een bril en een snor.

'Wie is dat? Is dat die oom van moederskant?'

'Ja. Loke. Wie noemt zijn kind nou Loke? Jij kent je noordse mythologie vast beter dan ik, maar Loke? Was dat geen oplichter, een linkmiechel? Je noemt je kind toch ook geen Judas?'

'Noordse mythologie? Hoe kun jij in hemelsnaam iets over onze mythologie weten? Dat is in Nederland toch geen verplichte stof op school?'

Ongemakkelijk schoof ze wat heen en weer op haar stoel. Munch had haar nadrukkelijk gevraagd iets anders aan te trekken dan haar trainingspak en de staat op een nette manier te vertegenwoordigen bij de begrafenis. Ze zag eruit alsof ze de kleren van Anette Goli had geleend en ze voelde zich er bepaald niet prettig in.

Hij moest lachen.

'Wat? Noordse mythologie? Hou op, zeg!'

Katja zuchtte.

'Nee, daar leerden we bijna niets over op school, maar ik heb een keer een vriendje gehad.'

'O ja?'

'Serieus? Ga je me nu dwingen het te zeggen?'

'Natuurlijk. Je hebt me wel erg nieuwsgierig gemaakt. Hoelang geleden?'

'Nou... zes, zeven jaar geleden.'

'Dat is nog maar heel kort dus. Maar kom op, noordse mythologie?'

Ze schoof weer een beetje heen en weer op haar stoel, en nu niet omdat ze zich niet prettig voelde in haar rok.

'Moesten we deze mensen niet natrekken?'

'We hebben ze toch allemaal gecontroleerd? Behalve degenen die hebben gezegd dat ze niet zouden komen. Oma, die in het ziekenhuis ligt. Zijn tante, waar woont die ook alweer?'

'In Nieuw-Zeeland.'

'Dat was het, ja. En nu? Loke?'

Hij glimlachte weer even, want hij vond het leuk om haar zo te plagen. Het was al even geleden dat ze iets samen hadden gedaan. Het was allemaal iets minder geworden, na die keer dat hij haar op de bank verkeerd had begrepen. Het was niet helemaal foute boel, maar het was toch goed om dit uur met haar samen door te maken, als een tegenwicht tegen de tragedie die zich in het witte gebouw voor hen afspeelde.

Katja zuchtte.

'Dit wil ik op kantoor niet horen, begrepen?'

'Natuurlijk. Maar je hebt me wel nieuwsgierig gemaakt.'

Ze schudde haar hoofd.

'Ik heb een vriendje gehad, oké? Hij hield van Noorse black metal. Mayhem. Burzum. Darkthrone. Immortal. En niet alleen van de muziek, ook van alles eromheen. De platenwinkel Helvete, noordse mythologie en alles wat ermee te maken heeft. Wat doe je dan? Je probeert een geïnteresseerd vriendinnetje te zijn. Ik heb genoeg satanisten gezien, om het zo maar te zeggen.'

Ze knipperde met haar ogen en nam een hap van de appel die bij de versnellingspook lag.

'Goh. Dat had ik niet achter je gezocht.'

'Mijn duistere verleden.'

Ze moest even lachen.

'Dus waar hebben we het over? Ik bedoel… nagels, zwart haar?'

'De hele bliksemse boel.'

'Ging je naar concerten beschilderd met oorlogskleuren?'

'Einde verhoor.'

'Echt waar? Een krijtwit gezicht?'

Ze maakte een gebaar alsof ze haar mond op slot deed.

'Kom op. Kleed je je daarom nu als Sporty Spice? Om dat te compenseren?'

Ze sloeg hem zo hard op zijn schouder dat het pijn deed en ze wilde juist een grapje maken, toen de kerkklokken plotseling begonnen te luiden en de ernst in de auto terugkeerde.

Katja keek door de lens van het fototoestel en gebruikte de zoom om in het rond te kijken.

'Waar ben je? Waar ben je?'

De peuken in het bos. Dat was de belangrijkste reden waarom Munch hen hier had laten observeren.

Hij vindt het leuk om toe te kijken.

Kijken naar wat hij heeft gecreëerd.

Wat is er mooier dan de begrafenis?

'Je vindt dit best leuk, geloof ik. Kom maar bij Katja!'

Het geluid van de sluiter, het spiegeltje dat opklapte, zodat de beelden op de sensor kwamen, als een soort machinegeweer.

De deuren van de kerk gingen open, en toen waren ze daar plotseling. Gebogen hoofden. Zwarte kleren. Een snikkende moeder die zonder ondersteuning niet vooruit kon komen. Onrust nu onder de journalisten, een heel leger van lenzen gericht op de rouwenden, die aarzelend de trappen af liepen naar de wachtende auto's. En toen gebeurde het.

Als een scène in slow motion.

Een fotograaf had zich achter de afzetting begeven. Armen probeerden hem vergeefs tegen te houden. De shock op de rouwende gezichten toen ze plotseling in zijn camera keken, en over wat er toen gebeurde, zouden ze nog lang praten.

De oom.

Loke.

'Hier met die camera, gore klootzak!'

Handen die het apparaat uit de handen van de fotograaf rukten en hem tegelijkertijd een harde klap in zijn gezicht gaven, en nog een, en nog een, en toen zakte hij in elkaar. Het bloed gutste over zijn overhemd, tot hij ten slotte in elkaar gedoken op het asfalt bleef liggen.

'Dat vind je leuk, hè, mensen treiteren?'

De oom hield de afgepakte camera in de lucht en gooide hem keihard tegen het hoofd van de man, die al op de grond lag. Eén keer en nog een keer.

'Vind je dit soms ook leuk? Zeg het maar!'

Een voet door de lucht in de richting van het bloedende gezicht, maar toen was ze er al.

Katja.

In één beweging werkte ze de man tegen de grond en knikte toen naar Fredrik.

Haal ze hier weg.

En toen stond hij tussen hen in.

Kon alles van nabij zien.

Holle ogen.

Tranen over hun wangen.

'Kom maar hier. Zo, ja. Ga maar in de auto zitten.'

Een paar seconden later was het voorbij.

Snel verdwijnende rode achterlichten.

Katja op de rug van de oom, met een grimmige blik naar de aspiranten in uniform, die nu pas een hand kwamen uitsteken.

'Wat zijn jullie in godsnaam aan het doen? Hier met die verdomde politieauto!'

Fredrik Riis zag pas later dat hij bloed op zijn schoenen had, toen hij geschokt een paar stappen achteruitzette om de ambulance te bellen.

36

Mia Krüger deed een paar stappen achteruit en keek bijna trots naar de nieuwe compositie op de muur. In dat kleine kantoor was het nogal chaotisch geweest; dit voelde veel beter. Een helderder overzicht. Ze draafde glimlachend over de oude houten vloer naar de keuken en nam de vers gezette koffie mee naar de woonkamer. Het appartement was heel groot, met veel kamers, maar ze had besloten om voorzichtig te beginnen en eerst maar een paar kamers in gebruik te nemen. Ze was die avond drie keer met de tram op en neer geweest naar Torshov. Ze merkte dat ze maar weinig spullen had, haar oude kamer was al bijna leeg. De rest liet ze staan, het kon haar niet schelen. Er was vast wel iemand die de overgebleven dingen wilde hebben. Toen ze de laatste keer de deur uit liep, drong het pas goed tot haar door: *Jezus, wat was ze dat krappe studentenhuis zat en wat was het heerlijk om dat prachtige appartement binnen te stappen.* Was dat van haar? Ze kon het bijna niet geloven. Ze zou het er nog over hebben met oma. Het was toch te gek, om zoiets te krijgen? Misschien kon ze het huren. Ervoor betalen. Ze had nu toch geld. Haar eerste salaris stond al op haar rekening, als voorschot. Het was natuurlijk wel zuur dat ze haar borg voor haar kamer waarschijnlijk niet terugkreeg, maar goed. Het was niet anders. De weinige meubels van haar oma, de oude, deftige stoelen en tafels waar witte tafellakens op lagen, had ze maar in een van de kamers gezet en ze had de deur dichtgedaan. Nu was het helemaal leeg. Geweldig eigenlijk. Niets wat haar kon afleiden. Ze had de slaapkamer gekozen die op de tuin uitkeek. Alleen een groot bed in het midden, ook daar niets wat haar afleidde. Twee grote kamers en die prachtige keuken, dat moest genoeg zijn. Nu ging het enkel om alles wat aan de muren om haar heen hing. Het leven kwam later wel. Dat kon wachten. Ze zat met blote voeten midden op de vloer en legde haar telefoon neer. Ze had hem een bericht gestuurd, maar hij had geen antwoord gegeven. Ze glimlachte toen ze het verstuurde: *Ik ben er klaar voor.* Zo voelde het ook. Ze was alert. Aanwezig. Scherper dan ooit. Haar zintuigen stonden op scherp, als die van een jager die een prooi in zicht had. Ze had bijna niet kunnen slapen, lag gespannen als een veer in het grote witte bed te wachten tot het licht zou worden, tot de dag zou beginnen.

Ze voelde zich natuurlijk schuldig, omdat ze niet op straat aan het zoeken was. Ze had het al zo vaak gedaan. Overal flyers uitgedeeld. Als Sigrid in de stad was, had ze vast gehoord dat ze haar zocht. Zo groot was de stad nou ook weer niet. In elk geval de junkiescene niet, ze kende toch zeker de meesten wel? Verdomme, Sigrid. Waarom doe je me dit aan? Onmiddellijk weer een schuldgevoel vanwege die gedachte. Met haar hoefde je geen medelijden te hebben, het was toch niet… Hier zat ze in haar nieuwe paleisje, ze had een nieuwe baan en zo, en haar zus was op straat en…

Ze wilde er niet langer aan denken. Wilde er niet dieper in duiken. Een visuele nachtmerrie die haar bijna had gebroken. Vervormde beelden van Sigrid die high was, omringd door… *Nee verdomme*, ze schoof het opzij en schonk nog een kop koffie in. Het was zeker verstandig om iets te eten, maar dat viel niet zo goed. Van eten werd ze slaperig, traag. Ze voelde zich hier beter bij: weinig slaap, veel koffie, een helder hoofd, gespannen zenuwen, op het randje van wat nog verantwoord was. Ze stond op, haalde twee foto's van de muur en hing ze op de lege muur tegenover de keuken.

Een dode vos.

Een dode haas.

Een vos.

Een haas.

De ene rood.

De andere wit.

Wit?

Zuiverheid?

Onschuld?

Ze trok met haar tanden de dop van een viltstift en liep naar de derde muur, die ze met lege blaadjes had gevuld.

Wit.

Het kind.

Het onschuldige.

Zeker weten.

Daar zat iets in.

Waarom hou je van onschuld? Van kwetsbaarheid? Geeft dat je een gevoel van macht? Dat jij degene bent die beslist? Voor een keertje? Is dat normaal niet zo in je leven?

Die acht jaar?

Was het daarom?
Hebben ze je opgesloten?
Acht jaar lang?
In een psychiatrische kliniek?
Moest je doen wat ze zeiden?
Voelde je je daardoor weer klein?
Onbeduidend?
Zou je ze wel eens wat laten zien?
Alweer?
Als je weer vrij was?
Wie je eigenlijk bent?
Dat je niet met je laat sollen?
Je bent...
Met grote letters schreef ze DE WOLF op een van de grote papieren.
Morgen komt de maan.
Ik ben bang van de Wolf.
Uit het dagboek van Oliver Hellberg.
De blonde engel uit Zweden.
Makkelijk natuurlijk, ze had niet eens in het dossier hoeven zoeken.
28 mei 1993.
Het stond gewoon op internet.
Vollemaan.
Ze dronk haar laatste restje koffie op, draafde weer de mooie vloer over om nieuwe te zetten, wachtte ongeduldig tot het water kookte, wilde haar gedachtestroom niet onderbreken.
De Wolf.
Dat is je excuus, hè?
Om iemand te vermoorden?
Gaat het dan beter?
Om iets te doen waarvan je voelt dat je het moet doen?
Patrick, in het restaurant. Dat had hij in het notitieboekje geschreven dat hij naar haar toe had geschoven, daar sloeg ze de spijker op zijn kop.
Je doet alsof.
Voor jezelf.
Een wolf.
Die op zijn slachtoffers jaagt.

Alsof dat natuurlijk is.
Alsof wat je doet normaal is.
Jouw fout niet, toch?
Onderweg morste ze koffie, maar ze had geen tijd om het weg te vegen, nu niet. Ze haastte zich weer naar de muur.
Hij doet alsof.
Om het te rechtvaardigen.
Maar dat betekent niets.
Voor mij niet.
Toch moet ik het daar zoeken.
WAAROM JUIST DEZE JONGENS?
Nee.
Ze streepte het door en schreef iets anders op.
Waarom Oliver?
Waarom Sven-Olof?
Waarom Ruben?
Waarom Tommy?
Ze schonk koffie in en ging weer op de vloer zitten.
Nee, nee.
Dit klopte niet.
Het verhoor dat Fredrik bij die jongens had afgenomen, de vriendjes die hem hadden ontmoet.
Ruben.
Het draaide om hem.
Tommy moest hem alleen maar meelokken.
Was dat in Zweden ook zo gegaan?
Ze keek op haar telefoon, maar Patrick had nog geen antwoord gegeven.
Verdorie, ze kon hem nu echt goed gebruiken.
Maar...
Nee, nee...
Jezus, wat was ze traag.
Dit wist ze toch al?
Ze sprong op en liep snel naar de muur, haalde de foto's van de vos en de haas eraf, verving ze door twee andere foto's. Van de plaatsen delict. Alle twee. Waar alle lichamen op stonden.
Kom op nou, Mia.
Het ligt voor het oprapen.

Dat had je toch al gezien?

Het kunstwerk.

De ene jongen naakt, op zijn rug, in het hart van het geheel; de andere, onbelangrijk, niet eens helemaal uitgekleed.

Ze schreef snel iets onder de foto's.

Ik wil Ruben hebben.

Ik wil Oliver hebben.

Waarom?

Ze streepte het weer door en schreef het toen met nog grotere letters.

WAAROM?

Ze rilde, kreeg bijna de rest van de koffie niet naar binnen.

Kijk dan, Mia.

Het ligt voor het oprapen.

Het ligt voor je neus.

Kom op nou.

Opeens rinkelde haar telefoon – een onbekend nummer, maar ze had geen zin om hem op te nemen. Niet nu.

Waarom Ruben?

Waarom Oliver?

Ze ging verder van de muur af zitten.

Het ligt echt voor het oprapen, Mia.

Hij had een reden om hen te kiezen.

En opeens zag ze het.

Verdorie.

Ze liep weer snel naar de muur, haalde de foto's eraf en hield ze bij het licht van het raam.

Verdomme.

Je bent echt suf.

Onder je neus, kijk dan.

Zou het echt?

Op de vloer trilde haar telefoon weer. Ze drukte snel een paar keer op de rode knop om de onbekende oproep af te wijzen en zocht het nummer van Munch op.

'Met Holger.'

'Hoi, met Mia.'

Ze merkte nu zelf hoe snel ze praatte. Haar hart hamerde onder haar zwarte trui.

'Hoi, Mia, alles in orde?'
'Ik weet waarom, Holger.'
'Waarom wat?'
'Hoe hij ze kiest. Waarom hij precies die jongens kiest.'
'Ben je in je nieuwe appartement?'
'Ja.'
'Wat is het adres?'
'Inkognitogata 12.'
'Blijf waar je bent. Ik kom eraan. Ben er over tien minuten.'

37

Fredrik Riis voelde zich niet op zijn gemak toen hij in de briefingruimte zat met zijn schoenen op schoot en met een zachte doek het bloed van het soepele leer wreef. Katja was in een even slecht humeur, zat in elkaar gedoken op een stoel naast hem, terwijl Ludvig Grønlie hoofdschuddend de laatste van Katja's foto's op de wand voor hen ophing.

'Niet zo best.'

Grønlie zuchtte en herhaalde zijn woorden nog een keer, nu met zijn gezicht naar hen toe.

'Niet zo best.'

'Maar wat hadden we verdomme dan moeten doen?' verzuchtte Katja, en ze spreidde haar armen. 'We waren daar toch niet als babysit? Het was verdomme toch niet onze fout?'

'Het is allemaal niet zo best,' verzuchtte Grønlie weer, en hij schoof zijn bril weer op zijn plaats. 'Je realiseert je toch wel wat voor indruk we hiermee hebben gemaakt?'

'Van amateurs,' mompelde Fredrik. Hij bestudeerde zijn ene schoen, die gelukkig zo goed als schoon leek te zijn.

'Mijn idee,' zei Grønlie.

Zo geïrriteerd als nu hadden ze Munch, die net mopperend de ruimte had verlaten, nog niet vaak gezien, maar gelukkig werd hij gebeld en moest hij weg voordat het was geëscaleerd.

'Die idioot redt het wel,' zei Katja, die zich had omgekleed en weer in haar trainingspak zat. 'Daar moet hij toch tegen kunnen? Ik bedoel, een beetje respect? Je camera recht op die arme mensen richten?'

'Daar gaat het niet om,' ging Grønlie verder. 'Hij heeft zeker zijn verdiende loon gekregen. Het probleem is dat het hele mediacircus er was, al die ratten. Hebben jullie het nieuws gezien? Je kunt er niet omheen. Hoe zal Dreyer dit opvatten, denk je? Ze is erop uit om ons te pakken. Denk je dat Munch zijn team tot in lengte van dagen kan behouden? Vast niet. Als het aan haar lag zou ze...'

Hij haalde een vinger langs zijn hals.

'Zeker, maar wat hadden we dan moeten doen? We waren er alleen maar om foto's te maken. Munch was toch aansprakelijk voor de bewaking? Of Anette? Daar moet je ons de schuld niet van geven!'

'Ik zeg het alleen maar. Munch is op het matje geroepen.'

'Bij wie?'

'Bij onze geliefde Hanne-Louise Dreyer. Er gaan geruchten dat ze ons van de zaak wil halen.'

'Poeh.'

'Nee, serieus. Dat wordt gezegd. Kripos zou al gevraagd zijn om versterking, om zich alvast in te lezen.'

Het werd stil van de kant van het trainingspak. Fredrik wist niet waarom, maar Katja was na de vorige zaak even uit het team weggeweest en had een poosje bij Kripos gewerkt.

'Oké, zullen we het maar even laten voor wat het is? Doen waar we eigenlijk voor ingehuurd zijn?'

Fredrik trok zijn schoenen weer aan en stond op. Hij liep naar de wand en keek naar de foto's.

'Toeschouwers? Wat moeten we daarmee?'

Niemand gaf antwoord.

'Kom op, zeg. Als ze ons van de zaak af willen halen moeten ze dat vooral doen, maar tot die tijd zullen we ons het vuur uit de sloffen lopen. En ja, Katja, ik ben het met je eens. Dat was niet ons pakkie-an. De bewaking was echt onze verantwoordelijkheid niet.'

Katja leek weer wat beter gemutst te zijn en ze stond op van haar stoel.

'Zijn dit alle foto's, Ludvig?'

'Dit is alles wat ik heb gekregen, ja.'

'Oké, waar zullen we beginnen?'

Ludvig haalde zijn schouders op.

'Daar misschien? De pers? De fotografen? Ik kan ze rondsturen naar alle bureaus in de buurt en hun vragen om hun journalisten en fotografen aan te kruisen. Kijken of er iemand opduikt waar we niet aan hebben gedacht.'

'Goed idee,' stemde Fredrik in.

'Maar besef je wel dat dit weken gaat duren?'

'Misschien een paar dagen, maar hoe moet het anders?'

'Prima,' zei Fredrik opgewekt. 'We beginnen daar. Hoeveel zijn het er? Een stuk of vijftig misschien? Nou, dat hoeft toch niet zo lang te duren? Íḱ kan al bijna de helft van die mensen aankruisen.'

'Ik denk dat we binnen deze groep meer zullen vinden,' zei Katja, wijzend naar een van de andere foto's. 'Maar waar moeten we in godsnaam beginnen?'

De genodigden. Met bloemen, knuffels en foto's. De rouwenden voor wie geen plaats was in de kerk.

'Nee, misschien op deze manier,' zei Ludvig, en hij haalde een pen uit zijn borstzakje. Hij liep naar de foto.

'Vrouwen en kinderen. Uitgesloten, dacht je niet? Dat is toch wel... Wat zullen we zeggen... zestig procent? Dus wat hebben we dan nog over? Misschien veertig mannen? En als we alle kinderen doorhalen, jongeren, wat hebben we dan? Voilà. Ik tel er nauwelijks meer dan twaalf tot vijftien. Dat kunnen we toch wel aan? Wat vind jij, zonnestraal?'

Katja stak haar tong naar hem uit, maar knikte waarderend.

'Ja, dat moet toch wel lukken.'

'Zie je wel? Wat zeggen de Amerikanen ook alweer? Wanneer het leven je citroenen geeft, maak er dan limonade van. Maar dat zeggen jullie zeker niet in Nederland?'

'Nee, dat zeggen we niet, maar wij hebben iets anders.'

Ze stond op en pakte de pen uit zijn hand.

'En dat is?'

'Hou op om zo hinderlijk positief te zijn en haal een cola voor me, dan ben ik weer gezellig als je terugkomt.'

'Wat poëtisch!'

'Ja toch?'

Katja stak weer plagend haar tong naar hem uit en begon gezichten op de grote foto door te strepen. Ludvig grinnikte en liep de kamer uit.

'Hij heeft toch wel gelijk,' zei Katja. 'Kijk maar: weinig volwassen mannen.'

Fredrik wilde naar haar toe lopen, maar zijn telefoon ging. Toen hij zag wie het was, liep hij de gang in om hem aan te nemen.

'Hallo, Silje.'

'Hallo.'

Haar stem was anders dan gewoonlijk.

'Is er iets?'

'Ik...'

'Wat is er?'

'Ik geloof dat ik misschien iets heb gedaan wat ik beter niet had kunnen doen. Toen wist ik niet meer wie ik moest bellen.'

'Goed dat je mij dan belt. Wat is er?'

Stilte aan de andere kant, voor ze antwoord gaf.

'De vader van Ruben, weet je.'

'Jan-Otto? Wat is er met hem?'

'Nou, weet je, ik zit er een beetje mee, ik geloof dat het eigenlijk niet mag...'

De doorgaans zo opgewekte docente klonk alsof ze zo in huilen uit kon barsten.

'Rustig nou maar. Het komt heus wel goed. Wat zei je dat je had gedaan?'

Hij deed de deur naar de briefingruimte dicht en liep nog verder de gang in.

'We hebben het er toch over gehad... dat zijn vader misschien niet zo aardig was? Dat er geruchten de ronde deden dat hij Ruben niet zo goed behandelde?'

'Ja?'

Even een nieuwe stilte.

'Ik heb een vriendin die bij de kinderbescherming werkt. En toen kon het me niet meer schelen en heb ik haar gewoon gevraagd of ze misschien iets over hem hadden.'

'Een zaak?'

'Ja.'

'En?'

'Nee, zij mag natuurlijk ook niets zeggen, maar ik ken haar goed. We kennen elkaar al heel lang, dus...'

'Hebben jullie iets gevonden?'

Ze viel weer weg.

'Hallo?'

'Ik vind het heel vervelend... Weet je, het voelt niet zo goed om dit over de telefoon te bespreken. Kunnen we misschien ergens afspreken waar ik vrijuit kan praten?'

'Waar ben je nu?'

Ludvig kwam de gang weer in met een cola en verdween glimlachend in de briefingruimte.

'Ik ben in de stad, in Oslo. Siri is bij mijn moeder, dus ik ben alleen thuis. Waar ben jij?'

'Ik ben op mijn werk. Wil je hierheen komen?'

'Nou... misschien is dat niet zo'n goed idee.'

'Of bij mij thuis? Is dat beter?'

'O, ik ben bloedzenuwachtig. Ik had het niet moeten doen.'

'Wat zou je ervan zeggen als ik een taxi nam en jij hetzelfde deed? Bij mij, om... zo snel mogelijk. Ik zal je het adres sturen, goed?'

Weer stilte.

'Weet je zeker dat het geen problemen geeft?'

'Natuurlijk niet. Ik ben al onderweg!'

'Oké. Fijn. Hartelijk dank.'

'Geen dank. Tot zo.'

38

Munch parkeerde zijn auto en was onder de indruk van het witte majesteitelijke huis, onzeker of Mia misschien het verkeerde adres had opgegeven. In de Inkognitogata woonden toch geen gewone mensen? Hij kon de ambtswoning van de premier een paar honderd meter verderop zien staan.

Plotseling riep Mia hem toe vanuit een raam op de eerste verdieping.

'De deur is open, kom maar boven.'

Hij passeerde een knalgroene heg, die met mathematische precisie gesnoeid leek. Vlak voordat hij de grote deur door wilde gaan, ging zijn telefoon. Hij was beslist sceptisch geweest. Oxen had de reputatie een drammer te zijn, en onnodig confronterend, maar hij had in zijn team vogels van allerlei pluimage willen hebben. Diverse persoonlijkheden. Maar misschien moesten ze maar weer eens met elkaar om de tafel gaan zitten. Katja had niet precies gezegd waarom ze onverwachts bij Kripos was gaan werken, maar na hun onderonsje een paar dagen geleden tijdens de briefing had hij zich gerealiseerd dat dit waarschijnlijk een van de redenen was. Het was een frontale botsing geweest. Hij had het waarschijnlijk veel eerder moeten aanpakken – stom, maar alles was zo vers. Het team was zo nieuw. Hij had geen zin in een zeperd door veranderingen in het eerste jaar, maar misschien was het wel tijd geweest.

'Hoi, Karl. Hoe gaat-ie?'

Hij haalde een sigaret uit zijn zak en stak hem aan terwijl hij naar de zon keek, die net van achter een wolk tevoorschijn kwam.

'Ole Gunnar Solskjær. Ik begin een beetje overzicht te krijgen, maar ik mis ook nog wel het een en ander. Iets zegt me dat ik misschien naar het noorden moet, om eens met de mensen daar te praten.'

Nadat Fredrik de jongens op school had verhoord, was er een tekening gemaakt van de man die had opgeschept over zijn voetbalprestaties met die Noorse held, maar op een of andere manier na een blessure zijn carrière wel kon vergeten.

'Solskjær speelde als jongetje bij Clausenengen. Toen hij zeventien was debuteerde hij in het eerste elftal. Zou het raadzaam zijn, denk je, om daar oude foto's van de teams te bekijken? Ik heb een van de oude trainers te pakken gekregen. Heeft het zin om daarheen te gaan?'

'Geen idee,' antwoordde Munch. 'Het enige wat we hebben en in die richting wijst is informatie van derden, die net zo goed volkomen verzonnen kan zijn, maar aan de andere kant lijkt die me ook weer specifiek genoeg om een poging te wagen.'

'Je bedoelt: als hij liegt, waarom zou hij dan over zoiets concreets liegen?'

'Ja, dat bedoel ik. Een dag of twee lijkt me wel goed. Hou me regelmatig op de hoogte, oké?'

'Goed,' bromde Oxen, en hij hing op. Mia kwam met een vragend gezicht de trap af, een banaan in haar hand.

'Kom je nog?'

'Jazeker.'

Munch glimlachte en liep achter haar aan het statige gebouw binnen.

'Jeetje, woon je hier?'

Mia haalde haar schouders op.

'Ik weet niet precies waar ik het aan te danken heb, maar ik heb de sleutel, dus voorlopig wel, ja. Kun je je schoenen uitdoen?'

Ze gooide de bananenschil op de aanrecht en liep blootsvoets voor hem uit een enorme witte kamer in met een rozet aan het plafond. Het lichte vertrek was helemaal leeg, behalve de muren, die bijna volledig bedekt waren met foto's en aantekeningen.

'Jee, zeg,' zei Munch, onder de indruk. 'Dit zou een goede locatie voor ons kantoor zijn geweest.'

'Inderdaad,' zei Mia, zonder dat zijn woorden tot haar leken door te dringen.

Ze stond alweer naar een van de muren te kijken, waaraan maar een paar foto's hingen.

'Wat is er?' vroeg Munch, die naast haar kwam staan.

'Nogmaals,' zei Mia, het haar uit haar ogen strijkend. 'Ik kan er helemaal naast zitten, en toen ik had opgehangen begon ik weer te twijfelen, maar alle theorieën zijn een poging waard, toch?'

'Zeker weten,' zei Munch met een knikje, en hij zette het geluid van zijn telefoon uit.

'Ik heb trouwens antwoord van Patrick gekregen.'

'O ja?'

'Hij zou hierheen komen na de briefing, maar hij voelde zich niet goed. Diarree. Ik hoop niet dat het van het Indiase eten van gisteren komt; ik voel me prima. Hij dacht niet dat het zo lang zou duren. Kijk, daar heb ik plaatsgemaakt voor zijn foto's.'

Mia wees naar een deel van de muur dat nog kaal was.

'Ga je gang, maak van je hart geen moordkuil,' zei Munch.

'Oké. Eerst heb ik naar de plaatsen delict gekeken. Hoe de jongens waren neergelegd. Waarom is Ruben helemaal naakt en heeft Tommy een onderbroek aan? En hetzelfde in Zweden? Waarom is Oliver helemaal naakt, terwijl Sven-Olof een slip aanheeft? En dan nog het verhaal van die jongens... Ruben moest hij hebben. Hebben we daar trouwens nog iets meer over gehoord?'

'Wilkinson en het team zijn nog steeds het gebied aan het uitkammen,' vertelde Munch. 'Ze bellen aan, stellen links en rechts wat vragen, je kent dat wel. Tot nu toe veel roddels, maar weinig concreets. We hebben een paar observaties van iemand van wie we denken dat het dezelfde persoon is, maar alleen op afstand. Ze zitten erbovenop, dus ik heb er wel vertrouwen in dat daar iets uit zal komen. Er is altijd wel iemand die iets weet, al realiseren ze zich niet dat ze iets weten. Dat is mijn ervaring in elk geval.'

'Prima. En de tekeningen, is daar nog iets uit gekomen?'

'Je wilt niet weten wat we allemaal hebben gekregen. Iedereen belt met tips over verdachte ooms die ze in de garage van de buren hebben zien rondsnuffelen. Je weet hoe dat gaat.'

'Niet echt.'

Hij moest even lachen.

'Dat is ook zo. Je bent hier nog maar nauwelijks een week, maar je bent zo professioneel dat ik dat helemaal vergeet.'

'Was dat een compliment?'

Ze draaide zich om en keek hem vriendelijk aan.

'Misschien.'

'Dank je wel. In elk geval, de plaatsen delict. Het kan lijken alsof... Nee, dat is te zwak; het is overduidelijk dat hij in beide zaken speciaal op één jongen uit was. Misschien wilde hij ze allebei vermoorden, maar ik heb het gevoel dat hij dólgraag die ene jongen wilde vermoorden. Volg je me nog?'

'Jawel.'

'Ik heb me zo ongeveer blindgestaard op die foto's, tot ik plotseling begreep dat – hallo?! Hoe traag van begrip kun je zijn? Ik moest natuurlijk foto's van de lévende jongens bekijken.'

Ze haalde een paar foto's van de muur, hield ze omhoog en plakte ze terug, alleen om haar punt te maken.

'Moet je hier eens kijken.'

Ze zette een stap opzij en wees naar de vier foto's aan de muur.

'Ja, en?'

Foto's van alle vier, in levenden lijve.

'Waar moet ik op letten?'

'Kijk eens goed.'

Ze haalde twee foto's weg, zodat alleen Ruben en de Zweedse Oliver er nog hingen.

'Nee, wacht, wacht.'

Mia liep naar de andere muur en kwam terug met twee foto's van de plaats delict.

'Dit is beter. Ik geloof dat het een oude foto van Oliver is. Stel je voor dat zijn haar zo zat toen hij doodging. Dat het langer was.'

'Verdomme,' zei Munch toen hij het zag.

Mia glimlachte triomfantelijk.

'Ze lijken wel opvallend veel op elkaar, vind je niet?'

'Waarom heb ik dat niet eerder gezien?' mompelde Munch.

'Dat zie je niet meteen. Ze zijn immers niet identiek. Ze hebben alleen maar dezelfde... hoe moet ik het zeggen? Ze geven op een bepaalde manier hetzelfde gevoel, vind je niet?'

'Jezus...'

'Ze zijn blond, met vrij lang haar en knalblauwe ogen. Moet je hier eens kijken, ik heb het in eerste instantie niet gezien, want de ogen verliezen hun glans als iemand doodgaat, en bij deze foto van Ruben moet er iets aan de hand zijn met het licht, maar déze, die van Oliver... Moet je die ogen eens zien. Knalblauw. En kijk hier eens: sproeten. Veel bij Ruben, wat minder bij Oliver, maar ze zíjn er wel degelijk, toch?'

Ze wees nadrukkelijk. Munch knikte zachtjes.

'Ze zijn allebei erg tenger. Breekbaar. Misschien ook behoedzaam – hoe moet ik het noemen?'

'Hoezo "behoedzaam"?'

'In hun persoonlijkheid, hun uitstraling. Veel jongens van die leeftijd hangen de stoere bink uit. Het zijn branieschoppers. Sommigen lijken wel jonge dieren. Maar ik durf te wedden dat als we die twee hadden ontmoet, het zachtaardige jochies zouden zijn gebleken. Vriendelijk. Meegaand. En daar houdt hij van...'

'Jee, Mia, dat heb je goed gevonden,' mompelde Munch.

'Ja toch? Er moest hier iets zijn. Ze zien er bijna een beetje engelachtig uit, vind je niet? Bijna als poesieplaatjes? Hoe heten ze ook alweer – cherubijntjes?'

'Dus hij valt op dit type...' zei Munch langzaam.

'Kwetsbare, kleine, blonde, volgzame, aardige...'

'Jee, wat goed van je, Mia.'

'Mij komt eigenlijk de eer niet toe,' zei Mia, en ze vloog de keuken in.

Ze kwam terug met een bakje yoghurt.

'Sorry, ik moet even iets eten. Dat vergeet ik wel eens. Ik voel me helemaal hol vanbinnen.'

'Waarom komt jou de eer niet toe? Wie dan wel?'

'Jodie Foster.'

'Pardon?'

'Heb je de film *The Silence of the Lambs* niet gezien?'

'Nee, helaas.'

'Godallemachtig, Holger. Die moet je zien. Hannibal Lecter, de seriemoordenaar. Hij helpt haar en geeft haar een hint. *You covet what you see...*'

'En dat betekent?'

'Je begeert wat je ziet. Je wílt het hebben, móét het hebben, je kunt je niet inhouden – zoiets. De film was gebaseerd op een werkelijk bestaande seriemoordenaar, die in het echt Ed Gein heette. Hij woonde in Amerika, natuurlijk. In Wisconsin, in een stadje ergens op het platteland. Toen ze huiszoeking bij hem deden, vonden ze een aantal meubels die waren bekleed met menselijke huid, maskers gemaakt van heuse vrouwengezichten, een riem gemaakt van echte tepels, een lamp gemaakt van de huid van een gezicht. Er lagen overal lichaamsdelen, lippen, vingers, geslachtsdelen...'

'Nou, nou,' zei Munch, en hij zocht in zijn jasje naar zijn sigaretten.

'Zeg dat wel. Daarom dacht ik dat we hier wel verder mee konden komen, omdat het op de werkelijkheid is gebaseerd. Dus hij kijkt naar hen...'

Ze tikte met haar vinger tegen de foto.

'Hij heeft zin in hen en hij besluit ze te pakken...'

Munch stak een sigaret tussen zijn lippen.

'Maar hoe?'

'Ja, hoe kiest hij ze uit?' ging Mia verder.

'Dat weet ik niet precies. Op scholen? Voetbalvelden?'

Ze dacht even na.

'Voor mijn gevoel gaat hij niet zo actief te werk. Hij stuit gewoon toevallig op die kinderen en dan borrelt het in hem op. Anders zouden er misschien meer slachtoffers zijn geweest, denk je ook niet? Als zijn drift zo sterk zou zijn dat hij hen opzoekt, speelplaatsen en andere plaatsen afschuimt om te kijken of hij misschien iemand vindt?'

'Daar kon je wel eens gelijk in hebben.'

'Weet je wat Ed Kemper zei toen hij voor het eerst werd geïnterviewd, door serieuze mensen, die graag wilden weten waarom hij het hoofd van zijn moeder had afgehakt en er vervolgens seks mee had gehad?'

'Is dat een andere seriemoordenaar?'

'Ja.'

'Hoe intensief heb je die mensen eigenlijk bestudeerd?'

'Heel intensief. Hoe dan ook: *It's like a sneeze. You just kind of have to, don't you?*'

'Zoals moeten niezen?'

'Ja. Dat kun je toch ook niet tegenhouden?'

'Godallemachtig.'

'Gaat dat met onze man ook zo? Misschien was hij zich er niet zo van bewust dat het zo met hem gesteld was, snap je? Misschien was Zweden de eerste keer. Hij zag Oliver, dat mooie, kwetsbare kind... geen idee... en toen móést hij gewoon.'

'Oké, maar waarom acht jaar wachten tot de volgende keer?'

'Misschien werd hij wel bang na afloop, van zijn eigen geweld, als het voor hem de allereerste keer was.'

'Dat weten we niet.'

'Nee, maar heb je dergelijke moorden al eerder gezien? Jonge jongens, de ene naakt, met een dier tussen hen in? Het kán de eerste keer geweest zijn. En hoe voelde het de eerste keer? Ná de eerste keer?'

Ze keek hem aan alsof het de bedoeling was dat hij iets zou zeggen, maar hij bleef het antwoord schuldig.

'De eerste keer,' ging ze verder, 'is altijd sterk, toch? Wat het ook is. Ik bedoel, parachutespringen, seks, bungeejumpen, veertig meter duiken zonder zuurstof. Euforie? Een kick? Maar in tegenstelling tot de moordenaars over wie ik het net had is dit...'

Weer een vinger naar de foto's van de plaats delict.

'Dit lijkt toch nergens anders op, of wel? Iemand vermoorden? Die bevrijding? Maar nu weet je tenminste wie je bent. Je hebt het misschien wel diep vanbinnen gevoeld, het is makkelijk weg te stoppen, zolang je niets dóét, maar als je het eenmaal hebt gedaan... dan weet je wie je bent.'

'Dus je denkt dat hij zich heeft laten opnemen?'

'Bingo,' zei Mia. 'Misschien is hij bang geworden. Voor wie hij was. Zo van: ik ben ziek, ik heb hulp nodig.'

'In een psychiatrische kliniek?'

'Zou kunnen. En daar is hij langdurig. Vele jaren. Hij gaat zich beter voelen. Misschien denkt hij wel dat hij beter is. Hij gaat de maatschappij weer in. Misschien zelfs wel aan het werk. Tot die bewuste dag. Als een donderslag bij heldere hemel.'

Ze wees naar Ruben.

'Dan herhaalt zich alles weer?' vroeg Munch.

'Precies.'

'Een nieuwe begeerte.'

'*You covet what you see...*'

'Mia, daar heb ik wat aan.'

'Ja?'

'Zeker weten. Heel goed werk.'

Hij nam de sigaret uit zijn mond en keek om zich heen toen haar telefoon op de grond trilde.

'Ik moet deze even nemen. Dit nummer probeert me de hele dag al te pakken te krijgen.'

'Waar mag ik roken?'

'Die kant op, een paar kamers door. Achteraan is een balkon, op de hoek.'

Ze wuifde hem weg, beet op haar lip en leek zich schrap te zetten, waarna ze ten slotte op het groene knopje van haar telefoon drukte.

39

De elfjarige Kevin Myklebust werd wakker van de geluiden in de badkamer en begreep dat het weer zover was. Er was een nieuwe man in huis en nu zou zij een paar dagen anders doen. Dat was niet helemaal verkeerd, want met een nieuwe man in huis was ze altijd aardiger en mopperde ze niet zoveel tegen hem als anders, maar hij hoopte dat het waar was wat ze een paar weken geleden op een avond had gezegd. Mama was eigenlijk een aantal verschillende mensen. In elk geval twee. Eén wanneer ze gewoon zichzelf was en één wanneer ze met Elsebet rode wijn dronk, want dan kon ze ineens erg lief voor hem zijn, in elk geval als Elsebet er was. *Jij en ik, Kevin, toch? Wij redden het best met z'n tweetjes, wij hoeven geen man in huis te hebben om het gezellig te hebben. Jij bent immers de man hier in huis.* Elsebet had dat ook gezegd: *Wat ben jij toch een geluksvogel met die jongen. Hij is zo mooi, zo'n engel had ik ook wel willen hebben.* Al zaten ze dan binnen te roken en was de deur naar de kast onder de trap waar hij sliep kapot, zodat zijn beddengoed nog dagen naar rook stonk, op dat moment gaf dat niets. Hij werd helemaal warm wanneer mama hem knuffelde en hij cola uit de koelkast mocht halen, al was die eigenlijk voor haar bedoeld en was het nog geen zaterdag. Helemaal week werd hij die keren dat hij langer mocht opblijven, terwijl de flessen rinkelden, mama hem op zijn wangen kuste en hem nog steviger knuffelde. Ze rook niet zo fris, maar dat gaf niets, want nu was ze lief voor hem, met die zwemmerige, slaperige ogen. *Jij bent mijn eigen Kevin. Mama heeft het maar getroffen met jou!*

En dat had hij gewoon geprobeerd. Sinds die avond. Om de man in huis te zijn. Hij wist niet precies wat dat inhield, maar hij had geprobeerd om te doen wat die andere mannen die in huis geweest waren hadden gedaan. Zoals Rune en Gunnar en Jan-Erik, die hij het aardigst had gevonden en die zelfs had gezegd dat hij een fiets zou krijgen. Een echte, niet die oude, veel te grote fiets van mama, die damesfiets met de ronde stang – nee, een fatsoenlijke fiets, een mountainbike. O, wat zou dat tof zijn. Een echte mountainbike! Dan zouden de jongens uit de klas boven hem wel anders piepen, die altijd met elkaar stonden te smiespelen en naar hem wezen als hij op die grote, oude fiets aan kwam slingeren. Had je wat? Wie lacht er hier het laatst, mannen? Niet gek, hè? Een mountainbike met vlammen? Hadden jullie nog wat? Nu zeggen jullie niets meer, hè?

Maar het was niet zo makkelijk geweest als hij had gedacht om de man in huis te zijn. Hij had alles gedaan wat hij altijd deed. Ontbijt klaarmaken. Daarna alles opruimen. De kamer aan kant maken, nadat Elsebet of een van de andere vriendinnen langs was geweest. Omgevallen glazen op het kleed. Peuken die niet in de asbak, maar op de tafel waren terechtgekomen. Hij had zichzelf aangeleerd zonder al te veel lawaai te stofzuigen, zodat mama niet zo'n hoofdpijn kreeg. Je hoefde de stofzuiger alleen in de laagste stand te zetten, die met het plaatje van een gordijn. Maar dan waren de onbetaalde rekeningen er nog, dat was het moeilijkste. Dat kon hij niet. Hoe hij ook had lopen piekeren, want hij had geen geld en de lege flessen die hij bij het voetbalveld had verzameld waren lang niet voldoende.

Dat was misschien de reden.

Dat ze toch een nieuwe man in huis had gehaald.

Hij hoorde hen nu duidelijker daar binnen, de wand was nauwelijks een wand te noemen. Een lachende mama, die dingen zei die hij alleen op de televisie had gehoord. Hij stak zijn vingers in zijn oren, telde tot tienduizend en toen waren ze wel klaar. Nu in de keuken de geur van bacon en koffie. Dat was het teken voor hem. Hij wilde niet weer iemand in zijn nakie zien, dat kon hij niet meer opbrengen, maar nu was de kust veilig en kon hij opstaan.

Liggend in zijn smalle bed kleedde Kevin zich aan, en hij forceerde een glimlach toen hij de keuken in liep.

'Goeiemorgen.'

'Ha, lieverd. Je kent Ulf toch nog wel?'

Een hand in de lucht.

'Ja, ook goeiemorgen. Natuurlijk.'

De man van de wegenwacht.

De redder in nood.

Iemand die kon wat hij niet kon: de man in huis zijn.

'Ga zitten, dan maak ik een ontbijtje voor je, schat.'

Die theatrale mama met dat gemaakte stemmetje dat ze altijd opzette als er een nieuwe man in huis was.

'Nee, dank je wel. Ik heb geen honger. Ik moet hollen, ik heb een afspraak. Ik wil niet te laat komen.'

'Waar ga je naartoe, jongen?'

Hij griste onderweg een appel mee.

Hij had zin om te zeggen: 'Ik zou graag naar Ronny willen gaan, maar dat mag niet meer, mama en dat komt door jou', maar hij kon het niet over zijn lippen krijgen. Hij wilde niet gemeen zijn.

'Alleen even naar de bibliotheek. We moeten een werkstuk maken voor school. Ik wil graag een goed cijfer halen.'

'Wat ben je toch ijverig, Kevin.'

Ze had een schort voor, om een of andere reden. Mama kwam naar hem toe en legde haar hand op zijn hoofd.

'Kevin is erg goed op school. Ik weet niet van wie hij het heeft, van mij niet in elk geval.'

Ze giechelde even toen ze in de armen van de nieuwe man gleed en hem een kus op zijn wang gaf, zoals echte huisvrouwen altijd doen.

'Dat is mooi,' zei Ulf. 'Dan hoef je misschien niet bij de wegenwacht te rijden.'

Hij barstte in lachen uit, en mama gaf hem een duwtje tegen zijn schouder.

'Gekkie! De wegenwacht is toch prima, mensen in nood helpen?'

'Ja hoor,' zei Ulf. Hij haalde zijn schouders op, nam haar toen weer in zijn armen en gaf haar lachend hier en daar een zacht kneepje.

Toen vond hij het wel mooi geweest.

Deze keer keek hij niet om, want nu was het niet zo belangrijk of ze hem nakeek. Het was weer zover, en hij wist nu al hoe het zou aflopen. Een tijdje zou het gezellig zijn, tot zo'n man erachter kwam wie ze was. En dan verdwenen ze weer met de staart tussen de benen. Zelfs Jan-Erik, die het best wel lang had uitgehouden – bijna een heel jaar –, maar toen had zelfs hij het ook niet langer kunnen opbrengen.

Hij deed alsof hij de weg af liep, alleen voor het geval ze toch stond te kijken, maar toen hij bij het schuurtje kwam, ging hij niet naar rechts, naar het centrum, maar ging hij op zijn hurken zitten. Na een tijdje achter de struiken te hebben gezeten sloop hij weer naar het huis en rende zo hard hij kon over het tractorpad het bos in.

Hij was even verdrietig geweest, maar nu niet meer, want hij had een plannetje bedacht.

Er verscheen een brede lach om de jongensmond toen hij dacht aan wat hij had ontdekt.

Een plek voor zichzelf.

Zijn eigen huis.

Dat ging hij ervan maken.

Waarom dat huisje hem niet eerder opgevallen was wist hij niet. Of toch wel, want het had helemaal verborgen gelegen, bijna onzichtbaar onder die kleine rots. Zijn hart had bijna een slag overgeslagen onder zijn trui toen hij het voor het eerst zag. Een vervallen kot, tussen bomen met zware takken. Toen er op dat moment ook nog lichtstralen vanuit de hemel door het gebladerte vielen, was het alsof iemand hem de weg had gewezen. *Kijk hier eens, Kevin. Een geheime plek, helemaal alleen voor jou.*

Een halfuurtje later was hij er. Hij glimlachte weer, bijna in zichzelf. Wat was dit perfect. Een piepklein huisje, verborgen in het bos, waar alleen hij van wist, dat alleen van hem was. Kevin deed voorzichtig de deur open en vond de lucifers die hij had verstopt. Hij stak de kaars aan en hing zijn jas aan het haakje bij de kapotte aanrecht. Hij was hier al een paar keer geweest, had dingen in zijn rugzak meegenomen. Het begon hier echt wat te worden. Een matras in de ene hoek; de slaapzak had hij in de garage van de buren gevonden. Echt gezellig. Elektriciteit had hij niet, maar er was een kacheltje, dus hij had wat houtblokken meegenomen in zijn rugzak, en een bijl, zodat hij wat hout van oude dennen kon afhakken. Een pan, een schaal, wat bestek. Er stonden al een tafel en een stoel. Ze hadden allebei hun beste tijd gehad, maar hij kon ze wel repareren. Als het eenmaal zomer was en de zon nog krachtiger werd, zou hij alles buiten in de warmte zetten en het eens goed laten drogen. Hij ging naar de kast zonder kastdeur en nam er een paar blikjes uit die hij had meegenomen. Perziken en witte bonen in tomatensaus. Hij vond het stompje potlood en schreef ijverig op: *Wat ik nodig heb. Een koekenpan, een grote kan, om water te halen uit de beek. Zeep, handdoeken.* Hij legde het potloodstompje weer terug en bleef voor het spiegeltje staan. Het was oud, gebarsten en een beetje verroest; hij kon met moeite zijn gezicht erin zien.

Een nieuw leven.

Zijn eigen huis.

Moest hij dan ook maar iemand anders worden?

Zijn uiterlijk veranderen?

Zijn haar knippen?

Misschien een ander kleurtje?

Daar plaagden ze hem op school ook mee, maar mama vond het zo mooi dat hij er niets mee had durven doen, en het was fijn om ergens om geprezen te worden.

Om zijn lange blonde haar.

De sproeten op zijn neus.

Als een meisje.

Een beetje stoerder worden.

Kevin Myklebust glimlachte breed toen hij de appel uit de rugzak haalde en op de trap ging zitten.

Hij draaide zijn gezicht naar de zwakke lentezon.

40

De taxi was net voor het rode licht bij Pascal Konditori in de Henrik Ibsens gate gestopt toen de hemel opeens openbrak en een stortbui op de voorruit en de motorkap neerkwam. Zo heftig dat Fredrik Riis en de taxichauffeur allebei schrokken.

'*Pakao!*' riep de jonge man achter het stuur uit.

'Inderdaad,' beaamde Fredrik. Hij spiedde uit het raam naar de pikzwarte wolken die zich opeens boven de hoofdstad samenpakten. 'Ik weet niet wat het betekent, maar het lijkt me juist.'

De chauffeur glimlachte verontschuldigend in de spiegel.

'Sorry.'

'Geef niets, hoor. Pakao?'

'Hel,' mompelde de chauffeur. 'In het Kroatisch.'

'Aha. Ja, dat is een goede omschrijving.'

Riis wierp weer een blik op de wolken, terwijl een nieuwe golf over hen heen sloeg. Groen licht nu, maar de auto's om hen heen bleven staan – een waterval van enkele seconden. De straten stonden al blank.

Hij hoopte dat Silje in elk geval ergens stond te schuilen, maar daar zag het helaas niet naar uit. De lerares stond rillend onder het afdakje bij zijn voordeur. Hij rende met zijn handen boven zijn hoofd naar haar toe en vond uiteindelijk zijn sleutel.

'Verdorie.'

'Ja, shit.'

Toen ze samen drijfnat de trap op liepen, sloeg de bliksem ergens voor de kleine ramen in, gevolgd door een donderslag.

'Waar kwam dat nou opeens vandaan?' zei Silje Simonsen lachend, die bij zijn deur haar armen om haar tas geslagen hield, terwijl het water van haar af droop.

Eindelijk kreeg hij zijn deur open.

'Van mijn make-up is niets meer over,' zei ze rillend voor de spiegel in de gang, en ze trok haar kletsnatte laarsjes uit.

'De dag des oordeels?' vroeg Fredrik hoofdschuddend.

Silje gaf hem door haar uitgelopen make-up heen een knipoog.

'Nou ja, ik kan het einde der tijden in elk geval in goed gezelschap doorbrengen.'

Fredrik lachte en knikte naar haar tas.

'Zit je map daarin? Heeft hij het overleefd?'

'Dat hoop ik,' zei Silje. Verkleumd liep ze verder naar de keuken. Ze lieten allebei natte sporen achter op de mooie eikenhouten vloer. Ze zette haar tas op tafel, schudde haar natte haar los en bekeek zichzelf.

'Ik bedoel dit niet als een cliché, en natuurlijk ken ik je niet goed genoeg, maar heb je misschien droge kleren voor me?'

Een halfuur later was de ergste regen voorbij. De donkere wolken waren even snel verdwenen als ze waren gekomen en zetten al koers naar het zuiden om de toeristen op de boot naar Denemarken dwars te zitten. Een zwak zonnetje scheen de keuken binnen. Het leek wel een romantische komedie nu ze in zijn veel te grote lichtblauwe overhemd weer warm probeerde te worden met een kop thee. Het haardvuur knetterde op de achtergrond, ze waren allebei verkleumd.

'Sorry,' zei Silje uiteindelijk, en haar gezicht werd weer ernstig. Eenzelfde verandering had hij ook in haar stem aan de telefoon gehoord.

'Waarvoor?'

'Gewoon, dat ik je lastigval. Dit is vast mijn schuld, omdat ik een fout heb gemaakt, zou het niet?'

Ze knikte naar het laatste restje onweer dat wegtrok uit de Oslofjord.

'Geloof je dat echt? Dat je van hogerhand wordt gestraft? Door wie dan? Een meteoroloog?'

Ze glimlachte scheef.

'Dat kan toch?'

'Een blonde vrouw die met haar armen voor een groen scherm staat te gebaren, voor lage en hoge drukgebieden waarschuwt en af en toe de mensheid straft?'

Ze lachte even.

Hij vond dat ze een leuke lach had. Hij vond eigenlijk alles aan haar leuk. Een vreemde situatie. Fredrik merkte dat hij de werkelijkheid nog een ogenblik op afstand wilde houden. Even hiervan genieten.

'Zei je Siri?'

'Wat?'

'Is dat je dochter?'

Ze sloeg haar blik neer en schudde haar hoofd.
'Nu voel ik me daar ook nog schuldig over.'
'Over wat?'
'Ik heb tegen mijn moeder gelogen. Ik zei dat ik iets in de stad moest doen. Dat was onzin, ik moest daar gewoon weg. Na de begrafenis was ik kapot.'
'Ja, het was vreselijk.'
'Was jij er ook?'
Hij knikte.
'Heb je gezien wat er gebeurde?'
'Slechte beveiliging. Het zal onze schuld wel zijn, ik weet het niet.'
'Hij zit erin.'
Silje keek hem aan en knikte naar de map die op tafel lag.
'Wie?'
'Rubens oom. Loke.'
'Echt waar?'
Ze knikte weer en nam een slok thee.
'Heb je erin gekeken?'
'Nee, maar Nina zei het. Oef, wat zijn we in de fout gegaan, hè? Nu worden we vast allebei ontslagen.'
Ze zette haar beker op tafel en keek voorzichtig om zich heen.
'Heb je geen wijn?'
'Jawel, hoor.'
Hij stond op en liep naar de plank met wijn boven de houten bank.
'Wil je een pinot noir?'
'Graag. Sorry hoor, ik ben een beetje van slag. Normaal drink ik op deze tijd van de dag niet.'
'De vijf zit toch in de klok?'
Hij glimlachte, haalde een kurkentrekker uit de la, pakte twee glazen van de plank en schonk hun allebei in.
'Heb je een foto van haar?'
'Wat?'
'Van je dochter – Siri?'
Haar knappe gezicht lichtte op.
'Ja, die heb ik.'
Ze haalde haar portemonnee uit haar tas en schoof een foto naar hem toe.

'Ach, wat schattig. Hoe oud is ze?'

'Vijf. In de herfst gaat ze naar school. Ik heb haar net ingeschreven.'

'Leuk, hoor.'

'Ach, dat weet ik niet. Ik vind haar nog zo jong. Mijn kleintje.'

Ze drukte de foto even tegen zich aan en stak hem toen terug in haar portemonnee.

'En... haar vader?'

Hij had direct spijt van zijn vraag, maar aan haar blik zag hij dat het niet erg was.

'Die is nooit in beeld geweest.'

'Aha.'

'Dus ik ben single. Een tevreden alleenstaande moeder. En jij?'

Hij gebaarde om zich heen naar het appartement.

'Vrijgezel, zoals je ziet. Ik woon hier alleen met...'

Patrik Sjöberg.

Hij was zijn vogel helemaal vergeten. Het arme beest moest zijn geschrokken na alle herrie buiten. Hij verontschuldigde zich, haalde de kooi uit de slaapkamer, trok het kleed eraf en liet de vogel los.

'Sorry.'

Ze glimlachte en pakte haar glas van tafel.

'Geeft niet. Dus geen kinderen, geen partner?'

'Geen partner. Ik zou graag kinderen willen, maar dat gaat meestal samen.'

'Ja, dat zeggen ze.'

Ze lachte weer.

'Nou,' zei hij, en hij keek naar de map. 'Zullen we...'

'Moet dat? Ik zit nog steeds te rillen.'

'Nee, natuurlijk niet. Neem je tijd.'

'Zeker weten?'

Ze nam nog een slok wijn en keek hem over de rand van haar glas steels aan.

'Ik heb geen haast,' zei Fredrik wat verlegen glimlachend. Hij hief zijn glas even naar haar op.

41

Emilie Skog zat op de kale rotsen bij Hvalstrand Bad en vond het jammer dat dit alles binnenkort voorbij was. Het was halverwege maart en hier in Asker was het nog steeds koud, maar daar stoorde ze zich niet aan, want ze vond het heerlijk om 's morgens vroeg, voordat iedereen wakker was, onder een deken aan de fjord te zitten mijmeren. Amund Andersens Kunstakademi, een privéschool voor schilders. Twee jaar. Zeven leerlingen per klas, veertien mensen in die grote villa. Niet iedereen woonde hier, maar wel de meesten, de mensen die van elders kwamen. Zoals zij. Ze kwam uit het idyllische Grimo in het westen van het land. En binnenkort zou ze teruggaan. Naar wat haar leven zou worden. De boerderij, vader en moeder, de appels. En ze wist dat natuurlijk, ze was erop voorbereid dat ze daar de rest van haar leven zou wonen. Niet omdat het moest, maar omdat ze dat wilde. Ze wilde haar leven nergens anders slijten. Dus wat snapten ze dan niet? Ze wilde eerst twee jaar voor zichzelf hebben. Hoofdschuddend hadden ze naar haar gekeken, vader en moeder. Naar Oslo? Waarom? Om te schilderen? Hoezo? Ook haar vriendinnen zeiden: *Wát ga je doen?* Het maakte ook niet uit, want Emilie had het al besloten. Twee jaar. Die waren alleen van haar. Op een schilderschool. En daarna zou ze terugkomen om de boerderij over te nemen. Niet alleen omdat ze dat haar vader had beloofd, maar ook omdat ze dat wilde. Begrepen ze dat dan niet? Ze stonden op de veranda van het grote witte huis met hun mutsen te zwaaien, alsof het een negentiende-eeuws schilderij was of een verhaal van Olav Duun. Zij met haar rugzak bij de bushalte. Nee, mensen, zo zit het niet. Ten eerste breekt de eenentwintigste eeuw straks aan, daar zijn jullie je toch van bewust? Meisjes hoeven niet meer aan hun uitzet te werken in de hoop te worden verkozen door een van de rondtrekkende vrijers of door de jongen van de boerderij verderop. Hallo, moeder. Hallo, vader. Ik kom terug. Betraande gezichten achter geborduurde zakdoeken. Oma had zelfs haar klederdracht aangetrokken, inclusief de zilveren sieraden. De vlag was ook gehesen. Nee, genoeg nu. De bus was eindelijk gekomen en de reis was begonnen.

Emilie zocht een steen en gooide die in de kalme fjord. Zij was anders dan de anderen op school, maar toch had ze hier vrienden voor het leven gemaakt. En daar ging het toch om? Om iets anders te zien. Om anderen te leren kennen. Jahaaaa, vader, ik kom heus terug. Waarom zou ik niet terugkomen? Waarom zou ik dit achter me laten? Ze had hem naar het raam geduwd om haar argument kracht bij te zetten. Het uitzicht op de appelbomen. Die heerlijke Hardanger-appels, klein en rood, pure liefde die aan de takken hing. De beste in het westen. Ze hadden nu ook eigen cider, die goed verkocht. Er waren zelfs goede restaurants in Bergen die dat hadden ontdekt. De rotsen die uit de glinsterende fjord oprezen. Begrijp je het nu, vader? Ik kom terug!

Ze had eerst aan de kunstacademie gedacht, maar was toch van gedachten veranderd. Bloederige handschoenen op een lege wand of een dode muis in een potje waren niets voor haar. Ze hield van schilderen. Niets diepzinnigs. Gewoon 'vertellen' wat ze zag, iets nieuws creëren. Ze was visueel ingesteld, vond het fijn om haar hand over het doek te zien gaan. Hoe de kleuren zich vermengden op haar palet om een nieuwe kleur te vormen. Niets dieps. Niet zoals Hansi, bijvoorbeeld. De angst, de leegte. Het voortdurende verdriet van de mens en de angst voor de dood. Hij was nog maar negentien, maar toch. Hansi kwam uit Trøndelag en was heel lief, maar ook erg somber en hij zorgde niet goed voor zichzelf. Hij wilde niet eten en geen water of appelcider of iets anders gezonds drinken, want: zo is het leven niet; het leven is niet leuk, het leven is zwaar en ingewikkeld, en uiteindelijk gaan we dood en niemand weet waarom. En dan zou ik hier taart zitten eten en fris zitten drinken? Nee, geen denken aan.

Ze schreef *Hansi?* op het notitieblok voor haar.

Misschien een van zijn spoken?

Want dat was wat hij schilderde. Mensen die zo dun waren dat je dwars door hen heen kon kijken en hun skelet kon zien. Ze stond versteld als ze hem voor zijn doeken zag bewegen. Wat een geweldige techniek met die penselen. Soms stopte ze zelf even met schilderen om naar hem te kijken.

Maar ongelooflijk triest.

Arme jongen.

Ze wilde een van zijn schilderijen kopen voordat ze naar huis ging. Dat had ze besloten. Hansi was een van de leerlingen die een beurs hadden gekregen. Van Andersen zelf. Hij koos er maar één per jaar en twee jaar geleden was dat Hansi geweest. Ze zou natuurlijk niet zeggen dat zij het schilderij had gekocht. Ze zou er alleen een oranje stickertje bij plakken.

'Kijk, je hebt iets verkocht, Hansi!'

Zien hoe blij hij was.

Daar verheugde ze zich op.

Of misschien Amalie?

Haar bijna-naamgenoot uit Noord-Noorwegen?

De eindexpositie. Daarom zat ze hier buiten: omdat Andersen haar die eervolle taak had gegeven.

Hé, Westenkind.

Zo had hij haar vanaf de eerste dag genoemd.

Hé, Westenkind, doe me een lol. Wat is dit voor clichébeeld? Kijk eens naar je licht! Verschrikkelijk. Hopeloos. Geef me je penselen, dan verbrand ik ze.

Emilie glimlachte even en trok de deken strakker om zich heen, terwijl de zon aan de andere kant van de glinsterende fjord over Konglungen heen kwam.

Zo was hij soms.

Andersen.

Een tachtigjarige excentriekeling die kunst het allerbelangrijkste vond en altijd zijn ongezouten mening gaf.

Gelukkig zei hij zulke dingen niet tegen Hansi, want die zou daarvan in tweeën breken, maar zij kon er wel tegen.

Ik zei licht, Westenkind! Licht, licht, licht, verdomme!

Zijn kromme vinger prikte hard op haar doek.

Wat doe je hier eigenlijk? Ga terug naar je varkensboerderij, ik wil je lelijke rommel niet zien!

Appels.

Wat?

We telen appels.

Wat maakt het uit? Haal onmiddellijk dat afschuwelijke schilderij uit mijn atelier!

Maar hij had haar gekozen.

Hé, Westenkind.

Ja?

De eindexpositie…

Ja?

We hebben een poster nodig.
Oké.
Ik wil dat jij die maakt.
De poster voor de eindexpositie.
Wauw.
Zij?
Want ze wist wat dat betekende.
Dat je je eigen schilderij mocht kiezen.
Dat zou worden opgehangen en altijd zou blijven hangen.
Amund Andersens Kunstakademi.
Eindexpositie 2001.
De poster is dit jaar gemaakt door Emilie Skog.
Amalie misschien?

Ze wilde de naam van haar vriendin op het papier schrijven, maar bedacht zich. Waarom had ze dat papier nodig? Ze had toch al een beslissing genomen?

Want het was onmogelijk om tussen die twee te kiezen.

Ze had Andersen voorzichtig gevraagd of ze twee schilderijen voor de poster mocht kiezen, maar de oude man had gegniffeld en gezegd dat hij 'geen verdomde collage' wilde. Wat dacht ze dat dit was? De kleuterschool?

Emilie zuchtte en stopte haar potlood weer in haar zak.

Het moest toch maar de jongen met de das worden.

Ze had het schilderij gevonden toen ze het magazijn moest opruimen. De oude Andersen zette zijn leerlingen altijd aan het werk, of het nou grasmaaien was of zijn hond uitlaten. Het schilderij had ergens onder het stof in een hoek gelegen.

Een blonde naakte jongen.
Hij staarde haar verdrietig aan.
Met een das in zijn armen.

Ze had Andersen gevraagd wie het had geschilderd, maar hij had haar vraag weggewuifd. *Een idioot. Hij was hier maar een paar maanden, had geen geld voor de inschrijving*. Sindsdien had het boven haar bed gehangen.

Nog zes weken.
Wel fijn.
Vrienden voor het leven.
Misschien moest ze toch Hansi kiezen?

Had hij het niet het hardst nodig?
Nee, dat kon ze Amalie niet aandoen.
Het moest maar zo.
De jongen met de das.
Emilie Skog stond op, strekte haar armen uit naar de hemel, glimlachte naar de zon en liep rustig terug naar de grote villa om het ontbijt klaar te maken.

5

42

Er was een schisma opgetreden in de kleine gemeente nadat de veertienjarige dochter van de dominee een visioen had gehad. Er was al eerder onenigheid geweest – niet wat je noemt ruzie, maar in elk geval verschil van mening –, maar niets vergeleken met dit. Ze waren in twee kampen verdeeld. Degenen die geloofden in de openbaring en degenen die het ontkenden en meenden dat het valse profetie was. De aanhangers waren nu bij elkaar gekomen bij de uitkijktoren boven op de Marifjell. Een houten bouwwerk dat een klein beetje leek op de toren van Babel en dat op het hoogste punt van de bossige omgeving lag, slechts enkele kilometers van de plek waar men minder dan twee jaar geleden een nieuwe kerk had gebouwd. Toen de discussie eindelijk voorbij was, over de vraag of de verschijning aan de domineesdochter echt of niet echt geweest was, begreep het deel van de gemeente dat overtuigd was binnen een mum van tijd wáár ze bij elkaar moesten komen. Die toren was in feite de belangrijkste reden waarom de mensen overtuigd waren, want waarom was die eigenlijk gebouwd? En waarom nou net daar? Op de Marifjell? Hoe heette de dochter van de dominee? Inderdaad: Mari. En hoe hoog was de berg? Zevenhonderdachttien meter. En wat stond er in Mattheus 7:18? *Een goede boom kan geen slechte vruchten voortbrengen en een slechte boom kan geen goede vruchten voortbrengen.* Karoline lachte in zichzelf toen een van de jongens naar de steen waarop zij zat toe kwam en haar een slokje thee aanbood. De jongen, Erik, was net zo oud als zij, eenentwintig, en dat was precies wat er in die kleine gemeente was gebeurd: de strijd had hen naar leeftijd verdeeld: de jongeren aan de ene kant, de ouderen aan de andere. Dat was al een tijdje zo, zonder dat iemand het publiekelijk aan de orde had gesteld. Er was vooral in het geniep geroddeld, door de jongeren van de gemeente. Maar dat zijn toch allemaal achterhaalde ideeën? Dat kan toch niet kloppen? Je denkt toch niet dat God engelen stuurt om ons te halen als we ons zo gedragen? Er was nog maar een heel klein groepje overgebleven dat had geleefd naar de Schrift, maar daarnaast was men begonnen in het geheim bij elkaar te komen. 's Avonds, wanneer de ouderen naar bed waren, onder leiding van Marius, die bijna de gemeente uit was gezet om zijn opvattingen, maar die na protest van – ja, precies – de jongsten toch had mogen blijven. Bij de gratie Gods. Als hij van nu af aan tenminste de spelregels zou volgen en zou doen wat de ouderen zeiden. Want er zou een ark komen. Dat was natuurlijk de kern van de strijd. Want dat had God gezegd. Stond dat niet in de Bijbel: de ark van Noach? Die na de zondvloed twee van elke diersoort had gered, en de mensen die door God waren uitverkoren? Ze hadden er hard om moeten lachen tijdens die geheime bijeenkomsten, dicht bij elkaar in het met kaarsen verlichte huisje. Een ark? Ja hoor. Zou er soms een gigantische boot hierheen komen? Met plaats voor iedereen? Ja, dáág! Dat was beeldspraak, dat begreep toch iedereen? Dit waren nieuwe tijden. Ze leefden nu in een moderne wereld. En God was geen slome duikelaar, hij was het licht zelf, dus hij zou natuurlijk geen boot laten komen.

'Een ufo misschien?'

Erik had als eerste het woord zacht gefluisterd in het huisje, een gedachte die bijna te gevaarlijk was om hardop uit te spreken.

En er had zich een vreugde onder hen verspreid, een echte spiritualiteit. Ze hadden allemaal gevoeld hoe die gedachte zich van hen meester maakte. Het maakte hen bijna euforisch.

'Ja!'

'Natuurlijk!'

'Dat verklaart immers alles.'

Hierover hadden ze pasgeleden ook gediscussieerd in het kerkje, nadat Marius dacht dat hij iets lichts over de heuvel had zien vliegen. Hij had niet alleen lichten gezien, hij had ook een vaartuig gezien, metaalachtig en draaiend, met binnenin een explosie van kleuren, zoals in een discotheek. En dat was waarom ze hem in de ban hadden willen doen, want dat was toch met alles strijdig? Zoiets deed God toch niet? Vliegende schotels, groene mannetjes en leven op andere planeten – iedereen wist toch dat dat het werk van de duivel was om de mensen in verwarring te brengen, om hen te laten twijfelen aan de schepping? Maar dat had Marius niet bedoeld. Hij had bedoeld dat de ufo God zelf was, maar toen was het allemaal nog veel erger geworden. Hij had een nieuwe waarschuwing gekregen, maar dat speelde nu gelukkig geen rol meer.

Dit was wat Mari, de veertienjarige dochter van de dominee, had gezien: ze had midden in de nacht in haar bed gelegen, diep in slaap, toen een stem haar had gewekt en haar had gevraagd naar de rivier te gaan. De dochter van de dominee was niet bang geweest; ze had alleen maar, zoals ze het noemde, 'een warme veiligheid' gevoeld en ze had gedaan wat de stem haar had bevolen. Ze was in haar lange witte nachthemd door het bos gelopen, en zoals ze het zelf vertelde: *Ik had geen schoenen aan, maar dat was niet erg. Waar ik ook op stapte, het deed geen pijn. Het was alsof God voor mij alleen een zacht pad had gemaakt.* Op de weg door het bos klonk plotseling de prachtigste muziek. Een engelenkoor en violen. Ze was zo ontroerd geraakt dat de tranen over haar wangen rolden, en toen was ze bij de rivier gekomen, die onstuimig was na de lentevloed, maar de stem had haar bevolen er toch in te stappen. Stel je voor: zelfs met het kolkende en schuimende water om zich heen had ze heel stevig gestaan. En toen had ze het gezien. Op de bodem van de rivier.

De brandende cijfers.

24040424.

'Het kan toch niet branden onder water?' zei Erik met een knipoog naar haar. Hij ging op een boomstronk naast haar zitten en wendde zijn gezicht naar de hemel.

Dat was het geheime teken tussen hen geworden.

Het kan toch niet branden onder water?

En dat betekende: wie is als enige zo sterk dat hij een dergelijk teken laat zien?

Ja, wie anders?

GOD.

Toen waren ze aan het discussiëren geslagen, en daar hadden ze het allemaal steeds over gehad, vanaf de dag dat ze een paar jaar geleden hierheen waren verhuisd: waar verschijnt God? Wanneer verschijnt God? En wat moeten we doen opdat juist wij uitgekozen worden voor de hemel?

Met dat laatste zou het wel goed komen, daar waren ze zeker van, want zij waren de uitverkorenen. Niemand diende de Heer beter dan zij.

En waar hij zou komen, hadden ze daar al antwoord op gekregen? Mari? De Marifjell? Was het toevallig dat de dominee juist dit bos had uitgekozen voor de bouw van een nieuwe kerk? Nee, natuurlijk niet. En dan was er nog de grote vraag: wanneer?

Wanneer gaat het allemaal gebeuren?

Wanneer krijgen we onze beloning?

24040424.

'Zou het misschien 24 april betekenen? Midden in de nacht om 04.24 uur?'

Karoline had bijna moeten huilen van vreugde bij de nieuwe openbaring.

Zelden had ze zo'n waarheid gevoeld.

'Dat duurt niet zo lang meer.'

'Nog maar een paar weken.'

'We hebben geen tijd te verliezen.'

En zo waren ze begonnen.

Opnieuw in het geheim.

Om hun spullen te verzamelen.

Het kleine beetje dat ze nodig hadden.

En nu zaten ze daar, trillend van spanning.

Veertien jonge mensen.

Het was buiten nu stikdonker. Er waren maar een paar sterren boven de bergen te zien, boven het groepje jongeren, die zonder er zelf erg in te hebben dicht tegen elkaar aan waren gaan staan.

04.20.

04.21.

Ze voelde het onder haar jas bonzen, handen die steun bij elkaar zochten.

04.22.

04.23.

04.24...

04.25...

Maar...

04.26...

Het was toch...

Verwarde blikken naar elkaar en de oneindige hemel boven hen.

Marius zag het als eerste.

'Kijk, daar!'

Wijzende vingers richting iets vlammends verderop in het bos.

Eerst weinig, toen groter, nog heviger.

Ze glimlachten toen ze begrepen wat er gebeurd was.

De uitzichttoren op de Marifjell.

Hij zou toch niet hier neerdalen.

Natuurlijk niet.

Hiervandaan zouden ze het kunnen zien!

Karoline slaakte een kreet van vreugde en griste snel het weinige mee dat ze had.

Ze rende zo snel mogelijk de helling af.

Het brandende teken tegemoet.

43

Holger Munch stond naast zijn auto net een sigaret op te steken, toen Fredrik Riis het smalle bospad op kwam lopen. De jonge rechercheur was nu eens een keer niet in pak, maar was zo slim geweest om een outfit te kiezen die meer bij de omgeving paste.

'Is het ver naar beneden?' vroeg Munch.

Hij deed de kofferbak open en pakte zijn laarzen.

'Een kleine kilometer.'

'Hebben we de omgeving afgezet?'

'Ja, voor zover nodig. Er komen hier niet zoveel mensen, zoals je ziet.'

Riis knikte naar het bos om hen heen. Het natuurgebied Marifjell, vlak bij het Hurdalssjøen, maar negentig minuten met de auto ten noorden van Oslo, maar toch was het alsof je al in een afgelegen gebied was. Het telefoontje was vroeg gekomen, van de plaatselijke politie, die bijdehand genoeg was geweest om het verband te zien: een witte Peugeot Boxer-bestelbus, net zo een als waar ze naar op zoek waren.

'Wie heeft hem eigenlijk gevonden?'

Riis leek even na te denken over het antwoord.

'Een groepje jongelui. Ze zeiden dat ze hier aan het kamperen waren, maar ik weet het niet zeker. Ik heb helemaal geen tent gezien, maar ze hadden wel allemaal kruizen om hun hals, wat me zegt dat ze hier waren om... Ach, ik weet het ook niet, maar dat maakt ook niet uit. Ze hebben in elk geval alarm geslagen dat er brand was en de brandweer heeft op zijn beurt ons weer gewaarschuwd, dus we hadden geluk dat ze hier waren. De brand was zo goed als geblust toen ik hier kwam.'

Munch liep over het bospad achter hem aan naar beneden. Het was lang geleden dat hij zo ver buiten de stad was geweest. De geur van de Noorse natuur. De lucht was zo schoon dat het bijna een uitdaging voor zijn longen was. Dat kon geen kwaad, hij had de laatste tijd aardig wat gerookt. Marianne had hem in de gang bezorgd aangekeken toen ze hem uitliet.

Je ademt erg zwaar in je slaap, Holger. Zullen we weer eens een afspraak bij de dokter maken?

Nog een verbroken belofte. Hij had het haar beloofd toen ze een keer met het gezin rond de ontbijttafel zaten.

Ik heb wat brood voor je ingepakt.

Een eekhoorn liep over een boomstam naar beneden en schoot over de weg voor hen langs.

'Zou het onze man zijn?'

'Je kunt nooit weten,' zei Riis. 'Maar waarom zou je een bijna nieuwe Peugeot-bestelbus helemaal hierheen rijden om hem in brand te steken? Het is op z'n minst verdacht. Scherp van de plaatselijke politie om het zo snel met ons in verband te brengen.'

Munch ademde nu zwaarder. Hij kon zijn jonge collega bijna niet bijhouden.

'Waarom nemen we de auto niet?'

'Wat?'

'Als hij er met een bestelbus heen is gereden, kunnen wij daar toch ook met de auto komen?'

Riis bleef staan en draaide zich glimlachend om.

'Een beetje beweging doet jou heus geen kwaad!'

'Vast niet, maar toch.'

'Je ziet het antwoord hier om de bocht.'

Tweehonderd meter verder stopte Riis voor een grote den die over de weg lag.

Hij wees op de verse zaagsnede onder aan de stam.

'Kijk eens aan,' mompelde Munch.

'Het lijkt overbodig, maar hij heeft een boom omgezaagd om de weg te versperren.'

'Vreemd.'

Munch haalde een sigaret uit zijn duffel en stak hem aan.

‘Hier?’

Hij keek in het rond.

‘Heeft dat iets te betekenen?’

‘Wat bedoel je?’

‘Zou het iets kunnen betekenen dat hij die boom precies hier heeft omgezaagd?’

‘Daar heb ik niet aan gedacht.’

Riis keek ook rond en haalde zijn schouders op.

‘Het moet bijna toeval zijn, denk je niet? Het had elke willekeurige boom kunnen zijn. Hij wilde vast voorkomen dat iemand erlangs kon. Dan duurt het langer voordat de uitgebrande auto wordt gevonden. Het was halfvijf ’s ochtends – puur geluk dat die jongelui hier waren, wat ze hier ook te zoeken hadden. Als die er niet waren geweest, zou het weken hebben geduurd voordat iemand hem had gevonden.’

‘Het kan toch niet allemaal toeval zijn wat die vent doet?’ mompelde Munch, en hij rolde zijn sigaret tussen zijn vingers. ‘Hoe is hij teruggegaan?’

‘Wat?’

‘Hij is met de auto hierheen gekomen, diep in de rimboe. Is hij teruggelopen? Of waren er anderen, die boven aan de weg op hem stonden te wachten?’

‘Kan ook,’ zei Riis. Hij keek naar de grond om zich heen, tot hij vond waar hij naar op zoek was.

‘Moet je zien. Deze zijn vers en er zijn er een heleboel, de hele weg naar beneden.’

Sporen op de natte helling.

‘Ik denk dat hij een quad in de bestelbus had, naar beneden is gereden, de zaak in brand heeft gestoken en vervolgens is vertrokken op die quad. Een mogelijke theorie.’

‘En hoelang geleden, zei je?’

Munch keek weer om zich heen.

‘De jongelui zeiden rond halfvijf. Dus ongeveer vijf uur geleden.’

‘Zijn er veel wegen die hierheen leiden?’

‘Alleen de weg die jij hebt genomen, volgens de lokale politie. Maar als ik gelijk heb dat hij een kleine quad had, kan hij elke kant op zijn gereden.’

Riis spreidde zijn armen weer en liep verder de weg af, toen Munchs telefoon ging.

Anette.

'Met Holger.'

'Hoi, ben je er nu?'

'Vlak in de buurt. Wat is er aan de hand?'

'FO heeft net gebeld. We hebben een match op de peuken. Een DNA-profiel. Die vent heeft een strafblad. Ik denk dat we onze man hebben gevonden, Holger. Ik ben nu net foto's van hem aan het bekijken.'

'Wacht,' zei Munch vol vuur. 'Ik kom eraan.'

Hij riep naar Riis.

'Ik moet terug. We hebben een match op de peuken. Vraag de lokale politie deze sporen te volgen, kijk hoe ver we ze kunnen natrekken en bel me als FO iets in de auto vindt, oké?'

'Komt goed.'

Munch liet de telefoon terug in de zak van zijn duffel glijden, nam een laatste trek van zijn sigaret en liep op een holletje door het bos terug.

44

Mia Krüger had heel slecht geslapen en was met een naar gevoel wakker geworden. In haar eentje in dat bed in de grote witte kamer had ze zich alleen gevoeld. Alsof eenzaamheid bezit van haar had genomen. Ze kreeg weer hoop toen haar telefoon was blijven rinkelen. Steeds hetzelfde nummer.

Sigrid?

Maar nee, natuurlijk niet.

Hallo, ik ben van...

Een verdomde verkoper.

Mia dwong zichzelf om op te staan en slofte naar de keuken. Pakte een bakje yoghurt uit de koelkast. Ze was misselijk, maar ze moest iets eten. Toen de telefoon weer rinkelde schrok ze op, maar gelukkig stond Munchs naam op het scherm.

'Met Mia.'

'Met Holger. Ben je thuis?'

'Ja.'

'We hebben een match voor de peuken uit het bos.'

'Echt waar?'

'Ik kom nu naar je toe. Ik ben zo bij je.'

Een paar minuten later stapte Mia in de zwarte Audi. Ze had het vreemde gevoel dat er iets niet helemaal klopte. Munch staarde met lege ogen voor zich uit, en dat was niet de reactie die ze had verwacht. Ze hadden toch een match voor de peuken? Waarom was hij daar dan nog niet? En waarom trok hij zo'n gezicht? Er kon geen lachje af, alleen die samengeknepen ogen die uiteindelijk opengingen en naar haar keken toen ze haar riem vastmaakte.

'Ja?'

'Wat?' vroeg Munch bijna chagrijnig, en hij startte de auto.

'Wie is het? Voor wie was het een match?'

Hij knikte naar een kleine map die tussen hen in lag en reed rustig de Parkveien op en toen verder richting Majorstua. Om een of andere reden had hij geen haast.

Mia haalde de papieren uit de map.

'Paul Iverson?'

Ze knikte naar de foto. Een man van midden dertig. Een kaalgeschoren hoofd. Vermoeide ogen. Tatoeages, eentje naast zijn oog en verschillende op zijn hals. De foto's waren van een arrestatie en ze hadden de moeite genomen om alle details op zijn lichaam te documenteren. Een paar littekens, op zijn borst en op zijn dijbenen. Van een mes misschien.

Munch stopte voor een rood licht en leek nog steeds geen haast te hebben.

'Herinner je je die zaak van een paar jaar geleden?' mompelde hij toen hij weer optrok.

'Welke zaak?'

'Een bankoverval in Lillestrøm. Het werd breed uitgemeten in de media, omdat ze veel buit hadden gemaakt, maar niet zo ver kwamen.'

Even een glimlachje, waarna de ernst terugkeerde.

'O, is hij het?'

Ze wist het nog goed. Met het hele gezin hadden ze voor de tv gezeten. Die bankoverval was bijna wekenlang hét amusement op zaterdagavond. Toen de journalisten de zaken waren vergeten, hadden de cabaretiers het overgenomen. De slechtste bankovervallers ter wereld. De slechtste chauffeur aller tijden. Ze hadden er zelf ook om gelachen die zomer in Åsgårdstrand. Het was fijn geweest om weer bij elkaar te zijn. De beelden van de beveiligingscamera's waren steeds weer op het scherm verschenen. Van binnen in het bankgebouw, waar de overvallers met wapens hadden gezwaaid en mensen hadden gedwongen op de vloer te gaan liggen. Het alarmsysteem was uitgeschakeld, allemaal zeer professioneel, als in een film. Tot zover liep het perfect, maar de beelden van buiten waren anders. De vluchtauto was in volle vaart naar de deur gereden en de chauffeur had de motor afgezet. Actie toen de overvallers met bivakmutsen en wapens uit het gebouw kwamen gerend, maar de auto bleef staan. De chauffeur stapte uit, zonder zijn gezicht te bedekken; hij kreeg het zelfs voor elkaar om verbaasd recht in een van de camera's te kijken. De motorkap omhoog; hij rommelde aan iets in de motor. Ten slotte was hij weer ingestapt, kreeg de auto gestart, zwenkte over straat en ramde twintig meter verder een lantaarnpaal.

De kortste overval ooit.

'Is hij het?'

Munch knikte en sloeg af naar de Sørkedalsveien.

'De chauffeur?'

'Paul Iverson was de chauffeur, ja. Hij kreeg achttien maanden, een milde straf omdat hij zo dom was, denk ik, maar daarom stond hij dus in ons register. Hij is nu weer vrij. Arbeidsongeschikt, woont in Østerås.'

'En?'

'En wat?'

Mia snapte nog steeds niet hoe het zat.

De peuken?

Van de uitkijkpost?

In het bos?

Hallo?

Sirene en zwaailichten?

Waarom was hij eerst bij haar langsgekomen?

Munch fronste zijn wenkbrauwen, deed zijn raampje open en stak een sigaret op toen ze voor weer een stoplicht bleven staan.

'Oké,' zei Mia. 'Weten we echt zeker dat zijn DNA op de peuken zat?'

'FO zegt dat de match honderd procent is.'
'Dus hij is het?'
'Kennelijk.'
Verdomme, Munch!
'En weten we waar hij woont?'
'Eiksveien 88C. Op de tweede verdieping.'
'Is er al een auto naartoe?'
'Nee.'
'Hoe weet je dan dat hij thuis is?'
'Ik heb net gebeld.'
'Wat?'
'Hij ging vast koffie zetten.'
'Heb je gezegd dat we eraan kwamen?'
'Ja.'
Ze hield het niet meer uit.
'Waarom ben je dan niet blij?'
'Hoe bedoel je?'
'We hebben een DNA-match van de peuken en jij rijdt als een opa die een zondagmiddagritje maakt. En waarom kwam je mij eerst ophalen?'
Munch fronste zijn wenkbrauwen weer.
'Omdat ik wilde dat je het met eigen ogen zou zien.'
'Wat dan?'
'Je verbazing als hij de deur opendoet.'

45

Die vreemde stemming hing er al een aantal dagen en Lydia Clemens dacht dat het aan haar lag, maar dat was niet zo. Eén keer per jaar. Omdat ze een kind was. En als je het zo bekeek, wás het misschien wel haar fout, omdat zij de reden was dat ze kwamen, maar opa Willy moest toch wel begrijpen dat het niet háár idee was dat 'de toezichthouders' op bezoek kwamen? Dat had de staat immers zo bedacht, niet zij toch? Nee, af en toe werd ze behoorlijk pissig op hem. Nu de lente was gekomen en al haar vogelvrienden terug waren en je blootsvoets door het bos kon lopen, ging hij een beetje lopen bokken. *Probeer een beetje opgewekt te zijn, opa*, had ze bij het ontbijt tussen neus en lippen gezegd. Een beetje brutaal misschien, en toen was hij nog chagrijniger geworden, had zijn eten mee naar zijn kamer genomen, de deur achter zich dichtgetrokken en daarna had ze hem niet meer gezien. Ze was eigenlijk niet van plan geweest zich daar zo druk over te maken. Want ze had de hele winter keihard gewerkt achter de zware naaimachine, die niet elektrisch was; je moest op een pedaal trappen. Ze kon er ook bijna niet bij, daarom had ze er een blok aan moeten zetten. Maar dat was nu niet zo belangrijk, want vandaag zou ze hem voor de eerste keer dragen. Hem aan iemand laten zien.

De jurk.

Lydia glimlachte en begon te stralen van opwinding. De jurk hing al klaar in de kast, maar ze had hem nog niet willen aantrekken. Ze moest een aanleiding hebben. Niet dat een bezoek van de toezichthouders iets was om te vieren, maar het had geen zin om een jurk te laten zien als er niemand was. En zulke dingen konden opa Willy niet schelen. Daar was natuurlijk wel een reden voor, dat wist ze wel. Want de kledingindustrie was een van de redenen dat de aarde kapotging en een van de oorzaken dat de Lange Tijd snel zou aanbreken. Als iedereen alleen maar de kleren had die hij of zij echt nodig had, zou de natuur nog steeds springlevend zijn geweest. Maar zo waren de mensen niet. De mensen waren ijdele, zelfingenomen wezens die graag wilden laten zien dat zij mooier of beter waren dan anderen. Het was allemaal uiterlijk vertoon. Soms met goud en edelstenen, die slaven in Afrika uit de mijnen onder de grond moesten opgraven, of make-up die ze uitprobeerden op dieren die eraan doodgingen, maar kleren of 'mode', zoals die mensen het noemden, werden het meest geconsumeerd. Mode veranderde voortdurend, niet omdat het nodig was, maar omdat degenen die kleren verkochten geen bergen geld verdienden als de mensen steeds in dezelfde kleding bleven rondlopen en geen nieuwe kochten. Ze hadden ook een listige afspraak met kranten en tijdschriften in de hele wereld om te doen alsof de mensen de mode echt nodig hadden. En als ze deze mode niet volgden, waren ze stom en veel minder waard dan anderen. Zo verdienden de bladen en de mensen die kleren verkochten geld, zonder dat iemand eigenlijk behoefte had aan hun handel. Een heel slimme zet, had opa Willy gezegd toen hij een keer had uitgelegd hoe dat in elkaar zat. *Hebberige mensen zijn om een of andere reden ontzettend uitgekookt, en dat is erg jammer voor alle andere mensen.* Ze vond dat een verstandige uitspraak en had die meteen in haar boekje geschreven, waarin ze gevonden dingen plakte of gedachten opschreef, bijvoorbeeld als ze een wandeling had gemaakt en zo'n schitterende majesteitelijke adelaar hoog aan de hemel had zien vliegen. Ze vond het maar vreemd dat die niet de dienst uitmaakten op aarde in plaats van die domme mensen, die ervoor gezorgd hadden dat de Lange Tijd binnenkort zou komen.

Dus had Lydia gedaan wat opa Willy altijd had gezegd: *Voor we iets nieuws maken, maken we eerst op wat we hebben.* In het begin was het een beetje moeilijk geweest. Al hun kleren waren door opa Willy of door Lydia zelf gemaakt en het meeste was van schapenwol of van huiden van dieren die ze hadden geschoten. Die kleren waren niet zo bijzonder als je er netjes uit moest zien wanneer er iemand op bezoek kwam. Lydia had er lang over nagedacht, maar ineens begreep ze wat ze moest doen. Ze wist dat ze dat eigenlijk niet mocht, want 'de verboden kist' was niet voor niets verboden en op slot. Alles wat erin lag was geheim en dat mocht niemand zien, nooit van zijn leven. Maar ze wist waar opa Willy alles bewaarde. Hij was nu eenmaal erg vergeetachtig. Dus had hij een eigen systeem gemaakt, en nu hadden alle dingen hun eigen plaats gekregen. Ook geheime dingen. Zoals de sleutel van de verboden kist. Ze wist dat het verboden was, dat het niet mocht, maar buiten was het al een hele tijd donker. Overal lag sneeuw. Geen leuke sneeuw die in een zacht laagje op de grond lag, maar rondstuivende sneeuw waar ze door- en doornat van werd als ze even naar buiten ging om de geiten te melken. Er was helemaal niemand om mee te spelen. Geen andere kinderen. Want andere kinderen waren immers dom of stout. Met ziektes in hun lijf en in hun hoofd, en als je door hen werd besmet, werd je net zoals zij, of je werd zo ziek dat je de Lange Tijd nooit zou overleven.

Dus had ze het gedaan.

Op een dag dat opa Willy in Vassenden was om dingen te kopen die ze zelf niet konden verbouwen of maken.

Al mocht het dan eigenlijk niet.

Ze klom op een stoel om de sleutel uit het oude sigarettenetui boven op de kast te pakken, ging de steile keldertrap af, haalde de kleedjes weg en maakte met trillende vingers de beschilderde kist open. Ze had dat één keer eerder gedaan en daarom wist ze dat de gebloemde gordijnen onderin lagen. Ze had de eerste keer alleen maar even durven kijken, maar nu, deze winter, was ze moediger. En dat was misschien ook niet zo vreemd, want ze was twaalf geworden. Twaalf was een belangrijke leeftijd, want dan kon een kind zelf beslissingen nemen. Opa Willy had verteld dat er twee belangrijke dagen waren. Eentje was de dag waarop je twaalf werd, want dan kon je beslissen bij wie van je ouders je wilde wonen als er thuis problemen waren en vaders en moeders apart wilden wonen. Dat gebeurde nogal eens in de wereld, want liefde was blijkbaar niet eenvoudig en veel mensen kwamen elkaar te vroeg tegen en kregen kinderen omdat ze dachten voor altijd bij elkaar te blijven, maar dan veranderden ze en vonden ze elkaar toch niet zo leuk meer. Dan kwam het dikwijls tot een scheiding, zoals dat heette, en de kinderen werden er de dupe van wanneer de volwassenen niet zo aardig of verstandig waren. Daarom had de staat uitgemaakt dat twaalfjarigen zelf konden beslissen. Dat was een prettig gevoel. Die dag was opa Willy nog eerder opgestaan dan gewoonlijk. Hij had taart voor haar gebakken en het hele huis schoongemaakt, en toen zij alle kaarsjes had uitgeblazen en ze moest huilen, had hij haar over haar haar gestreken en gezegd: *Jij bent de allerliefste*, en toen was ze helemaal warm geworden vanbinnen en dat gevoel had ze een aantal dagen vastgehouden. Ze had het toch wel een beetje vreemd gevonden dat opa Willy zo mooi had gesproken over iets wat de staat had bepaald, dat met twaalf jaar, maar ze had niet verder willen vragen. Achttien was de volgende echt grote dag. Twaalf was het belangrijkst, want achttien was meer voor alle andere mensen, maar ze verheugde zich er toch wel op, zelfs al zou de Lange Tijd vóór die dag komen, het was toch leuk om je ergens op te kunnen verheugen. Dat was beter dan je helemaal nergens op te verheugen.

Ze beefde toen ze voorzichtig de jurk uit de kast haalde en de kleren van hertenleer op de grond liet vallen. De spiegel was niet groot en was tamelijk vuil, maar ze kon zichzelf er goed in zien toen ze voorzichtig de gebloemde jurk aantrok onder het raam met het beste licht.

Jeetje.

Wat zag ze er leuk uit.

Ze draaide glimlachend rond.

Zou ze op de deur van opa Willy kloppen?

Laten zien hoe leuk ze eruitzag?

Nee.

Beter van niet.

Ze wilde er zelf van genieten.

Lydia Clemens lachte breeduit toen ze de gang in huppelde en haar laarzen aantrok.

En de hele weg naar de poort rende.

Om te wachten.

46

Fredrik Riis stond gebogen over de grond, op de plek waar het natte bospad overging in een onverharde weg, en kon tot zijn opluchting constateren dat het weer voor een keer mee had gezeten. De regen had het modderige pad natter gemaakt. Na de grond een tijdje te hebben bestudeerd, zag hij het ineens: de sporen van de quad in zuidelijke richting. Hij liep weer naar zijn auto en vouwde op de motorkap de kaart uit. Een speld in een hooiberg natuurlijk. Hij was aan alle kanten omgeven door bos. In noordelijke richting liep het pad naar het Gullenhaugen-natuurgebied, alvorens in westelijke richting af te buigen naar Øyangen en dan verder naar Rijksweg 120 bij Hurdalssjøen. Daarvandaan had de dader overal heen kunnen gaan – naar Eidsvoll, naar Hurdal... Hoe groot was de benzinetank van zo'n quad eigenlijk? Zijn oom had er een gehad. Zo groot was die toch niet geweest? Drie liter, hooguit? Er bestonden wel verschillende modellen en verschillende maten, maar ze waren niet gemaakt voor lange ritten, dus hoe ver was hij eigenlijk gekomen? Fredrik rechtte zijn rug en keek naar het hem omringende bos.

Hij boog zich weer over de kaart. De weg die hij zelf een uur geleden had genomen. De afslag vanaf de Gamle Hurdalsveg. Hoe ver was dat? Drie kilometer, zes? Oké. Dan had hij nog ongeveer zes kilometer tot het asfalt. Daar zouden de sporen verdwijnen. Het moest hier ergens zijn, op de onverharde weg. Hoeveel afslagen had hij op weg hierheen geteld? Eén naar een kapbos met grote stapels stammen aan het einde van de weg. Eén richting een soort wateropslag, aangegeven met gemeentebordjes. Na de laatste afslag was hij achteruitgereden, en was bijna vast komen te zitten. Fredrik Riis keek of hij het spoor zag en stapte weer in de auto.

Hij kon haar geur nog steeds ruiken.

Haar zachte huid onder het laken.

Na afloop haar glimlach op het kussen.

De lerares.

Silje Simonsen.

Verdomme, Fredrik, alsof je nog niet genoeg aan je hoofd hebt.

De ene fles wijn was een tweede geworden. Samen aan de keukentafel, de wereld even op afstand, en hij had zich laten gaan omdat hij zo makkelijk met haar kon praten. Het cliché: dat het leek alsof ze elkaar al lang kenden. Hij was geleidelijk tamelijk aangeschoten geraakt, met zachte muziek op de achtergrond. Billie Holiday op *repeat*, terwijl haar vingers over tafel dichter naar de zijne kropen.

Het dossier van de kinderbescherming was gelukkig niet zo erg geweest als hij had gedacht. Vrij ernstig, dat wel. De jongen was verschillende keren met blauwe plekken op school gekomen, genoeg voor de schoolleiding om uiteindelijk actie te ondernemen. Een gesprek met de vader. Niet voldoende om hem ergens op te pakken, maar de eindbeoordeling van de adviseur was bij hem blijven hangen: *De vader lijkt te lijden aan een gebrek aan empathie. Ik zou sterk aanbevelen deze zaak nauwlettend in de gaten te houden.* Gevolgd door een voorstel voor een datum voor een nieuw gesprek, maar dat leek niet te hebben plaatsgevonden. Hij had natuurlijk gevoeld dat er iets niet in de haak was, omdat de jongen in de auto was blijven zitten toen de vader opnieuw alleen eten voor zichzelf had gekocht. Maar moord? Nee, hij had niets gevonden wat daar op zou kunnen wijzen. Hij moest eens met Munch praten. Een verhoor zou toch niet veel kwaad kunnen, als ze tegen die tijd de juiste man nog niet hadden. De peuken. Een volledige DNA-match. In het bos. Hij snapte nog steeds niet hoe ze het voor elkaar had gekregen. De studente, Mia Krüger. De eerste dagen hadden de mensen in de gang nog lopen smoezen, maar nu was het helemaal stil en had ze iedereen voor zich ingenomen. Zelfs Oxen mopperde niet meer.

Oxen…

Nee, verdomme, aan hem wilde hij niet denken.

Hij vloekte zachtjes toen het spoor voor hem opeens weg was. De weg was te hard. Hij stapte snel uit en ging op zijn knieën zitten.

Nee.

Verdomme.

Een plas vlak bij de afslag naar de Gamle Hurdalsveg maakte hem plotseling optimistischer, maar op het asfalt was niets te zien.

Hij werd gestoord door zijn telefoon.

Hoi, liefje. 'Ziek' vandaag. Denk aan je. S.

Hij ging weer het asfalt op, bleef even staan en keek lange tijd het bos in.

Had hij iets over het hoofd gezien?

Had hij een afrit gemist?

Verdomme nog aan toe.

Oké.

Fredrik Riis stak zijn telefoon in de zak van zijn fleecejasje, zette zich weer achter het stuur en keerde de auto.

Langzaam reed hij over de smalle weg terug.

47

Munch had bijna medelijden met haar toen hij haar met gebogen hoofd op de motorkap van de Audi zag zitten, met haar handen diep in de zakken van haar zwarte leren jasje. Hij herinnerde zichzelf eraan dat hij op deze jonge vrouw moest passen, want ze was kwetsbaar en niet zo stoer als ze zich graag voordeed. Ze leek bijna transparant toen ze haar blik opsloeg en over de lage flatgebouwen voor hen keek. De stem van Anette in de telefoon tegen zijn oor; hij luisterde bijna niet meer naar haar.

'Dreyer is razend. Heb je de kranten vandaag gezien?'

'Wat?'

'Hou op zeg, Holger. Ze wil je spreken. Ik heb gezegd dat je in de loop van morgen naar Grønland komt, oké?'

Munch zuchtte en stak een nieuwe sigaret op.

'Naar haar toe? Hoe dat zo?'

Anette zuchtte vermoeid.

'Godver, Holger, heb je dan niet geluisterd naar wat ik tegen je zei? Heb je de kranten vandaag gezien?'

De voorpagina's van de twee grootste.

Politie zonder spoor van moord op jongens.

Weigert met pers te spreken.

Hebben autoriteiten iets te verbergen?

'Zei je iets?'

'Verdomme, Holger! Je weet dat ze zich zoiets aantrekt. Dat ze goed voor de dag wil komen. Maatschappelijke plicht. Ik heb er lak aan, maar op een of andere manier is het mijn taak geworden om tussen jou en haar in te staan. Waarom neem je van nu af aan niet alle gesprekken van haar zelf aan? Ik kan het niet meer opbrengen.'

Anette klonk alsof ze met het verkeerde been uit bed was gestapt, als ze überhaupt al een oog had dichtgedaan.

De pers?

Wat had die er nou weer mee te maken?

'Ben je er nog, Holger?'

Mia tilde haar hoofd weer op en bleef een poosje geconcentreerd kijken naar de verdieping in het flatgebouw waar ze zojuist geweest waren.

'Ja, rustig maar. Ik ga morgen naar haar toe, oké?'

'Een beetje dimmen, graag.'

'Goed, Anette. Ik ga wel, oké?'

'Zal ik voor vanavond een persconferentie organiseren?'

'Waarom?'

'Waarom?'

Hij kon horen dat ze aan de andere kant diep zuchtte.

'Doe wat je niet laten kunt, maar ik kan het niet opbrengen om met iemand te praten. Ik ben toch geen shownummer? Ik heb andere dingen aan mijn hoofd.'

'Jawel, maar...'

'Jij kunt het zelf doen, of laat Oxen het doen, of Ludvig.'

'Maar Holger...'

'Nee, zo doen we het. Ik ga morgen naar Dreyer, prima, maar daar blijft het bij. Is er nog antwoord op mijn andere vraag gekomen?'

Een ogenblik stilte, terwijl hij hoorde dat de officier van justitie aan de andere kant van de lijn diep inademde.

'Ja, ik heb gevangenis Ullersmo gebeld.'

'En?'

'Nog even voor de duidelijkheid: je gaat dus morgen naar haar toe? Dan laat ik haar dat weten.'

Munch stak een nieuwe sigaret aan met de vorige.

'Zat hij echt in een rolstoel?'

'Ja.'

'Wel verdomme.'

'Precies.'

'Hoe komen die peuken van hem dan in het bos?'

'Geen idee. Weten we het honderd procent zeker?'

Anette zuchtte.

'Nogmaals, voor de vijfde keer: ik heb nu drie keer met hen gepraat, ze hebben alles nog een keer nagelopen en Paul Iverson is echt onze man. Het is zijn DNA, niet alleen op één, maar op alle dertien peuken die we in het bos hebben gevonden.'

'Shit.'

'En wat denken wij? Hoe zijn ze daar terechtgekomen?'

'Ja, dat is de hamvraag. Ik wil dat Katja met een paar mensen van Grønland kijkt of Iverson het criminele circuit om hem heen in kaart kan brengen. Hij was behoorlijk dronken. De flat stonk en lag vol flessen. Niet zo vreemd misschien.'

'Denk je dat iemand de peuken uit zijn huis heeft meegenomen?'

'Ja, dat kan. Waar anders vandaan? Ik heb geen idee, maar het zit anders dan ik in eerste instantie dacht. En ik denk ook dat we waakzamer moeten zijn dan tot nu toe.'

'Hoe bedoel je?'

'Alles lijkt meer berekend dan we aannamen. Hij is gewiekster dan ik dacht. Het bronhuisje laat zien dat het geen impulsieve daad was, maar toch, dit is iets heel anders, denk je niet? Bijna alsof hij met ons speelt. We moeten voorzichtig zijn. Ik wil prioriteit geven aan alles wat kán doen denken aan verdwijningen.'

'Goed. Jongens en meisjes, in de leeftijd van acht tot twaalf – zoiets?'

'Ja.'

Munch wierp weer een blik op Mia's gebogen rug.

'Of nee, doe maar alleen jongens. Hij houdt van jongens. En ze moeten beslist blond zijn.'

'Wat bedoel je?'

'Hou het maar bij de jongens. Acht tot twaalf is prima.'

'Moeten we de media inschakelen? Een waarschuwing aan de bevolking?'

Munch dacht daar even over na.

'Nee, laten we er even mee wachten. Ik kan het eventueel morgen met Dreyer bespreken.'

Hoongelach van Anette.

'Daar zou ik wel bij willen zijn!'

'Maar Ullersmo? Daar heeft hij toch zijn rug gebroken?'

'Ja. In de fitnessruimte. Het staat geregistreerd als ongeluk, maar ik heb zo mijn twijfels. Ze vonden hem met een gewicht van twintig kilo onder aan zijn rug.'

'Jezus.'

'Zeg dat wel.'

'Wraak ergens voor? Hebben we inside-information?'

'Ik heb met iemand gesproken die er niet erg veel van wist en ik kan niets vinden in de documentatie die ze me heeft gestuurd. Misschien was het alleen maar een bedankje.'

'Voor de bankroof?'

Ze zuchtte weer.

'Geen idee. Het maakt misschien voor ons ook niet zoveel uit. Heb jij soms nog met Katja gesproken?'

'Ja, ze is op weg hierheen. Weten we iets over het tijdsbestek?'

'Van wat?'

'Heeft FO iets laten horen? Hoe oud de peuken zijn? Hoelang het geleden is?'

'Nee, maar dat zou jij beter moeten weten dan ik. We kunnen jouw asbakken op het rookbalkon bekijken. Zien wat ermee gebeurd is sinds je daar vorig najaar bent gaan roken.'

'Ha, ha.'

'Ik betwijfel of ze ons dergelijke details kunnen geven, maar ik zal het vragen.'

'Wanneer is hij vrijgekomen?'

'Zes maanden geleden.'

'Oké, vraag dan of ze ons in elk geval kunnen zeggen of ze van voor of na de gevangenisstraf dateren.'

'Komt goed.'

Het werd nu stil aan de andere kant.

'Ja?' zei ze eindelijk.
'Wat?'
'Dank je wel, Anette. Voor alles wat je voor me doet.'
'Sorry, natuurlijk. Dank je wel, Anette. Voor alles wat je voor me doet.'
'Zie je wel? Dat was toch niet zo moeilijk? Gezamenlijke briefing hier om zes uur?'
Munch keek op zijn horloge.
'Laten we zeven uur zeggen.'
'Oké.'
Hij had nog maar net op het rode knopje gedrukt of er werd weer gebeld.
Fredrik Riis deze keer.
'Hoi, Fredrik, hoe gaat het?'
Een hijgende stem aan de andere kant.
'Ik heb hem.'
'Wat?'
'Ja, niet hier bij me dus, maar ik heb hem. Op een bewakingscamera.'
'Waar ben je nu?'
'Bij een ESSO-pomp in Maura. Ben jij op kantoor?'
'Ik ben onderweg.'
'Oké, ik kom eraan.'

48

Mia Krüger stapte voor de villa in de Inkognitogata uit de auto en liep naar de bestuurderskant.
'Heb je met Patrick afgesproken?'
'Ja, hij is hier al. We gaan vergelijken wat we hebben. Er samen in duiken.'
'Mooi,' zei Munch met een knikje. 'We houden om zeven uur een gezamenlijke briefing, maar jullie hoeven daar niet bij te zijn. Doe wat jullie moeten doen.'
'Bedankt,' zei Mia, en ze trok haar jas strakker om zich heen.
Het was niet echt fris buiten, maar om een of andere reden had ze het toch koud.

Munch keek nog eens nieuwsgierig naar haar.
'Weet je zeker dat het goed gaat?'
'Ja hoor.'
'Heeft het nog wat opgeleverd?'
'Wat?'
'Ons gesprek met Iverson. Ik had je misschien van tevoren moeten inlichten, maar ik wilde...'
Hij haalde zijn schouders op.
'Wilde wat?'
'Ik wilde zien of je... een inval kreeg. Ach, ik weet het niet.'
'Een visioen?'
Hij lachte.
'Nee, maar...'
'Zo werkt dat niet, Munch.'
'Nee, oké. Ik weet niet goed wat ik dacht.'
Hij krabde aan zijn voorhoofd en keek haar verontschuldigend aan.
'Wat dacht je – dat ik in shock zou raken als ik hem in een rolstoel zag zitten? Dat ik trillend op de vloer zou vallen en in tongen zou gaan spreken? *De eenarmige man heeft het gedaan*. Zoiets?'
Munch lachte weer.
'Nee, ik weet het niet, Mia.'
'Ik zie dingen en snap dingen. Soms werkt het. Soms werkt het niet.'
'Uiteraard, Mia. Het spijt me, ik had het van tevoren moeten zeggen. Dat was beter geweest. Maar wat denk je ervan?'
'Dat hij in een rolstoel zit? En dat we zijn peuken toch in het bos vonden?'
'Ja.'
Ze haalde haar schouders op.
'Hetzelfde als jij: iemand anders moet ze daar hebben neergelegd.'
'Ja, inderdaad. Maar het is toch wel apart?'
Munch fronste zijn wenkbrauwen en pakte een nieuwe sigaret uit het pakje. Hij wilde haar bijna niet laten gaan.
'Hou je iets voor me achter?' vroeg hij ten slotte.
'Wat bedoel je?'
'Ik ken je pas een paar dagen, maar zo heb ik je nog niet gezien.

Het is mijn verantwoordelijkheid om ervoor te zorgen dat je er niet aan onderdoor gaat. Heb je in je hoofd iets over deze vent gezien wat je mij niet hebt verteld? Ben je er nog niet aan toe? Misschien moet je terug naar de academie? Je kunt altijd later terugkomen. Het ging ook wel heel snel allemaal, we kunnen de draad volgend jaar weer oppakken. Denk je dat dat beter zou zijn?'

'Dank je, ik red me wel. Stuur me de beelden van de benzinepomp die Fredrik heeft gevonden, oké?'

Ze voelde zijn ogen op de rug van haar leren jasje prikken toen ze wegliep.

Had hij gelijk?

Was het te vroeg voor haar?

Nee.

Verdomme.

Tijd om volwassen te worden.

'Patrick, ben je hier?'

'Hier boven.'

De Zweed stond midden in de kamer met een kop koffie in zijn handen en keek naar al de nieuwe foto's.

'Laten we beginnen,' opperde Mia, en ze keerde zich naar de foto's aan de muur.

49

Fredrik Riis was eigenlijk niet zo ijdel, al dacht iedereen van wel omdat hij elke dag in pak op zijn werk verscheen, maar hij merkte dat hij die waarderende blikken in de briefingruimte wel fijn vond. Zelfs Oxen had hem waarderend toegeknikt.

'Oké, mensen,' zei Munch bij het scherm. 'We hebben de beelden allemaal gezien en we zullen ze natuurlijk nog een keer bekijken, maar eerst is het de hoogste tijd dat we weer met beide benen op de grond gaan staan en van voren af aan beginnen. We dachten wel dat we een eind gekomen waren, maar niets is minder waar. Als we de media moeten geloven zijn we allemaal idioten, al zijn we pas een week met de zaak bezig, maar ik ken dat wel en jullie natuurlijk ook. We hebben niet langer de regie in handen. Onze sporen verdwijnen in het zand, en als we de video moeten geloven die we dankzij Fredrik eerder vandaag hebben ontvangen, is er waarschijnlijk meer aan de hand dan we oorspronkelijk vermoedden. Het lijkt haast nog planmatiger van opzet. Ik zal niet zeggen dat hij een spelletje met ons speelt, maar hij is in elk geval veel geraffineerder dan we dachten. Geraffineerder ten opzichte van óns en ook in de manier waarop hij ons op het verkeerde been zet. Ik bedoel, dertien oude peuken in een bosje? Ik heb Mia vrij gegeven om vanavond samen met Patrick te werken en ik hoop echt dat ze ons weer op de rails krijgen, want eerlijk gezegd voel ik me een beetje verloren.'

Munch keek naar het team en knikte naar Ludvig Grønlie om het licht uit te doen.

'Nu gaan we als volgt te werk. We beginnen helemaal opnieuw. Niemand gaat ergens heen. Hebben jullie andere afspraken, dan gaan die niet door. Nu blijven we hier tot we voelen dat we weer op het juiste spoor zijn.'

Gemompel in de ruimte, vooral van Oxen, maar Munch negeerde hem.

'Dus,' ging hij verder, en hij zette de beamer aan.

Opnieuw de foto's van de plaats delict.

Terug naar dag één.

'Zondagochtend hebben we Ruben en Tommy dood op de grond gevonden. We weten nu dat ze eerder in het bronhuisje waren en dat de dader hen had verdoofd en dat ze later werden gewurgd.'

Nieuwe dia.

'Hoelang hij ze daar vasthield weten we niet, maar hij heeft er duidelijk de tijd voor genomen.'

Munch liet de volgende dia zien.

'Deze werd daar door FO gevonden.'

De slip in de plastic zak, die ze hem had laten zien.

'We weten nu dat die van Ruben was en dat hij die de avond van zijn verdwijning aanhad. Dus...'

Terug naar de lijkjes op het veldje.

'Hoeveel tijd hij daar bezig geweest is weten we niet, maar we kunnen globaal van een volgend tijdsverloop uitgaan.'

Nu kwam het rode bronhuisje in beeld en Fredrik kreeg een nare flashback. De lucht. Het misselijkmakende gevoel dat die benauwde ruimte hem had gegeven.

'Als we Mia mogen geloven, kijkt die man graag toe. Hij krijgt daar op een of andere manier een kick van. Nogmaals, zoals we zien...'

Munch bracht hen terug naar het veldje, deze keer met een foto die van iets grotere afstand was genomen.

'... lijkt de compositie van de lijkjes belangrijk voor hem. Het lijkt alsof hij een kunstwerk probeert na te maken of dat dit op zichzelf een kunstwerk moet voorstellen. Waarschijnlijk het laatste. Als we hem willen begrijpen, moeten we proberen dit te begrijpen. Wat geeft hem deze kick? Waar houdt hij van? Ik weet niet of jullie je Dennis Nilsen nog herinneren.'

Sommigen knikten instemmend.

'Juist, de seriemoordenaar uit Londen, die in de jaren zeventig en tachtig ten minste vijftien jongens en mannen heeft vermoord. Hij was homofiel, maar ook necrofiel. Hij was oorspronkelijk politieagent, maar was eruit geschopt toen hij op heterdaad werd betrapt terwijl hij lichamen in het mortuarium betastte.'

'Gadverdamme!'

'Hij zocht contact met die mannen, die dikwijls dakloos waren of verslaafd, misschien allebei, nodigde ze bij hem thuis uit. Ze zaten gezellig te drinken, en dan... en let op: verdoofde hij hen voor hij hen wurgde.'

Opnieuw gemompel van het team.

Munch ging weer een paar dia's terug naar het bronhuisje.

'Maar hij heeft de lijkjes toch niet betast?'

Anja Belichek, met een iel stemmetje.

'Nee, daar houdt onze man niet zo van, lijkt het wel. Zoals Mia al zei, lijkt het erop alsof het visuele hem een kick geeft – bevrijding, zo je wilt. Maar even terug naar Dennis Nilsen. Nadat hij zijn gasten had gedood, deed hij vaak nog iets met hen. Hij ging samen met het lijk in bad, ze sliepen bij elkaar, ze keken samen tv...'

'Eh... Toen ze al dood waren?'

'Met de lijken, ja. Waarna hij hen vervolgens, in zijn eigen appartement, in stukken sneed, hun hoofden kookte en hen vervolgens in de tuin begroef. De meesten waren niet meer te identificeren.'

'Jezus christus...'

'Ik begrijp dat dit misschien een beetje te veel voor je wordt, Anja, maar doe dan even je ogen dicht. Ik wil dat we dit samen doen. We moeten hier met z'n allen uit komen.'

Munch legde zijn vinger op het huisje op het scherm.

'Kijk, het gebeurt hier binnen. Hij heeft zich er waarschijnlijk lang op verheugd. Net als voor Dennis Nilsen voelt het alsof hij hierdoor tot zichzelf komt, oké?'

Opnieuw geknik.

'Kijk hier binnen eens. Hier heeft hij een val gezet. Pornobladen en flesjes frisdrank. Valium en rohypnol. Nogmaals: dit vind ik een belangrijk punt. Deze stoffen doden niet, maar ze zijn zo sterk dat de kinderen zich niet konden verdedigen. We mogen hopen dat ze zo verdoofd waren dat ze niet in de gaten hadden wat er aan de hand was.'

'Ik moet even...'

De data-nerd Anja stond op en verliet de ruimte.

'Oké, prima. We hebben hier een tijdje omheen gedraaid, maar dit is het moment om die man eens in het juiste daglicht te plaatsen. Naar mijn idee krijgt hij geen kick van de moord. Ik geloof dat hij ervan geniet dat ze ademen en dat hij met hen kan doen wat hij wil.'

Weer een paar plaatjes terug.

'Zoals we zien, zijn ze netjes achtergelaten. In elk geval is Ruben, zoals Mia denkt – en ik denk dat ze gelijk heeft –, de hoofdpersoon in deze macabere voorstelling. Hij heeft zijn haar gekamd, zijn nagels verzorgd, zelfs de nagels van zijn tenen. Hebben jullie dat in eerste instantie niet gezien? Alle kleine wondjes zijn ook schoongemaakt. FO heeft sporen van chloorhexidine gevonden en ik begreep eerst niet precies waarom, maar als je even nadenkt spreekt dat vanzelf. Hij wilde hen brandschoon hebben. Dus dat is hij daar binnen allemaal aan het doen. Kijk nu hier eens...'

Nu de binnenkant van het bronhuisje.

'Ja, Karl, ik weet dat we het er eerder over hebben gehad, en nu doen we het weer, dus haal die frons van je gezicht. Het kan nog wel even duren.'

Munch was vanavond duidelijk op die toer.

Oxen knikte en ging rechtop zitten.

'Kijk hier eens.'

De vinger weer op het scherm.

'Een slot aan de binnenkant. Hij heeft zichzelf ingesloten om zo lang mogelijk van dit moment te kunnen genieten. Zoals jullie weten hebben we binnen stompjes kaars gevonden, en als ze nieuw waren – we weten niet of dat zo was, maar als ze dat wel waren toen hij begon –, is hij hoeveel uur bezig geweest?'

Hij keek in de richting van Anette.

'Ongeveer vijf uur,' zei Goli.

'Juist. Oké. Volgens de familie Lundgren is Ruben uit zijn raam naar buiten geklommen ergens rond...'

'Na halfelf,' zei Fredrik.

'Inderdaad. Laten we aannemen dat hij heeft gewacht tot zijn ouders naar bed waren. Tot middernacht ongeveer. Het kost twintig minuten tot een halfuur tot de jongens in slaap vallen. Dan slaat hij toe. Dan is het rond zes uur.'

Nieuwe dia, terug naar het veld.

'Het feest is voorbij. In elk geval het eerste deel van het genot. Maar nu komt het volgende. Daar hadden we toen geen idee van, dat hij nog niet klaar was. De lijkjes worden hierheen gebracht in de witte bestelbus. Die moet hij ergens verstoppen en we vermoeden dat het die auto is die achter de garage wordt waargenomen.'

'Garage?'

Fredrik boog zich voorover naar Katja, die met haar ogen rolde en terugfluisterde: 'Dat is vandaag van Grønland gekomen. Een tipgever, een observatie die ze nog niet helemaal mee hadden gekregen.'

Nu een kaart op het scherm.

'Zoals we zien ligt hier de garage. Het moet hem misschien dertig minuten hebben gekost om terug te lopen en dan verder hierheen...'

Het bosje in beeld.

'Waar hij dus op ons ging zitten wachten.'

'Wat ziek.'

Oxen schudde kwaad zijn hoofd.

'Maar hoe is hij langs ons heen gekomen, als hij daar was toen wij er ook waren?'

Anja Belichek vanuit de deuropening.

'Tja, er zijn talloze mogelijkheden. Niet langs ons, dat zou hij misschien niet hebben gedurfd, maar als jullie hier op de kaart kijken, lopen er aardig wat paden in dit gebied. Hier een, bijvoorbeeld. We zien dat het naar beneden loopt. En kijk hier eens: een makkelijke manier om naar de garage te lopen en weg te rijden.'

'Maar waarom?'

‘Ja, Katja?’

‘Nou, ik vraag me af: waarom dat risico nemen? Neem me niet kwalijk, maar wij waren er toch?’

Munch haalde even zijn schouders op.

‘Een ingecalculeerd risico, misschien? Nogmaals: als Mia gelijk heeft over het toekijken, dat het bijna net zo belangrijk voor hem was om alles van begin tot einde bij te wonen. Zien dat we zijn kunstwerk vonden. Als een kat die binnenkomt met een muis die ze heeft gevangen, heel trots: kijk eens wat ik heb gedaan.’

‘Jezus!’

‘En ik vind dat we even snel door de video van vandaag moeten gaan, vooral het einde. Wat doet hij nadat hij de jerrycans met benzine heeft gevuld? Hij heeft zijn helm nog steeds op, maar toch?’

Ze keken nu naar hem.

‘Hij gaat voor de camera staan,’ ging Munch verder, ‘met in elke hand een jerrycan. Hij vermoedt dat we deze beelden zullen vinden en stuurt ons een bericht. En hoe luidt dit bericht?’

Munch keek naar het team.

Alle ogen weer op hem gericht.

‘Ik kan zover gaan als ik wil. Als jullie denken dat jullie mij hier zullen vinden, hebben jullie het bij het verkeerde eind.’

‘Juist,’ zei Munch, en hij liet de volgende dia zien.

Een foto van de familie Lundgren.

‘Dus nog een keer, tot in het kleinste detail. We beginnen met de naaste familie. Fredrik?’

‘Ja.’

Fredrik Riis haalde zijn aantekeningen uit zijn tas en liep naar voren in het licht van de beamer.

50

Mia zat op de grond met het lege koffiekopje voor zich en merkte dat ze een beetje aan het malen was. Dat het misschien te vroeg was. Dat ze er misschien toch niet klaar voor was. Ze dacht dat ze dat in de blik van Munch had gezien: twijfel. *Ja, je hebt talent, maar dit is niet de leeszaal van de bibliotheek, dit is de werkelijkheid.*

'Wat ben je stil?'

Patrick keek op van zijn aantekeningen.

Mia beet op haar lip en wist niet of ze nou wel of niet moest zeggen waar ze aan dacht, maar deed het toch maar.

'Ik denk dat het me niet gaat lukken.'

'Wat niet?'

De Zweed legde zijn aantekeningenboekje op de leuning van de stoel.

'Ik weet het gewoon niet.'

Mia knikte in de richting van de foto's aan de muur voor haar.

'Ik heb zo het gevoel dat ik niets meer zie. Geen samenhang. Alleen maar chaos in mijn hoofd.'

'Dat kan de beste overkomen, Mia.'

Patrick deed het raam achter hen open. Het geluid van de stad buiten, dichtbij, maar het leek toch ver weg. Het gaf haar vreemd genoeg een veilig gevoel om hem in de buurt te hebben. Ze kenden elkaar nauwelijks een week, maar toch voelde ze dat ze al bijna op hem kon vertrouwen. Zij was eigenlijk niet zo. Meestal niet. Ze stond in het algemeen sceptisch tegenover de mensheid. Het duurde vrij lang voor ze iemand toeliet. Te lang in de meeste gevallen; daarom had ze waarschijnlijk weinig echte vrienden.

'Moeten we niet even pauzeren?'

'Nee,' zei Mia verbeten, en ze stond op, liep naar de muur en begon de foto's eraf te halen.

'Wat doe je nou?'

'Ik begin opnieuw. Ik zie helemaal niets. Misschien hangt alles wel fout.'

Hij kwam naar haar toe.

'Zullen we onze hoofden een beetje leegmaken? Een stukje wandelen, even een frisse neus halen?'

'Nee,' zei Mia weer. Ze begon de foto's op de vloer voor zich te sorteren.

Verdomme nog aan toe.

Het was toch hier ergens?

'Wat zie je niet?' vroeg Patrick, die zijn hand vriendelijk op haar schouder legde.

'Het waarom.'

'Waarom hij het doet?'

Ze draaide zich naar hem om en knikte. Op blote voeten liep ze naar de stoel waaruit hij net was opgestaan en ze plofte zuchtend neer.

'Het waarom is niet altijd zo simpel,' zei Patrick. 'Dit is typisch ons.'

Hij glimlachte even om haar te troosten.

'Wie "ons"? Wat is typisch?'

'Nou, ons mensen. Wij gezonde mensen. Wij die niemand iets aan willen doen. Wij worden bang, hè? Wie doet zoiets vreselijks, elfjarige jongens vermoorden? We hebben een verklaring nodig, zodat we elke ochtend durven op te staan en de straat op durven zonder bang te zijn. Als we het waarom begrijpen, helpt dat ons, maar zo is het niet altijd, helaas. Soms is kwaad alleen maar kwaad. Waarom denk je dat ze godsdienst hebben uitgevonden?'

'Nou?'

'Om de illusie te scheppen dat er iets goeds bestaat daarboven, dat uiteindelijk zal zegevieren. Zodanig dat wij normale mensen in het dagelijks leven kunnen functioneren. Als we ons geloof in het goede kwijtraken, verliezen we alles, denk je niet?'

'Tjonge, wat diepzinnig,' zei Mia.

Het laatste kwam er sarcastisch uit, al was het niet zo bedoeld, en ze voelde zich direct schuldig.

Hij kon er ook niets aan doen.

Hij was het enige positieve hier in de kamer.

Verdomme, Mia.

Wat zie je nou niet?

'Weet je zeker dat je niet even moet pauzeren? Zullen we in het park gaan wandelen?'

'Nee.'

'Oké,' zei Patrick. Hij ging met zijn rug tegen de nu halflege muur staan. 'Ter zake dan, met z'n tweeën. Het motief – heb je daar al over nagedacht?'

'Ik heb het gevoel dat ik maar wat loop te gissen. Zonder enig houvast.'

'O, kom op, Mia,' verzuchtte Patrick. Voor het eerst klonk hij geïrriteerd. 'Jij bent wel degene die het meeste hier heeft gezien, daar kun je niet onderuit. Het oor van de vos? De letter?'

'Jawel, maar...'

'Nee, nu moet je ophouden.'

Hij haalde een viltstift uit zijn broekzak en ging naar de muur voor aantekeningen.

'Alle jongens waren elf jaar oud. Wat krijg jij daar voor associaties bij?'

Denk even na, Mia.

Zo ben je anders niet.

Ze herpakte zich.

'Misschien is hem iets overkomen?'

'Wat bedoel je?'

'Toen hij zelf elf was of zo. Misschien wil hij dat opnieuw beleven?'

'Juist,' zei Patrick met een glimlach, en hij zette de viltstift op het vel papier.

'Een extreme gebeurtenis? Misschien onderzoekt hij die? Wil hij die van buitenaf zien? Misschien is daarom alles zo gestileerd? Misschien wil hij afstand scheppen tot een gebeurtenis waarbij hij zelf slachtoffer was?'

'Nu zijn we goed bezig...'

Patrick glimlachte en schreef alles snel op. 'Meer? Andere gedachten?'

'Kunst,' zei Mia, en ze ging iets meer rechtop zitten.

'Oké? Wat is daarmee?'

'Nou, de maatschappij loopt weg met kunstenaars. Die zijn mysterieus, anders. Vroeger dachten de mensen toch dat kunstenaars contact hadden met de goden?'

Ze werd steeds enthousiaster.

'Ja, ga verder...'

Patrick zwaaide met de viltstift.

'Ik bedoel, Edvard Munch wordt voor honderden miljoenen verkocht. Mensen staan elke dag uren in de rij om die kleine *Mona Lisa* te zien...'

Mia stond op van haar stoel en begon rondjes te lopen.

'En als hij nou eens...'

Ze zweeg.

'Als hij nou eens wat?'

'Nou, zou het misschien zo simpel zijn?'

'Zo simpel als?'

'Misschien is hij gewoon een nul. Met grootse gedachten. Over dat hij groots wil zijn, wat hij absoluut niet is. Moeten we daar misschien gaan zoeken?'

'Waar?'

'Nou, een complete nul. Iemand die niets voorstelt, maar zelf vindt van wel.'

'Denk je aan... zijn werk?'

Ze haalde haar schouders op.

'Ja. Of zou hij wel een baan hebben?'

'Goed gedaan, Mia,' zei Patrick glimlachend. 'Hier hebben we iets.'

'Ja?'

De Zweed leek haar wel te willen omhelzen.

'Beslist. Ga door, ga door.'

Mia glimlachte terug.

'Oké, maar ik wil eerst koffie.'

6

51

Alf-Inge Myhren, veertig jaar, journalist bij het dagblad VG, wist nog steeds niet helemaal wat hij aan moest met het bericht dat hij twee dagen geleden had gehoord, dat het kantoor in Molde gesloten zou worden. Hij stak zijn hand uit naar de wekker, zette hem af en bleef nog even naar het plafond liggen staren. Dertig fte in het hele land, de organisatie moest inkrimpen en dan moesten degenen met de geringste bijdrage natuurlijk het eerst vertrekken. Myhren stond op en ging naar de keuken. Pakte alles wat hij nodig had voor zijn ontbijt: eieren, melk, sap. Hij had de avond tevoren al broodjes gekocht en het meeste was best gezond. De whiskyfles stond ongeopend in het raamkozijn. Na het nieuws had hij zo goed mogelijk geprobeerd zich te laten gaan. Zijn baan stond op de tocht, maar op dat punt miste hij het ware journalisten-gen. Hij vond het niet prettig om de hele nacht aan de bar te zitten discussiëren over politiek en wereldse ellende. Hij ging elke avond graag vroeg naar bed, zodat hij in vorm was om de volgende ochtend hard te lopen. Hij gooide koffiebonen in de molen en pakte de cafetière uit de kast. Nee, geen losbandig gedrag. Die fles moest hij maar aan iemand anders geven.

Molde was een mooie stad. De hele regio eigenlijk wel. Landinwaarts steile bergen die oprezen uit glinsterende fjorden en aan de kust de open zee. Met de voetbalclub had hij niets. Hij was altijd een trouwe supporter van Vålerenga geweest, maar Molde FK gaf wel kleur aan de stad. En dan was er natuurlijk het jazzfestival, het beste van Europa. Een van de beste in elk geval. Elk jaar, twee weken in juli, veranderde de anders zo rustige stad in je reinste Rio de Janeiro, met optochten in de straten en grote wereldsterren op het affiche. Miles Davis was twee keer gekomen. Die interviews waren ongetwijfeld de beste die hij als journalist had afgenomen. De serie die hij over zijn lokale chauffeur had geschreven was ook in goede aarde gevallen. Hij verheugde zich al op de aftrap van het grootste festival van het jaar, als hij er dan tenminste nog was, want ze hadden hem geen termijn gesteld. Binnenkort, hadden ze gezegd, maar ervaring had uitgewezen dat dat enkele weken kon zijn of misschien pas in het najaar.

Alf-Inge Myhren knoopte zijn veters vast, liep geeuwend de trap af en was net bij de deur toen zijn telefoon ging.

'Met Alf-Inge.'

'Ja, hallo. Spreek ik met VG?'

Een oudere mannenstem.

'Ja, dat klopt. Met wie spreek ik?'

'Met Olaf Eriksen. Ik bel uit Kristiansund.'

'Dag Olaf, wat kan ik voor je doen?'

'Klopt het dat jullie duizend kronen voor een tip betalen?'

'Dat klopt, maar dan kun je beter de duizendkronen-tiplijn bellen. Als je daar een krant hebt liggen, staat het telefoonnummer op de achterpagina van de krant.'

Het bleef even stil aan de andere kant.

'Ja, dat heb ik gezien, maar dat is toch een nummer in Oslo?'

'Ja, dat...'

'Nee, met zulke mensen wil ik niet praten.'

'Oké, dat begrijp ik. Waar wilde je ons een tip over geven?'

'Kan ik dan het geld van jou krijgen?'

Alf-Inge dacht even na.

'Ja, dat zou wel moeten kunnen, maar we betalen niet iedereen die ons belt, alleen maar als het iets is waar we wat mee kunnen. Waar wilde je ons een tip over geven?'

Weer een stilte, iets korter deze keer.

'Ik was de trainer van Ole Gunnar Solskjær toen hij klein was.'

'Oké? Ik weet niet of...'

'Jawel,' ging de man geïrriteerd verder. 'Ik begrijp het wel, dat hij daarom bij mij langskwam, die politieagent uit Oslo. Het was iets met die jongens. Die twee die op dat veldje werden gevonden.'

De journalist in hem ontwaakte.

'O ja? Heb je iemand die aan de zaak werkt op bezoek gehad?'

'Ja.'

'En heeft hij gezegd wat hij wilde?'

'Ja. Het was iets met iemand die mank liep.'

'Oké.'

'Ja, ze verdachten een man. Iemand die mank liep, die gezegd had dat hij met Solskjær gevoetbald had toen hij klein was.'

'En toen?'

Myhren draaide zich om, liep snel de trap op en vond zijn notitieboekje op de aanrecht.

'En wie was het?'

'Wie?'

'O, sorry, die agent die bij je langskwam.'

'Oxen. Karl Oxen. Geen aangenaam mens. Hij was meer met andere zaken bezig, als je snapt wat ik bedoel.'

'Ik weet niet zeker of ik het snap, maar hij vroeg of je wist...'

'Of er soms jongens waren die van hetzelfde kaliber waren als Ole Gunnar. Of er jongens tussen hadden gezeten die net zo goed hadden kunnen worden, maar die geblesseerd waren geraakt. Hun carrière naar de knoppen. Zoals gezegd mocht ik hem niet. En ik kon op dat moment even niemand bedenken. Maar later bladerde ik door oude clubfoto's en toen schoot het me plotseling te binnen. Verdorie, dat was waar ook. Opeens begreep ik wie hij bedoelde.'

'Iemand die geblesseerd was geraakt en daarna mank liep, was dat het?'

'Ja.'

'Waar belde je ook alweer vandaan?'

'Kristiansund.'

'Vind je het goed als ik even bij je langskom?'

'Ja, dat kan wel. Wanneer had je gedacht?'

Alf-Inge schopte zijn sportschoenen uit, pakte een overhemd en de spijkerbroek die opgevouwen in de kast lag, en wierp een blik op de klok bij de koelkast.

Kristiansund?

Een uur en twintig minuten?

'Ik kan even voor tienen bij je zijn, schikt dat?'

'Ja, dat is goed. Ik zie je wel verschijnen.'

'Fijn. Dank je voor het bellen. Tot zo.'

52

Mia Krüger stapte onder de ijskoude douche vandaan en bleef naakt en trillend staan voor de grote spiegel. Verdomme. Het was nu pijnlijk duidelijk waarom ze nooit alcohol dronk. Ze hield ervan om lichamelijk fit te zijn, om helder te kunnen denken, om schoon bloed in haar aderen te hebben. Haar hoofd bonkte. Ze steunde tegen de muur om niet te vallen. Moest ze overgeven? Ze boog zich over de wc-pot, maar er zat niets in haar maag. Gisteren waren ze vergeten te eten. Twee dagen en nachten. Patrick en zij. Ze hadden zich opgesloten in haar grote appartement en uiteindelijk waren ze de man met de hamer tegengekomen.

'Zullen we deze openmaken en kijken of dat helpt?'

'Wat is dat?'

'De koningin onder de armagnacs. Een Domaine de Pantagnan 1965 Labeyrie. Die is vijfendertig jaar oud. Ik weet niet of je drinkt, maar...'

'Er staan glazen in de bovenste kast. Neem er voor mij ook eentje mee.'

Mia draaide de kraan open en spoelde haar gezicht nog een keer af met koud water. Verdomme. Ze zwalkte naakt de slaapkamer in en griste wat kleren uit haar tas. Een zwarte legging en een trainingsjack. Even hardlopen. Dat was het enige wat nu hielp om die rommel uit haar lichaam te krijgen. De deur naar de werkkamer stond wijd open. Ze kon hem daar horen snurken. In een van de kamers had ze een matras, een deken en een kussen gevonden. Het had geen zin om terug naar het hotel te gaan. Ze zaten er zo diep in nu. Twee dagen en nachten. Ze hadden geleefd op afhaaleten en cafeïne. Het voelde of ze verdomd dichtbij waren, maar elke keer was het als zand door hun vingers geglipt.

'Klotezooi, dit kan toch niet kloppen?'

'Wat niet?'

'Dat hij verlegen zou zijn. Dat hij het gevoel heeft dat hij niet in de maatschappij past. Dat hij eigenlijk zielig is. Daar moeten we mee ophouden. Daar moet jíj mee ophouden.'

'Ik?'

'Ja, jij, met je psychologengedoe. Je wilt hem zo goed begríjpen. Wat er met hem gebéúrd kan zijn. Hoe zwáár hij het heeft gehad. Kap daarmee.'

'Maar dat zeg ik toch niet?'

'Jawel, daar zoek je naar. Naar een excuus. Die vent wast en verzorgt verdoofde kinderen voordat hij ze naakt op schoot neemt en ze voor zijn eigen plezier langzaam met zo'n klotesnoer vermoordt.

Fuck die rotjeugd van hem, daar heb ik schijt aan!'

'Zullen we iets te eten bestellen?'

'Nee, maar is er meer koffie?'

'Misschien is water een beter idee?'

Mia zette een zwarte honkbalpet op, verborg haar rood doorlopen ogen achter een grote zonnebril en wankelde naar de keuken. Ze stak haar hoofd onder de kraan en nam een slok water. Wat een stom gedoe. Zoveel drinken was nergens voor nodig. Hoe duur die rotcognac van hem ook mocht zijn. Het was natuurlijk niet zijn schuld. Ze had het zelf naar binnen gegoten.

'Wat zijn dit voor foto's? Die heb ik niet eerder gezien.'

'Dit is Oliver. Voor zijn huis. Een paar maanden voor de moord.'

'Nieuwe auto?'

'Ja, hij is duidelijk trots. Hij hield van auto's. Van alles wat een motor had eigenlijk. Wilde formule 1-coureur worden.'

'Heb je thuis foto's van die andere jongen? Van Sven-Olof?'

'Nee, ik vond alleen deze in het archief.'

'Zie je dat?'

'Wat?'

'Ik heb gelijk, hè?'

'Waarin?'

'Hij kiest ze uit op hun uiterlijk. Blonde krullen. Sproeten. Slank. Tenger. Onschuldig. Zwak. Daar houdt hij van, die klootzak. Kinderen die zich niet kunnen verdedigen.'

'Heb je frisse lucht nodig, Mia? Ik denk dat je niet meer objectief kunt kijken.'

'Echt wel. Ik heb het nog nooit zo helder gezien als nu.'

Ondanks de zonnebril kwam het scherpe licht hard binnen en ze leunde even tegen de deur voordat ze de tuin in wankelde.

Auto's. Geluiden. Uitlaatgassen. Mensen.

Mia trok haar pet verder omlaag, begroef haar handen in de zakken van haar trainingsjack en liep de Uranienborgveien op. Verdomme, overal mensen. Konden ze niet gewoon thuisblijven? En waar was de natuur als je die nodig had? Heerlijk zwaaiende bomen. Mos. Een beekje dat langzaam langs haar heen kabbelde.

Oké, het Frognerpark dan.

Dat moest dan maar.

Wat had er eigenlijk in die fles gezeten?

Vijfendertig jaar onheil?
Gif uit Mordor?
Toen er een auto toeterde sprong ze geschrokken opzij. Zonder te kijken was ze de weg overgestoken.
Teringzooi.
Dit was in elk geval de laatste keer geweest.
Alcohol.
Nooit meer.
Niet in dit lijf.
'Oké, maar wat als het niet dezelfde man is?'
'Hallo? Waarom niet?'
'We zouden toch alles opnieuw bekijken? Laten we dan kijken of er bewijs is dat het niet dezelfde man is.'
'Ik denk niet dat dat gaat.'
'Maar probeer het dan. Kijk, hier, zijn arm ligt niet in dezelfde hoek als bij de lijken in Zweden. Niet bij Oliver, of bij Sven-Olof. Kijk nu eens naar de Noorse plaats delict. Die is... hoe zal ik het zeggen? Veel schoner op een bepaalde manier.'
'Perfecter.'
'O, shit.'
'Wat?'
'Nou, je zei het net. Hij is beter geworden. Weet beter wat hij wil. Kijk maar. Denk je niet?'
'Hij heeft ook acht jaar gewacht.'
'Inderdaad. Omdat hij geen keus had, denk ik.'
'Denk je nog steeds dat hij ergens vastzat?'
'Zeker weten. En hij heeft de tijd gehad. Tijd om perfecter te worden. Duidelijker te worden. Om het precies zo te doen als hij wilde. Hij moet ernaar hebben verlangd. Hij moet er vreselijk naar hebben verlangd.'
Er toeterde weer een auto, op het kruispunt bij Majorstuen deze keer. Ze schrok even erg als daarnet. Goten mensen dat echt wekelijks naar binnen? Was dit echt de lijm die deze maatschappij bijeenhield: alcohol? In alle lagen van de bevolking? In alle leeftijdsgroepen? Bij alle gelegenheden? Nee, vergeet de staatsslijterij, verbied die rotzooi. Voor altijd. Dit is voor niemand goed. Nooit.
Eindelijk in het Frognerpark. Nu kon ze beginnen, zo goed en zo kwaad als het ging. Ze was geen hardloper, meer een bejaarde

achter een rollator. Haar slapen bonsden elke keer dat haar voet de grond raakte en ten slotte moest ze het opgeven. Ze nam muizenstapjes. Gebogen hoofd onder haar pet. Hangende schouders onder haar trainingsjack.

'Heb je zijn dagboek gelezen?'

'Meer dan eens.'

'Vreemd eigenlijk.'

'Wat?'

'De Wolf wordt alleen op de laatste bladzijde genoemd, toch? En verder staat er ook niets in. Alleen gezelligheid, raceauto's en motoren. Ik snap het niet helemaal.'

'Wat niet?'

'Dat hij er niets over schrijft. Waarom precies op de laatste bladzijde? Wat is er die dag gebeurd?'

Er luidden opeens kerkklokken in haar zak. Ze liep van het pad af en ging in de schaduw van een boom staan om op te nemen.

'Met Mia.'

Haar stem was schor en wilde helemaal niet praten.

'Hoi, met Anette. Hoe gaat het?'

'Nou, het gaat... goed.'

'Ik wil niet zeuren, maar komen jullie ergens? Hebben jullie iets gevonden?'

'Nee, helaas niet. We hebben...'

Een hondeneigenaar had zijn hond onder de boom laten poepen. De stank sloeg haar tegemoet.

'Ben je er nog, Mia?'

'Jawel. Ik moest alleen even ergens anders gaan staan. Nee, we hebben niets gevonden. Helemaal niets. En jullie?'

'Wij ook niet. We hebben alles ondersteboven gekeerd. Frustrerend.'

'En Munch?'

'Hij zegt helemaal niets. Zit alleen maar op zijn kantoor.'

'En Dreyer?'

'Hij is natuurlijk niet naar dat gesprek gegaan dat ik had geregeld. Kripos belde net. Ze staan klaar om het over te nemen. Ze had hen daar al op voorbereid.'

'Maar we zijn nog maar net begonnen!'

'Ik weet het. Ze gebruikt Zweden als argument. Ze wil niet dat het weer acht jaar gaat duren, dus kunnen we net zo goed de koe bij de hoorns vatten. De pleister er in één keer af rukken. Zoiets, ik weet het niet. Ik heb weinig geslapen. Bel me als je iets vindt, oké?'

'Natuurlijk.'

De kiosk bij de ingang van het zwembad. Twee flessen water. Niet naar de voorpagina's van de kranten kijken. Je bent niet overal voor verantwoordelijk. Loop weg. Drink water. Probeer even hard te lopen. Dit gaat wel over.

Ze zette haar voeten weer voorzichtig op het asfalt. Het ging nu iets beter. Het leek in elk geval op joggen. Overal mensen die van het mooie weer genoten, als dansende koeien die voor het eerst naar buiten mogen. Een lange winter was voorbij.

Het Vigelandspark.

Het juweel van de stad.

Als kind kwam ze hier heel graag.

Elk stukje van het centrum was nu bebouwd, de projectontwikkelaars bouwden de hoogte in.

Er was ooit iemand verstandig geweest.

Vroeger.

Die had deze oase geschapen.

Ze moest weer stoppen.

De dag van gisteren kwam uit haar maag omhoog.

Het bronzen beeld van de kleine driftkop.

Die kleine, boze beroemdheid, omringd door fotograferende toeristen uit de hele wereld.

Er was hier toch ergens een toilet?

Het terras van een café.

De geur van verschaald bier en vrolijk gelach – het was een lange winter geweest.

Heren.

Dames.

Shit, bezet.

En een rij.

Ze wilde niet in het openbaar overgeven, daarom liep ze bij de menigte vandaan, de schaduw in.

Grote bomen.

Een wand met posters.

Elton John in Oslo Spektrum.

Een Koreaanse versie van Ibsen in het Nationaltheatret.
Een hondenuitlaatservice. Goed en goedkoop.
Ze hield haar hand voor haar mond en keek of er beweging in de rij zat.
Nog een fles water.
Oké.
Iets beter.
Mia wilde net de fles aan haar lippen zetten toen ze het zag.
'Wat krijgen we...'
Met open mond kwam ze dichterbij.
Een poster.
Amund Andersens Kunstakademi.
Eindexpositie 2001.
Ze liet de fles op de grond vallen, haalde haar telefoon uit haar jaszak en zocht met trillende vingers zijn nummer op.
Een schilderij.
Van een blonde jongen.
'Was dat niet...'
Jawel, verdomme...
'Met Munch.'
'Hoi, met Mia. Stap nu in de auto.'
'Wat?'
'Kom naar de ingang van het Vigelandspark.'
'Ik heb...'
'Nee, nu. Direct. Ik sta hier naar een schilderij te kijken. Van Oliver Hellberg. De Zweedse jongen.'
'Wat?'
'Hij is naakt en heeft een das in zijn armen.'
'Welke ingang?'
'Bij de Majorstuveien. Waar de toeristenbussen staan.'
'Ik ben onderweg.'

53

De vrijstaande woning waar hij uiteindelijk uitkwam, was bijzonder goed bijgehouden en schitterend gelegen, met uitzicht over de Dalabukta, een paar kilometer buiten het centrum van

Kristiansund. Een groot witgeschilderd huis, helemaal zijn smaak, niet te opvallend, maar ook weer niet hetzelfde als alle andere in de buurt. Nee, dit vond hij mooi. Journalist Alf-Inge Myhren parkeerde zijn auto langs de weg en liep over het grindpad de prachtig onderhouden tuin in. Tjongejonge, hij moest even blijven staan. Hij boog voorover om te kijken of het echt klopte. Engelse rozen? Zo ver naar het noorden? Een knalgele Teasing Georgia? Hij pakte zijn Nikon uit de fototas en nam een foto, die best goed lukte. Vroeger had het regiokantoor een eigen fotograaf gehad, die hij altijd kon bellen, maar daar waren ook bezuinigingen geweest. Zo was hij gedwongen geweest zich dit vak ook een beetje eigen te maken. Echt goed was hij niet, maar af en toe waren zijn foto's niet eens zo slecht. Maar was dat... Hij liep nieuwsgierig over het getrimde gazon. Nee, niet te geloven: centifoliarozen, twee grote struiken, met – hij telde snel – bijna twintig cristaten? Hij keek weer glimlachend door de zoeker. Wat zat er hier in de mest? Hij keek in het rond en realiseerde zich dat het hier het hele etmaal licht was. Hoe perfect, maar was het niet te koud? Zijn oog was net op nóg een unicum gevallen, een Perzische gele roos (was het mogelijk?), toen de deur achter hem opengiong en een stem hem uit zijn gemijmer haalde.

'Hallo daar? Wat doe je in mijn tuin?'

Alf-Inge schrok en pakte snel zijn fototas.

'Excuses. Myhren, van VG. Ben jij Olaf Eriksen?'

Het strenge gezicht werd vriendelijker.

'Dat klopt. Ik wilde niet vervelend zijn, maar ik heb 's avonds wat problemen met jongeren gehad. Ik heb ze net geïnstalleerd.'

De oudere man met de bril wees naar een bewakingscamera vlak boven de deur.

'Wat een overweldigende tuin,' zei Myhren met een gebaar naar de prachtige bloemen.

'O ja? Hou je van rozen?'

Een schelle stem vanuit het huis.

'Olaf, willen jullie koffie?'

'Straks, Marit.'

Een opgewekte vrouw van dezelfde leeftijd verscheen in de deuropening en droogde haar handen af aan een handdoek.

'Marit Eriksen.'

Myhren gaf haar glimlachend een hand.
'Alf-Inge Myhren, van VG.'
'O,' kwetterde ze. 'Wat leuk, worden we nu beroemd?'
'Marit!' bromde de man gegeneerd.
'Wat nou? Een mens mag toch wel een grapje maken? Willen jullie de koffie binnen of buiten?'
Olaf haalde zijn schouders op en keek naar Alf-Inge.
'Graag buiten dan, het is zo'n mooie dag.'
'Hij is helemaal weg van de rozen.'
'O ja?'
Marit sloeg de handdoek over haar schouder en zette haar handen in haar zij.
'Dat is allemaal mijn verdienste.'
Haar man reageerde impulsief.
'Dat had je gedacht!'
Ze moest hartelijk lachen.
'Nee, natuurlijk is dat mijn verdienste niet. Ik heb geen groene vingers, al zou ik mijn handen in een emmer groene verf steken. Ik kom jullie zo wel even koffie brengen.'
Ze konden haar in de gang horen lachen.
'Dus je bent wel een rozenmens?'
'Ja, ik hou er wel van. Ik heb ze zelf jarenlang proberen te kweken.'
'Welke?'
Eriksen schoot een paar klompen aan en liep achter hem aan het gras over.
'Die Engelse roos. Sorry dat ik een paar foto's heb genomen, dat had ik natuurlijk eerst moeten vragen, maar ik kon me niet inhouden.'
'Geeft niets, hoor,' zei Eriksen trots. 'Ja, er zit heel wat liefde en tijd in, dat begrijp je wel.'
'Dat snap ik. Heb je nog tips?'
'Hm, tja. Maar ik wil het niet in het landelijk nieuws hebben...'
'Nee, nee, ik zeg niets. Ik wil het graag voor mezelf houden, voor als ik het weer eens ga proberen.'
'Heb je een grote tuin?'
'Ja, of eigenlijk nee, nu niet meer. Maar ik heb er wel een gehad en ik hoop er ooit weer een te krijgen.'

'Oké, ik zal je een rondleiding geven.'

Geheimzinnig glimlachend ging Olaf Eriksen hem voor naar een pas geschilderd schuurtje, dat net zo goed was onderhouden als de rest.

'Heb je ook wel eens een kas gehad?'

'Ja, dat ook.'

'Ging dat niet?'

'Nee, helaas niet.'

'Jammer.'

Eriksen glimlachte even hoofdschuddend.

'Die daar houdt niet van gezelschap, weet je. Daar is-ie, net als ik, te gevoelig voor. Die wil alles op zijn eigen manier en kan niets met andere. Dat gaat niet samen in een kas, dat wordt niets. Het licht is niet goed en de lucht wordt te vochtig. Een Teasing Georgia moet je net zo verwennen als een kind, misschien nog wel erger.'

Myhren keek nieuwsgierig het schuurtje in.

'Zie je dat daar?'

'Ja.'

'Zelf gebouwd. Ik noem het een niet-zomaar-een-kas.'

'Een wat?'

Hij moest weer lachen.

'Het is een kas, maar geen gewone. Ik heb hem speciaal voor de Engelse rozen gebouwd. Het dak zit vol klepjes die gekoppeld zijn aan een barometer en die afhankelijk van de luchtvochtigheid open kunnen. De warmtekabels binnen zijn gekoppeld aan een thermometer, automatisch natuurlijk. Als de temperatuur te laag wordt, slaat de verwarming aan; is het weer warm genoeg, dan slaat de verwarming weer af.'

'Jeetje.'

'Mooi, hè?'

Eriksen glimlachte breeduit.

'Wat is de ideale temperatuur dan?'

'Nou, een paar geheimpjes hou ik liever voor mezelf.'

Plechtig deed hij de deur van het schuurtje weer dicht en draaide het codeslot een paar keer rond.

'Willen jullie de koffie buiten?'

'Die drinken we op de veranda,' riep Eriksen terug.

Een paar minuten later zaten ze in makkelijke stoelen onder een grote parasol met koffie en drie soorten koekjes op een tafeltje tussen hen in.

'Dus je hebt de politie op bezoek gehad?' vroeg Myhren. Hij pakte zijn notitieboekje uit zijn tas.

'Ja. Een forse, vervelende vent.'

'En hij vroeg naar Solskjær? Naar een vroegere teamgenoot van hem? Begin maar bij het begin.'

'Goed,' zei Eriksen en hij doopte een suikerklontje in zijn koffie.

54

Holger Munch zag een gedaante bijna kruipend naar de auto komen en had pas door dat zij het was toen ze het portier opendeed. Haar gezicht was verborgen achter een pet en een grote zonnebril, en ze stonk uit haar mond.

'Verdomme, Mia, wat is er aan de hand?'

'Niet zo hard!' mompelde ze, en ze sloeg een hand voor haar mond.

'Je gaat toch niet overgeven in mijn auto?'

Ze schudde haar hoofd en duwde een opgerolde poster in zijn hand. Munch rolde die open op zijn stuur en schrok bijna.

'Wauw.'

Een treffende gelijkenis met de Zweedse jongen.

'Ja, hè?' mompelde Mia.

'De Amund Andersens Kunstakademi?'

'Die zit in Asker.'

'Weet je ook een adres?'

'Hvalsbakken. Afslag Holmen. Weet je waar dat is?'

Munch knikte en startte de auto.

Marianne en hij hadden daar een hele tijd terug eens naar een huis gekeken. Statige oude woningen met tuinen, aan de fjord, zo dicht bij de hoofdstad? Niet binnen hun budget natuurlijk. Hij wist nog goed hoe teleurgesteld ze was toen ze weer naar huis reden.

'Is daar niet een hotel?'

Mia knikte en haalde voorzichtig haar hand van haar mond.

'Het Holmen Fjordhotell. Maar zo ver hoef je niet, je moet eerder naar rechts.'

Munch nam de afslag richting Skøyen.

'Hoe komt het dat je hier zo goed bekend bent? Ben je er eerder geweest?'

Mia knikte.

'Alleen op bezoek, lang geleden. Ik heb ooit iemand gekend die overwoog om die opleiding te doen als hij een beurs kreeg. Maar die kreeg hij niet en hij had er zelf geen geld voor.'

'Is het een privéschool?'

Mia draaide het raampje omlaag en stak haar hoofd naar buiten.

'Ja, opgericht door de schilder Amund Andersen, ik geloof ergens in de jaren zeventig. Hij had een grote villa van zijn ouders geërfd en had geld nodig voor de restauratie. Zoiets was het.'

Ze stak haar hoofd nog verder naar buiten.

'O, verdomme.'

'Laat geworden?'

'Geen idee hoe laat het was. Ik kan me van de laatste uren niets herinneren. Patrick had iets bij zich, geen idee hoe het heette. Puur vergif. Dat was de laatste keer in mijn leven dat ik alcohol heb gedronken. Wat een troep! Drinken volwassenen dat echt vrijwillig?'

Munch moest lachen.

'Ja, op vrij grote schaal, kun je wel zeggen.'

Hij was maar één keer in zijn leven dronken geweest, toen hij veertien was – van de kersenbrandewijn van zijn vader. Daarna had hij geen druppel meer aangeraakt.

'Wat denk jij ervan?'

Ze keek naar de poster tussen hen in.

'Daar moeten we toch iets uit kunnen halen?'

Munch wilde eigenlijk zeggen dat zijn nekharen overeind waren gaan staan toen hij de afbeelding zag, maar hij probeerde kalm te blijven. Ze waren de laatste tijd vaak genoeg tegen een muur gelopen. Zijn geest kon niet nog een vernedering aan, niet vandaag.

'Hij lijkt erop,' zei hij met een rustig knikje.

'Ja?'

'Hij lijkt er precies op, maar toch...'

'Wat?'

'Hoe groot is de kans?'

Geïrriteerd keek ze hem aan.

'Wat bedoel je? De kans op wat?'

'Dat het onze man is?'
Munch draaide de Drammensveien op en sorteerde links voor.
'Kom op nou. Hoe groot is de kans dat onze man, die kunst maakt van dode lichamen en duidelijk een kick krijgt van het visuele, op een kunstacademie heeft gezeten? En Oliver Hellberg naakt met een das heeft geschilderd?'
'Ja, hoe groot is die kans?'
'Die kans is...'
Ze sloeg haar hand weer voor haar mond en draaide het raampje naar boven, omdat de uitlaatgassen van een vrachtwagen te erg stonken.
'Nee, verdomme, ik weet niet hoe groot de kans is. Bedoel je puur wiskundig gezien?'
'Nee, ik bedoel: hoe groot is de kans dat jij je als insluiper uit een tekenfilm verkleedt en toevallig in het Vigelandspark een poster vindt waarop Oliver Hellberg staat afgebeeld?'
'Die is heel klein.'
Ze bleef muisstil zitten totdat ze bij de afrit naar Holmen kwamen.
'Bedoel je dat ik niet te hard van stapel moet lopen?' vroeg ze ten slotte.
'Ja. We moeten kalm aan doen. Kijken wat we tegenkomen. De laatste dagen waren... Ik kan nu niet nog een teleurstelling aan, snap je?'
'Dat snap ik,' zei Mia.
'En nog iets...'
Hij knikte naar het handschoenenkastje.
'Je stinkt als een ouwe zuipschuit. In dat kastje moeten wat snoepjes liggen.'
Ze stak haar tong naar hem uit, deed het kastje open, vond er een pakje Läkerol, stak vier pastilles in haar mond en liet het doosje in de zak van haar trainingsjack glijden.
'We zijn er,' zei Munch. Hij zette de motor af.
Vanuit de grote, mooie villa hoorden ze gelach en muziek. Als een Pippi Langkous-huis, maar wel met rustigere kleuren. Er hingen ballonnen in de bomen. Ze waren precies op het juiste moment gekomen.
'Is het vandaag?' zei Mia terwijl ze de poster weer uitrolde.

'Perfect,' zei Munch. 'Misschien is er iets te eten. Gaat het? Kun je op je benen staan?'

Mia stapte uit de auto en leunde op de Audi.

'Jawel, hoor.'

'Zeker weten?'

'Ja hoor, ik ben eenentwintig, geen... Hoe oud ben jij eigenlijk?'

'Tweeënveertig.'

'Dat is toch een van de voordelen van jong zijn – dat een kater bij ons niet zo lang duurt?'

Ze boog zich voorzichtig weer de auto in en dronk het laatste restje water op.

'Klaar?'

'Ja.'

'Zonnebril af misschien?'

'Nee. Of oké dan.'

Ze zette haar bril langzaam af en bracht haar hand omhoog tegen de zon. Na een paar keer knipperen legde ze de bril op de zitting.

'Zo, is de baas nu tevreden?'

'Je moest eigenlijk iets voor je ogen hebben.'

'Bedoel je Clear Eyes? Dat spul dat rode ogen wit maakt?'

'Ja.'

'Dat is verboden, geloof ik, maar ik ben het met je eens dat het nu wel fijn zou zijn.'

Ze stak weer een pastille in haar mond en liep voor hem uit naar de vlaggen bij het toegangshek.

Twee meisjes van een jaar of twintig, allebei in kleurige feestelijke jurken, glimlachten hun tegemoet.

'Hartelijk welkom. Het buffet staat in de achtertuin. Drankjes moet je zelf betalen, het geld kan in het mandje. Alle schilderijen zijn gemaakt door examenleerlingen en alles is te koop. We zouden het erg leuk vinden als jullie iets kochten.'

Ze kregen allebei een lijst met titels en prijzen van alle schilderijen.

'We zijn alleen maar naar iemand op zoek,' zei Munch, en hij liet zijn politiepas zien.

Ze keken elkaar aan.

'O, naar wie dan?'

'Naar degene die dit heeft gemaakt,' zei Mia. Ze rolde de poster voor hen uit.

De meisjes fronsten hun wenkbrauwen.

'Die heeft Emilie gemaakt.'

Munch en Mia wisselden een blik.

'Emilie?'

'Ja, Emilie Skog. Ons schatje uit West-Noorwegen. De appelkoningin.'

Ze glimlachten breed.

'Aha. En is zij hier, die Emilie?'

'Jazeker, ze zorgt voor de punch. Ze staat bij een oranje schaal en ze loopt in Hardanger-klederdracht. Je kunt haar niet over het hoofd zien.'

Achter hen kwamen nieuwe gasten.

'Hartelijk welkom. Het buffet staat in de achtertuin...'

Mia wierp Munch weer een blik toe, terwijl ze verder liepen tussen de lentegroene bomen. Achter het huis was het feest al in volle gang. Vrolijke muziek klonk zachtjes uit de luidsprekers in de open ramen, terwijl feestelijk geklede, uitbundige jonge mensen rondliepen met tinkelende glazen.

Emilie viel inderdaad wel op achter de tafel in haar prachtige rood-zwarte klederdracht en een grote zilveren broche op haar borst.

'Emilie Skog?'

Munch liet zijn pasje weer zien.

'Eh... ja?'

'Wij zijn van de politie. Kunnen we even met je praten?'

Het blonde meisje keek hen vragend aan.

'Oké? Waar kan ik jullie mee helpen?'

Mia rolde opnieuw de poster uit.

'Heb jij deze gemaakt?'

'Eh... ja? Hoe dat zo?'

'Jij bent dus degene die dit heeft geschilderd?'

'Wat?'

Het duurde even voor het tot haar doordrong wat ze haar hadden gevraagd.

'O, nee, nee. Het schilderij is niet van mij. Ik heb alleen maar de poster gemaakt.'

'Van wie is het dan wel?'
'Ik zou het niet weten.'
'Wat bedoel je?'
'Ik heb het gevonden toen ik een van de kasten aan het opruimen was. Het is van een oud-leerling, geloof ik. Je kunt het beter aan Amund vragen.'
'Mag je gewoon pakken?'
Een glimlachende jongen in pak en zonnebril bij de schaal met punch.
'Nee, wacht even, ik schenk het in.'
Het jonge meisje keek hen verontschuldigend aan.
'Was dat alles? Ik moet haast...'
'En waar kunnen we Amund vinden?' vroeg Mia met een blik op het huis.
'Hij heeft zich verstopt,' zei het meisje. 'Hij zit in het botenhuis, waar hij zich heeft opgesloten met zijn sherry. Hij houdt er niet van dat we hem binnenkort weer gaan verlaten. Dat maakt hem verdrietig. Hij is echt niet zo erg als iedereen denkt en heeft een groot hart.'
Emilie Skog glimlachte en bracht haar hand naar haar broche.
'Hoi, mag ik...'
'Nee, nee, ik kom eraan.'
Ze keerde zich weer naar hen toe.
'Gewoon dat paadje af lopen naar de fjord. Het botenhuisje ligt aan de linkerkant.'
Vijftig meter verderop, bij een steiger, in de schitterende zon aan de stille fjord, lag een huisje, een kleine replica van de hogerop gelegen villa.
'Amund Andersen?'
Munch klopte voorzichtig.
'Ga weg!'
'Kunnen we even met je praten?'
'Sodemieter op!'
'We zijn van de politie.'
Er klonk wat gescharrel binnen en even later verscheen er een oud gezicht met lange witte manen in de deuropening.
'Wat is er?'
'Holger Munch, afdeling Geweldsdelicten, politiebureau Oslo. Amund Andersen?'

'Ja?'

Van onder zijn warrige haardos keek hij hen stomverbaasd aan.

'We zijn op zoek naar degene die dit heeft geschilderd,' zei Mia, en ze hield de poster op. 'Is dat een vroegere leerling?'

Amundsen zette zijn bril op, die aan een koord om zijn nek hing, en keek even naar het schilderij.

'Godverdomme, ik wist wel dat er bij die jongen een steekje loszat.'

'Dus je weet wie hij is?'

'Jazeker,' mompelde de oude man. Met het sherryglas in zijn hand stapte hij het zonlicht in.

55

Ludvig Grønlie nam thee mee naar zijn kantoor en plofte in zijn stoel voor de schermen. Anja had gezucht toen hij de kamer uit ging en zuchtte opnieuw toen ze een nieuwe mail op haar computer hoorde binnenkomen.

'Verdomme, houdt dit dan nooit op?'

'Nog meer uit Stockholm?'

'Hoe groot zijn die dossiers eigenlijk? Ik kan het bijna niet meer opbrengen. Mijn opleiding heeft me verdomme een hele zeilboot gekost en nu zit ik hier een beetje secretaresse te spelen. Ludvig, we moeten met de leiding praten.'

Anja leunde achterover en maakte een SNICKERS open.

'Je bedoelt Munch,' zei Ludvig met een glimlach, in zijn thee blazend.

'Ja, of Anette. Zij is toch degene die hier eigenlijk het roer in handen heeft?'

'Het hangt ervan af wat je bedoelt met het roer,' zei Grønlie. Hij opende zelf een mail, die minder spannend was: een of ander aanbod voor penisvergroting.

Grønlie had geen behoefte om zijn penis te laten vergroten, of welk ander lichaamsdeel dan ook, dus hij wilde de mail deleten, maar wist niet hoe dat moest.

'Wat is precies het verschil tussen prullenbak en spam?'

Anja moest hard lachen en haalde een hand door haar krullen.

'Wat ben je toch schattig, Ludvig.'

'Wat?'

'Je doet me denken aan mijn vader. Die begrijpt ook niet veel van computers. Ik heb hem pas nog telefonisch geholpen om een paar foto's op te slaan in een map op het bureaublad. Toen het na een halfuur nog niet was gelukt, realiseerde ik me dat hij waarschijnlijk dacht dat ik het bureau bedoelde waar de computer op stond en dat hij een kartonnen map had klaarliggen.'

'Grappig,' zei Ludvig, en hij nam een slokje thee.

'Je boft maar dat je mij hebt.'

De Poolse legde haar benen op tafel en vouwde haar handen in haar nek.

'Ik ben erg blij met jou, Anja.'

'Ik had me kapotverveeld zonder jou, dus het is een win-winsituatie.'

Ze gaf hem een kushandje, maar vloekte toen er opnieuw een mailtje op haar beeldscherm verscheen.

'Wel verdomme, ik wil niets meer van jullie horen, we hebben genoeg documenten uit Zweden. Ik kan er echt niet meer hebben!'

Anja stak het laatste stukje SNICKERS in haar mond en veegde haar vingers af aan haar geruite rok.

Zijn mobieltje trilde plotseling op zijn bureau.

Munch.

'Hoi, Ludvig, even een spoedklusje.'

'Ja?'

'Ik wil alles hebben over ene Frank Helmer.'

Ludvig dekte zijn mobieltje af en wuifde Anja terug naar haar scherm.

'Spoed. Wat hebben we over Frank Helmer?'

Anja knikte en stortte zich op het toetsenbord.

'Ik kan er twee vinden. Eén in Alta: Frank Robert Helmer, met pensioen, eenenzeventig jaar. Verder heb ik er één in Manglerud: Frank Helmer, zesendertig. Twee adressen, één privéadres en één van een bedrijf in Lysaker. Een loodgietersbedrijf, lijkt het.'

'Ben je daar nog, Ludvig?'

'Ik ben er, en we hebben hem gevonden. Ik denk dat je niet op zoek bent naar een pensionado in Finnmark, dus ik stuur je wat we hebben van die man in Oslo. Frank Helmer. We hebben zijn privéadres gevonden en dat van een loodgietersbedrijf.'

'Super, Ludvig. Wil je het naar Mia en mij sturen?'

'Zal ik doen.'

Anja maakte een blikje cola open en trok haar wenkbrauwen op.

'Heftig.'

Ludvig glimlachte.

'Je moest hier maar blijven, Anja.'

'Misschien moest ik dat inderdaad maar doen,' zei ze. Toen er werd geklopt schoof ze haar bril terug op haar neus.

'Neem me niet kwalijk.'

De Zweedse psycholoog.

'Sorry als ik stoor, maar Mia neemt haar telefoon niet op. Weet iemand van jullie waar ze uithangt?'

56

Kevin Myklebust, elf jaar oud, zat aan de ronde ontbijttafel in het kleine souterrain en wist niet of hij blij of verdrietig moest zijn. Aan de ene kant was het fijn dat het goed met mama ging. Ze straalde, had vers brood gekocht en eieren met spek gebakken. Ze had zich opgemaakt en had nette kleren aan. Zo vroeg op de dag had ze meestal haar badjas aan, als ze niet nog in bed lag. Maar dat kwam natuurlijk doordat er een man in huis was. Een echte man, geen kleintje dat alleen probeerde om een man te zijn. Ulf van de wegenwacht was weer blijven slapen. Kevin had door de dunne wand heen gehoord hoe ze grinnikend een plan smeedden. Een plan waarvan ze nu deden alsof dat het beste voor hem was, maar hij wist wel wat ze eigenlijk wilden, waarom ze hem het huis uit wilden hebben.

'Zeg, Kevin,' zei zijn moeder met een suikerzoete stem terwijl ze koffie inschonk voor de echte man in huis.

Kevin had niet veel zin om daar te blijven zitten. Ze zaten steeds te flikflooien en mama gedroeg zich vreemd; ze sloeg haar hand voor haar mond als ze giechelde en zat keurig op haar stoel, niet met haar benen op tafel. De asbakken waren ook geleegd en ze had zelfs gestofzuigd, in elk geval het kleed onder de tafel bij de tv, dat normaal gesproken vol kruimels lag. Hij had ook helemaal geen honger. Maar mama was erg vrolijk, en hij vond dat hij het moest proberen, dus smeerde hij leverpastei op een boterham en at die met piepkleine hapjes op.

'Zeg, Kevin,' zei zijn moeder weer, terwijl ze hem over zijn arm aaide en hem suikerklontjes aanbood in een schaaltje dat Kevin nog nooit had gezien.

'Ja, mama?' zei Kevin.

'Ulf en ik hebben iets leuks bedacht.'

Ze ging rechtop zitten en trok het schort glad dat ze tevoorschijn had gehaald. Er stond DE SCHATTIGSTE KOK TER WERELD op.

'Oké. Wat voor leuks?'

Kevin speelde het spelletje mee. Hij wist al wat ze zou gaan zeggen. Hij had hen gehoord, ook al had hij zijn hoofd onder zijn kussen begraven.

'Nou, we dachten,' zei mama, en ze legde haar hand op die van Ulf, 'dat het leuk zou zijn als je met Ronny ging kamperen. Dan nemen jullie chips mee en slapen in de tent. Zou dat niet leuk zijn?'

'Hartstikke leuk,' mompelde Ulf, die een slok koffie nam.

'Ja toch? Jullie kunnen zaklantaarns meenemen. En hengels misschien? Dan kunnen jullie helemaal naar het Gråtjønnvannet gaan. Kijken of jullie daar iets vangen.'

Mama was blijkbaar vergeten dat ze helemaal geen tent, zaklamp of hengel hadden, maar dat was nog niet eens het ingewikkeldste aan hun plan.

'Maar ik mag toch niet meer met Ronny omgaan?'

Hij spoelde een stukje brood weg met wat melk.

'O, dat regel ik wel,' zei mama met een glimlach. Maar toen trok ze even een lang gezicht.

Ze had deze nieuwe man kennelijk nog niet alles verteld, en dat verbaasde Kevin niet.

'Ik zal vandaag met zijn moeder praten. We kennen elkaar al zo lang, we hoeven toch geen ruzie te hebben?'

'Nee, het is beter als we allemaal vrienden zijn,' zei Ulf. Hij smeerde makreel in tomatensaus op de boterham waar hij al boter op had gedaan.

'Oké,' zei Kevin ten slotte, toen hij het stukje brood eindelijk had doorgeslikt.

Hij zag een lachje in hun ogen toen ze even een heimelijke blik wisselden.

'Doen we,' zei mama met een brede lach.
'Ja, dat wordt vast leuk,' zei Ulf.
'Ik wil het wel, als Ronny ook mag,' zei Kevin.
En dat meende hij ook. Want hij miste Ronny. Hij zag hem wel op school, maar dat was toch niet hetzelfde.
'Ik regel het.' Met een glimlach schonk mama koffie voor zichzelf in.
Hij maakte van de gelegenheid gebruik, want hij kreeg die rotboterham niet weg.
'Ik zit vol.'
'Oké. Wat zeggen we dan?'
Weer toneelspel, maar deze keer snapte hij niet wat ze bedoelde.
'Wat?'
'Wat zeggen we dan, Kevin, als we klaar zijn met eten? Bedankt voor...'
'O ja, bedankt voor het eten,' zei Kevin, en hij stond op.
'Vergeet niet je bord in de gootsteen te zetten,' kwetterde mama.
Hij wilde iets zeggen, maar zag hoe ze naar hem keek en hield zijn mond.
Anders moest hij zijn bord altijd laten staan, voor de volgende maaltijd, maar hij deed wat ze zei.
Bij de deur strikte hij zijn veters, maar hij had toch nog iets op zijn hart.
'Maar mama?'
'Ja, Kevin?'
'We hebben toch helemaal geen tent?'
Lichte paniek aan de keukentafel, totdat ze opeens iets bedacht.
'Waarom vraag je het niet aan de oude Wennberg? Die heeft vast wel een tent.'
De oude Wennberg?
Kevin kromp ineen.
'Ik weet het niet, mama...'
Ze stond op en duwde hem bijna door de open deur naar buiten.
'Nou zeg, hij bijt niet. En ik weet zeker dat hij een tent heeft. Hij heeft van alles in zijn schuur.'
Ze duwde hem zachtjes in zijn rug, maar hij bleef besluiteloos op de binnenplaats staan.
De oude Wennberg.

Hij was de eigenaar van het huis waarin ze woonden.

Hij woonde boven hen.

Meestal zei mama dat het streng verboden was om bij hem langs te gaan, omdat hij zo raar was en God mocht weten wat hij met kinderen uitspookte. Dat was geen enkel probleem, want als Kevin iets niet wilde, dan was het langsgaan bij de oude Wennberg. Het was al erg genoeg om hem over de vloer boven hem te horen sloffen. Of naar het gegil en de rare geluiden te luisteren van de films waar hij altijd naar keek. Als hij de oude Wennberg bij de postbussen zag, liep hij een kilometer om door het bos om hem niet te hoeven tegenkomen.

'Maar mama...'

'Ulf en ik gaan shoppen, dus we blijven een tijdje weg. Hij neemt me mee naar winkelcentrum Strømmen.'

Mama knoopte het schort los en wierp Ulf een handkusje toe.

Winkelcentrum Strømmen.

Wat zou hij daar graag heen willen.

Hij had zijn klasgenoten daar vaak over horen praten. Daar zaten wel honderdduizend winkels en ze hadden er alles, van superlekker softijs tot de duurste speelgoedauto's met afstandsbediening. Sommigen waren er een paar keer geweest, soms wel tien keer, maar hij moest nog wachten, want mama had de deur voor zijn neus dichtgedaan.

De oude Wennberg.

Hij liep in een grote boog om het huis heen en bleef uit de buurt van de ramen, want hij wilde niet dat de oude man hem zag. Op het grind voor de voordeur bleef hij staan.

Er lag een dood dier op zijn trap. De poten staken uit een blauwe plastic tas. Hij zag niet wat het was – misschien een boommarter of een nerts.

Taxidermie.

Hij wist wat dat woord betekende, want het stond op het bordje op de postbus bij de weg.

WENNBERG TAXIDERMIE.

Dat betekende dat je dieren opzette als ze dood waren, zodat mensen ze in huis konden zetten.

Hij zette een stap naar voren.

Het grind knerpte.

Oef, hij stapte weer op het gras.
Nee.
Dit wilde hij niet.
Een tent lenen.
Maar toen kreeg hij een idee.
Geniaal.
Als ze hem voor de gek hielden met hun plan, dan hoefde hij hun toch ook niet alles te vertellen?
Kevin Myklebust glimlachte breed, sloop over het pad achter het huis en rende naar het bos.

57

Anja pakte de nieuwe A4'tjes uit de printer en hing ze naast elkaar op het prikbord.
'Dit heb ik gevonden,' zei ze, en ze zette een stap naar achteren.
'Frank Helmer?'
'Ja.'
Ludvig stond op en ging naar haar toe.
'En wie is hij?'
'Ja, goede vraag. Een heel doopceel kon ik in onze database niet van hem lichten, maar er was wel iets.'
'Strafblad?'
Ze aarzelde even.
'Nee, of... tja. Hij was in zijn jonge jaren nou niet bepaald het braafste jongetje uit de klas: vechten, letsel, wat vernielingen, een paar autodiefstallen, maar allemaal voordat hij achttien was, dus dat mag hier eigenlijk helemaal niet staan. Dat had verwijderd moeten worden.'
Ze pakte een lolly uit de zak van haar rok en stak die in haar mond.
'Maar daarna verder niets?'
'Nee, maar hier is iets...'
Ludvig maakte met een slip van zijn overhemd zijn bril schoon en ging dichter bij de muur staan.
'Kijk hier eens.'
'Een rechtszaak?'

'Ja, maar hij was alleen maar getuige.'
'Waar ging het over?'
'Heling van gestolen goederen, anabole steroïden, smokkel van tabletten, maar niet door hem. Het lijkt een bekende van ons te zijn. Hij heeft een getuigenverklaring afgelegd bij de officier van justitie.'
'Een matennaaier?'
Ze moest lachen.
'Dat lijkt me een overhaaste conclusie.'
'Als hij in een crimineel milieu verkeerde?'
'Crimineel is een groot woord. De man is... Hoe oud ook alweer? Nu zesendertig, en alle zaken waarmee hij wordt geassocieerd zijn al bijna twintig jaar geleden. Jeugdige onbezonnenheid?'
'Kan zijn, maar toch...'
'Niet meteen je oordeel klaar hebben, ouwe.'
Ze maakte een lange neus naar hem en stak haar lolly weer in haar mond.
'Verder wat documentatie uit het bedrijvenregister. Hij heeft in 1992 een bedrijf opgericht, Helmer Finans, dat kennelijk niet zo liep. Ik heb twee aanmaningen van de belastingdienst gevonden om de aangiften in te sturen. Hij is in 1993 failliet gegaan. Verder heb ik niets meer gevonden vóór 1996; dan richt hij een nieuw bedrijf op, Loodgietersbedrijf Helmer, en dat zou nog steeds moeten bestaan, ergens in Lysaker, maar ook hier heb ik iets van de belastingdienst gevonden...'
Hij keek naar de wand en liep terug naar zijn scherm.
'Heb ik het niet geprint? Ah, hier is het. Een vordering van de belastingdienst, van vorig jaar zo te zien, een restbelasting van iets meer dan driehonderdduizend kronen die nog niet is betaald. Verder niet zoveel. Heeft Munch verder nog iets gezegd?'
'Waarover?'
'Over Frank Helmer. Waarom we ineens naar deze man moeten kijken.'
'Nee, maar het lijkt belangrijk.'
'Wij horen altijd alles als laatsten,' verzuchtte Anja, en ze vouwde haar handen weer in haar nek. 'De kleine werkmieren die zorgen voor de batterijen van de gloeilampen bovenin.'
De Zweedse psycholoog liep weer langs hun deur, deze keer met de telefoon tegen zijn oor.

Anja boog zich naar Ludvig toe en knikte naar achteren.

'Die Zweed en Mia, denk je dat ze...'

Ze trok haar wenkbrauwen op.

'Wat? Dat zij... Nee, daar kan ik me niks bij voorstellen. Is hij niet twintig jaar ouder dan zij?'

'Jawel, maar toch.'

Ze leunde weer achterover in haar stoel.

'Hij is wel knap, vind je niet? Met dat uiterlijk hoef je je tijd toch niet te verdoen als psycholoog?'

'Wat had hij dan moeten doen?'

'Geen idee eigenlijk. Fotomodel misschien? Schaars gekleed? Op een berenvel voor de haard? Bij mij thuis?'

'Ik wist niet dat jij een open haard had.'

'Ha, ha, Ludvig. Hij is in elk geval echt knap, maar hij had wel tien jaar jonger moeten zijn.'

'Jij had toch een vriend?'

Ze zuchtte even.

'Ja, maar wat wil je? Ze zijn me algauw te saai, die brave hendriken. Wat moet ik nou in godsnaam met een student tandheelkunde? Heeft ze het ook aan jou gevraagd, trouwens?'

'Wie?'

'Anette. Ze wilde alle documenten uit Zweden hebben waar Patrick in genoemd stond. Die Zweed, de psycholoog. Maar ik heb niets gevonden. Heb jij iets gezien?'

'Niet dat ik weet.'

'Nou, ze wil ze in elk geval hebben. Als je zijn naam ergens tegenkomt, wil je het dan naar mij sturen? Dan kan ik doen alsof ik heb gedaan wat ik moest doen.'

'Natuurlijk.'

'Dank je wel.'

Ze maakte weer een blikje cola open en bleef naar de tatoeage van het hartje op haar pols zitten kijken.

'Ik zit te prakkiseren of ik er nog een zal laten zetten, wat vind jij? Vind jij dat ik er een tatoeage bij moet nemen?'

Ze schoof de schouder van haar blouse een beetje omlaag en draaide zich om.

'Hier op mijn rug, denk je niet dat dat cool is?'

'Ja, waarom niet?'

'Ik overweeg een *Orzeł Biały*, die witte adelaar van het Poolse rijkswapen. Gouden kroon op een rood veld. Vind je dat iets, of wordt dat misschien op een foute manier nationalistisch?'

Ze stond op en liep met ontblote schouder naar het spiegeltje bij de kapstok.

'Jij bent toch Pools?'

'Ja, inderdaad. Ik denk dat ik het toch doe, het lijkt me wel vet.'

Ludvig pakte zijn lege theekop en wilde net opstaan toen Anette Goli door de gang kwam rennen en hijgend bij hen bleef staan, met de telefoon tegen haar oor.

'Wáár zei je?'

Anja haalde de lolly uit haar mond en rechtte haar rug.

Goli hield haar hand over de telefoon.

'Ga naar VG. Op internet. Meteen.'

Terug naar haar gesprek.

'Ja, ja, absoluut, natuurlijk, Hanne-Louise. Nee, dat ontbrak er nog maar aan. We zitten boven op de zaak. Ja, ik zal hem direct bellen. Natuurlijk. Oké, ik bel je terug.'

'O, shit,' zei Anja toen Ludvig hetzelfde op zijn scherm zag.

'Hoe erg is het, denk je?'

Anja las het artikel even vluchtig door.

'Erg.'

'Hoe erg?'

De anders zo rustige Anette Goli duwde de jonge Poolse opzij en bleef met open mond voor het scherm zitten.

'Sodeju!'

Misser van de politie in jacht op van moord verdachte jeugdvriend Ole Gunnar Solskjær.

'Verdomme.'

'Oxen had daar toch niets gevonden?'

'Dat dacht ik ook,' brieste Goli, en ze tikte ongedurig op haar telefoon.

'Nu hebben we zijn naam,' zei Ludvig.

'Wat?'

'Van die jongen die geblesseerd raakte. Zijn carrière is naar de knoppen.'

Anette ging achter hem staan.

'Waar?'

'Daar.'
'Roger Lørenskog? Hebben we die naam eerder gehoord?'
'Niet voor zover ik weet.'
'Zoek alles wat we over die Roger Lørenskog hebben. En regel een nieuw verhoor met die trainer, die man op de foto met zijn bloemen. Maar godverdegodver, Karl, kunnen we dan nooit iets aan jou overlaten? Moet ik dan altijd alles zelf doen?'
Ze schreeuwde nu in de telefoon, terwijl er nog niet eens opgenomen was.
'Roger Lørenskog, afkomstig uit Kristiansund. Absoluut alles wat we kunnen vinden, oké?'
Goli liep weer naar de deur terwijl ze een nieuw nummer intoetste.
'Ik ben ermee bezig,' zei Ludvig, en hij legde zijn vingers op het toetsenbord.

58

Ze vonden het bordje met LOODGIETERSBEDRIJF HELMER bij de ingang van een vervallen bedrijfspand in de buurt van winkelcentrum CC Vest in Lilleaker, maar het kantoor zag er nog veel armoediger uit. Munch stak een sigaret op, terwijl Mia uit de auto stapte, fitter nu. Kennelijk hadden het water en vooral de adrenaline geholpen.
'Niets?'
'Nee, ik heb bij twee deuren aangeklopt, maar niemand kon er iets over zeggen.'
'Wat gek.'
'Heb je het daar ook geprobeerd?'
Hij knikte.
'Beide deuren zijn op slot.'
'Het was toch hier?'
Er kwam een lichtgroen bestelbusje aanrijden, dat stopte bij de deur. Een jonge man in een lichtgroen en iets te strak T-shirt stapte uit.
'Sorry, maar bezorg je hier veel?'
'Ja, vrij veel. Hoezo dat?'

'Loodgietersbedrijf Helmer, weet jij waar dat zit?'

De jongen krabde even op zijn hoofd en keek om zich heen.

Munch dacht met weerzin terug aan zijn studententijd, toen hij zelf een korte periode bij een van die bedrijfjes had gewerkt, onderbetaald, terwijl hij ook nog moest rondlopen in de oranje kleren van het bedrijf, die niet in de maat XL of groter bestonden, wat hij toen al nodig had.

'Het zegt me wel iets,' zei de jongen. Hij stak wat snus onder zijn bovenlip en keek nog eens in het rond.

'Ja, daar.'

Glimlachend wees hij op een messing bordje bij een deur.

'Scherp,' zei Mia hoofdschuddend. 'Maar weet je toevallig ook waar het kantoor zit?'

'Is het dan niet daar?' vroeg de jongen. 'Dat staat toch op dat bordje?'

'Dank je wel,' bromde Munch, die hem met een gebaar te kennen gaf dat hij kon gaan.

'Graag gedaan,' zei de jongen vriendelijk. Hij tikte tegen zijn pet en verdween fluitend door de deur om het pakje te bezorgen.

'Misschien bestaat het bedrijf niet eens,' zei Mia, 'en is er alleen een bordje.'

'Zou kunnen,' zei Munch. 'Laten we maar naar zijn huisadres gaan. Waar woonde hij ook alweer?'

'Skuronnveien 25 in Manglerud.'

Mia zette haar zonnebril weer op en ging in de auto zitten.

'Toch wel leuk, vind je niet?' zei Munch toen ze weer op de Drammensveien reden. 'Die straatnamen in Manglerud.'

'Hoe bedoel je?'

'Nou, het is een deel van Oslo, een deel van de stad, maar ze doen net of het het platteland is en noemen de straten naar landbouwtermen: de Rugveien, de Byggveien, de Grasveien...'

'Ja,' mompelde Mia, en ze rolde het raampje naar beneden.

'... de Skigardveien, de Plogveien, de Treskeveien.'

'Nu snap ik het wel. Wat is er met je?'

'Ik probeer na te denken.'

Munch draaide het raampje op een kier en stak een nieuwe sigaret op.

'En hoe helpen de straatnamen in Manglerud daarbij?'

'Ik heb een hele tijd geleden met iets dergelijks te maken gehad.'

'Vertel.'

'Een bordje, op een brievenbus. De Treskeveien. LARSENS IMPORT. Het was mijn taak om die in de gaten te houden. Daar zat ik dan, in de stad, op het platteland, bijna een hele week naar een brievenbus te staren.'

'En wat gebeurde er toen?'

Het begon te regenen toen ze langs Skøyen reden en zachte druppels vielen op de voorruit. Munch gooide zijn peuk naar buiten en rolde het raampje omhoog.

'Na zes dagen kwam er een auto aanrijden en sprong er iemand uit. De man ging naar de brievenbus, verwijderde het bordje en reed weer weg. Ik volgde hem, helemaal tot aan een boerderij in Hadeland, en daar...'

Zijn telefoon ging. Hij zette hem in de houder op het dashboard en drukte op het luidsprekerknopje.

'Hoi, Anette, wat is er aan de hand?'

'Hebben jullie de VG-site gezien?'

'Nee, hoezo dat?'

'Die verdomde Oxen...'

Ze was buiten adem en klonk alsof ze aan het rennen was.

'Die kon daar toch niks vinden? Heeft hij nog iets tegen jou gezegd?'

'Waar? In Kristiansund? Nee, niets, hoe dat zo?'

'Het is nu overal bekend. Dreyer is razend.'

'Kalm aan. Wát is overal bekend?'

'Die jongen met die blessure. Die man die mank liep bij Finstadjordet. Die gezegd had dat hij met Solskjær had gespeeld. Dat verhaal blijkt te kloppen. Een journalist heeft met die oude trainer gesproken en heeft kennelijk veel beter werk geleverd dan wij.'

'Krijg nou wat.'

'Ja, zeg dat wel. Eén momentje...'

Ze bleef staan, sloeg haar hand even voor de telefoon en kwam weer in beweging.

'Hij woont hier in Oslo. We hebben een adres.'

'Dus we hebben een naam?'

'Ja, Roger Lørenskog.'

'Wat? Niet Frank Helmer?'

'Nee, luister nou. Hij heet Roger Lørenskog. In Oppsal. Ik heb er een auto heen gestuurd. Ik sms je het adres, oké?'

'Dank je wel, Anette.'

Hij drukte haar weg.

'Wat krijgen we nou?' vroeg Mia.

'Die klootzak van een Oxen!'

'Oppsal? Dat is toch verder dan waar Helmer woont? Waarom zet je mij daar niet af? Dan doen we allebei een adres.'

'Nee, ik stuur je niet alleen op een verdachte af.'

'Kom op, zeg. Ik ben toch geen dertien?'

'Oké, vooruit dan. Maar je gaat niet alleen naar binnen. Je bewaakt het fort tot ik begrijp wat er aan de hand is, oké?'

'Natuurlijk.'

Munch vloekte, rolde het raampje naar beneden, haalde het blauwe zwaailicht onder het dashboard vandaan, zette het op het dak, ging op de linkerbaan rijden en trapte het pedaal in.

59

Natalie Sommer was voor de tweede keer bij de psycholoog en ze voelde zich iets beter dan de eerste keer, toen ze eigenlijk alleen maar had gehuild en bijna geen woord had kunnen uitbrengen. Toen ze eindelijk haar huisarts om een verwijsbrief had gevraagd, had ze gehoopt bij een vrouwelijke psycholoog terecht te komen. Omdat het natuurlijk makkelijker zou voelen om haar hele bijna bizarre verhaal te vertellen aan iemand van hetzelfde geslacht. Ze had een man toegewezen gekregen en had zich daar een tijd tegen verzet, maar toen ze de stap eindelijk zette, bleek de man ziek thuis te zitten en te zijn vervangen door een vrouw. Ze zag dat bijna als een gunstig voorteken – dat het tijd was om haar hele onvoorstelbare verhaal over wat ze de laatste jaren had meegemaakt te vertellen.

Natalie Sommer had zichzelf altijd als doodnormaal beschouwd, iemand uit een doodnormaal gezin. Haar vader werkte bij de post, haar moeder in de bibliotheek. Zij was enig kind, maar dat was misschien het enige waarin ze verschilde van haar klasgenoten en vrienden uit de buurt. Het vrijstaande huis aan de Helge Sollies vei in Oppsal had een mooie grote tuin met een speelhuisje voor haar en haar vriendinnen. Ze verheugde zich op elke dag – om naar school te gaan, om thuis te komen, om 's middags te spelen, om onder de schitterende, door haar moeder zelf gemaakte lamp te gaan slapen. Haar kamer was roze en veilig, en elke avond zaten haar ouders daar allebei voor te lezen en te zingen, tot ze in slaap viel. Toen ze ouder werd en haar vriendinnen rond begonnen te hangen met jongens in het winkelcentrum van Manglerud, bier dronken en sigaretten rookten op de bankjes bij het Østensjøvannet, deed zij dat niet. Zij wilde liever thuis zijn. Ze hield van haar ouders. Ze begreep niet waarom ze 's nachts over straat zou moeten zwalken. Ze raakte de ene na de andere vriendin kwijt; die trokken de wereld in of naar andere delen van het land, maar Nathalie bleef in Oppsal. Haar kamer was niet langer roze, ze sliep nu op zolder en bleef haar hele studententijd thuis wonen. Met uitzicht op de appelbomen in de tuin, terwijl ze de lerarenopleiding volgde, aanvankelijk de richting lichamelijke opvoeding en later als leerkracht in het speciale onderwijs, omdat ze erachter kwam dat daar haar hart lag.

Drie jaar geleden, toen ze al vierentwintig was, had ze haar eerste vaste baan gekregen, als lerares op een middelbare school in Skøyenåsen. Ze had het vanaf het eerste moment leuk gevonden, en dat vond ze nog steeds. Ze gaf sport, en vorig jaar had de rector haar gevraagd of ze daarnaast niet wilde solliciteren op de vacature van decaan. En toen was alles nog beter geworden. Ze woonde nog steeds thuis, en hoewel het heel dicht bij haar werk was, wilde ze toch op zichzelf gaan wonen. Ze had een appartement met balkon in Ulsrud gezien en besloten een bod uit te brengen. Een onvergetelijk moment, daar thuis op de bank met de brochure in haar hand. Ze verheugde zich op de bezichtiging.

Toen was het telefoontje gekomen.

'Hoe gaat het vandaag met je, Natalie?' vroeg de psycholoog vriendelijk, en ze schoof de papieren zakdoekjes voorzichtig naar haar toe.

'Ja, wat zal ik zeggen?'

Ze stak haar hand uit om er een paar te pakken, voor het geval dat, al had ze zich voorgenomen vandaag sterker te zijn en niet zoveel te huilen. Vorige keer was ze er niet in geslaagd te zeggen wat ze al heel lang graag had willen zeggen.

'Zullen we verdergaan waar we vorige keer gebleven zijn?'

'Ja, oké.'

Ze voelde dat ze zich toch niet kon inhouden. Natalie sloeg even haar hand voor haar ogen in een poging haar tranen tegen te houden, wat met enig gezucht ook lukte.

'Dus je vader en moeder zouden met vakantie gaan?'

'Ja. Het was een cadeau voor de vijftigste verjaardag van mijn vader. Hij had die bootreis altijd al willen maken en nu zou het er dan eindelijk van komen.'

'Met de Hurtigruta?'

Natalie knikte, snotterde een beetje, maar kon haar wangen gelukkig droog houden.

'Maar ze veranderden van gedachten?'

'Ja. Ze zouden de hele reis met de Hurtigruta maken, van Bergen naar Kirkenes. Maar toen bedachten ze plotseling dat ze ook nog een oom en tante wilden bezoeken.'

'Die woonden in Stavanger?'

Ze knikte. De psycholoog maakte voorzichtig aantekeningen op de blocnote op haar schoot.

'Ja, het was niet zo ver van Bergen en ze waren er in geen tijden geweest, dus het was best een goed idee.'

'En toen is het gebeurd?'

Natalie knikte weer en had er nu moeite mee om het droog te houden.

'Het geeft niet,' zei de psycholoog vriendelijk. 'Neem de tijd die je nodig hebt.'

Dat was natuurlijk niet helemaal waar, en dat had ze de vorige keer ook vervelend gevonden. Ze had hier zitten huilen en haar hart uitgestort, en toen had de psycholoog op haar horloge gekeken en gezegd: *Nou, dan zijn we klaar voor vandaag. De eigen bijdrage is 285 kronen. Betaal je met pin of contant?*

Toen ze daarna buitenstond, had ze eigenlijk besloten om niet meer terug te gaan. De intimiteit daar binnen. Voor de eerste keer in haar leven had ze over zichzelf verteld aan iemand buiten de familie, en ze voelde zich enorm kwetsbaar. Ze had zich bijna een beetje vies gevoeld en het had een paar weken geduurd voor ze besloot om toch maar terug te gaan.

'Ik wist niet eens dat ze die boot zouden nemen.'

'De veerboot? De *Sleipner*?'

'Ja. Ik weet nog dat ik tv zat te kijken, en toen kwam plotseling het bericht dat er een boot aan de grond was gelopen. Er waren zestien passagiers omgekomen. In Noorwegen? Dat kon hier toch niet gebeuren? Ik weet nog dat dat als eerste door me heen ging. Mijn hemel, die arme mensen! Hier in Noorwegen? Zo'n groot ongeluk? Dat kan toch niet?'

'En wanneer kreeg je te horen dat je ouders aan boord waren?'

'Later die avond, toen mijn tante belde.'

Ondanks alles kwamen nu toch de tranen.

'Neem de tijd die je nodig hebt, Natalie,' zei de psycholoog weer vriendelijk.

Ze herpakte zich. Ze wilde de sessie niet verpesten, want ze waren nog lang niet bij de kern van haar verhaal gekomen.

Haar grote geheim.

De notaris in zijn sombere kantoor, enkele weken na de begrafenis, toen ze alleen in dat grote huis zat, dat vol stond met bloemen.

'Ik heb hier het testament van je ouders. Al hun bezittingen gaan naar jou. Het huis in Helge Sollies vei, het zomerhuisje in Solbergstrand, beide auto's, al het geld op de twee spaarrekeningen – alles, met uitzondering van een tamelijk groot geldbedrag dat je moeder op een aparte rekening had staan, een bedrag van 1.270.000 kronen. Dit geld is in zijn geheel bestemd voor je broer, Roger Lørenskog.'

'Mijn... wat?'

'Je broer, Roger.'

Hij schoof het document over de tafel naar haar toe.

'Heb ik... een broer?'

Natalie bleef met het papieren zakdoekje in haar schoot zitten en voelde weer woede opkomen. Wie waren deze mensen eigenlijk, mama en papa? Als ze hierover tegen haar hadden gelogen, wat was er dan nog meer? Was haar hele leven één grote leugen geweest?

'Dus je wist van niets?'

'Nee.'

'Spraken ze nooit over hem, noemden ze hem nooit?'

'Met geen woord.'

'En wat heb je toen gedaan?'

Het grind onder haar voeten. De wind in de bomen. Zenuw-

achtig, buiten voor dat roestbruine gebouw. Maar Natalie had het besluit genomen, dus ze moest nu doorzetten. Psychiatrische kliniek Gaustad. In Ullevål, midden in Oslo. En opnieuw die woede. Hoelang zat hij hier al? Zo vlakbij? Haar broer? Ziek?

Een vriendelijke verpleegkundige liep voor haar uit door de gangen. Het zweet stond in haar handen; ze was blij dat ze niet zelf de deuren hoefde te openen, en een paar keer had ze zich bijna bedacht, maar toen stond hij daar dan toch.

Slungelig. Donkere kringen onder zijn ogen. Een holle blik. Een verlegen vragend glimlachje om zijn bleke lippen.

'Hoi, ik ben Natalie.'

'Hoi, Natalie. Ik ben Roger.'

En toen had ze zich natuurlijk niet langer kunnen inhouden en rolden de tranen zachtjes over haar wangen.

'Ik vind het zo vreselijk.'

'Wat dan?'

'Alles. Ik weet niet wat ik moet...'

Hij staarde uit het raam, had zijn benen onder zich gevouwen en zijn armen beschermend om zijn dunne lichaam heen geslagen.

'Is ze... overleden?'

'Ja, helaas.'

'O, wat erg. Ik heb me altijd afgevraagd hoe het zou zijn.'

'Hoe wat zou zijn...?'

'De dag dat ze me zou komen halen.'

Ze haalde de tijd een beetje door elkaar. De psycholoog raakte op de achtergrond, terwijl de woorden en gevoelens gewoon uit haar stroomden. Dat ze hem sinds die tijd bijna elke dag had bezocht. Dat hij had geweigerd, want hij wilde haar niet tot last zijn, maar ze had erop aangedrongen: hij moest bij haar intrekken. Natuurlijk zouden ze het huis delen. Na al die jaren. Ze waren toch nog steeds jong? Ze zouden opnieuw beginnen, de verloren tijd inhalen. Zijn blik toen ze naast de heg uit de taxi stapten, hij met zijn tas in de hand, het enige wat hij bezat.

Verdorie.

Ze had zich deze keer min of meer voorbereid, maar duidelijk niet goed genoeg.

De blik van de psycholoog ging naar het rode klokje, het teken dat de sessie afgelopen was.

De eigen bijdrage is 285 kronen, betaal je met pin of contant?
Eenmaal buiten bij haar fiets voelde de lucht anders aan.
Schoner.
Frisser.
Volgende week weer, Natalie?
Ja, graag, dank je.
Blij?
Nee, dat niet, nog niet. Maar ze was in elk geval op weg.
Naar iets beters.
Zo voelde het.
Ze had net haar fiets aan de hand meegenomen naar het begin van de Helge Sollies vei, het voetpad waar geen auto's mochten rijden en waarvandaan ze haar huis in de verte kon zien, toen er plotseling een man met een fototoestel opdook.
'Ben jij Natalie Sommer?'
'Wat?'
Meer mensen achter hem.
Klikkende camera's.
'Natalie, kijk eens hier!'
'Waar is je broer?'
'Hier, Natalie, deze kant!'
Auto's, antennes, microfoons, meer camera's, mensen met telefoons, een plotselinge wirwar van armen en benen, hard geschreeuw van alle kanten.
Ze duwde haar fiets de laatste honderd meter zo snel ze kon voort.
'Natalie!'
'Kijk eens hier!'
'Is hij thuis?'
'Waar is Roger?'
Een zwarte auto, twee schaduwen die zich een weg baanden door de menigte naar haar toe, een lange vrouw in een trainingspak en een jonge man in pak.
'Natalie Sommer? Ik ben Fredrik Riis, dit is Katja. Wij zijn van de politie. Kunnen we even met je praten?'

60

Het huis aan de Skuronnveien 25 in Manglerud was een kleurloze rechte doos, een twee-onder-een-kapwoning uit het einde van de jaren zestig, toen het oplossen van de woningnood in de almaar groeiende stad belangrijker was dan hoe de woningen eruitzagen. Niemand had ooit moeite gedaan het te onderhouden, in elk geval niet het gedeelte dat het verst van de weg lag en waar ze een vies papiertje zag waarop met viltstift zijn naam was geschreven.

FRANK HELMER.

Mia drukte weer op de bel en herinnerde zichzelf nogmaals aan wat de hele middag al aan de binnenkant van haar voorhoofd stond: *Geen alcohol drinken. Dat is niets voor jou.* Ze was zo het huis uit gerend, met als enige gedachte dat ze haar lichaam weer schoon moest krijgen. Ze voelde zich niet erg op haar gemak, bezweet en nog in haar sportkleding.

Niet de kleren die ze zou hebben gekozen voor een bezoek aan een verdachte. Ze had niet eens haar politiepas bij zich.

Hij was het toch?

Het moest hem zijn.

Met dat schilderij?

Van de naakte blonde jongen met de das?

Natuurlijk, verdomme.

Mia voelde haar hart onder haar trainingsjack bonzen en ze glimlachte in zichzelf. Ze kon bijna niet wachten tot de deur open zou gaan.

Haar eerste zaak.

En hoe snel hadden ze die niet opgelost?

Oké.

Rustig.

Je hebt hem nog niet te pakken.

Haal die glimlach van je gezicht.

Probeer er normaal uit te zien.

Haar vinger weer op de deurbel.

Goedemiddag, ik ben Mia Krüger. Ik ben van de politie. Frank Helmer?

Nog steeds geen enkel geluid uit het vervallen huis.

Shit, hij was niet thuis.

Mia liep langzaam terug naar de weg en keek om zich heen. Ze hoorde nog duidelijk wat Munch in haar oor had gebromd voordat hij snel verder was gereden naar Oppsal.

Je gaat daar niet naar binnen, begrepen? Wie weet waartoe die vent in staat is. Je blijft gewoon op de trap staan. Goedemiddag, weet je wel? Doe alsof je bent verdwaald, of loten verkoopt of wat dan ook. Als hij thuis is, verontschuldig je je netjes, trek je je rustig terug en dan bel je om versterking, oké? Als hij niet thuis is...

Hij had naar haar sportkleren gekeken.

Ja, dan ren je naar ons toe, of doe wat je wilt, maar in geen enkel geval...

Ja hoor.

Het had even gevoeld alsof ze weer in de kamer van de rector zat.

Shit.

Zag ze nou een gordijn bewegen?

Mia rekte zich even uit en boog naar de grond, alsof ze rekoefeningen deed. Misschien toch niet zo'n slecht idee, deze kleren. Zo viel ze niet op, niemand lette hier op een toevallige jogger. Dat was pas nog door haar hoofd geschoten. Als iemand in volledige fietsuitrusting langs was gefietst, met een helm en glimmende sportkleding, zouden ooggetuigen je over het hoofd zien. De hele stad wemelde ervan, dat was de perfecte vermomming.

Ja, verdomme.

Was daar niet iemand?

Achter het raam daar boven?

Mia jogde een stukje verder, keerde zich weer om en deed of ze haar veters strikte.

Het huis vanuit een andere hoek.

Een hand.

Een gordijn dat werd dichtgetrokken.

Nee.

Oké.

Niet aan zijn kant.

In het huis ernaast.

Sterren en planeten op de gordijnstof.

Ze had een schep en een emmer op de trap gezien, een oude plastic tractor op het grind.

Een kind.

In het huis ernaast.

Ze rekte zich weer uit, bleef een beetje aan de kant en liep weer een paar meter verder tot het huis achter haar lag. Stopte weer. Beter zicht nu. De achterkant. Een paar bomen en struiken, een piepklein bosje voor het gammele hek dat de tuin aan de achterkant afsloot.

Nee, verdomme.

Ze liep voorzichtig tussen de bomen naast de weg.

Een jogger in nood.

Die moest plassen.

Dat zou voor hem gênanter zijn dan voor haar als hij opeens de verrotte veranda op zou komen.

Sorry, sorry.

Ik moest even...

Ze keek om zich heen en liep voorzichtig dichterbij.

Niemand op de weg.

Geen buren te bekennen.

Nu kon ze de tuin beter zien.

Al was 'tuin' wat overdreven, het was eerder een stuk grond tussen huis en hek.

Haar moeder zou het wel hebben geweten.

Als je naar een tuin kijkt, weet je wie er in een huis woont, Mia. Zie je dat daar? Een vinger tegen de autoruit. Depressie, armoede of allebei. Verzorg je je tuin goed, dan ben je al een heel eind. En zo moeilijk is dat niet. Kies makkelijke planten. Vaste planten die elk jaar bloeien.

Hier hadden ze geen groene vingers. Datgene wat misschien ooit een gazon was geweest, was nu overwoekerd door mos. Dorre struiken, een paar verrotte planken, zwarte vuilniszakken die tegen een gat in het hek leunden.

Mia liep voorzichtig naar het hek en dook ineen. Ze keek weer even om zich heen, voordat ze beter durfde te kijken. Een trap leidde naar een verandadeur. Grote, donkere ramen op de benedenverdieping. Drie kleinere ramen boven, allemaal met dichte gordijnen, of er hing in elk geval een lap stof voor. Voorzichtig sloop ze tussen de bomen dichterbij en bleef half gebogen voor het gat in het hek staan.

Was dat niet...

Ze nam het risico, richtte zich op en reikhalsde om beter te kunnen zien.

Die zat toch niet op slot?

Ze herkende het haakje aan de verandadeur. Een of andere slimme producent moest daar miljoenen aan hebben verdiend, want bijna alle huizen waar ze was geweest hadden er zo eentje. Ze waren ook nog eens slecht. Ze hadden zelf zo'n achterdeur gehad. Het deurkozijn was scheef geworden en daarna kon de deur niet meer op slot. De klink kon niet helemaal meer omlaag, zat halverwege vast, en op die manier kon ze als tiener het huis in en uit sluipen.

Ze nam snel een beslissing, schoot door het gat in het hek, liep gebogen door het tuintje en voelde aan de klink.

Precies.

Open.

Voor ze het wist, stond ze binnen.

Shit.

Oké.

Ze bracht haar hartslag omlaag, perste haar lippen op elkaar om haar snelle ademhaling minder hoorbaar te maken, en toen rook ze het.

De lucht.

O, fuck.

Ze trok haar trainingsshirt over haar neus.

Ze keek zo kalm mogelijk om zich heen. De man die zijn tuin niet verzorgde, hield er ook niet van om het binnen op orde te houden. Een oude bank en een overvolle tafel, lege flessen, borden met resten pizza, asbakken. Een schilderij van een Afrikaanse vrouw met grote oorbellen hing scheef en bedekte een scheur in het behang maar half.

Jezus, wat was dat voor stank?

Een tv. Een buffetkast met groen glas in de deurtjes, vol met rommel en papieren. Een ronde tafel. Twee verschillende stoelen, de ene was halfslachtig geverfd. Een vierkante afgesneden doos bij de deur.

Aha, nu zag ze het.

Een kattenbak.

Meer poep dan kattengrit.

Een of meer katten.

Ze liet het shirt van haar neus omlaagzakken en dwong zichzelf om de stank te verdragen.
In de keuken stonden stapels afwas.
Ze stapte voorzichtig de gang in.
Een paar oude kaplaarzen.
Een scheef kleed.
Een jas die op de grond slingerde.
Een paar foto's aan de muur.
Een auto met strepen.
Rook van het asfalt.
Een race.
Een mannenweekend.
Een gevangen vis.
Grote grijnzen.
Bierblikjes.
Mia haalde de foto van de muur en liep terug naar de woonkamer, waar het licht beter was.
Armen rond schouders.
En daar was-ie.
Een tatoeage.
Groot, grijs, scherpe tanden op de gespierde arm.
De wolf.
Ze pakte haar telefoon uit haar zak en voelde zich opeens heel kwetsbaar.
Haar hart bonkte onder haar jack. Munch antwoordde in haar oor.
Dit is de voicemail...
'Holger. Hij is het. Het is Frank Helmer. Hij heeft een tatoeage. Van een wolf. Het schilderij. Alles klopt.'
Ze fluisterde, maar had toch het idee dat ze veel te hard praatte.
'Kom direct hierheen. Bel me. Stuur iemand deze kant op, oké?'
Ze zocht Anette Goli's nummer en stond op het punt om haar te bellen toen haar iets te binnen schoot.
Mia draaide zich om en bleef bijna kalm op de smerige vloer staan.
Waar waren alle schilderijen?
Deze man was kunstenaar. Hij kon schilderen, dat had ze gezien. Het schilderij van de jongen met de das was fascinerend mooi en

als ze het verhaal erachter niet had gekend, had ze ervoor kunnen vallen – de penseelstreken, het licht.

Niets aan de muren?

Alleen een kitscherig ding van vijftig kronen dat in een container leek te zijn gevonden?

Nee, dat klopte niet.

Ze hoorde een auto buiten op het grind, en ze verstijfde.

Was dat...

Nee, het gezin in het huis ernaast. Het jongetje sprong uit de auto en liep lachend weg, met zijn boze moeder achter zich aan. Plastic tassen uit de bagageruimte. Straks zou ze hen door de dunne muren heen kunnen horen. Een gewone dag. Thuis na het werk. Tijd om te eten.

Verdomme.

Ze kon hier niet blijven staan.

Ze zocht Anettes nummer weer op, maar bleef weer staan twijfelen.

Een tatoeage?

Die kon iedereen toch hebben?

Maar in combinatie met het schilderij?

Hoe groot was die kans?

Nee, het moest hem zijn. Als ze het maar kon vinden...

Een deur op een kier, die naar een donkere trap leidde.

Natuurlijk.

Verborgen.

Zo werkte hij.

In de kelder.

Bingo.

Mia stopte haar telefoon weer in haar zak, deed de deur open en sloop voorzichtig de krakende treden af.

61

Munch hoorde het geluid van klikkende camera's achter zich toen hij voorzichtig zijn arm rond de flink geschrokken jonge vrouw sloeg en haar meenam het mooie grote huis in.

'Mijn naam is Munch,' zei hij rustig toen ze in de gang stonden.

'Wij zijn van de politie. Je hebt al kennisgemaakt met Katja en Fredrik?'

De blonde vrouw keek om zich heen.

'Ja, hallo. Wat is er eigenlijk aan de hand?'

'Heb je het nieuws dan niet gelezen?'

Om uit de smalle gang weg te komen gebaarde Munch naar de trap. De vrouw knikte en liep met knikkende knieën voor hem uit de brede trap op.

'Het nieuws?'

Ze zou midden twintig kunnen zijn. Netjes gekleed, met een witte gestreken blouse, een roze vestje en een rok tot haar knieën, en een paar veterschoenen die ze in alle commotie vergeten was uit te doen. Ze was niet het type dat haar schoenen aanhield, want binnen zag alles er onberispelijk uit.

Munch was zo verrast dat hij bijna vergat achter haar aan naar de bank te lopen. De vloer was gladgeboend; het grapje dat je ervan kon eten was in dit huis bepaald niet te veel gezegd. De ramen blonken je zo tegemoet dat het leek alsof de glazenwasser er tien minuten geleden nog was geweest. De boeken in de boekenkast stonden op kleur gesorteerd. De bank zag eruit alsof hij net gereinigd was en het Perzische kleed onder de glimmende tafel leek zo van de stomerij te komen. Op de glazen tafel stond een glanzende kristallen vaas met verse witte lelies. Marianne nam hem wel eens mee naar een woonbeurs, maar geen van de tentoonstellingen die hij ooit had bezocht kon zich ook maar in de verste verte hiermee meten.

Hij keek naar zijn lelijke, modderige schoenen en maakte boven aan de trap zijn veters los.

'Wat is er aan de hand?' vroeg de vrouw. Midden in de kamer bleef ze staan en keek naar de hordes buiten.

Munch liep voorzichtig langs haar heen en trok de gordijnen dicht.

'Wil je niet gaan zitten? Wil je een glaasje water?'

Alsof het zijn eigen huis was en niet dat van haar, maar hij had natuurlijk allang gezien dat ze in shock was.

De vrouw besefte niet eens waar ze was.

'Ja, graag,' zei de vrouw, en ze liet zich ten slotte op de smetteloze mosterdgele bank vallen.

Munch ging de keuken in, vond een glas in de kast, waarin al het keukengerei met militaire precisie stond gerangschikt, wat hem niet verbaasde, en hij ging terug naar de kamer.

'Het nieuws?' vroeg Natalie nogmaals. Met het glas water aan haar mond staarde ze voor zich uit.

'Ik ben hier om je een paar vragen te stellen over Roger Lørenskog. Is hij je vriend?'

'Wat?'

Ze had nog geen slokje genomen; het glas hing nog steeds als bevroren vóór haar in de lucht.

'Roger Lørenskog,' vroeg Munch weer. 'Is hij je man? Je vriend?'

Ze kwam nu een beetje bij haar positieven en het drong tot haar door wat hij haar vroeg.

'Roger?'

'Ja?'

'Wat willen jullie met Roger?'

'Is hij je man?'

Ze nam een slokje water, eindelijk bij de les, en schudde glimlachend haar hoofd.

'Nee, nee. Hij is mijn broer, of liever gezegd: mijn halfbroer.'

Fredrik en Katja waren nu ook naar boven gekomen en gingen aan de andere kant van de kamer zitten. Hij wist nu weer waarom hij hen voor zijn team gekozen had. *Niet zoals die verdomde olifant die overal maar in het rond stampte en zijn werk niet eens behoorlijk deed.* Munch liet het van zich af glijden. Hij zou Oxen daar later wel op aanspreken.

'Wat willen jullie van hem?'

De vrouw was gelukkig weer tot leven gekomen en had weer kleur op haar wangen gekregen. Haar glas stond leeg op een onderzetter op de glanzende tafel.

'Laten we ons eerst eens even voorstellen,' zei Munch beleefd. 'Ik ben dus Holger en dat zijn zoals gezegd Katja en Fredrik. En jij heet?'

'Natalie,' antwoordde de vrouw. 'Natalie Sommer.'

'Dus geen Lørenskog?'

Ze glimlachte een beetje verdrietig.

'Nee, we waren halfbroer en halfzus.'

'Waren?' vroeg Munch, en hij keek voorzichtig achterom.

Fredrik haalde zijn schouders op.
'Ja.'
'Want...'
'Roger is dood,' zei het meisje bijna fluisterend. 'Hij heeft zes maanden geleden zelfmoord gepleegd.'

62

Mia ging steeds verder het donker in. Ze voelde de traptreden onder het gewicht van haar lichaam doorbuigen, terwijl ze onbehaaglijk kraakten. Haar hart begon sneller te kloppen toen ze halverwege bleef staan om haar ogen te laten wennen aan het donker. Beneden tastte ze naar een schakelaar, maar ze vond niets op de koele muren in het gangetje, dus legde ze haar vingers rond de deurklink en schoof voorzichtig de kelderdeur open.

Een langwerpige ruimte.

Zonder ramen.

De stank was hier sterker – iets bedorvens, bijna verstikkend, misschien ergens een vieze kattenbak.

Nee, dit was erger.

Ze trok haar shirt weer over haar neus en stapte voorzichtig verder. Ze voelde met haar hand langs de muur aan beide kanten van de deur, en was opgelucht toen haar vingers vonden waar ze naar zocht. Een klikje, en toen kwam aan het plafond een flikkerende, knetterende tl-buis tot leven.

Ze schrok zich een ongeluk toen ze de katten zag.

Aan een touw aan het plafond, hangend aan de achterpoten.

Drie stuks.

Een volle kattenbak.

Waar zijn alle katten toch?

Die hangen aan het plafond.

Beneden in de kelder.

Mia perste haar lippen samen en zette zich schrap. Probeerde de neiging te onderdrukken zich meteen om te draaien, weer naar buiten te lopen, het licht en de frisse lucht in. Maar ze haalde een paar keer rustig adem en scande de ruimte. Betonnen vloer. Een paar geweven voddenkleedjes. Vuil. Een formicatafel met gereedschap. Een kleine zaag, een hamer, een lang dun mes, een priem, een spoel met vissnoer. Een paar naalden, naaigaren, in drie verschillende kleuren. Een paar tuinhandschoenen. Kartonnen dozen in een hoek. Veel dozen. Lichtbruin, dichtgeplakt met breed blauw tape. Netjes op elkaar gestapeld. Een deur aan het andere eind van de ruimte, een dikkere. Mia durfde niet te denken aan wat zich daarachter zou kunnen bevinden, maar hij had in elk geval zijn best gedaan om te verhinderen dat iemand het kon zien. Een stalen plaat barricadeerde de buitenkant, een grote metalen stang. Een enorm hangslot.

Oké, Mia, hier moet je niet zijn.

Wegwezen hier.

Bel Munch.

Een bureau in de ene hoek. Een groen leeslampje van IKEA, een kopie uit de jaren zeventig. Ze drukte op het knopje, maar de lamp ging niet aan. Stapels papieren. Een bord met scherven, een stuk oud brood, half opgegeten. Een zwarte laptop, oud model, half open, maar niet aangesloten. Ze pakte een envelop van de tafel en hield die tegen het knipperende licht. *Frank Helmer, Skuronnveien* 25. Het logo in de rechterhoek.

Ziekenhuis Gaustad.

Psychiatrie.

Oké.

Alles valt nu wel op zijn plaats.

Ze legde de envelop voorzichtig terug en keek weer nieuwsgierig in het rond.

Maar waar waren de schilderijen?

De ezels?

De verftubes?

De penselen?

Was hij ermee gestopt?

Was het daarom?

Na de kunstopleiding?

Eruit gegooid en toen alles maar van de hand gedaan?

Gestopt met schilderen?

In plaats daarvan zijn dromen tot werkelijkheid gebracht?

Misschien.

Dat had met elkaar te maken.

Of niet soms?
Maar toch.
Er moest iets zijn.
Ze had net haar telefoon uit haar zak gehaald, toen haar oog erop viel.
Boven in de hoek.
Een camera.
Shit.
Het was ook wel een beetje te makkelijk geweest.
Om hier binnen te komen.
De open verandadeur.
Boven kraakte er plotseling iets.
Mia bleef doodstil staan.
Luisterde.
Nee.
Jawel, verdorie, daar was het weer.
Er liep daar iemand.
Maar stilletjes.
Opdat zij niets zou merken.
Ze probeerde zich de beelden te herinneren. Hadden er boven camera's gehangen? En hoelang was ze hier al? Twintig minuten misschien? Plotseling schoot het haar te binnen.
Hij woonde hier helemaal niet.
Die lucht.
De etensresten.
Ze keek snel naar de vergrendelde deur met het hangslot.
Er moest iets anders zijn.
Hield hij deze plek soms in de gaten?
Camera's.
Boven en beneden.
Hij had haar binnen zien komen.
En nu was hij hier.
Er kraakte weer iets.
Ze herkende het gekraak van de planken.
De trap.
Hij was op weg naar beneden.
Langzaam.
Verdomme.

Koortsachtig keek Mia om zich heen, maar er was niets te zien. Geen plaats om je te verbergen, te ontsnappen, geen ramen. Ze zat opgesloten; de enige uitweg was de deur waardoor ze naar binnen was gekomen.

De deurklink ging langzaam omlaag, en toen, plotseling, een sterk licht in haar gezicht en een zware, akelige stem.

'Wie ben jij, verdomme?'

Mia sloeg haar handen voor haar ogen, de zaklantaarn verblindde haar.

'Sorry hoor, het moet een misverstand zijn.'

Hij kwam dichterbij.

'Dat zal wel. Heeft Boromir je gestuurd?'

'Wat?'

'Maak je zakken leeg.'

'Oké, rustig aan.'

Mia bracht haar handen omlaag; het licht brandde in haar ogen. Ze trok de zakken van haar trainingsjack binnenstebuiten en realiseerde zich te laat wat hij met zijn vraag wilde.

Een knuppel door de lucht.

Hij had haar in de val laten lopen.

Gezorgd dat ze haar hoofd onbeschermd liet.

'En de groeten!'

Mia kon nog net haar armen uit haar zakken halen en ze wanhopig afwerend voor zich uitsteken, toen de eerste klap haar raakte.

63

Munch stond met de telefoon tegen zijn oor op de veranda en had Ludvig Grønlie aan de lijn. Eigenlijk was hij wanhopig op zoek naar een sigaret, maar hij kwam niet ver, want waar moest hij straks die peuk laten? Hier buiten was het nog schoner en netter dan binnen. De tuin herinnerde hem aan een soort Engels landhuis; zelfs het kleedje op de tafel onder de parasol was netjes gestreken. Hij stak het pakje in zijn jaszak, toen Ludvig terug aan de telefoon kwam.

'Ik kan het nergens vinden.'

'Dus hij staat bij ons niet als overleden geregistreerd?'

'Nee, beslist niet. Volgens mijn scherm is hij nog springlevend. Roger Lørenskog, geboren 18 maart 1973. Adres: Helge Sollies vei 3, Oppsal.'

'Dank je wel, daar zijn we nu. Kan het een fout zijn?'

'Wat bedoel je?'

'In het systeem?'

'Dat zou kunnen, maar ik heb dat nog nooit eerder meegemaakt.'

'Goed,' verzuchtte Munch. 'Zoek het uit. Al moet je de documentatie uit het papieren archief halen. Als die man nog in leven is, wil ik het onmiddellijk weten, oké?'

'Maar hij leeft gewoon,' zei Grønlie voorzichtig.

'Ik wil weten of er ergens een fout zit. Forensisch. Ingevulde papieren. Een zelfmoord zes maanden geleden, op dit adres – kijk of het klopt, oké?'

'Goed,' zei Grønlie, en hij hing op.

Munch pakte een nieuwe sigaret uit het pakje, stak hem tussen zijn lippen en zag in de woonkamer Fredrik Riis met zijn geopende notitieboekje zitten en de vrouw op de bank aan de andere kant van de tafel. Hij viste de aansteker uit zijn zak en wierp een blik op zijn telefoon, vooral om te kijken of het geluid nog steeds uit stond. Hij werd constant gebeld en wilde even niets horen en zo veel mogelijk rust om zich heen hebben. Mia had hem een paar keer gebeld en een sms'je gestuurd. Munch wilde het net gaan lezen toen er weer een kwam.

Wel verdomme...

Gevangen in de kelder. Hij is thuis. Kom.

Munch aarzelde geen moment en riep naar binnen: 'Ik moet ervandoor.'

Verbaasde blikken, maar dat ging langs hem heen, want hij was al op weg, de trap af. Hij vergat dat hij zichzelf daarmee voor de leeuwen gooide – alle fotografen, journalisten –, maar dat moest dan maar.

In de kelder?

Hij vloekte zachtjes en rende zo snel mogelijk over het gras.

Die rotmeid, hij had nog wel zo gezegd dat ze niet...

Cameralenzen en microfoons.

'Munch!'

'Hebben jullie de verdachte gepakt?'

Hij maakte een afwerend gebaar en sprong de auto in. Greep naar het zwaailicht, zette het op het dak en reed slippend weg. Opschudding in de meute achter hem natuurlijk; hij kon zien dat er auto's werden gestart en portieren werden dichtgegooid.

Godverdegodver.

Hij trapte op de rem.

Een oude dame met een hondje stak in slakkengang de weg over.

'Uit de weg!'

Hij ramde op het stuur, toeterde driftig en gleed met zijn auto langs haar heen.

Oké, rustig aan, Holger.

Bebouwde kom.

Met het hele journaille op zijn hielen.

Hij stond weer vast – drie pubers op de fiets –, toeterde, draaide de stoep op en schoot de Haakon Tveters vei in, terwijl hij probeerde zich te herinneren hoe hij hier precies gekomen was.

Skøyenåsen.

Naar de Østensjøveien.

Moest hij helemaal naar winkelcentrum Bryn?

De E6 op?

En dan afslaan bij metrostation Manglerud?

Of kon je rechtdoor rijden?

Nadenken, Holger.

Nadenken.

Hij greep de radio en schreeuwde buiten adem in de microfoon. Hij moest weer abrupt remmen, nog een pensionado, deze keer een man.

Munch gebaarde koortsachtig door de voorruit.

'Centrale?'

'Ja, Foxtrot 13, Munch hier. Ik heb onmiddellijk assistentie nodig.'

'Oké, dertien, waar ben je?'

'Bij de Østensjøschool, maar het is niet voor mezelf.'

'Oké, dertien, wat wil je hebben en waar?'

De oude man was eindelijk bijna overgestoken. Munch trapte op het gaspedaal en manoeuvreerde zich tussen de auto's, die gelukkig zijn zwaailicht hadden gezien en gedeeltelijk al aan de kant waren gaan staan.

'Het adres is Skuronnveien 25, Manglerud, ik herhaal: Sierra, Kilo, Uniform...'

'Dertien, begrepen.'

'Hebben we auto's in de buurt?'

'Ik heb twee patrouilles bij het kruispunt Ryen. Mogelijk gestolen auto. De bestuurder is aangehouden...'

'Niets mee te maken. Onmiddellijk andere bestemming. Er zit een rechercheur gevangen in het huis met een mogelijke verdachte. Ik herhaal: potentieel levensgevaar...'

De centrale viel heel even weg.

'Dertien. Ik heb nu de wagens Foxtrot 20 en 23 bevestigd, opdracht bij Ryen afgebroken, ze zijn nu op weg naar Skuronnveien 25.'

'Hoelang duurt het?'

Weer viel de verbinding weg.

'Geschatte aankomst over vier minuten.'

'Vraag hun op te schieten. Laat hen de wapens pakken.'

'Dertien, kun je het laatste bericht bevestigen?'

Al die ellendige wetten en regels. Wapens toegestaan, maar vergrendeld in de bagageruimte en ontgrendeling alleen op bevel. Dat zou eens in het centrum van Los Angeles moeten gebeuren.

'Ja, verdomme! Pak die wapens. Er is een rechercheur in levensgevaar, heb je dat niet begrepen?'

'Bericht bevestigd. Foxtrot 20 en 23, gebruik van handwapens goedgekeurd. Geschatte aankomst is nu over drie minuten en dertig seconden.'

'Vraag ze godverdomme haast te maken!'

Munch gooide de microfoon van zich af en schoot de rotonde op. Gierende remmen. Een witte BMW raakte bijna een rode Volvo.

'Sodemieter toch een end op!'

Kalm aan, Holger.

Vooral niemand doodrijden.

Hij keek in de achteruitkijkspiegel en kon ze duidelijk aan zien komen.

De auto's met een logo.

NRK.

TV 2.

VG.

Dagbladet.

Niets aan te doen.

Zij was nu de belangrijkste.

Natuurlijk.

Mia, Mia, Mia.

Waar ben je in godsnaam mee bezig?

Zijn fout natuurlijk, om mensen vers van de opleiding in dienst te nemen.

'Ga toch opzij, verdomme!'

Een vrachtwagen met het IKEA-logo voor rood bij het kruispunt richting winkelcentrum Manglerud, hij stond vast. Munch schakelde verwoed, scheurde met de auto achteruit, stuurde naar de tegengestelde rijrichting – weer een noodstop van een andere auto, een verschrikt vrouwengezicht achter de voorruit. Hij kon hen nu zien en horen, 20 en 23: loeiende sirenes op weg naar hem. Munch draaide de Plogveien op en had ze op zijn hielen. Een optocht van zwaailichten en journalisten, terwijl mensen op de stoep met open mond toekeken.

Mia, verdorie nog aan toe.

Hij moest nu vaart minderen.

Weer bebouwde kom.

Bordjes aan beide kanten.

SPELENDE KINDEREN.

Zijn knokkels rond het stuur waren wit en hij moest zichzelf echt bedwingen om niet gewoon het gaspedaal tot op de bodem in te trappen.

Opschieten.

Opschieten.

Opschieten.

Gelukkig een stukje vrij baan.

Nee, verdomme.

Een hele kleuterschool.

Een groep kinderen twee aan twee in de rij, met gele hesjes onder leiding van enkele volwassenen, bijna bij het zebrapad.

Nee, nee.

Daar kon hij niet op wachten.

Hij rolde het raampje naar beneden, riep zo hard hij kon en zwaaide met zijn arm.

'Stilstaan jullie! Stilstaan jullie, oké?!'

De kleuterleidsters schreeuwden harder dan de kinderen.

'Stil blijven staan! Niet oversteken!'

Oké.

Hij kende dit stadsdeel heel goed.

Nu naar de bushalte.

Naar rechts.

Nog maar een paar honderd meter.

Eindelijk.

Abrupte stop. Hij zette de auto dwars op straat, opende het handschoenenkastje en pakte zijn pistool eruit.

Oké.

Het protocol?

Wachten.

Overzicht over de situatie krijgen.

Maar daar had hij nu lak aan.

Zij was in gevaar.

Aan de voorkant naar binnen?

Of aan de achterkant?

De twee andere politiewagens stopten slippend achter hem. De blauwe lichten zwaaiden door de buurt. Vier agenten sprongen uit de auto, vier even verwarde gezichten en dan weer een groep auto's daarachteraan, waar journalisten en fotografen uit rolden. Munch ging op zijn hurken achter de auto zitten en wenkte de agenten.

'De rechterhelft van het huis. Er zit een rechercheur gevangen in de kelder. De verdachte is daar met haar. Ik wil jullie twee aan de achterkant hebben, bij de verandadeur die jullie daar zien. Júllie aan de voorkant. Trap de deur in als het niet anders kan...'

Hij kwam niet verder.

Eerst de ene agent.

Dan de andere.

Wijd open ogen. Iemand gaf hem een duwtje tegen zijn schouder en wees naar de veranda van het verveloze huis.

De volgende drie seconden bleef hij met open mond staan kijken.

De deur sloeg open en een man van midden dertig kwam naar buiten, in een wit hemd, een tatoeage op zijn schouders, gladgeschoren kop, met een hand tegen iets wat leek op een bloederig gezicht. Hij rende alsof de duivel hem op de hielen zat, sprong over een hek, struikelde toen hij neerkwam, keek doodsbang achterom en krabbelde weer op.

Want daar was zij.

Mia.

Ze kwam als een panter uit de deur, vloog over het hek. De man had nauwelijks tijd om weer op de been te komen of ze kwam door de lucht gezeild en raakte hem midden op zijn rug. De man klapte dubbel en viel als een vod op het gras, met de lenige vrouw boven op hem.

Munch reageerde instinctief. Hij rende zo hard hij kon, hees zichzelf over het hek en drukte de loop van het pistool tegen het kaalgeschoren achterhoofd.

De agenten stonden hen met open mond aan te staren.

'Kom godverdomme met handboeien!'

Mia stond hijgend voor hem. Er kwam bloed uit haar mond en haar ene arm hing slap voor haar borst.

'Gaat het?'

Ze knikte.

'Frank Helmer, je bent gearresteerd voor de moord op Ruben Lundgren en Tommy Sivertsen.'

64

Het was stil op kantoor, maar er was spanning en ook opluchting voelbaar in de gangen. Ludvig Grønlie keek naar de klok aan de muur en toen naar zijn telefoon. Iets anders had hij de afgelopen vier uur niet gedaan en misschien werd het nu tijd om haar terug te bellen. Hij betwijfelde of het iets uit zou halen; de vrouw van het archief die hij had gesproken, was nors en stond niet te springen om te helpen. Ze deed hem denken aan een bibliothecaris in Nordstrand toen hij klein was, die kinderen de wind van voren gaf als ze hun bibliotheekkaart waren vergeten. Daar was ze berucht om, en uiteindelijk stalen kinderen liever een boek en smokkelden ze het weer terug als ze het moesten inleveren. Hij had meteen aan haar moeten denken toen hij de chagrijnige stem aan de telefoon had gehoord. *Ja, dan moet je een formulier invullen,* AR-*18, met bijlagen* ARF-*1 en -2, dan krijg je meestal binnen drie weken antwoord.* Drie weken? Grønlie had zijn strenge stem moeten opzetten, en die gebruikte hij niet zo vaak; hij moest haar vragen of ze het nieuws de laatste tijd wel had gevolgd. Deze zaak was van nationaal belang, en hij moest binnen twee uur antwoord hebben. Die tijd was inmiddels wel verstreken.

Er werd voorzichtig geklopt en Katja stak haar hoofd naar binnen.

'Heb je het druk?'

'Nee hoor.'

Hij wees naar de stoel van Anja, die al naar huis was. Hij mocht Katja graag. Hij snapte niet helemaal waarom ze er altijd uitzag alsof ze ging sporten, of alsof ze bij de Spice Girls zat, maar wat wist hij nou helemaal van kleding? Zelf had hij er de laatste dertig jaar zo'n beetje hetzelfde uitgezien en hij was niet van plan om daar verandering in aan te brengen. Dat zou hij alleen doen als de mensen bij wie hij zijn kleren kocht failliet zouden gaan en hij werd gedwongen om ergens anders zijn heil te zoeken. Trouwens, hij moest misschien binnenkort weer eens iets kopen, een paar overhemden en in elk geval nieuwe sokken. Hij moest de lokale ondernemers steunen, die het net als de andere winkels in de buurt dreigden af te leggen tegen de alomtegenwoordige winkelketens.

'Heb je het gehoord?' vroeg Katja. Ze haalde een stressbal uit haar zak, die ze in haar hand liet rollen.

Grønlie knikte.

'Dat zat er wel aan te komen.'

'Jezus, ik heb Munch nog nooit zo kwaad horen zijn.'

Hij zat in de lunchruimte. Had bijna koffie gemorst toen het was begonnen, want Munch was geëxplodeerd in zijn kantoor. Een korte tirade van een paar minuten, en toen kwam Oxen met een knalrood en bedrukt gezicht naar buiten geslopen. Hij liep direct naar zijn bureau, stopte zijn persoonlijke spullen in een doos en weg was hij.

'Dat vond je zeker jammer?' vroeg Ludvig met een glimlach.

'Nou, inderdaad, ik zal hem vreselijk missen. Leuke collega. Weet veel. Galant tegenover vrouwen. Nee hoor, Ludvig. Als hij me nog één keer had uitgedaagd, had ik...'

Ze hief haar hand op en kneep hard in de rode stressbal.

'Hoe zag het er daar uit?'

'In de kelder van Frank Helmer?'

'Ja.'

Katja schudde haar hoofd.

'Het was heel vreemd. Als in een horrorfilm. Dode katten aan het plafond. Vlekken op de vloer. We moesten een slijptol gebruiken om de vergrendelde deur open te krijgen. Je zei toch dat hij een tijdje geleden getuige was geweest in een smokkelzaak? Aan onze kant?'

Ludvig knikte.

'Dan was het dat.'

'Wat?'

'Alles wat we daar vonden. Pillen. Kisten vol. In alle soorten en maten. Vooral anabole steroïden, maar ook medicijnen. Onder andere rohypnol.'

'Dat ook werd gebruikt om de jongens te verdoven?'

'Juist, maar ik weet het ook niet. Het waren echt enorme hoeveelheden. Onze man had maar één doosje gebruikt, maar dit was grootser, georganiseerder. Ik durf te wedden dat het daarom ging, dat hij daarom voor ons getuigde.'

'Om van een concurrent af te komen?'

'Zoiets.'

Katja stak de stressbal weer in haar zak en stond op.

'Kom je? Fredrik heeft alles opgezet in de briefingruimte. We hebben een directe videoverbinding met de verhoorkamer. Ze gaan zo beginnen, ze wachten alleen op zijn advocaat.'

'Ik kom zo,' zei Ludvig. Hij keek weer op de klok, pakte het gele briefje van het bord en toetste het nummer in.

Het duurde lang voordat er iemand opnam.

'Met Ragnhild.'

'Hallo, nog een keer met Ludvig Grønlie van de afdeling Moordzaken in de Mariboes gate.'

Geluiden op de achtergrond. Kinderen die schreeuwden. Een sportzaal.

'Je weet dat het na kantoortijd is?' vroeg de chagrijnige stem kortaf.

'Jazeker, maar ik heb zoals gezegd nu antwoord nodig. Heb je gevonden wat ik zocht?'

Er viel een stilte, alsof ze overwoog op te hangen, maar ze herpakte zich.

'Ja hoor, ik heb je het antwoord gestuurd.'

'Wat bedoel je?'

'De overlijdensakte zit bij de post.'

'Oké, dus hij is echt overleden?'

Gejuich op de achtergrond – een scheidsrechtersfluit, alsof iemand een doelpunt had gescoord.

'Ja, ik moest even zoeken, maar ten slotte heb ik het gevonden. Ik weet niet hoe het gebeurd kan zijn. Iemand bij ons moet gewoon zijn vergeten om de informatie in het gegevensbestand te zetten.'

Natuurlijk. En hij had wel een vermoeden wie dat kon zijn.

'Maar hij is dus dood, Roger Lørenskog?'

'Ja, hij is dood. En de informatie is nu ook in het bestand te vinden; dat heb ik uiteraard aangepast.'

Fijn, zeg, dat het je toch is gelukt.

'Oké, bedankt.'

Ze hing op.

Mooi. Dan was dat gebeurd.

Ludvig rekte zich uit en stond op. Hij zag dat ze binnen begonnen waren. Katja en Fredrik zaten klaar. Munch was op het scherm en Frank Helmer en zijn advocaat zaten aan de andere kant van de tafel. Hij ging naar de lunchruimte om een kop koffie te halen en nam die mee de briefingruimte in.

'Hoe gaat het?'

'Sst, ze zijn net begonnen.'

'Hoelang heb je op de Amund Andersens Kunstakademi gezeten?'

'Wat?'

De kale man snoof even.

'Waar, zei je?'

Munch schoof een vel papier naar hem toe.

'Klopt het dat je dit schilderij hebt geschilderd?'

'Hè?'

Helmer lachte even en keek naar zijn advocaat.

'Schilderen? Ben je niet lekker of zo? Ik kan niet eens een poppetje tekenen.'

65

Kevin Myklebust zat aangekleed klaar op de bank en zag dat zijn moeder de spullen van winkelcentrum Strømmen uit de plastic zakken haalde. Ulf had vast en zeker veel geld aan haar besteed en nu zouden ze ook nog iets heel lekkers eten. Lasagne. Ulf beweerde dat hij dat goed kon maken, helemaal volgens eigen recept, met echte vellen pasta en fantastische saus. Niet zo'n instantpakje van de Coop waar water bij moest, wat mama wel eens probeerde. Kevin had alle hoop opgegeven dat er voor hem nog iets in die plastic zakken zat. Typisch mama om te vergeten hem te vragen of hij nog iets wilde hebben, hoe vaak hij het ook al had gezegd, voorzichtig, zelfs nog toen hij eerder die dag met hen was meegelopen naar de auto.

Een auto met afstandsbediening.

Hij had geprobeerd het op een handige manier in een verhaal te stoppen zodat hij er niet zo duidelijk om bedelde, want als mama iets haatte, dan waren het wel bedelaars. Bij hen in de buurt had je die niet, maar wel in het centrum van Oslo. Die mensen werkten niet, ze zaten maar te liegen en te bedelen, en dan gebruikten ze het geld voor dure huizen in Roemenië, terwijl mensen als zij, echte Noren, niet eens een werkloosheidsuitkering kregen.

'Ik heb het er met Ronny over gehad en hij vindt het supercool om vanavond in een tent te slapen. Jammer dat zijn auto met afstandsbediening kapot is, want daar wilden we mee spelen. Dat was leuk geweest, maar het is niet anders.'

Ze was uit de douche gekomen met een handdoek om haar hoofd.

'Vind je dat ik naar de kapper moet?'

'Wat?'

'Naar de kapper? In het winkelcentrum? Daar zitten vast betere kappers dan hier, denk je ook niet?'

'Ja, vast wel.'

En iets later, toen ze voor de spiegel kleren stond te passen: 'Wat moet je eigenlijk aan als je naar het winkelcentrum gaat, Kevin?'

'Dat zou ik niet weten, mama.'

'Denk je dat een jurk te netjes is? Ik wil liever ook niet opvallen – zo van: kijk mij eens in mijn mooie jurk.'

'De jurk met die glimmertjes vind ik juist mooi als er licht op valt.'

'Ach nee, hoe kom ik er eigenlijk bij? Ik ga toch niet naar een feest? Een spijkerbroek en T-shirt zijn veel beter, vind je niet? Misschien die strakke coltrui? Een beetje losjes en ontspannen. Een gewone dag, maar toch elegant?'

'Doe dat maar. Die lijkt erg op mijn trui van toen ik klein was, weet je nog? Een blauwe, met een auto erop. En dan speelde Ivar afstandsbedieninkje met mij. Dan rende ik rond en moest naar links en naar rechts, stop, achteruit. Ik moest alles doen wat hij zei.'

'Maar Kevin, we zouden het niet meer over Ivar hebben. Ah, nu weet ik het! Mijn grote zonnebril. Strakke spijkerbroek, zwarte coltrui en een zonnebril. Misschien kan ik mijn haar wel opsteken, zo naar achteren met een elastiekje, vind je niet dat ik dan op Angelina Jolie lijk?'

'Ja, mama, dan zie je er leuk uit.'

Hij had nog een laatste poging gedaan toen ze in de auto stapten. Ulf had heel raar uit zijn ogen gekeken. Dat deden al die mannen, die wilden namelijk mama hebben, in elk geval voor een tijdje, en hij was dan alleen maar een sta-in-de-weg.

'Nou, veel plezier! Geen ongelukken maken, hoor. Want je hebt nu je sleepwagen niet bij je. Denk maar niet dat er iemand anders komt. Ik zal jullie wel even met mijn afstandsbediening op weg helpen.'

Hij was voor de auto gaan staan, alsof hij de afstandsbediening in zijn handen had, maar ze zagen hem niet eens. Ulf had achteromgekeken en mama had zich voor het spiegeltje opgemaakt.

Er zat helemaal niets in de plastic zakken.

'Moeten we nog lang op Ronny wachten?' vroeg mama ongeduldig. Ze keek naar de klok bij de koelkast, alsof die het dan opeens zou doen.

'Hij zou om zeven uur hier zijn.'

'Oké, dat is het al bijna.'

Ze kwam naar hem toe en kneep hem in zijn wang. Dat deed ze meestal wanneer ze iets van hem wilde.

'Mijn lieve kleine Kevin, ik vind het zo leuk voor jullie dat jullie vannacht in een tent slapen. Maar kun je niet beter buiten wachten, of bij de weg? Dan kan ik even alles wegruimen en me optutten. Zo kan ik me toch niet aan die chef-kok vertonen? Kun je dat doen?'

'Ik ga al, mama.'

Hij stond op van de bank en pakte zijn rugzak.

'Veel plezier.'

'Dank je wel, mama.'

Het regende gelukkig niet.

7

66

Munch zat met zijn jas aan te wachten bij het grote hoekkantoor op de vierde verdieping van het politiebureau in Grønland, en voor het eerst sinds tijden voelde hij zich een beetje verslagen. Hij had slecht geslapen, had liggen woelen in zijn bed. Een paar keer was hij opgestaan, had rusteloos op en neer gelopen in de woonkamer, had zijn beide benen bezeerd aan de nieuwe salontafel, die ze onlangs had gekocht. Marianne had alles anders ingericht en had nieuwe meubels aangeschaft. Zo had ze de tijd verdreven en je kon het haar niet kwalijk nemen. Hij was de laatste weken nauwelijks thuis geweest.

Het gouden bordje op de glanzende deur: HANNE-LOUISE DREYER, HOOFDINSPECTEUR – nou, doe maar duur. En ze liet hem natuurlijk wachten en in zijn eigen vet gaarsmoren. Hij had te dicht bij de zon gevlogen, zijn vleugels waren gesmolten en hij was nu in een vrije val geraakt. De voorpagina's van de kranten in de kiosk in de Borggata hadden hem toegeschreeuwd. Het was de tweede keer in korte tijd dat hij haar als een amateur te kijk had gezet. Zichzelf natuurlijk ook, maar hem kon het geen bal schelen wat die jokers ervan vonden, maar voor haar lag het anders.

Hanne-Louise Dreyer. De draak. Hij was naïef geweest. Vreemd genoeg had hij gedacht dat hij deze keer misschien iemand boven zich zou krijgen die hij mocht, maar nee hoor. Natuurlijk niet. Erger dan ooit. Hij kon haar smoelwerk gewoon niet verdragen. Ze stond symbool voor alles waar hij al bijna twintig jaar in deze organisatie tegen had gestreden. Ze was niet eens van de politie. Opgeleid tot econoom en advocaat en wat al niet meer. Geheadhunt uit een of andere directeursfunctie om 'eens en voor altijd de politie in Oslo weer op de juiste koers te brengen'. Koers? Munch vloekte zachtjes en had er spijt van dat hij geen derde sigaret had genomen, zijn lijf schreeuwde er alweer om. Juiste koers? Over welk schip had ze het eigenlijk? Dit was toch niet die shitverzekeringsmaatschappij waar ze die heks vandaan hadden geplukt en waar het maar om één ding ging? Om winst, geld. Winst voor de toch al steenrijke aandeelhouders. Moest dat soms de meetlat zijn voor de politie? Klotepolitici en kasgraaiers! Hij had naar het verplichte praatje geluisterd dat ze had gehouden voor alle leidinggevenden in het hele district, en alles, echt alles – hij overdreef niet – was gegaan over kronen en öres. Bezuinigen hier, bezuinigen daar, minder van dit, minder van dat. En dan die afschuwelijke hielenlikkers overal met hun elegante uniformen, alsof het iets uitmaakte wat ze droegen. Hij had zich natuurlijk niet kunnen beheersen.

Wat gaan we doen met die meer dan 22.000 aangiften van overvallen en diefstallen in Oslo van vorig jaar, waarvan meer dan vijfentachtig procent werd geseponeerd? Mensen worden op straat neergeslagen, worden overvallen, hun auto's worden opengebroken, ze zijn 's avonds bang om over straat te gaan, maar dat is onze taak niet, begrijp ik dat goed? Vorig jaar hebben we ongeveer tweeënhalf miljard kronen gekregen. En toch kunnen we deze zaken niet oplossen? Hoe bedoel je, bezuinigen? En waarom? Alle studies tonen aan dat hoe meer geld je aan de politie besteedt, des te beter het is voor de maatschappij. Waarom moeten we in godsnaam bezuinigen?

Misschien had hij niet moeten uitvallen. Of helemaal zijn mond moeten houden. De draak had hem de vernedering in elk geval nooit vergeven.

'Heeft je moeder je niet geleerd dat je altijd de kleine lettertjes moet lezen?'

Anette Goli de vorige avond, na dat ellendige verhoor van Helmer, waar ze geen meter mee waren opgeschoten.

'Welke kleine lettertjes? Waar heb je het verdomme over?'

'Eigen afdeling, ja. Vrije hand in het uitkiezen van medewerkers. Het onderzoek aansturen zoals je wilt, ja. Maar weet je wel dat we in juli worden beoordeeld en dat er ook nog zoiets bestaat als een budget? Ik begrijp dat je denkt dat je alleen van lucht kunt leven, Holger, maar wie denk je dat de voorzitter van de commissie is? Die bepaalt hoeveel geld we volgend jaar krijgen?'

'De draak?'

'Het lijkt me niet zo handig om haar zo te noemen, maar inderdaad. Dreyer zit natuurlijk in de beoordelingscommissie én in de budgetcommissie. Dus spreken we het als volgt af: jij bent morgen om negen uur bij haar kantoor. Netjes gekleed, goedgemutst. Ik zeg niet dat je moet gaan hielenlikken, of eigenlijk zeg ik dat wel. Als ze zegt: "Spring", dan spring je; als ze zegt: "Rol", dan ga je liggen...'

'Ja hoor.'

'Morgen om negen uur. En je kleedt je netjes aan. Een overhemd met das kan voor een keertje geen kwaad.'

Het was tien over op zijn horloge.

Laat hem maar wachten.

Laten zien wie de baas is.

Hij overwoog even om naar buiten te gaan, in de zon één of twee sigaretten te roken. Verdomme, hij had nog wel iets anders te doen – een zaak oplossen bijvoorbeeld.

Munch stak een nicotinekauwgompje in zijn mond en huiverde toen hij erop kauwde. Wie bedacht nou zoiets? Kauwgom met de smaak van uitlaatgassen en munt om mensen te laten stoppen met roken? Stelletje idioten. Hij spuugde het weer uit, plakte het discreet onder de bank en spoelde de vieze smaak weg met een slok water uit een plastic bekertje bij de waterkoeler.

Overhemd en das – ja, dag!

Hij was net weer gaan zitten toen de deur openging en de draak haar hoofd naar buiten stak.

'Holger Munch. Hallo, kom binnen.'

Vriendelijk vanbuiten, maar cynisch en berekenend vanbinnen?

Zo waren ze toch allemaal?

De directeuren.

De leidinggevenden.

Wie kregen die banen eigenlijk, en waarom?

Omdat het koude, cynische egoïsten waren, die er goed in waren om hogerop te komen ten koste van anderen, zo was het toch?

Oké, diep ademhalen.

Denk aan het budget.

Munch probeerde een glimlach op te zetten en stapte het riante kantoor in. Uitzicht over de stad. Een enorm teakhouten bureau. Een hoge stoel, die hem deed denken aan een soort formule 1-auto.

Waarom zouden we hier niet eens een potje gaan bezuinigen in plaats van anderen te laten lijden?

Hij kon het nog net inslikken en ging netjes op de stoel zitten die ze hem aanbood.

'Wil je iets drinken? Koffie? Thee? Mineraalwater misschien?'

'Nee hoor, het is goed zo.'

'Koffiebroodje?'

Er werd hem een bordje toegeschoven.

'Nee, ik moet aan mijn gezondheid denken.'

Hij klopte voorzichtig op zijn buik.

'Holger... Ja, waar moet ik beginnen?'

Ze leunde achterover in haar stoel en legde haar vingers tegen elkaar.

'Zeg dat wel, ik heb vrij veel te doen, dus het zou me goed uitkomen als we...'

Het zogenaamde sympathieke gezicht veranderde nu in haar eigenlijke ik: koude ogen, een samengeknepen mond en een wijsvinger naar de kranten voor haar op tafel.

'Hier moeten we in elk geval even over praten. Een inval bij een onschuldige man. Gewapend? Midden op de dag? Voor de ogen van het hele journaille? Ik bedoel, dit gaat wel erg ver, zelfs voor iemand als jij. En wie is die politiestudente, die je naar ik heb gehoord in dienst hebt genomen? Dat is zij toch op de foto?'

Ze hield de ene krant voor hem omhoog.

'Ongeschoold, en dan al op straat? Nee, nee, Holger, erg jammer allemaal. Het leek zo veelbelovend. Vernieuwend, een eigen afdeling? Erg jammer dat we er na een jaar al mee moeten stoppen...'

'Ik moet alleen maar...'

'We komen erop terug,' zei de draak, en de zogenaamde glimlach verscheen weer op haar gezicht. 'Maar eerst wil ik het rapport hebben waar ik zo'n twee weken geleden om heb gevraagd. En laten we bij het begin beginnen.'

Ze opende de map die voor haar op tafel lag.

'Zoals gezegd hebben we...'

'We gaan dit eerst bespreken, Munch. Daarna zien we wel verder, oké? Anette heeft je zeker verteld dat Kripos al stand-by staat? Eén telefoontje van mij en alles is geregeld. Goli is overigens erg goed in haar vak. Ik vind dat ze een betere functie bij ons verdient. En dan die Frank Helmer – die hebben jullie gisteren toch urenlang verhoord?'

'Ja.'

'Geef eens een samenvatting.'

Munch zuchtte en knoopte zijn jasje los.

'We hebben een schilderij gevonden dat op de plaatsen delict leek.'

'Een schilderij?'

'Ja. Op een poster die ons naar een tentoonstelling leidde. Daar hoorden we dat het geschilderd was door Frank Helmer en daarom hebben we zijn huis in Manglerud doorzocht.'

'Je bedoelt: jullie hebben daar ingebroken. Zonder enig bewijs. Zonder de juiste papieren. Je weet toch dat hij vrijgelaten kan worden vanwege een vormfout? Als hij al degene was naar wie we op zoek zijn, maar dat blijkt niet zo te zijn. Hij is onze man niet, klopt dat?'

'Mijn medewerker vond een gegronde reden voor verdenking en besloot daarom het huis binnen te gaan om te voorkomen dat er bewijs verloren zou gaan.'

'O ja? Welke verdenking?'

'Een foto.'

'Die ze van buitenaf zag?'

'Ja.'

'En dat was een foto van...'

'Van Helmer, van zijn tatoeage. Een wolf, boven op zijn schouder.'

Dreyer glimlachte ironisch.

'Ja, dat heb ik gelezen, dat jullie op zoek zijn naar een wolf. Die bij vollemaan doodt, toch? Of verandert onze man in een wolf, is dat de theorie, met vervaarlijke tanden en al? Een beetje gezocht, vind je ook niet, Munch?'

'Als ik nou...'

'Ja, ga je gang. Ik vind het wel grappig.'

'Mijn medewerker...'

'Je bedoelt toch die Mia Krüger?'

'Ja.'

'De politiestudente.'

'Ja.'

'Die je van school hebt gehaald voor ze klaar was met de opleiding, met haar stage, met het verplichte jaar dat alle afgestudeerden van de Politieacademie moeten doen, zodat we kunnen zien hoe ze zich gedragen onder de mensen, waar ze passen, of ze geschikt zijn voor deze bijzonder belangrijke maatschappelijke taak, dat klopt toch?'

Hij knikte.

'Dank je wel, dit wilde ik even bevestigd hebben. Ga door.'

'In de kelder vond ze dode katten, een afgesloten ruimte. Ze wilde net weggaan om volgens protocol haar meerdere te bellen – mij dus –, toen ze werd verrast door Helmer in die kelder. Hij viel haar aan met een knuppel.'

'Waarop ze hem het huis door joeg, hem overmeesterde en hem tot vermaak van de journalisten in zijn eigen tuin verwondde?'

'Dat klopt.'

Dreyer zuchtte hoofdschuddend.

'En wat kwam er uit het verhoor?'

'Hij heeft het schilderij niet gemaakt.'

'Nee?'

'Nee.'

'En verder?'

'Hij heeft helemaal niet op die kunstopleiding gezeten.'

'En hoe weten we dat?'

'We zijn daar gisteravond met een foto van hem heen gegaan. Het antwoord was negatief. Hij heeft er niet gestudeerd en was ook niet de man achter het schilderij.'

'Maar hij noemde zich wel Frank Helmer?'

'Ja.'

'En hebben we meer Frank Helmers die het zouden kunnen zijn? Want jullie hebben deze keer toch een tekenaar gehad? Om er zeker van te zijn dat de volgende keer dat we iemand op een verdachte afsturen hij misschien lijkt op de man die we zoeken?'

Munch snapte het. Hier had ze wel een punt. Zijn fout.

'We hebben verder niemand die bij die naam past en we hebben er een tekenaar heen gestuurd.'

'Dus hij gebruikte een valse naam?'

'Ja.'

'Het blijft een beetje vergezocht, vind je niet? Een schilderij? Van wie was dat idee eigenlijk? Zo van: hé, dat schilderij lijkt op de dode jongens, laten we eens iemand in elkaar slaan?'

'Van mij,' zei Munch terwijl hij zijn keel schraapte.

'Oké,' verzuchtte Dreyer, en ze nam een slokje van haar koffie.

'Het is een geluk bij een ongeluk dat die Frank Helmer in elk geval geen gehoorzame burger was die het korps een proces had kunnen aandoen, want we hebben hier te maken met... Hij bleek in feite... een smokkelaar te zijn. Dat denken we toch?'

'Pillen, steroïden,' beaamde Munch. 'Of hij een smokkelaar is of alleen maar een tussenpersoon die voor de opslag van de spullen zorgt, dat weten we niet, maar we hebben het team van Andersen erop gezet, dat nu met de zaak bezig is.'

'Oké, prima. Betekent dit dat jullie Helmer uitsluiten, of...'

'Nee, niet helemaal.'

'Hoezo niet?'

'Frank Helmer is een paar keer behandeld in de psychiatrische kliniek Gaustad.'

'En dat is belangrijk, omdat...'

'Het past bij ons daderprofiel en bij de periode tussen de moorden in Zweden en hier. De dader zou naar ons idee wel eens ergens opgenomen geweest kunnen zijn.'

'Een beetje vergezocht, maar oké. Dus waarom...'

Munch boog zich voorover en wees naar de krant.

'Deze man.'

'O ja,' verzuchtte Dreyer. 'Dat staat ook op mijn lijstje: jullie hebben iemand helemaal naar Kristiansund gestuurd en die is er niet eens in geslaagd de informatie te verzamelen die jullie nodig hadden? Dat moest VG oplossen – ik bedoel maar, Munch...'

'Dat neem ik voor mijn rekening,' zei Munch, 'en diegene is al ontslagen.'

Ze keek hem een ogenblik aan alsof ze zich afvroeg of hij de waarheid wel sprak, of liever gezegd: of hij wel in staat was zulke beslissingen te nemen.

'Oké, goed. Maar ik bedoel, Ole Gunnar Solskjær? Je snapt toch wel dat de kranten er een circus van maken? Ze schilderen ons af als volslagen idioten.'

'Ja, dat snap ik, maar het was relevant.'

'Omdat...'

'Twee jongens beschreven de dader. Ze waren hem tegengekomen bij een voetbalveld in Finstadjordet. Hij liep mank. Hij zei dat zijn blessure een carrière in het betaalde voetbal in de weg had gestaan.'

'En dat geloofden jullie?'

'Niet blindelings, maar alle sporen zijn de moeite waard om te volgen en dit was onze enige waarneming van een getuige.'

'Oké, en dat bracht jullie verder bij... Of liever gezegd: dat bracht VG bij déze man?'

'Ja. Roger Lørenskog.'

'En waar is hij nu?'

'Hij is dood. Zelfmoord.'

Dreyer keek hem weer hoofdschuddend aan en gooide de map met een zucht op tafel.

'Wat heb je nou eigenlijk, Munch? Alleen onzin? Alleen flauwekul? Spookverhalen over wolven in de maneschijn en oude vrienden van legendarische voetballers die eerst mank lopen en dan zelfmoord plegen? Nee, dit kan zo niet. Ik had je nog willen vragen hoe een bankrover in een rolstoel bij de zaak betrokken kon raken omdat hij zogenaamd in het bos stond toen jullie de lijkjes aantroffen, maar ik geloof dat ik al genoeg heb gehoord.'

'Als je nou eens...'

Ze stak haar handen op en leunde weer achterover in haar stoel.

'Ik zal eerlijk tegen je zijn, Munch. Jij ligt me niet. Je hebt me nooit gelegen. Niet alleen omdat je je als een sloeber gedraagt en er ook zo uitziet, maar ook omdat je geen respect hebt voor je meerderen. Voor zulke mensen hebben we geen plaats in mijn organisatie. Je bent een schande voor ons allemaal. Maar...'

Ze zette haar bril af en poetste hem met een doekje dat voor haar op tafel lag.

'Ik heb je dossier bekeken, en het aantal zaken dat jij de laatste jaren hebt opgelost is opvallend groot, bijna honderd procent, dus daarom...'

Ze zette haar bril weer op.

'... krijg je dertig seconden om mij te overtuigen waarom je door mag gaan. Waarom ik niet de telefoon moet pakken om Kripos te bellen.'

Munch boog zich voorover. Draaide de twee kranten, zodat ze met de goede kant naar haar toe lagen.

'Roger Lørenskog en Frank Helmer. Allebei met psychische problemen. Allebei opgenomen in Gaustad. Een paar keer, gelijktijdig.'

'En dat is belangrijk, omdat...'

Hij hield zijn woede in en haalde zijn schouders op.

'Iemand geeft zich uit voor Frank Helmer en doet tegelijk alsof hij Roger Lørenskog is? Denk je dat dat toevallig is?'

Ze werd nu stil in haar hoge stoel.

'Zijn jullie daar geweest?'

'Ik ga er zo heen. Er staat buiten een auto op me te wachten.'

Weer stilte, en een strak gezicht.

'Ik geef je twee dagen. Deze keer wil ik overal verslagen van hebben en dan bedoel ik tot in het kleinste detail, begrepen?'

'Daar zullen we voor zorgen,' zei Munch met een knikje.

Ze wuifde hem weg.

'Mooi. Je kunt gaan.'

Munch stond op van zijn stoel en stak een sigaret tussen zijn lippen.

Hij liet de deur achter zich open.

67

Tijdens het gesprek had Camilla gedacht dat de man aan de andere kant van de tafel gek was. In elk geval dat hij loog. Eerst was ze er natuurlijk van overtuigd dat hij dat alleen maar had gezegd zodat ze zich beter zou voelen, want zulke dingen deden ze in het ziekenhuis.

Het komt wel goed, Camilla.

Je gaat echt vooruit, Camilla.

'Ik heb een baan voor je. Heb je daar geen zin in, Camilla? Om weer een deel van de maatschappij te zijn?'

Zij? Werken?

Camilla was die dag opgetogen uit de polikliniek naar huis gegaan.

Ze had nog nooit een baan gehad.

Ze was op haar zestiende van school gegaan en sindsdien zat ze in het systeem.

Opgenomen.

Vier jaar.

Hoewel het eigenlijk niet meer voorkwam dat mensen langer dan vier jaar in Gaustad opgenomen waren. Vroeger bonden ze patiënten vast met leren riemen en kregen ze een lobotomie. In hetzelfde ziekenhuis dat nu zo'n beetje haar thuis was geworden. Nee, geen echt thuis natuurlijk, alleen een plaats om te zijn, een veilige plaats voor iedereen, wanneer de stemmen in haar hoofd te erg werden.

Vier jaar.

Slaperige dagen in een roes van tabletten, steeds nieuwe. Aanvankelijk had ze zich er wel tegen verzet, maar ze had het ten slotte opgegeven. Want ze werkten, in elk geval tegen al die gezichten achter haar ogen. Die nooit ophielden met huilen en soms veranderden in grote monden en tegen haar schreeuwden dat ze dingen moest doen die ze eigenlijk niet wilde.

En wanneer de tabletten niet meer werkten, werd ze opgesloten. Het heette niet langer 'isoleer'. 'Veiligheidsafdeling' heette het nu, 'voor haar eigen veiligheid en die van anderen'. Dan was ze daar een poosje, tot ze erachter waren gekomen waarom het was gebeurd en ze nieuwe medicatie kreeg.

En dan weer terug naar de afdeling.

Naar de mist.

Ronddolen in de gangen.

Zonder iets te voelen.

Januari, februari, maart, april, mei, juni, juli, augustus, september, de groene veloursgordijnen, de witte matras, de foto van het schattige hondje die ze uit een tijdschrift had geknipt, boterhammen bij het ontbijt, elke dag hetzelfde, goed zo, fijn zo, en dan een beetje sinaasappelsap, oktober, november, december.

Maar toen.

Op een dag.

Ze had eigenlijk zijn naam moeten weten, want hij had haar geholpen, met alles.

Egil?

Nee, dat was het niet.

Maar wel zoiets.

Iets met een E.

Camilla was slecht in namen.

Ze had ergens gelezen dat het misschien een aandoening was, niet zo ernstig als de andere, maar een kleintje, een onschuldige.

Naamdyslexie.

Niet zoals de andere diagnoses uit haar dossier.

Een hele hoop.

Achter elkaar.
Bladzijden vol.
Dit
komt
nooit
meer
goed.
Dat kon er ook hebben gestaan.
Ook goed.
Laten we er nu maar mee stoppen.
Iedereen het gedoe besparen.

Maar toen was die nieuwe man op de afdeling gekomen. Met andere ideeën dan zijn voorgangers. Ze had weer nieuwe medicijnen gekregen – nee, dat is niet waar; minder van wat ze al gebruikte, dat was het. Toen nog minder, net zo lang tot ze bijna niets meer gebruikte. En de hele tijd was die man er geweest en anderen die bij hem waren, de vrouw met de krullen, de iets jongere vrouw met de bijna paarse bril, nieuwe gesprekken, op andere manieren, en toen was het wonder gebeurd.

'Je krijgt je eigen flat, Camilla. En vanaf volgende week dragen we je over aan de polikliniek voor dagbehandeling, wat vind je daarvan?'

Eeeeh…

Wat?

Ze was doodsbang natuurlijk de eerste dagen, alleen, op zichzelf in de wijde wereld, maar het had wel geholpen dat het zo dichtbij was, dat ze terug kon komen wanneer ze wilde.

En toen, na een paar maanden.

Zou je dat niet leuk vinden, Camilla?

Bij supermarkt Rema 1000.

Haar eerste baan.

En toen hadden ze gebeld.

Nu bijna elke dag.

'De levering komt over dertig minuten. Kun je komen, Camilla?'

Natuurlijk kon ze komen. De eerste keren was ze daar ook nerveus. In het park was ze bijna omgedraaid, maar haar voeten waren haast vanzelf doorgelopen, al wilden haar hoofd en haar longen iets anders.

Ze had zich door de eerste dagen heen geworsteld.

In opleiding.

Het stond nog steeds op de badge op haar borst. Een donkerblauw T-shirt met REMA erop. Een donkerblauwe, iets te stijve broek, in dezelfde kleur. Ze vond haar uniform mooi. Eerst dacht ze dat ze haar in de winkel wilden hebben – te opvallend –, dus ze had haar baas gevraagd of dat niet hoefde.

Hoe heette ze?

Berit?

Bente?

Zoiets.

De chef had vriendelijk tegen haar gezegd dat iedereen die daar werkte een uniform moest dragen, maar daarmee viel je niet op, je werd er juist onzichtbaarder door. Mensen letten niet op je gezicht wanneer je een uniform draagt. Ze zien het uniform en dan denken ze dat ze al weten wie je bent. Politieagent, postbode, winkelpersoneel – ze denken: o, daar is iemand die hier werkt, geen mens, dus je wordt anoniem voor hen. Dat wil je toch graag? Ja. Dat wilde ze beslist. Niet met de mensen praten. Misschien later, maar niet nu. Denk je niet dat ze eigenlijk daarom uniformen hebben uitgevonden? In het leger bijvoorbeeld? Als je iemand doodt, dood je geen mensen – iemand van negentien die eigenlijk boekhouder zou worden en net op zichzelf woont. Nee, een uniform is veel makkelijker. Help, daar is 'de vijand', geen 'mens'. Een verstandige vrouw, die chef die over veel dingen anders praatte; ze was erg begripvol en aardig, alsof ze begreep wie Camilla was. Ze had ten slotte de badge gepakt en die op haar T-shirt gespeld, bijna als een medaille. Alsjeblieft, nu krijg je geen vragen meer over waar alles ligt. Niemand vraagt je wat als er IN OPLEIDING op staat, want dan duurt het hun te lang. Mensen willen niet wachten, dat heb je wel gemerkt. Zelfs mensen die op weg naar huis zijn en verder niets omhanden hebben, willen niet graag wachten in een winkel. Ze vinden het vervelend dat de rij hun tijd kost. Als er een kassa bij komt rennen ze om het hardst, duwen oude vrouwtjes opzij, trappen op kleine kinderen. Hoera, ik hoefde geen twee minuten langer te wachten, en dan snel om zes uur naar huis om op de bank voor de buis te hangen. Is dat niet gek?

Er waren er drie.

Die tegelijk met haar in opleiding waren.
De chef.
Heette ze Belinda?
Nee, het waren meer van die letters die op mintkleurige bloemen leken die een beetje ronddreven en af en toe uit het water sprongen als er vogels voorbijvlogen.
Beatrice?
Dat was het toch?
Iets dergelijks.
Hoe dan ook.
De chef.
En die man met die ene arm.
En dat meisje met dat platte haar dat de s niet kon zeggen.
'Tomatenfoep, bloemkoolfoep, vruchtenfoep, oké? Alle foepen staan aan deze kant, en daar de bouillon.'
Dat was niet zo moeilijk.
Ze had alles meteen begrepen.
Het was helemaal niet moeilijk.
Het was alsof deze baan op haar gewacht had. Alsof ze nu een lange neus kon maken naar al die gezichten achter die grote bureaus. Korte gesprekken, lange gesprekken, en toen kwamen er nieuwe begrippen op de A4'tjes.
Er
is
veel
reden
om
aan
te
nemen
dat
de
patiënt
nooit
meer
normaal
zal
functioneren.

Eeeh...

We hebben ze voor de gek gehouden!

Ze deed zo hard mogelijk haar best om niet hardop in zichzelf te praten. Bijvoorbeeld wanneer ze chips en popcorn en *cheesepops* en wokkels en zoute stengels en cola en sinas en mineraalwater en citroenfrisdrank en gingerale en magere melk en halfvolle melk en volle melk en slagroom en kookroom en magere kookroom in de vakken zette, maar af en toe ontsnapten er toch een paar woorden, want er was alle reden om het te vieren. Slechts één keer hadden een paar pubers er commentaar op gegeven dat ze hardop praatte, maar toen had ze gewoon haar mobieltje gepakt en daar even in gesproken, en toen klopte het gewoon. Geen reden tot paniek meer. Niet meer. Niet hier.

Nergens, eigenlijk.

Stel je toch eens voor.

Zij?

Een baan?

Camilla glimlachte en toetste de toegangscode van de deur in.

Ze kende nu de codes.

Waarmee ze naar binnen kon.

De klok boven de wastafel in de garderobe wees vijf voor aan. Ze hadden nog maar twintig minuten geleden gebeld. Ze vond het fijn om op tijd te zijn, dan kon ze zich nog voorbereiden.

Ze trok haar broek aan en wilde net haar T-shirt over haar hoofd trekken toen ze ze zag.

De kranten op de tafel.

Wat?

Maar was dat niet...

Ze liep verbaasd dichterbij met haar T-shirt maar half aan.

Op beide voorpagina's.

Bijna dezelfde foto's.

Maar dat was toch...

Hij was het toch?

Die lange jongen?

Die altijd zo aardig was?

En die andere.

Die jongen met de tatoeage op zijn schouder.

Maar waarom...

Ze bladerde snel door de kranten.

Niet alleen de voorpagina, maar ook een aantal pagina's binnenin.

Roger.

Zo heette hij, dat was ook zo.

Hij was een paar keer opgenomen.

Ze waren er tegelijk geweest.

In Gaustad.

Die andere ook, maar niet zo lang.

Sociale vaardigheden.

Die twee waren altijd in de activiteitenruimte aan het kaarten.

Samen met die andere.

Die met die ring.

Hoe heette hij ook alweer?

Ze wist het niet meer.

De deur ging open en daar stond haar chef, glimlachend.

'Hoi, de levering is er al, ben je zover?'

'Ik kom.'

Camilla trok haar T-shirt naar beneden, schoot in de witte schoenen, keek in de spiegel of de badge op haar borst goed zat en liep achter de chef aan de winkel in.

68

Fredrik Riis nam zijn baguette en zijn cola mee naar de briefingruimte en had meteen in de gaten dat de stemming anders was. Het licht brandde. Er was niets op het scherm te zien. De beamer was uit. En Munch zat onderuitgezakt op de tafel met zijn sigaretten naast zich en een kop koffie in zijn hand. Fredrik realiseerde zich nu pas hoe nadrukkelijk Oxen aanwezig was geweest. Fysiek gezien, met zijn een meter negentig en meer dan honderd kilo, maar vooral met zijn provocerende gedrag. Hij plofte op de stoel naast Katja, terwijl Munch opstond en zijn armen over elkaar sloeg.

'Hallo, allemaal. Vandaag doen we het iets anders dan we gewend zijn. Ik ben de eerste om toe te geven dat we de laatste dagen een paar rake klappen hebben gekregen, en we moeten realistisch zijn, onze werkwijze onder de loep nemen en kijken waar we nu staan.'

Munch nam een slok koffie, krabde in zijn baard en leek even na te denken voordat hij verderging.

'Eerst wat info over Mia. Ze is gisteravond uit het ziekenhuis ontslagen en ik heb gezegd dat ze een paar dagen thuis moet blijven. Het gaat naar omstandigheden goed met haar. Haar onderarm is op twee plekken gebroken en die zit in het gips. Ze heeft een paar hechtingen op haar slaap, wat haarscheurtjes in haar kaakbeen, maar verder gaat het goed met haar. Ik moest jullie de groeten van haar doen. Ze wilde natuurlijk direct weer aan het werk, maar ik heb gezegd dat ze even rust moest nemen.'

'We hadden gisteren een vergadering met de leiding,' begon Goli, maar Munch onderbrak haar.

'Nee, ik vertel het zelf, Anette.'

Hij draaide zich weer om en spreidde even zijn armen.

'Oké, zoals Anette al zei, hadden we gisteren een vergadering met de leiding. Ik werd bij Dreyer op het matje geroepen. Ik had al veel eerder naar haar toe moeten gaan, en dat is mijn schuld.'

'Neemt Kripos het nu over?'

Katja's commentaar lokte gemompel uit in het kleine team.

'Daar dreigt ze wel mee, ja, maar ik heb wat tijd weten te winnen, dus voorlopig gaan we op de oude voet door. Ik moest een beetje tegen haar liegen, maar...'

'Waarover dan?'

Anette weer.

'Ik had weinig keus. Ze wilde een concreet antwoord op de vraag waarom ik vond dat we verder moesten, dus dat heb ik gegeven.'

Munch haalde zijn schouders op.

'Wat heb je dan gezegd?'

'Ik zei dat we een afspraak hadden bij het Gaustad-ziekenhuis, dat we met de patiënten mochten praten.'

'Verdomme, Holger. Dat is toch helemaal niet zo?'

'Nee.'

'Waarom mag dat niet?'

Anja Belichek nu.

Anette zuchtte.

'Medische dossiers inzien, in elk geval van psychiatrische patiënten in instellingen, is bijna heiligschennis, dat is vrijwel onmogelijk. Mensen die nog in leven zijn, moeten ons zelf toestemming geven.'

'En die heeft Helmer niet gegeven?'

'Nee. En zelfs voor mensen die zijn overleden moeten we een verzoek indienen. Daar moet een rechter over beslissen; daarna krijgt de familie inspraak bij een hoorzitting en ze kunnen in hoger beroep gaan. Dat kan weken duren.'

'Vooral als het aantoonbaar is dat we niet speciaal naar die patiënten op zoek zijn, dat ze niet eens verdachten zijn.'

Katja haalde hoofdschuddend haar stressbal uit haar zak.

'Inderdaad,' zei Munch met een knikje.

'Dus we richten ons niet meer op Helmer en Lørenskog?'

'Onze volle aandacht gaat nog steeds naar hen uit. Andere aanwijzingen hebben we niet en we moeten zeker dieper graven. Als ik ernaast zit, moeten jullie maar met ideeën komen. Misschien heb ik de laatste tijd niet altijd de juiste beslissingen genomen. En nogmaals: ik neem de verantwoordelijkheid op me.'

Niemand zei iets.

'Oké, dit is wat ik denk. Een student heeft onder de naam Frank Helmer een schilderij gemaakt van een jongen met een das. Katja, jij was daar toch gisteravond?'

'Met een foto, ja. Andersen bevestigde dat het schilderij niet van hem was, hij had het nooit eerder gezien.'

'En je hebt een tekenaar gestuurd?'

'Ze gaat er snel naartoe, dus die tekening krijgen we hopelijk ergens vandaag.'

'Oké, mooi. En dan hebben we ook nog Roger Lørenskog. Eindelijk hebben we de bevestiging gekregen dat hij overleden is. Bedankt, Ludvig.'

'Graag gedaan, hoor,' zei Grønlie, die voor de verandering een keertje was gaan zitten.

'Dus,' zei Munch, en hij nam een nieuwe slok koffie. 'We hebben een getuige die ons vertelde over een mank lopende man, die met Ole Gunnar Solskjær heeft gevoetbald, en VG vindt hem in Kristiansund.'

Hij had een scherpe opmerking van Katja verwacht, maar die kwam niet.

'Een vreemd verhaal, hè? Als die student op de kunstopleiding er niet was geweest. Want hier zit een verband tussen, toch? In mijn hoofd in elk geval wel. Iemand die zich uitgeeft voor een ander.'

Licht gemompel aan de tafeltjes. Zo had Fredrik het ook nog niet bekeken.

'We hebben iemand die zich uitgeeft voor Roger Lørenskog en we hebben iemand die zich uitgeeft voor Frank Helmer. We gaan ervan uit dat het dezelfde persoon is.'

'Als dat schilderij er al iets mee te maken heeft. Dat weten we niet eens,' merkte Anja op.

'Dat dacht ik eerst ook,' zei Munch, en hij zette zijn koffiekop neer. 'Maar als we het van de andere kant bekijken, blijkt dat Mia toch gelijk had. Want waarom zou iemand op die school zich voor iemand anders uitgeven? En waarom koos diegene de naam Frank Helmer?'

'Toevallig?'

'Ja, dat zou je kunnen denken, maar in combinatie met Roger Lørenskog? Waarom kiest hij precies die twee namen, steelt hij precies die twee identiteiten? Als we Helmer niet hadden gehad, had iedereen het verhaal over Lørenskog ergens kunnen horen, dat ben ik met je eens. Een oude vriend, een teamgenoot, wie dan ook, maar in combinatie met de naam Frank Helmer? Wat is de enige overeenkomst, voor zover we weten, tussen die twee en onze man?'

'Gaustad,' antwoordde Katja.

'Inderdaad.'

Munch werd enthousiaster.

'Hier heb ik vannacht van wakker gelegen, maar opeens snapte ik dat het eigenlijk heel simpel is. De kans is extreem klein dat onze man zowel Roger Lørenskogs voetbalgeschiedenis kende als dat hij Frank Helmer kende.'

'Jawel, maar...'

'Het kán natuurlijk toeval zijn. Lørenskog, Helmer en onze man. Dat ze in dezelfde bridgeclub zaten, of betrokken waren bij Helmers pillenhandel.'

'Of elkaar toevallig in een bar leerden kennen. Misschien waren ze supporters van dezelfde club. Bij een wedstrijd...'

'Inderdaad, dank je, Katja. Daarom wil ik dat we nu een beetje brainstormen. Zijn we het erover eens dat dit hoogstwaarschijnlijk verband met elkaar houdt? Dat onze man op een of andere manier met Lørenskog en Helmer in contact was?'

'Ongetwijfeld,' zei Grønlie met een knikje.

De anderen knikten ook.

'Oké, goed. En we weten dat die twee een paar keer tegelijkertijd in de psychiatrische kliniek in Gaustad waren opgenomen. Ik geloof dat het in gebouw 21 was, op de psychoseafdeling.'

'Hij móét daar toch vandaan komen,' vulde Katja aan.

'Dat denk ik natuurlijk ook, maar laten we de opties openhouden. Dit hebben we al, dus laten we kijken of we nog iets anders kunnen bedenken. Iets nieuws, waar we nog niet eerder aan hebben gedacht.'

'En is het uitgesloten dat we de dossiers mogen inzien?' vroeg Anja aan Anette.

'Theoretisch gezien is het natuurlijk mogelijk,' verzuchtte Goli. 'Maar dan moet je door een gedegen proces. Eerst moeten we een concrete verdenking tegen iemand met een dossier hebben en dan duurt het ook nog heel lang. Vooral als het om willekeurige personen gaat, zoals in dit geval.'

Ze zette een stemmetje op.

'*Hallo, met de politie van Oslo, we hebben een verdenking tegen iemand die een paar keer bij jullie opgenomen is geweest. We weten niet wie het is, dus mogen we alsjeblieft alle persoonlijke dossiers inzien van al jullie patiënten?* Dat gaat natuurlijk niet lukken. Dus we moeten iets anders verzinnen.'

Anette keek op haar telefoon en weigerde een oproep.

'Dus,' zei Munch. 'Heeft iemand een idee?'

'Kunnen we het aan iemand vragen die daar werkte?' vroeg Grønlie. 'Iemand die daar in die periodes was?'

'Dat is goed bedacht,' zei Munch.

'Nee,' zei Anette, en ze weigerde nog een oproep.

'Waarom niet?'

'Omdat ze geheimhoudingsplicht hebben. Ze mogen niet over patiënten praten; dan raken ze hun baan kwijt en kunnen ze zelfs worden vervolgd.'

'Jawel,' zei Katja, 'maar dat is toch niet ons probleem? Als iemand per ongeluk wat informatie lekt, zullen ze dat van mij niet horen.'

'Nee, dat...' begon Anette, maar Munch onderbrak haar.

'Dat is zeker een mogelijkheid. Binnen bepaalde grenzen natuurlijk. We kunnen niemand ergens toe dwingen, maar als we iemand vinden die wil praten, dan maken we daar uiteraard gebruik van. Denk je dat we een lijst met medewerkers kunnen krijgen?'

'Uitgesloten,' zei Anette.

'Oké, dan moeten we creatief zijn. Hoe kunnen we in contact komen met mensen die bij die twee in de buurt zijn geweest in de periodes waar het om gaat?'

'Misschien kan Helmer ons helpen?' stelde Fredrik voor. 'In het begin was hij coöperatief. We weten alleen wanneer hij was opgenomen omdat hij ons dat zelf heeft verteld.'

'En omdat Mia een brief van Gaustad in de kelder heeft gevonden,' voegde Katja toe.

'Onrechtmatig,' mompelde Anette.

'Ja, maar toch...'

'Helmer praatte een eind weg,' zei Munch. 'Totdat zijn advocaat doorhad hoe weinig bewijs we hadden en zei dat hij zijn mond moest houden. Sindsdien heeft hij niets meer gezegd, maar het is natuurlijk nog een poging waard.'

'Deze moet ik opnemen,' mompelde Anette. Ze liep de ruimte uit met haar telefoon tegen haar oor.

'En Rogers zus?' vroeg Katja. 'Natalie. Misschien weet zij meer. Met wie hij op de kamer lag en wie zijn vrienden waren, ook buiten de kliniek?'

'Goed, Katja. Neem jij dat op je?'

'Prima.'

'Oké, dit is goed, mensen,' zei Munch, en hij pakte zijn koffie weer. 'Meer voorstellen voor hoe we...'

Hij werd onderbroken door Anette, die hijgend de ruimte in kwam.

'We hebben nieuwe vermissingen. Twee jongens. Elf jaar. Gisteravond verdwenen tijdens een kampeertochtje.'

'Waar?' vroeg Munch, die al overeind gekomen was.

'In Løvstad, een woonwijk bij Hakadal. Ze hebben daar vlakbij een vervallen huis in het bos gevonden. Resten van verbrande pornofoto's op een kampvuurtje buiten, lege frisdrankflesjes binnen.'

'Katja. Fredrik. We gaan er met drie auto's naartoe,' bromde Munch. Hij pakte zijn jas en liep snel naar de deur.

69

Mia Krüger zat onder een plaid in een stoel voor de muren met alle foto's en probeerde haar ogen open te houden. Ze hadden haar in het ziekenhuis pijnstillers gegeven en erop gestaan dat ze die nam, maar ze had het geweigerd; ze had haar hoofd nu wel genoeg verruïneerd. Midden in de nacht werd ze wakker van haar eigen gekreun vanwege de pijn in haar slapen en haar kaak. De hele kamer draaide als een carrousel om haar heen, dus moest ze toegeven dat het toch niet zo slim was geweest. Ze was naar de badkamer gestrompeld en had hijgend voor de wastafel gestaan. Indien nodig één tablet. Ze had er drie genomen. Een paar minuten later was ze als een blok in slaap gevallen en ze was wakker geworden bij een waterig zonnetje met een hoofd dat niet echt wilde meewerken.

Verdomme.

Ze kwam voorzichtig overeind en slofte naar de keuken. Haar hele lijf deed pijn. Ze wilde eigenlijk koffie, maar nam toch maar thee, droeg het kopje voorzichtig mee terug naar de warme deken en bleef wezenloos naar de wanden voor zich staren.

Laat je niet kisten, Mia.

Het moet hier ergens zijn.

Ze hoorde haar telefoon weer. Dat was de hele ochtend al zo gegaan. Mama deze keer. Haar dochter stond op de voorpagina van de kranten en alle gesprekken met buren en collega's gingen erover. Dus nu vind je het wél goed? Maar toen ik zei dat ik bij de politie wilde, vond je dat een slecht idee. Ze schoof het van zich af. Kleinzielig. Natuurlijk gunde ze haar moeder een beetje aandacht vanwege haar dochter – ze wist dat zoiets belangrijk voor haar was. Belangrijke mensen die hun nek uitstaken, aandacht kregen. Liefst in de media. Zelf had ze het liever niet gewild.

Het was allemaal zo snel gegaan. Ze had niet eens kunnen denken, had alleen maar instinctief gereageerd; met haar armen voor haar hoofd had ze de dunne botjes daarbinnen horen kraken. Er was een golf van pijn door haar heen gegaan, explosies van licht voor haar ogen. Ze had zich maar net staande kunnen houden. De tweede klap kwam op haar hoofd terecht, had gelukkig alleen haar slaap geschampt, en dat had haar in de positie gebracht om te kunnen reageren, toen hij licht voorovergebogen stond na de zware klap. Ze had hem met al haar kracht een knietje gegeven, gevolgd door een trap in zijn kruis en een elleboog in zijn nek, en toen was de situatie plotseling honderdtachtig graden gedraaid. Zij was niet langer de prooi; ze was de jager. De verraste blik op het laffe gezicht toen het tot hem doordrong dat ze niet zomaar iemand was en hij naar de deur was gerend.

De rest stond in de krant.

Verdomme nog aan toe.

Munch had haar vreemd aangekeken.

Buiten op het gras.

Met een soort bewondering, maar ook met twijfel.

Wie heb ik in hemelsnaam aangenomen?

Ze kon hem wel begrijpen.

Natuurlijk.

Haar telefoon ging weer en ze zette het geluid nu af. Weer een onbekend nummer. Nog een journalist zeker.

Ze had geen enkele controle over haar impulsen. Had zich gewoon een dier gevoeld. Haar tanden laten zien. Gedaan wat iedereen zou doen om zich te verdedigen. Ze had hem kunnen laten lopen, dat circus kunnen vermijden. Maar ze kon niet anders.

Ze blies even om haar thee te laten afkoelen en probeerde zich te concentreren op de muren voor zich.

Hij had de foto's anders gehangen.

Gisteravond, toen alles wazig was.

Nu terug naar de essentie.

Het verband.

Dat moest er toch zijn.

Wat was nou de samenhang?

Twee jongens in Zweden.

Oliver en Sven-Olof.

Oliver de uitverkorene.

Omdat hij in de smaak viel.

Maar hoe?

Hoe waren zij op zijn pad gekomen?

Ruben en Tommy.

Ruben de uitverkorene.

Hier wist ze meer. De dader had geprobeerd om de jongens over te halen om hem te helpen.

Zich uitgegeven voor een ander?

Waar hoorde dit bij?

Had hij hetzelfde ook met Helmer gedaan?

Oké, niet aan denken.

Dat weet je al.

Hij moet langer met hen in contact zijn geweest.

Hen eerder hebben gekend.

De samenhang.

Die moet hier ergens zijn.

Oké.

De dieren.

De peuken.

Waar heeft hij die peuken vandaan?

De kunstopleiding.

We moeten er weer heen.

Met de leerlingen praten.

Haar ogen vielen langzaam weer dicht. Ze liet bijna haar theekopje vallen en moest het op de grond zetten.

Stel je verdomme niet aan, Mia.

Ze sloeg zichzelf met haar vlakke hand in het gezicht. Ging de badkamer in en hield haar hoofd onder de kraan, kwam terug met een nat T-shirt, maar alles bleef wazig om haar heen. Ze kon de foto's voor zich op de muur nauwelijks nog zien. Haar telefoon knipperde weer, maar ze kon het niet opbrengen te kijken wie het was. Haar oogleden werden loodzwaar terwijl ze de plaid dichter om haar koude lichaam trok en ten slotte toegaf aan de slaap.

Ze wist niet hoelang ze geslapen had, maar het kon niet lang geweest zijn. De zon wierp nog steeds dezelfde schaduwen de kamer in, nu op Patrick Olsson, die bezorgd in de deuropening stond met twee bekers takeawaykoffie.

'Gaat het wel?'

Hij kwam aarzelend de lichte kamer in. Ze kon nu alleen zijn silhouet zien. Ze had nog steeds hoofdpijn en haar lijf begreep niet waarom ze het had gewekt, wilde niets liever dan terug naar de warmte.

'Wat?'

'Gaat het wel goed met je? Ik had de sleutel meegenomen. Ik heb koffie bij me. Zal ik weer gaan?'

Ze vermande zich, kwam langzaam van heel ver, pakte de lauwe koffie aan en ging traag overeind zitten.

'Nee, nee.'

'Zeker weten?'

'Ja hoor. Ik voel me prima. Ben alleen een beetje moe.'

Ze gooide de plaid van zich af en stond langzaam op. De hele kamer draaide nog steeds om haar heen.

'Ik kan best later terugkomen,' zei de donkere schaduw. 'Je moet eerst weer beter worden en goed uitrusten.'

'Nee hoor,' mompelde Mia weer. Ze wankelde over de vloer naar de foto's die ze had uitgezocht en ging er met haar vinger overheen.

'Dit,' zei ze voorzichtig. 'Hier zit het. Als we het verband tussen deze foto's vinden, dan vinden we hem.'

Hij kwam dichterbij. Ze kon zijn adem horen, maar kon hem nog steeds niet goed zien. Ze boog haar hoofd naar de grond, terwijl de misselijkheid door haar heen golfde. Nu een arm op die van haar, en snel zat ze weer in de stoel, met het raam open en frisse lucht stroomde over haar warme gezicht.

'We doen nu niets meer,' zei de stem achter het silhouet. 'Je moet een beetje ontspannen.'

'Nee, dat...'

'Ja, ik sta erop. Heb je iets gegeten?'

Ze schudde langzaam haar hoofd.

'Zo gaat het niet langer, Mia. Je moet iets eten. Wat heb je in huis? Wat kan ik voor je maken? Of zullen we iets bestellen?'

Ze mompelde iets, maar begreep zelf niet helemaal wat ze zei en wees slapjes naar de keuken.

'Zo terug,' zei de schaduw. Langzaam ging hij op in het licht. Haar telefoon ging weer.

Een lang nummer.

+61?

Waar was dat in hemelsnaam?

In de keuken kon ze een kraan horen, de waterkoker, de koelkastdeur die opengging en rammelend bestek in een la.

Er werd opgehangen, maar toen ging haar telefoon opnieuw.

+61?

Haar nieuwsgierigheid won het ten slotte. Ze drukte op het groe-

ne knopje en hield de telefoon voorzichtig tegen haar oor.
'Hallo?'
Iemand van heel ver, een man. Vertraging op de lijn, hij moest ver weg zijn.
'Spreek ik met Mia Krüger?'
'Ja.'
'Van de Noorse politie?'
'Ja. Met wie spreek ik?'
Haar stem klonk alsof het niet de hare was.
'Je spreekt met Wilfred Hansen. Ik bel je omdat je een tijdje terug op mijn oude werk was. Met een foto van mijn vos.'
'Jouw vos?'
'Je hebt toch met Dobrov gesproken, mijn oude baas bij NINA?'
Het kwam nu langzaam boven.
'Ja, natuurlijk, ja. Hallo. Ben jij...'
'Ik ben de promovendus die iedereen teleurgesteld heeft en naar Australië is vertrokken. Ze heeft me de foto gestuurd. Ze vroeg zich af of ik iets wist. En ik weet er wel wat van. Die gedode vos die jullie hebben gevonden, is mijn vos. Mijn speciale vriendin, Lisa. Dat iemand haar zoiets kon aandoen is...'
Onduidelijk gevloek ergens ver weg op de lijn.
'Oké,' zei Mia, en ze werd een beetje wakker.
'Wat wilde je met haar?'
'Ik was op zoek naar haar territorium,' zei Mia. Ze kwam overeind. 'Ik had gehoopt dat ze een actief zendertje had, zodat we konden nagaan waar ze werd gedood.'
'Dat had ze niet,' zei de student.
'Nee, dat weet ik. Jammer.'
'Maar ik weet wel waar haar hol was.'
'Echt waar?'
Mia strompelde naar de vensterbank en vond pen en papier.
'Nou, ik weet precíés waar ze leeft. Of liever gezegd: leefde. Daar ben ik heel vaak geweest. Het was bijna mijn andere thuis. Lisa was een ontzettend trouwe moeder. Je weet dat vossen wel eens op drift gaan, soms mijlenver, maar Lisa niet. Lisa bleef altijd in de buurt van haar hol. We zijn goede vrienden geworden, wij tweeën. Ik heb een aantal prachtige foto's van haar met diverse nesten met welpjes. Als je het leuk vindt, stuur ik ze wel.'

'Ja, dat zou ik leuk vinden,' zei Mia. 'Waar zei je ook alweer dat haar hol was?'

'Het lag helemaal in Ålsbygd. Bij een meer dat Vassbråa heet, weet je waar dat is?'

'Nee, geen idee.'

'Oké, je kunt het makkelijk vinden, ik heb de exacte gps-coördinaten. Het kan niet missen.'

'Hoe ver is het van Oslo?'

'Ongeveer anderhalf uur, als er niet te veel verkeer is.'

'Kun je het op de mail zetten? De coördinaten en de foto's?'

'Natuurlijk.'

Mia liet pen en papier vallen en gaf hem haar adres.

'Ik hoop dat je er iets aan hebt.'

Ze kon hem bijna niet meer horen.

'Vast en zeker, dank je wel, hoor.'

'Graag gedaan.'

Mia stopte de telefoon in haar broekzak en liep met onvaste tred naar de gang.

'Waar ga je naartoe?'

Patrick kwam achter haar aan met een kop instantsoep in zijn hand.

'Ik heb de vos gevonden.'

'Wat?'

'De gedode vos, ik weet waar die zich ophield.'

'Maar...'

'Nee, we gaan er nu heen, maar we moeten eerst naar de Mariboes gate om een auto te halen. Heb jij een rijbewijs?'

'Eh... ja.'

'Goed zo. Trek je schoenen aan.'

70

Ludvig Grønlie zat aan zijn bureau en loerde naar Anja, die geen woord had gezegd sinds de vergadering met Munch in de briefingruimte, wat helemaal niets voor haar was. Meestal kletste ze aan één stuk door, vooral in zichzelf, over het een of ander op het scherm, en in het begin had het hem geïrriteerd. Voorheen had hij daar alleen gezeten, maar al snel was hij die jonge vrouw, haar gezelschap, gaan waarderen en nu zou hij niet meer zonder haar kunnen.

'Kan ik je helpen met...' begon hij, maar ze stak afwerend haar hand in de lucht.

'Stil, ik denk na.'

'Ja, natuurlijk.'

Hij glimlachte en deed alsof hij zijn mond op slot draaide. De rollen waren voor een keertje omgedraaid. Plotseling ging zijn telefoon en tot zijn verbazing was het Mia.

'Hoi, Mia, hoe gaat het?'

'Wat? Dank je, goed. Weet je of ik een auto kan meenemen?'

'Wat bedoel je?'

'Of ik een auto kan krijgen?'

'Ze staan beneden in de kelder. De sleutel steekt erin. Weet je de code van de kelderdeur? Die is dezelfde als hier. Maar moest je niet...'

Ze had al opgehangen.

'Verdomme nog aan toe,' mompelde Anja, en ze zette haar bril af.

'Wat is er? Kan ik je ergens mee helpen?'

'Nee, ik denk het niet. Verdorie, ik ben in mijn geheugen aan het graven.'

Ze wreef over haar ogen.

'Wat is er?'

'Gaustad. Mijn zusje had een vriendinnetje. Een buurmeisje, ze was vaak bij ons. Maar op een dag was ze zomaar weg. En ik denk dat ze daar werd opgenomen.'

'In die kliniek?'

'Ja. Ik geloof dat het Gaustad was. Volgens mij heeft mijn zus haar daar ook een paar keer opgezocht. Verdorie, ik kan niet meer op haar naam komen.'

Ze pakte haar tas van de grond.

'Ik ben even weg. Niet zo lang, goed?'

'Goed,' zei Ludvig, en hij stond op.

Hij had nu echt koffie nodig voor wat hij nu ging doen.

De Zweed.

Waarom stond zijn naam niet in de toegezonden papieren?

Hij had niet de innerlijke rust om nieuwe koffie te zetten, nam in plaats daarvan het laatste restje van de oude, ging weer voor het scherm zitten en opende de grote archiefmap.

Waar moest hij beginnen?

Hij dacht even na en toen wist hij het.

Hij klikte op de documenten. Het duurde even voor hij gevonden had wat hij zocht.

Een lijst met contactpersonen.

Belangrijke mensen.

In het Zweedse rapport.

Hij nam de vaste telefoon en koos het bovenste nummer.

'Polis Väst, met Karin.'

'Hallo, met Ludvig Grønlie, afdeling Moordzaken in de Mariboes gate, politie Oslo. Ik ben op zoek naar informatie over iemand die aan het onderzoek naar de moorden op Oliver Hellberg en Sven-Olof Jönsson heeft gewerkt.'

'Dat waren er nogal wat. Naar wie ben je met name op zoek?'

'Een profiler. Patrick Olsson.'

Het werd stil aan de andere kant.

'Nee, er gaan geen belletjes rinkelen, maar wacht even.'

Ze hield haar hand over de telefoon en riep iets door de kamer, waarna ze weer aan de lijn kwam.

'Nee, we hebben niemand die zo heet, in elk geval niet hier bij ons. Heb je Rikskrim al geprobeerd?'

'Die staat op mijn lijstje, dank je voor je hulp.'

'Niets te danken.'

Hij vond het nummer meteen en wachtte met een onbehaaglijk gevoel op een antwoord.

Het kon toch niet...

Nee, dat was onmogelijk.

'Rikskrim, Stockholm, met Stefan Holm.'

71

Er viel wat motregen op de voorruit van de zwarte Audi toen ze het Sinsenkruispunt passeerden en de stad achter zich lieten, een zeer lokale regenbui die al over was voor ze de renbaan van Bjerke voorbijreden. Mia was er maar één keer geweest – een plotselinge inval van haar vader, lang geleden, ze was misschien tien. Draverij, dat was het nieuwste, wedden op paarden. Drie uur later en duizend kronen van het vakantiegeld lichter waren ze weer bedremmeld naar huis gereden en de woorden 'paard' of 'renbaan' werden nooit meer genoemd. Ze zaten weer als vanouds op de bank op zaterdagavond. Hij met het vertrouwde lot in zijn hand, en ze kon zich nog steeds zijn pretogen herinneren, het geheimpje tussen hen tweeën. Wij wedden niet om grote bedragen hier in huis, daar besteden we ons geld niet aan. Ze deden het al twintig jaar. Vijf goede getallen plus een reservegetal, en je won. Waarom ze ermee doorgingen, elke week, op dezelfde tijd, even enthousiast en hoopvol, daar had ze geen idee van, maar het was steeds hetzelfde. Pizza op tafel. Frisdrank voor de kinderen, 'sst!' als iemand durfde te praten, want nu werden in Hamar de lottogetallen getrokken. Misschien was dit wel een van haar intiemste jeugdherinneringen: de gezelligheid en het samenzijn, de ronddraaiende vallende balletjes, het ene na het andere, mama die elke keer juichte als ze toevallig het eerste en het tweede cijfer goed had. En daarna de zaterdagfilm. Een keuze die niet altijd werd gewaardeerd door haar ouders, maar dat maakte niet uit. De geur van haar vader wanneer ze dicht tegen hem aan kroop, met het bakje popcorn naast zich op de bank. Sigrid, die altijd om alles moest lachen, ook om dingen die helemaal niet zo grappig waren.

Het lukte Patrick ten slotte de laatste regendruppels weg te vegen met de ruitenwissers, die kennelijk niet zo makkelijk te vinden waren in dit slagschip van een auto dat zachtjes brommend uit de parkeergarage was gekropen. Zij zag er niets bijzonders aan: een standaard vierwielaandrijving 4,2 Quattro. Wel het nieuwste model – misschien daarom juist. De psycholoog reed vast in iets ouds. Iets nostalgisch, dat beter bij hem paste. Misschien zelfs een oldtimer; ze zag hem al bijna voor zich met een Engelse pet en een geruit flanelpak achter het stuur van een open MG, misschien een rode tweedeurs Roadster uit 1961, pijp in zijn mond, sjaal losjes wapperend in de wind. Nee, misschien toch niet. Iets simpelers was waarschijnlijker. Minder flitsend. Misschien een oude Toyota Corolla, beige, of iets anders kleurloos, met hier en daar roestplekken, iets te weinig lucht in de banden en die maar net in de eerste versnelling een helling op kon. Ze moest even lachen om haar eigen gedachten. Ze voelde dat vermoeidheid zich weer van haar meester maakte, toen de zon weer tevoorschijn kwam en ze hem met veel wuiven en wijzen eindelijk weer op de Trondheimsveien had gekregen. Hij was bepaald geen ervaren chauffeur, die Zweed, die opnieuw de verkeerde flipper van het moderne stuur aanraakte en de sproeier van de achterruit weer aanzette, maar dat was niet zo erg. Jeetje, wat had ze lang last van die tabletten. Wanneer was ze opgestaan? Zou het om een uur of vier, vijf geweest kunnen zijn? Ze kon haar ogen bijna niet openhouden. Eerst geen enkele en dan ineens drie stuks. Echt iets voor haar. Totaal geen impulscontrole. Het regende weer toen ze langs Groruddalen reden. Deze keer de goede flipper, de rustige, trage halen van het rubber over de voorruit. Van dat ritme werd ze nog slaperiger. Ze ging rechtop zitten in haar stoel en probeerde zichzelf wakker te houden. Ze waren bij de Shell-pomp gestopt, hadden wat water gekocht en de Zweed wilde snus hebben. Ze draaide het dopje van het waterflesje en dronk de helft op in een poging de medicijnen uit haar lijf te spoelen. Snus? Tjonge, dat viel haar van hem tegen. Het was het smerigste wat Mia kende, mensen met snus. Eén ding waren die porties, maar die mensen die hun vingers in die shit staken en daarna het plukje onder hun lip duwden? Bruin slijm over hun tanden en in hun mond – gadver.

'Kun je hier iets mee?'

Ze onderdrukte een geeuw en wees naar het losse navigatiekastje dat ze in het handschoenenkastje had gevonden, samen met een kaart, een zaklantaarn en een lijst met wat er altijd in de auto moest liggen, waaronder een EHBO-trommeltje in de bagageruimte. Iemand had behoorlijk zijn best gedaan om ervoor te zorgen dat alles in orde was. Volledige controle over het wagenpark en alles wat een agent van haar kaliber op een gewone werkdag nodig had was voorhanden. Ze moest weer even in zichzelf lachen. Lieve hemel, kwam het effect van die tabletten soms in golven? Ze had bijna het gevoel dat het pilleneffect weer toenam, nog een rondje pijnstilling, hoewel het niet echt werkte, maar ze klaagde niet. Haar maag rommelde, maar ze moest niet aan eten denken. Bij de benzinepomp had ze een energiereep geprobeerd, maar daar had haar lijf niets van willen weten. Het moest maar weer soep worden. Voorlopig zat dat er echter niet in. Je kon hier nergens eten afhalen. Ze hadden de voorsteden nu achter zich en hiervan waren toeristen altijd zo van onder de indruk: het ene moment ben je in de hoofdstad en tien minuten later in de vrije natuur.

Hij had haar niet gehoord. Patrick was vandaag nogal korzelig. Niet zijn gebruikelijke opgewekte, positieve zelf. Hij keek strak door de ruit, beide handen stevig aan het stuur. Hij had bijna geen woord gezegd sinds ze in de auto waren gestapt. Zou er thuis iets zijn gebeurd? Waar woonde hij eigenlijk? Ze bedacht ineens dat ze weinig over hem hadden gesproken. Over zijn leven. Niet meer getrouwd en geen kinderen, dat was het enige wat ze wist. Haar fout waarschijnlijk, doordat ze zo in beslag was genomen door de foto's.

'Weet je hoe dit werkt?'

Ze hield de grijze gps omhoog tussen de stoelen en zwaaide er een beetje mee voor zijn gezicht.

'Ik geloof niet dat het erg moeilijk is,' mompelde de Zweed, die vandaag zichzelf niet was. 'Je hoeft alleen maar de coördinaten in te toetsen en het pijltje te volgen.'

'Het pijltje?'

'Ja, of het geluid of de lichtjes, ik weet niet welk model dit is. Ga even weg met dat ding. Ik probeer me op de weg te concentreren.'

Ja hoor, gezellige conversatie en een gezellig tochtje. Ze had natuurlijk alleen moeten gaan, maar dat ging niet. Niet met dat hoofd, niet met dat lijf vandaag, dus er zat weinig anders op dan de dag maar uit te zitten met een vervelende en vrij slechte chauffeur.

'En moeten we nu rechtdoor?'

Hij bleef strak voor zich uit kijken en keurde haar zelfs geen blik waardig, alsof door een nanoseconde onoplettendheid het heelal in elkaar zou storten.

'Ik zei: rechtdoor, de hele tijd. Negentig minuten. Er is niet één bocht voor we bij Roa zijn en dat is nog minstens een uur. Daar moeten we naar rechts. Een uur lang rechtdoor en dan naar rechts, oké?'

Ze werd weer overvallen door slaap en kon er deze keer geen weerstand aan bieden. Het monotone landschap buiten. Bomen die voorbijflitsten. Het geluid van de banden op het asfalt.

'Ik moet gewoon even slapen. Wil je me over een uur wekken?'

Hij keek even snel naar haar, voor het eerst sinds het centrum.

'Ga je slapen? Nu?'

'Sorry, maar ik ben erg moe,' zei Mia geeuwend, en ze deed haar ogen dicht.

O, wat heerlijk.

'Een uurtje, oké?'

Ze hoorde amper het antwoord, van heel ver weg.

72

Munch stapte uit de auto en werd opgevangen door een forse geüniformeerde man met een leren politiejack. Een harde stem, een verzorgde baard en handschoenen.

'Ruud, onderzoeksleider.'

'Wat hebben we hier?' vroeg Munch, en hij keek even op naar een wit Block Watne-huis dat iemand hier in het bos had gebouwd. Het lag afgelegen, niet zoals je zou verwachten bij andere huizen in de buurt, die een paar honderd meter verder voorbij de bocht stonden.

'Twee jongens, Kevin Myklebust en Ronny Eng. Ze zijn voor het laatst in dat huis gezien. De ene woont er, samen met zijn moeder. Die is... tja.'

Hij haalde een hand door zijn haar.

'Ze is helemaal van slag, en dat is ook wel te begrijpen. Ze zei dat de jongens gingen kamperen, maar voor zover we weten hadden ze geen tent mee. We hebben wel een vreemde plek in het bos gevonden. Dat weten jullie misschien al?'

Munch knikte en nam een sigaret uit het pakje.

'Hetzelfde als wat jullie in Oslo vonden?' vroeg de agent, duidelijk nieuwsgierig. 'Denk je dat er een verband is met de vermoorde jongens op dat veldje?'

'Zou kunnen,' antwoordde Munch, en hij stak zijn sigaret op. 'En het andere gezin?'

De onderzoeksleider wees.

'Die woonden in de woonwijk rond de bocht. De familie Eng. In een rood huis, het eerste aan je rechterhand. Ze zijn natuurlijk overstuur. We hebben hun gevraagd om thuis te blijven en op bericht te wachten, maar ik weet niet of ze dat hebben gedaan. De vader werkt kennelijk bij het Rode Kruis; ze hebben een zoekactie opgezet. Er komen al mensen aan.'

Hij knikte naar de weg, waar een handjevol mensen zich naar een verzamelpunt in de tegenovergestelde richting haastte.

'En wat hebben jullie gedaan?'

'Iedereen opgeroepen die in Nittedal beschikbaar was. Ik heb elf agenten op de zaak zitten. Ze bellen bij mensen aan, ze kammen het bos hier uit.'

Hij zuchtte even en haalde weer zijn hand door zijn haar.

'Maar we zijn hier niet in het centrum van Oslo. We zitten overal kilometers vandaan, midden in het bos. Ze kunnen overal zitten. Misschien liggen ze wel achter een steen te slapen, maar ik heb voor de zekerheid contact opgenomen met Kripos.'

'O?'

'Ja, ik weet dat ze vermissingen pas na achtenveertig uur serieus nemen, maar omdat alles wel erg op jullie verslagen leek...'

'Juist ja,' zei Munch met een knikje. 'Hebben jullie het naar het lab gestuurd?'

'Wat gestuurd?'

'De flessen?'

'Nee, nog niet. Ik dacht dat jullie misschien alles eerst wilden zien, maar FO is binnen geweest en ze hebben sporen verzameld en veiliggesteld: vingerafdrukken, haren – nou ja, je kent het wel.'

'Goed zo.'

Munch wendde zich tot Katja, die vanaf haar auto naar hem toe liep.

'Eentje hier: Kevin. En eentje om de bocht: Ronny. Kun jij met de familie praten? Eng heetten ze toch?'

De onderzoeksleider knikte.

'Zoek uit waar ze voor het laatst zijn gezien en of iemand hier iets vreemds is opgevallen.'

'Oké.' Katja knikte en rende terug naar haar auto.

'Want dat zou je hier wel merken, toch?'

'Wat bedoel je?'

'Of iemand zich verdacht gedroeg. Of er iets ongewoons gebeurde.'

Munch nam een trek van zijn sigaret en keek uit over de velden. Bos. Heuvels. Akkers. Hier gebeurde niet veel. Goed zo. Als er de laatste dagen iets bijzonders was gebeurd, zouden ze dat hebben geweten. En als dat niet zo was?

Dan woonde de klootzak hier misschien in de buurt?

'Was er verder nog iets?' vroeg Munch, en hij haalde zijn laarzen uit de bagageruimte.

'Waar denk je aan?'

'Iets opvallends? Iets wat iemand heeft gezegd? Iemand die de aandacht trok? We zijn hier op het platteland, waar mensen graag over elkaar praten.'

De politieagent aarzelde even en wierp een blik op het witte huis.

'Tja, ik weet niet hoe belangrijk het is, maar er wordt veel gepraat over de man die daar woont.'

'O ja? Wie is hij dan wel?'

'Hij heet Wennberg. Woont alleen. Een oudere man, heb ik begrepen.'

'En wat wordt er dan gezegd?'

Munch gooide zijn peuk weg en trok zijn laarzen aan.

'Niets dan roddels. Dat hij een rare snijboon is. Dat hij naar kinderen gluurt. Dat hij dieren opzet. Dat niemand er naar binnen durft.'

'Oké, en hebben jullie met hem gesproken?'

'Nee, hij is niet thuis,' antwoordde de agent, die voor Munch uit liep naar het huis. 'Wil je eerst met de moeder praten?'

'Kevins moeder?'

'Ja.'

'Nee, dat komt later wel. Vraag haar maar of ze thuis wil blijven. Ik wil eerst de plaats delict bekijken. Waar jullie denken dat ze sliepen, dat zei je toch?'

Bij het huis sloegen ze de hoek om en over een pad liepen ze door het dichte bos.

'Ze gingen kamperen. Maar zoals gezegd, was er nergens een tent. We hebben binnen wel slaapzakken en wat eten gevonden, dus we gaan ervan uit dat ze daar zijn geweest.'

'Hoe laat zijn ze gisteren vertrokken?'

Munch stapte over een stroompje en bukte zich om onder een grote tak door te lopen.

'Rond zeven uur. De jongen moest van zijn moeder buiten wachten. Ze ging douchen en toen ze naar buiten kwam, waren ze allebei weg.'

Het was vochtig, er lag modder op de weg. Munch ging naast het pad lopen en duwde nog meer takken opzij.

'En wanneer zijn ze als vermist opgegeven?'

'We kregen om elf uur een melding van de moeder van Ronny Eng. De jongen moest om negen uur thuis zijn, ze zouden naar een verjaardag gaan. Hij mocht gaan kamperen, maar moest 's ochtends wel precies om negen uur thuis zijn. Hij had zelfs een wekker bij zich. Die hebben we daar ook gevonden.'

De grond was hier niet zo nat en mossig. Opeens brak de zon tussen de bladeren door, maar verder was het bos heel dicht. Munch stak zijn hand in zijn zak en zette zijn rinkelende telefoon uit.

'En Kevins moeder?'

'Het duurde even voordat we haar wakker kregen. Ze snapte niet wat er aan de hand was. Ze leek wel te zijn vergeten dat haar zoon niet thuis was. In elk geval had ze hem niet gemist. Ze was de kluts een beetje kwijt, om het zacht uit te drukken.'

'Verwaarlozing?'

'Hoe bedoel je?'

'Wat was je eerste indruk van haar? Van het appartement? Was ze een oplettende ouder die alles op orde had, of was ze misschien meer het type dat niet eens merkt of haar zoon thuis is of niet?'

De agent keek hem vragend aan.

'Eerder het laatste. Is dat belangrijk?'

'Natuurlijk, alles is belangrijk.'

Munch bleef staan en hapte naar adem.

'Is het nog ver?'

'Nee, het is achter die heuvel.'

De onderzoeksleider deed een stap opzij en liep voor hem uit over de hei.

73

Anja Belichek stond voor het lichtgroene gebouw op de hoek van het kruispunt tussen de Kierschows gate en de drukke Uelands gate toen er plotseling jeugdherinneringen bij haar bovenkwamen aan de tijd dat zij, haar zusje en haar moeder uit Polen waren gekomen om eindelijk weer samen te zijn met haar vader, die al zo lang in dat verre, koude noorden zat. Geen onverdeeld positieve herinneringen, bepaald niet. Gelukkig zaten de huidige bewoners zo te zien in een volledig gerenoveerde woning, die in veel betere staat was dan toen zij erin trokken, maar de locatie was natuurlijk nog net zo slecht: pal aan een rotonde, met bus 20 en al het andere verkeer dat vlak voor het raam langsraasde. De begane grond zag er nog hetzelfde uit en de begrafenisonderneming ernaast zat er ook nog steeds. Onder het dekbed in het smalle bed had ze vaak haar zusje moeten geruststellen, vasthouden en troosten. *Er wonen hier dode mensen in huis. Welnee, Zofia. Echt wel, het staat op de ramen. Er staat* BEGRAFENIS, *dan worden mensen in de grond gestopt, als ze dood zijn en wachten om in de hemel te komen. Ze liggen daar tegen mij te praten.* Haar zusje was zes en zij acht, en om een of andere reden had de kleine zich die rare nieuwe taal spelenderwijs eigen gemaakt; ze sprak al na een paar maanden met iedereen vloeiend Noors. Anja zelf had er vrij lang moeite mee gehad. Ze voelde zich een vreemde eend in de bijt en buitengesloten op de verder heel fijne Lillebyschool, voorbij de tramrails. Een heel jaar bijna, de hele derde klas, was ze niet meer het middelpunt van de klas, zoals thuis in het kleine Weselno, maar was ze een toeschouwer in die grote vreemde stad.

Maar het was toch goed gekomen. Langzaam maar zeker werd alles gewoon. Ze was aan al dat rare en nieuwe gewend geraakt en begon het eigenlijk wel leuk te vinden.

Ze glimlachte in zichzelf en liep naar de bordjes bij de voordeur.

Camilla.

Natuurlijk, het had op het puntje van haar tong gelegen, ze had haar zus even kunnen bellen om erachter te komen.

Camilla Holt.

Uit het huis een stukje verderop.

Ze viste haar telefoon uit haar tas en toetste het nummer van haar zus in.

'Zofia? Zei je niet dat het op onze oude stek was? Ik zie haar naam niet op de deur staan.'

'Nee, ik kan het me ook niet meer herinneren. Er was daar wel een of ander bedrijf, die naam stond ook op de bel. Mofies? Lofies – kan het zoiets zijn?'

'Slowpace AS?'

'Ja, dat was het.'

'Je was wel in de buurt met je Mofies.'

'Ha, ha. Wat wil je eigenlijk van haar, van Camilla?'

'Dat heb ik je toch gezegd?'

'Nee, je zei dat je het níét kon zeggen, het had iets met je werk te maken.'

'Ja, dat is zo.'

'Doe niet zo flauw.'

'Later misschien, nu niet.'

'Dan niet. Weet je, als ze niet thuis is... Ze werkt af en toe bij de Rema 1000 in de Mogata. Vlak bij Salon Habib, weet je wel?'

'Dank je.'

Haar zus hing niet op.

'Vertel het nou gewoon.'

'Nee.'

'Doe niet zo flauw. Heeft het iets met die twee jongens op het veldje te maken?'

'Een andere keer,' zei Anja, en ze stopte de telefoon terug in haar tas.

Ze bestudeerde de bordjes nog een keer.

SLOWPACE AS.

Ze drukte op de bel en wachtte.

Niks.

Nog een keer, maar er kwam niemand naar de deur.

Oké.

Rema 1000 in de Mogata dan maar.

Ze was net het zebrapad overgestoken en liep door het park, toen ze iemand op zich af zag komen.

Schriel.

Voorzichtig.

Verborgen achter een grote hoed.

Het meisje schrok toen ze voorzichtig haar naam riep.

'Camilla?'

Bange ogen, die verschrikt om zich heen keken.

'Ja?'

'Weet je nog wie ik ben? Anja! De grote zus van Zofia? Uit Lommedalen?'

Ze moest heel diep nadenken.

'Ach ja! Hoi. Dat is lang geleden! Woon jij hier ook?'

'Nee, maar ik wil graag met je praten.'

'Met mij? Waarom?'

'Heb je tijd? Kunnen we misschien even naar je huis gaan?'

74

Er zat steeds meer afstand tussen de huizen en toen ze Rijksweg 4 achter zich hadden gelaten, stond er bijna niets meer. Nog een paar verdwaalde woningen, waarom mocht Joost weten, want hier was werkelijk niets. Het dichtstbijzijnde dorp was Gran, maar het wegenboek uit het handschoenenkastje zei dat het ook wel Vassenden werd genoemd – waarom was onduidelijk, maar daar woonden in elk geval mensen. Een autotochtje met het gezin was zonder dit boek geen doen. Mia kreeg nu weer een flashback naar haar kinderjaren, meer dan één zelfs. Reisjes tussen haar achtste en haar vijftiende, altijd maar met de auto, want hun gezin ging niet naar Zuid-Europa, zoals normale mensen. Nee, zij moesten zo nodig het eigen land doorkruisen, op vakantie in Noorwegen. Watervallen, hoogvlaktes en diepe bossen, een tent die soms lekte. Mama voorin, altijd het meest enthousiast. Voorlezen uit het rode boek over alle plaatsen waar ze langs kwamen. Mia had in de loop van de tijd begrepen dat dit haar moeders bijdrage was geweest om die oersaaie vakanties iets interessanter te maken, maar toen ze dertien was had ze toch wel wat protest laten horen. *Mama, alsjeblieft, ik hoef echt niet nog meer te horen over wat ik hier allemaal kan zien. Ja, maar weet je wel dat deze waterval 818 meter hoog is, waarvan 600 meter in vrije val? Kunnen jullie je dat voorstellen, meiden: 600 meter loodrecht naar beneden! Maar mama, moeten we daar echt over lezen? Kunnen we niet gewoon naar die waterval kijken wanneer we er zijn?* Mia was trouwens totaal niet van plan om haar moeders rol over te nemen en de Zweed te vertellen over lokale Noorse geografie. Ze had het boek natuurlijk gepakt om de kaart.

Ze waren tien minuten geleden Gran, of Vassenden, voorbijgereden. Er was niets te zien. Ja, toch wel. Er stond daar één huis. Om een of andere reden. Een woning met een loods. Autobandenbedrijf. Garage. Ja, waarom ook niet? De huur stelde hier waarschijnlijk niets voor. En auto's kunnen overal gerepareerd worden. Handig. En vast ook een beetje eenzaam. Maar toen was het afgelopen. De weg werd smaller en het was alsof het bos hen opslokte. In slakkentempo het bos door, tussen dichte dennenbomen, met af en toe een glimp van het schitterende meer beneden, of was het een riviertje?

Wat een natuur! Ze pakte het waterflesje weer. Wat zat er eigenlijk precies in die tabletten? Het kwam als het ware in golven. Zo ging het al de hele dag.

'Je mag hier harder rijden, Patrick. Ik geloof dat je hier tachtig mag.'

'Wat?'

De Zweed staarde nog steeds strak voor zich uit. Hij had echt zijn dag niet vandaag. Misschien had hij weer last van zijn buik. Mia wilde het niet vragen, zo goed kende ze hem nu ook weer niet. Eigenlijk helemaal niet.

'Tachtig,' zei Mia een beetje ongeduldig, en ze wees met beide wijsvingers tegen de voorruit. 'Het is maar twaalf kilometer rijden, maar met dit tempo komen we pas in het weekend aan. Kun je hem niet wat harder op zijn staart trappen?'

'Wat? Tachtig?'

De snelheidsmeter op het dashboard wees nauwelijks vijftig aan.

'Ja, tachtig. Acht-nul.'

'Ik dacht dat er dertig stond?'

'Klopt, maar dat was bij de school. Nu kun je doorrijden. Er is hier niemand, dus ga je gang. Je hebt toch wel een rijbewijs?'

'Wat?'

Hij draaide zich naar haar toe, eerst een beetje geïrriteerd, maar toen ontdooide hij en moest hij glimlachen. Voor het eerst die dag.

'Leuk hoor, Mia.'

Ze schopte haar schoenen uit en legde haar voeten op het dashboard.

'Ja, hè?'

'Heel leuk, ja. Maar je zit er niet helemaal naast.'

'Hoezo?'

Ze passeerden een bordje met een eland. Mia had gehoord dat campertoeristen die bordjes graag losschroefden en ze als trofee mee naar huis namen. Dat vonden de mensen hier natuurlijk vreemd, maar het was hetzelfde als dat zij een bordje met een kangoeroe zag.

'Nou, het is wel eens ter sprake gekomen.'

'Wat is ter sprake gekomen?'

Patrick zuchtte.

'De dokter zei dat het beter was als ik een bril ging dragen, niet alleen aan de computer, maar ook bij het autorijden.'

'Wat? En dat vertel je me nu pas?'

'Het gaat prima, als ik maar niet te hard rijd.'

'Jeetje! Dus harder rijd je niet?'

'Het is toch niet zo ver meer?'

'Nee hoor.'

Toen de open plek weer overging in een dicht bos, dat hen insloot, deed Mia het raam dicht. De weg werd nu zo mogelijk nog smaller en toen was er plotseling geen asfalt meer. Steentjes sprongen onder de banden uit toen ze op het pad kwamen.

'Ik moet eigenlijk mijn naam op je gips zetten,' zei Patrick met een blik op haar arm.

'Ik hou hem liever wit.'

'Geen w?'

Met een scheef lachje.

'Nee, dat zou wat zijn.'

Opnieuw werd ze overvallen door een golf van slaperigheid en ze moest het raampje weer opendraaien.

'Wat is er verdomme toch met die pillen?'

'Ben je niet lekker?'

'Het komt en gaat zo'n beetje. Ik voel me een tijdje goed en dan spelen ze opeens weer op.'

'Misschien zijn het depottabletten.'

'Wat zijn dat?'

Nu was het de beurt van de Zweed om even te lachen.

'Weet je niet wat dat zijn?'

'Nee.'

'Je neemt één tabletje, dat vierentwintig uur werkt. Geleidelijk wordt de werkzame stof in je lichaam opgenomen.'

'Eh... wat?'

'Weet je echt niet wat het is?'

'Ik neem niet zo vaak pijnstillers. De vorige keer was ik geloof ik twaalf.'

'Wat heb je gekregen?'

'Iets met Nobo? Nobi?'

'Nobligan?'

'Zou kunnen.'

Mia nam weer een slok water en leunde achterover tegen de hoofdsteun.

'Nou, succes dan. Nobligan Retard. Dat is morfine. Hoelang geleden heb je die pil genomen?'

'Die pil?'

'Ja?'

'En als ik er drie heb genomen?'

De Zweed trapte bijna op de rem.

'Wat?!'

'In theorie dan.'

Die behaaglijke vermoeidheid weer, terwijl het bos zich weer opende en de zon op haar gezicht scheen.

'Drie Nobligan? Dat kan wel eens een lange dag worden. Ga maar weer slapen, Mia.'

75

Munch kwam net het bos uit toen Fredrik Riis langs de witte villa het grindpad op liep.

'Hoe ziet het eruit?'

'Onze man, ongetwijfeld,' zei Munch, en hij pakte zijn sigaretten uit zijn zak.

'Honderd procent?'

'Exact dezelfde procedure. Pornobladen in het huisje. Het lijkt erop dat de jongens er niet veel aan vonden, want ze hebben ze op een kampvuur verbrand en er hangen restjes tape aan de wanden.'

'Godver,' mompelde Riis. 'Hetzelfde verhaal met de frisdrank?'

Munch knikte.

'Vier, vijf flesjes. Twee ervan buiten op de trap. Het was gisteren toch mooi weer?'

'In Oslo wel, maar hier weet ik niet.'

'Het zal hier ook wel mooi weer zijn geweest, ze hebben zeker lekker buiten in de zon gezeten. Misschien zijn ze daar wel in slaap gevallen. Hij moet hen in de loop van de nacht hebben vervoerd. Je hebt toch de sporen van de quad gezien, bij die uitgebrande bestelbus?'

'Die ken ik uit mijn hoofd.'

'Mooi zo. Er loopt een bospaadje niet zo ver van die schuilplaats. Hij moet hen over dat pad hebben vervoerd. Het is daar redelijk droog, dus ik kon niet zoveel zien, maar misschien als je de weg volgt?'

'Ik ga kijken,' zei Riis, en hij verdween weer het bos in.

Munch stak een sigaret op en liep naar de deur aan de voorkant.

De oude man wiens naam was genoemd.

Op een aftands bordje bij de deur stond WENNBERG.

Wennberg?

W?

Munch liep naar het raam, maar kon niet veel zien.

Een rauwe stem achter hem haalde hem uit zijn concentratie.

'Wat ben je daar aan het doen, als ik vragen mag?'

Het gezicht van een oudere man. Donkere ogen, die hem achterdochtig opnamen. Opgestroopte mouwen, tatoeages op zijn onderarmen. Een herdershond aan een riem, die net als zijn baas niet zo op vreemden gesteld leek.

'Munch, afdeling Moordzaken Oslo,' zei Munch. Hij haalde zijn pasje uit zijn zak.

De man bestudeerde het en gaf het terug.

'Wat wil je van me?'

De herdershond liet zijn tanden zien.

'Woon je hier?'

De man knikte.

'Heb je iets meegekregen van wat er is gebeurd?'

Hij knikte langzaam en legde zijn hand op de kop van de hond. 'Zit! Het verbaast me niet.'

Langs Munch heen liep hij het wiebelige metalen trapje op; hij stak de sleutel in het slot en liet de hond naar binnen.

'Wat bedoel je?'

De man deed de deur achter de herdershond dicht en stapte weer op het grind.

'Over die roodharige weet ik niets, maar Kevin ken ik goed. Hij en zijn moeder huren al een hele tijd mijn souterrain.'

'Aha. En je hebt zeker geen idee waar ze zijn?'

'Nee, anders had ik hier niet gestaan.'

'En hoe weet je dat hij rood haar heeft?'

De man lachte.

'O, gaan we op die toer, meneer de slimme rechercheur uit de grote stad. Natuurlijk weet ik hoe Ronny eruitziet. Hij is de enige vriend van Kevin.'

Hij ging op de trap zitten om zijn zware modderige laarzen uit te trekken.

'Heb je veel contact met je huurders? Kevin en... een alleenstaande moeder, toch?'

De man snoof even.

'"Moeder" is misschien wat overdreven. En alleenstaand? Misschien één keer per maand. Het is een soort draaideurtoestand daar, ik kan de tel niet meer bijhouden.'

'Kunnen jullie goed met elkaar overweg? Heb je geen last van hen?'

Hij moest weer lachen.

'Bedoel je dat ik die twee jongens gekidnapt zou hebben omdat de moeder haar huur nooit op tijd betaalt? Dat dacht ik niet, jongeman.'

Hij stond op en spuugde op de grond.

'Was dat alles? Ik heb nog meer te doen vandaag.'

'Ja,' zei Munch. 'Nee, één ding nog. Wist je dat er een paar honderd meter verderop een oud huisje in het bos staat?'

De man keek door de bomen.

'Zijn ze daar geweest? In de jagershut?'

'Een jagershut – dus je weet waar die staat?'

'Natuurlijk. Ik heb die voor hem in orde gemaakt.'

'Voor je onderbuurjongen, Kevin?'

'Ja.'

'Mag ik vragen waarom?'

De man staarde hem aan en streek over zijn kin.

'Heb jij een vader, detective?'

'Niet meer. Hoezo?'

De man legde zijn grove knuist op de deurklink en keek weer naar het bos.

'Ik niet. En Kevin ook niet. Er moet toch iemand zijn die een beetje naar hem omkijkt?'

'Ik snap het,' zei Munch met een knikje.

'Was dat alles?'

'Voorlopig wel.'

Munch drukte de peuk uit tegen zijn laars en liep weer om het huis, toen de telefoon in zijn zak opnieuw trilde. Hij haalde hem deze keer tevoorschijn en zag alle onbeantwoorde oproepen. Hij zuchtte, pakte een nieuwe sigaret uit het pakje en stak die tussen zijn lippen.

'Heel snel, Ludvig. Ik heb het druk.'

76

Patrick hield de gps in de lucht, terwijl het weer omsloeg. Grauwe wolken gleden boven het uitgestrekte landschap. De lente was hier in de wildernis nog niet doorgedrongen, in elk geval de warmte niet. Mia trok haar jas dichter om zich heen, terwijl de Zweed weer op het display keek.

'Het moet hier ergens zijn.'

'Precies hier of hier in de buurt?'

Patrick zuchtte en gaf het grijze ding aan haar.

'Probeer het zelf maar.'

Ze wuifde hem weg en keek naar het terrein om zich heen. Gelukkig hoefden ze niet ver van de weg af te gaan. Ze was zo slim geweest om haar bergschoenen in haar rugzak te stoppen, maar de Zweed was gekleed alsof hij een avondje ging stappen.

'Het maakt niet zoveel uit, toch?'

'Hè?'

Hij kwam naast haar staan.

'Was het niet ongeveer hier? Die vos? En we hebben nu de beschrijving van die Australiër gevolgd. Is dat niet genoeg?'

Patrick blies op zijn vingers.

'Wat bedoel je?'

'Het maakt niet echt uit of we het hol vinden. We weten nu dat het hier ergens was.'

Ze gebaarde naar het bos om hen heen.

'Hij heeft haar hier gevangen, en dat betekent dat we in de buurt zitten.'

'Dat hoeft helemaal niet,' zei Patrick, die alweer in de richting van de auto liep. 'Hij kan overal vandaan zijn gekomen.'

Mia ontweek een moerasgat en liep achter hem aan.

'Nee hoor,' zei ze stellig. 'Hij wilde toch een vos hebben?'

'Tja.'

'Nee, hij móést en zou een vos hebben, en waar vind je vossen?'

'Je kunt er een kopen.'
'Doe nou niet zo dwars. Dat risico kon hij niet lopen. Wat als de verkoper de vos op de plaats delict had herkend? Het spreekt voor zich dat hij die niet kon kopen.'
'Oké,' zei Patrick, en hij ontgrendelde de auto.
'Dan moet hij hebben geweten waar ze was. Op vossenjacht, hoeveel mensen doen dat nou in Noorwegen? Niemand. Omdat je ze gewoon niet vindt. Vossen weten zich heel goed te verstoppen. Hij moet dus hiervandaan komen, of hij moet deze streek in elk geval goed kennen. Hij zal wel een huisje in de buurt hebben of zo, denk je niet?'
'Ik denk dat ik ziek word als we hier nog langer in de kou blijven staan,' mompelde de Zweed, en hij startte de auto.
'Maar snap je waar ik heen wil?' vroeg Mia. Ze klikte haar riem vast. 'Zag je de tag die ze had? Een valstrik misschien? Hij moet een val hebben opgezet, want ze had geen schotwonden. Hij wilde dat ze onbeschadigd was. Voor het schilderij. Het moet hier ergens zijn. Hij moet precies hier zijn geweest, op verschillende tijden. Om de val op te zetten. Om te kijken of hij haar gevangen had. Geen twijfel mogelijk, hij moet deze plek hebben gekend.'
De Zweed reed bijna de greppel in, maar uiteindelijk lukte het om te keren. Steentjes spatten op toen ze terugreden.
Mia begon zich nu een beetje aan hem te ergeren omdat hij haar enthousiasme niet deelde, maar zo was hij de hele dag al: niet helemaal zichzelf.
Ze leunde tegen de hoofdsteun. De tabletten begonnen weer langzaam te werken en maakten haar slaperig.
'Je hebt helemaal gelijk,' zei hij ten slotte. 'Sorry hoor, wat vind je dat we nu moeten doen?'
'Er moet een team komen,' zei Mia geeuwend, die haar hoofd tegen het raam liet rusten. 'Of eigenlijk moeten we met Munch praten. Een overleg plannen. Vertellen wat we hebben gezien en hen de beslissing laten nemen. Vanavond misschien?'
'Hoezo, vanavond?'
'We moeten er met man en macht tegenaan. Een helikopter, misschien. Het leger. Er moet een zoektocht komen, we moeten bij iedereen aanbellen, al woont hier bijna geen kip...'
'Denk je dat Munch het leger en een helikopter gaat inzetten

omdat jij erachter bent gekomen waar het hol van de vos was?'

Mia glimlachte, terwijl de morfine duidelijk weer begon te werken.

'Dat denk ik, ja. Hij mag me graag.'

De Zweed lachte.

'Ja, dat geloof ik, maar ik weet niet of hij zijn hele budget hieraan gaat besteden.'

'Wacht maar.'

Ze reden weer langs het autobandenbedrijf. Een lagere huur dan hier vond je niet. Er stond nu een geel-rode sleepwagen voor de vuile ramen geparkeerd. Van de wegenwacht.

Mia voelde haar lichaam warm worden en legde haar hoofd weer tegen de ruit, terwijl de garage in de bocht in de zijspiegel verdween.

Wat krijgen we...

'Stoppen!'

'Waarom?'

'Nu stoppen! Ik meen het.'

De Zweed schrok en trapte op de rem.

'Wat heb je...'

'Stil!'

'Maar...'

'Nee, sst, niets zeggen.'

'Waar ben je mee bezig?'

'Hij is het.'

'Wie?'

'De auto van de wegenwacht. Dat is het verband. Verdomme! Al die auto-ongelukken!'

Mia deed voorzichtig het portier open en kroop uit de auto. Ze wierp een blik op de witte garage, waarna ze zich snel klein maakte en langs de weg begon te draven.

Toen ze bij de bocht kwam, kon ze de naam op de auto zien.

ULF HOLUND.

Ulf betekent 'wolf'.

Natuurlijk.

Shit, waarom had ze dat niet eerder begrepen?

Ulf.

W.

Wulf.

De Wolf.

Pas toen ze de deur zag, snapte ze dat dit misschien niet zo slim was.

Ongewapend.

Met een hoofd dat niet goed werkte en een lichaam dat zin had om zichzelf uit te schakelen.

Niet doen, Mia.

Ze haalde zwaar adem en bleef staan luisteren.

Niets.

Was hij er niet?

Ze sloop verder, en voelde aan de motorkap van de auto.

Warm.

Hij moest hier ergens zijn.

De Audi kwam nu langzaam de bocht om en Mia probeerde hem weg te wuiven.

Wegwezen!

Een ongemarkeerde politieauto.

Die herkent hij.

Patrick zat heel dicht op de voorruit en gebaarde koortsachtig met zijn handen.

Nee, nee, wegwezen!

Ze snapte het pas toen zijn hand naar het stuur ging.

De claxon tetterde in haar oren.

Nee, wat doe je verdomme...

Een waarschuwing.

Ze kon zich nog net omdraaien.

Een glimp van een spade.

Achter het vuile raam.

Nee.

Ze probeerde wanhopig om haar armen weer op te tillen, maar het gips werkte niet mee en haar lichaam luisterde niet.

Verdomme, Mia.

En toen werd het stil.

77

Munch parkeerde de auto op de invalidenparkeerplaats bij het politiebureau in Grønland en liep snel de helling op naar de ingang, waar Anette Goli op hem stond te wachten.

'Nog nieuws?'

De officier van justitie schudde haar hoofd en hield de deur open.

'Niets sinds vorige keer. We kunnen haar niet vinden en die Zweed ook niet. Eerlijk gezegd weet ik niet eens in welk hotel hij zit.'

Aan de balie lieten ze hun pasjes zien en ze liepen naar de lift.

'Maar niets van Mia?'

Anette drukte hoofdschuddend op het knopje.

'Haar telefoon staat uit. Ludvig heeft sinds vanochtend niets meer van haar gehoord. Toen vroeg ze of ze een auto kon pakken.'

'Een auto? Een van de onze?'

De liftdeuren zoefden open.

'Ja, een uit de kelder.'

'Hebben we... Kunnen we hen op een of andere manier volgen?'

'Nee, helaas. Nog nieuws over de jongens?'

'Tot nu toe geen spoor, maar ze hebben alles goed onder controle. De lokale politie denkt goed mee. Het Rode Kruis organiseert de zoekactie en er is een crisisteam onderweg om de ouders bij te staan.'

Anette werd weer gebeld, maar drukte het gesprek weg. Munch zag een moment zijn gezicht in de spiegel, afgepeigerd en moe, alsof hij in geen tijden had gegeten of geslapen. Dat klopte ook wel. Hij had er spijt van dat hij geen sigaret had gerookt voordat hij naar binnen ging. Dit kon wel eens lang gaan duren.

'Zit hij al in de verhoorkamer?'

Anette wees met haar telefoon de gang in.

'En hij wil nu wel met ons praten?'

'Ja, zijn advocaat heeft gebeld. Hij zei dat ze over interessante informatie beschikten, als daar iets tegenover stond.'

'Bijvoorbeeld dat we de aangifte wegens die pillen laten vallen?'

'Zoiets.'

'Kan dat?'

Ze dacht een ogenblik na.

'Misschien. Ik moet eerst met de hoofdofficier praten.'

'Oké, bel hem maar,' bromde Munch, en hij liep de verhoorkamer binnen.

Frank Helmer zag er deze keer uitgeslapen uit, verzorgd, alsof hij dacht dat hij naar de rechtbank moest. Jasje, dasje, zijn haar netjes gekamd. Hij knikte beleefd naar Munch en stond even op toen hij binnenkwam.

'Oké, wat wil je?' verzuchtte Munch, die ging zitten.

'Mijn cliënt,' begon de advocaat, maar Munch wimpelde hem af.

'Ik wil het van jou horen, uit jouw mond.'

'Nou,' begon Helmer. Hij trok zijn boord losser en keek naar de advocaat, die het woord weer nam.

'Wij hebben het als volgt begrepen: mijn cliënt beschikt over informatie waar jullie je voordeel mee zouden kunnen doen.'

'O,' zei Munch, 'dus jij denkt dat wij er ons voordeel mee kunnen doen? Dat jouw cliënt hoogstwaarschijnlijk weet wie zo'n brute moord op vier kleine jongens heeft gepleegd en er vermoedelijk nog twee gevangenhoudt? Wil je dat, Frank: twee nieuwe levens op je geweten?'

Helmer begon te zweten en voelde zich duidelijk ongemakkelijk.

'Ik...'

Opnieuw richtte hij zijn ogen vragend op zijn advocaat.

'Ons voorstel is,' zei de slijmbal kuchend, 'om de zaak tegen mijn cliënt volledig te laten vervallen en hem daarnaast een substantiële schadevergoeding te geven, en niet in de laatste plaats officiële excuses voor het geweld dat jullie tegen hem hebben gebruikt.'

Plotseling stak Anette haar hoofd naar binnen, met haar telefoon tegen haar borst.

'Wil je even komen?'

'Nu? Serieus?'

'Absoluut.'

Weer in de gang reikte ze hem glimlachend de telefoon aan.

'Hallo? Met wie spreek ik?'

'Hoi, Munch, met Anja. Anja Belichek. Ik weet wie het is, ik weet wie hij is.'

De Poolse praatte zonder adem te halen.

'Mijn zus had een vriendinnetje dat ineens weg was, en ik meende me te herinneren dat ze in Gaustad werd opgenomen. Het is me gelukt haar te vinden. Ze woont toevallig in de flat waar wij vroeger woonden. Maar goed, ik heb haar gevraagd naar Lørenskog en Helmer, of ze de krant gezien had en of ze zich hen herinnerde. Dat was het geval, en toen vroeg ik of ze zich nog iemand herinnerde, die met die twee uit de kliniek omging. En toen zei ze dat het vreemd was dat ik daarnaar vroeg, want uitgerekend aan hem had ze gedacht...'

'Hoe heet hij, Anja?'

'Daarom duurde het ook even. Want Camilla, over wie ik het dus heb, kan geen namen onthouden. Ik geloof dat ze een of andere ziekte heeft, dat ze geen namen kan onthouden. We moesten een andere vriendin bellen, die...'

'Anja?'

'Eh... ja?'

'Fantastisch werk. Hoe heet hij?'

'Eh... Ulf Holund.'

'Weet je het zeker?'

'Heel zeker. Want...'

Terwijl de pientere vrouw bleef doorpraten, gaf Munch de telefoon weer aan Anette en liep zelf de kamer in, waar hij rustig op een stoel ging zitten.

'Zoals we zeiden,' zei de advocaat, en hij schraapte zijn keel.

Munch wimpelde hem weer af en schoof Helmer pen en papier onder zijn neus.

'Ulf Holund.'

'Eh... wat?'

'We gaan je verzoek misschien bekijken. Maar je schrijft eerst alles op, en dan bedoel ik ook alles wat je weet over je goede vriend Ulf Holund. Waar hij woont, wat hij doet...'

De advocaat protesteerde luid.

'Ulf Holund,' zei Munch, en hij tikte met zijn vinger op het vel papier.

'Nee, nee, we eisen volledige...'

'Hou je mond,' mompelde Helmer, en hij pakte de pen op.

8

78

Lydia Clemens had veel aan die das moeten denken. Ze had er 's nachts wakker van gelegen, omdat het vreselijk moest zijn geweest voor dat mooie dier om opgesloten te zitten in zo'n klein hokje. Vannacht was ze zo giftig geworden dat ze was opgestaan en zich had aangekleed. Ze was al bijna op weg naar buiten, met de boog om haar schouder en het mes in haar riem, maar het was zo donker en de wind had zo door de zwiepende boomtoppen gehuild dat ze het maar had laten zitten. Bijna in tranen kroop ze terug in bed. Stel je voor dat hij het dier weer had gevangen? Of een ander dier? Dat daar nu helemaal alleen was, zonder iemand om hem te helpen? Lydia had wel eens gelezen dat er dieren bestaan die slimmer zijn dan mensen en dat ze gevoelens hadden. Net zoals zijzelf. Ze had zich diep ellendig gevoeld die keer toen Birgitte, de ene geit, zo ziek was dat ze haar vroegtijdig hadden moeten slachten. Hoe het dier had gehuild toen ze de kop vasthield, hoe de sprekende ogen gewoonweg smeekten om hulp. Negatieve gevoelens hadden dieren ook. Ze had eens gelezen over inktvissen die het licht boven in hun aquarium kapot hadden gemaakt door er water overheen te spuiten, omdat ze er genoeg van hadden dat iedereen naar ze keek. En dat ooit een eekhoorn zichzelf had besprenkeld met de geur van ratelslangen, zodat iedereen bang zou worden. Was dat niet superslim?

In het begin had ze de man in het vervallen huisje wel aardig gevonden. Zijn tv. Al die spannende dingen. Hij was vast en zeker eenzaam, want hij was alle keren dat ze hem had gezien alleen, net als zij, zonder vrienden. Maar zij had in elk geval opa Willy, dus het was zieliger voor hem, vond ze. Maar nu niet meer. Niet na die das. Gelukkig spookte die niet meer de hele tijd door haar hoofd. En binnenkort zou ze er weer heen gaan, het dier weer vrijlaten als het daar zat, misschien de hele kooi wel verbranden en weggooien. Ja, dat zou ze gaan doen, want dit kon gewoon niet. Lydia begon te begrijpen waarom opa Willy alle mensen haatte en dat het door hen kwam dat de Lange Tijd snel zou aanbreken.

Ze was vroeg opgestaan en wilde zo snel mogelijk op pad, maar ze had bedacht dat dat natuurlijk niet ging. Want vandaag zouden ze de greppel graven, vanaf de beek naar het huis. Dan kregen ze een waterleiding, zodat ze niet meer naar de bron hoefden wanneer alle kannen leeg waren. Ze hadden het er vaak over gehad, maar het was er nooit van gekomen, omdat opa Willy een hekel had aan plastic. *Plastic is ongeneeslijke kanker voor de natuur*, zei hij altijd, en op een dag zou de hele aarde stoppen met ademhalen omdat het plastic iedereen had verstikt. Maar toen had hij ineens een geweldige ingeving gekregen. Hij was in Vassenden geweest en daar had hij een container gezien waar plastic buizen uit staken, en toen had hij als het ware een gloeilamp boven zijn hoofd gekregen, net als soms in de *Donald Duck*. Aha, had hij gedacht, deze plastic buizen worden gewoon weggegooid of verbrand; dan kunnen wij ze net zo goed ergens voor gebruiken. Lydia vond het een fantastisch idee. Het tintelde vanbinnen bij de gedachte. Gewoon een kraan opendraaien en dan kwam er water uit wanneer ze haar tanden moest poetsen, net als in de wc's in de bibliotheek. In elk geval was dat een paar winters geleden zo, toen ze er voor het laatst was geweest.

Verder had opa Willy een slecht humeur. Nadat die toezichthouders weer waren geweest, die types van de overheid die hun alleen maar leugens en fantasie voerden en vroegen of alles wel goed ging en of er niets gevaarlijks kon gebeuren, hoewel ze best wisten dat dat niet zo was. Deze keer was er iemand anders gekomen. Niet die zuurpruimen van de vorige keer, die toen ze dachten dat ze het niet zag om haar gelachen hadden. Nee, deze was erg aardig geweest. Een jonge vrouw, misschien vijfentwintig of zoiets. Lydia wist niet precies waarom, maar het was gezelliger geweest dan de vorige keer. Ze had haar alles laten zien en die vrouw was erg enthousiast geweest: hoe goed de geiten het hadden, hoe mooi de vacht van de schapen was, hoe schoon het varkenshok was. Allemaal prettige dingen, en Lydia was er heel blij van geworden. Het was gewoon jammer om haar uit te wuiven bij de poort. Ze had zich natuurlijk heel goed voorbereid, want dat was ontzettend belangrijk. Anders zou de staat haar komen halen. Dus ze had nog meer dan anders gelezen en geleerd. Ze had zelfs een heel werkstuk gemaakt: *De wiskunde van de natuur*, met een beetje hulp van opa Willy. De vrouw had geen tijd gehad om dat te lezen, maar Lydia had alle vragen kunnen beantwoorden en zelfs nog meer. De aardige vrouw leek erg tevreden en lachte vriendelijk toen ze wegging.

Toch was opa Willy chagrijnig. Lydia vond dat het nu wel mooi was geweest. Had ze soms niet genoeg haar best gedaan? Tegenover de overheid? Of had ze niet hard genoeg gewerkt? Niet hard genoeg met schoffel en schep gegraven in heide en turf, stenen verplaatst tot het zweet over haar rug gutste, zodat de buizen de grond in konden?

Verdorie.

Als ze vanavond thuiskwam zou ze met hem praten.

Maar niet nu.

Lydia bond haar hoofdband om haar hoofd, stak het mes in de schede, haalde de pijlenkoker van de muur en controleerde of de punten van de pijlen scherp waren. Ze voelde een paar keer aan de boog of de spanning goed was, trok haar hertenleren schoenen aan en liep de mooie namiddagzon in.

79

Fredrik Riis was net uit de lift in de Mariboes gate gestapt, toen Ludvig hem haastig tegemoetliep in de gang.

'We hebben hem.'

'Wat?'

Ludvig wenkte hem mee naar de briefingruimte, ging bij de grote kaart staan en tikte er met zijn vinger op.

'Hij woont hier.'

'Wat bedoel je? Hebben we hem echt te pakken?'

'Heb je het van niemand gehoord?'

'Nee, ik kom net uit Hakadal.'

'Hij heet Ulf.'

Fredrik had de rustige rechercheur nog nooit zo opgewonden gezien.

'Doe eens rustig. Zeg het nog eens. Hebben we hem? Echt? Wie heeft hem gevonden?'

'Anja,' zei Ludvig trots.

De grijze rechercheur liep de kamer uit, kwam direct terug met een map en spreidde de inhoud uit op tafel.

'Dit is wat ik tot nu toe heb gevonden, ik had maar tien minuten. Munch belde net uit Grønland, de informatie kwam van twee kanten.'

'Wacht even, Ludvig. Zei je dat het Anja was?'

De ander glimlachte en schoof zijn bril op zijn plaats.

'Ja. Wat nou? Dachten jullie soms dat kantoormuizen helemaal niks konden? Dat we hier de hele dag alleen maar op een toetsenbord zaten te rammen?'

'Nee, dat dacht ik niet, maar...'

'Ulf Holund. Hij heeft een garage, tien kilometer ten noorden van Vassenden. Hij rijdt in een sleepwagen van de wegenwacht.'

Het laatste kwam er triomfantelijk uit.

'Wat?'

'Juist.'

De puzzelstukjes vielen in zijn hoofd op hun plaats.

De sleepwagen?

Wel verdomme!

De peuken.

Hij moest ze uit de asbak hebben gevist.

Een auto-ongeluk.

Snackbar De Grill.

De aanrijding.

Een auto-ongeluk.

Hij had hem op de beelden gezien.

Lang geleden.

Op de achtergrond.

Maar hij had niet goed gekeken.

Niet goed genoeg.

'En dat is niet het enige,' zei Ludvig hoofdschuddend. 'Patrick, onze Zweedse profiler...'

'Ja?'

'Die is niet wie hij zegt dat hij is.'

'Hoe bedoel je?'

'Ik heb het nummer nagetrokken waarvandaan we werden gebeld,' zei Grønlie haastig. 'Weet je wel, uit Zweden? We kregen hem toch op aanbeveling?'

'Dat snap ik niet.'

'Nee, ik snapte er ook geen bal van. Toen ik dat nummer belde, kreeg ik een oude man aan de lijn die niet wist wie hij was of waar hij zich bevond. Hij ratelde maar door over Ingmar Bergman die opgesloten zat in zijn kelder. Ik kon hem na een tijdje kalmeren. Onze Patrick bleek zijn psycholoog te zijn. Hij kreeg zijn patiënt zover dat hij zich voordeed als de politie en ons hem aanbeval.'

'Maar... Waarom?'

Het werd Fredrik te veel, hij moest even gaan zitten.

'Patrick Olsson is niemand minder dan Patrick Hellberg.'

'Wie?'

'De vader van Oliver Hellberg,' ging Ludvig verder. 'Oliver, het eerste slachtoffer, in Zweden. Het moet aan hem hebben gevreten. Eerst verdween zijn zoon. Daarna beroofde zijn vrouw zich van het leven. Zijn hele wereld was ingestort vanwege die gore klootzak. Hij moet over onze zaak hebben gelezen en hebben gedacht: daar móét ik verdomme bij zijn, ik moet mee op jacht, hem vinden, die man recht in zijn ogen kijken. Indrukwekkend, vind ik. We zijn er zo in getuind.'

Fredrik Riis kon geen woord uitbrengen.

'Volg je me nog?' vroeg Ludvig, die zijn armen spreidde. 'Munch wil alle eenheden er nu naartoe hebben.'

'Waarnaartoe?'

Ludvig draaide zich weer naar de kaart aan de wand.

'Hiernaartoe: Gran Autobandenbedrijf. Ze zijn al onderweg. Ga maar gauw.'

Fredrik Riis stond op en rende weer naar de gang. Beukte op de knop, hoewel hij wist dat de lift daardoor niet sneller kwam, maar hij moest even alle adrenaline kwijt.

Schiet op. Schiet op nou.

Eindelijk.

In de parkeergarage was het gek genoeg donkerder dan normaal.

Deed het licht het niet?

Het moest maar.

Hij rende naar de auto, viste de sleutel uit zijn jaszak en wilde die net in het slot steken toen er een grote gedaante uit het donker op hem afkwam.

'Hé, Casanova.'

Fredrik schrok op en zag dat Karl Oxen wankelend op zijn benen voor hem stond.

Hij had een fles in zijn ene hand en zwaaide met iets anders in de andere.

'Dus jij gaat met de vrouwen van je collega's naar bed? Heb je aan die kipjes die je anders altijd oppikt niet genoeg?'

Oxen grijnsde, nam een slok uit de fles en kwam dichterbij.

Een pistool?

Verdomme nog aan toe.

Fredrik stak zijn handen beschermend voor zich uit en zette een stap naar achteren.

'Het spijt me, Karl. Het spijt me echt. Ik wist niet wie ze was. Het overkwam me gewoon, ik dacht...'

'Hou toch je bek!'

Hij zag hem nu duidelijker. Zijn donkere ogen schoten vuur. Oxen was zo dronken dat hij bijna niet rechtop kon staan.

Oxen zwaaide weer met zijn pistool.

'Serieus, Karl. Het was niet de bedoeling. Ik...'

Hij had geen tijd om te reageren. De grote man, lichtvoetig als een bokser, zwaaide de fles door de donkere lucht, en opeens zag Fredrik sterretjes.

'Jezus, Karl!'

Hij proefde bloed. Zijn knieën raakten het beton.

'Vond je haar lekker? Nou? Verdomd groentje! Was het fijn?'

Weer een trap, deze keer tegen zijn hoofd.

Er kraakte iets in zijn nek.

En toen nog een trap.

En nog een.

Het voelde alsof het plafond plotseling omlaagkwam.

Een sterke geur ineens.

Van sterkedrank.

Die stroomde over hem heen.

Terwijl Oxen zijn laars nog een keer optilde.

80

Er druppelde iets. Eerst begreep ze niet dat haar eigen gezicht was geraakt. Ze was er niet. Ze was ergens anders. Gouden druppels uit een waterval. Regen uit een hemel met kleuren die ze nooit eerder had gezien. Weer een druppel, die van een voorhoofd dat tegen een stenen muur leunde naar beneden liep. Naar een neus die schimmel en verrotting rook, naar een mond met loszittende tanden die niet meer openging. De koude druppel kroop ten slotte tussen haar lippen en toen deed ze haar ogen open.

Een zwakke lichtstraal. Ergens uit een klein raam. Het gips lag slap tegen haar dijbeen. De andere arm zat vast. In iets. Mia probeerde haar hoofd te draaien om te zien wat het was, maar kreeg daar meteen spijt van: een bliksemflits door haar slapen, door haar kaak helemaal tot in haar ruggenmerg.

O, help...

Niet nog een keer doen. Je hoofd heel rustig houden. Voorzichtig opnieuw je ogen opendoen. Oké, het ene zit vast, maar het andere...

Voorzichtig.

'Ben je bij?'

Ze zag Patrick, zijn handen gevouwen boven zich, links onder het raam, vastgebonden aan een buis.

'Waar zijn we?'

'In het vagevuur.'

Ze moest haar oog weer dichtdoen, had de kracht niet om het open te houden.

Zijn stem werd één met de aarden vloer.

'En we zijn niet alleen. Er zitten hiernaast twee kinderen. Net riepen ze, maar nu is het stil. Hij kwam de trap af. Ik hoop dat hij alleen hun mond heeft dichtgeplakt. Zoiets. Gaan wij er eerst aan? Hij heeft toch een ritueel?'

Nu weer een ogenblik weg, zwevend langs die mooie eindeloze hemel, die kleuren die niet bij deze kant van de werkelijkheid hoorden.

Een nieuwe gouden druppel.

Deze keer kwam ze bij omdat hij op haar voorhoofd viel.

Het licht zwak op haar ene oog dat open kon. Zijn stem langs de koude stenen muren.

'Ik moet je iets vertellen. Ik ben niet wie je denkt dat ik ben. Ik ben wel psycholoog, maar ik zat niet bij het onderzoeksteam. Oliver, weet je. Ik ben...'

Waar had hij het over?

Deze woorden?

Lettergrepen die uit elkaar dreven.

Die geen klanken hadden.

Alleen vormen.

Sijpelend uit de barsten in de aarden vloer, langs de naar verrotting stinkende muren, de gang in en de trap op, weer naar beneden langs de stampende voeten, tussen de treden, de sleutel in, die in het slot werd gestoken, door de barsten, het raam uit, de frisse lucht in. Naar het licht, het huisje.

Gelukkig.

Nu hoefde ze niet bang meer te zijn.

81

De zon stond laag boven het imposante bos toen Munch aankwam bij de witte loods en uit de auto stapte. Katja liep hem haastig tegemoet en wees op een zwarte Audi aan de andere kant van het huis.

'Ze is hier geweest.'

'Mia. We hebben haar telefoon op de grond gevonden en de Zweed is bij haar.'

'Wat? Maar hoe heeft ze...'

Munch haalde een sigaret uit zijn jas, maar die bleef onaangestoken tussen zijn lippen hangen.

Katja schudde haar hoofd.

'Ik heb geen idee.'

Er kwam iemand van de plaatselijke politie naar buiten om Munch te begroeten.

'Er is hier niemand, voor zover we kunnen zien. Het kastje staat open en er lijkt er één te ontbreken.'

'Een wat?'

'Sorry, een geweer. De sleutels steken er nog in, dus hij moet haast hebben gehad.'

'En u bent?'

'Martinssen, politiebureau Gran. Uitgerukt zodra we een melding kregen. We zijn met z'n vieren, twee zijn op weg naar de huizen een paar kilometer verderop, om te kijken of iemand weet wie hij is en waar hij gebleven kan zijn.'

'Is hij bij jullie bekend? Hebben jullie al iets van een voorgeschiedenis?'

Martinssen schudde zijn hoofd.

'Dit is een kleine gemeenschap, maar ook weer niet zo klein. Als je hier ongestoord je gang wilt gaan, blijf je hier makkelijk onder de radar. Niets in het archief. Hebben jullie iets?'

'Dat heb ik nog niet kunnen controleren,' mompelde Munch, en hij stak zijn sigaret aan.

Hij keek om zich heen naar het landschap met de dicht op elkaar staande kolossale bomen. Naarmate ze verder van de bewoonde wereld kwamen voelde hij zich ongemakkelijker. Hier vond je iemand niet zo snel. Je kon je er maandenlang verborgen houden.

'De motorkap is koud,' zei Katja met een knikje naar de rood-met-gele sleepwagen die voor het hek geparkeerd stond. 'Dus er is in geen uren iemand geweest, en dat betekent dat ze overal kunnen zijn.'

'Sporen van een quad, een terreinwagen?'

Martinssen riep naar een collega, die nog steeds in het halletje stond.

'Hebben wij een quad gezien?'

De collega stak zijn hoofd naar buiten.

'Nee, maar er staan wel jerrycans en er ligt een set kleinere wielen binnen bij de tafel, dus er moet er wel een geweest zijn.'

'Misschien zijn die daar wel te koop,' zei Katja droog en ze knikte naar het scheef hangende bordje boven de deur.

Verdomme.

Hij voelde onrust opkomen.

Wat moest ze hier ook helemaal?

Hoe had ze hem eigenlijk gevonden?

En waarom had ze geen melding gedaan?

Hij keek weer het diepe bos in en moest even vechten tegen een gevoel van machteloosheid.

Waarom in godsnaam moesten ze...

'Wat doen we?' vroeg Katja, alsof ze zijn gedachten had gelezen. 'Als hij hen vasthoudt... En die jongens, die moeten ergens vastzitten.'

'Is alles hier doorzocht?'

'Er is niet meer dan wat je ziet. Twee gebouwtjes, geen kelder. Erachter niets, alleen dit.'

'Dus hier woont hij niet?'

'Niet voor zover ik kan zien.'

'Verdomme. En we hebben geen ander adres dan dit?'
'Ik zal even dubbelchecken bij Ludvig.'
Katja ging naar zijn auto en belde via de krakende radio het bureau.
Hoofdschuddend kwam ze terug.
'Niets. Hij staat hier geregistreerd.'
'Familie? Anderen?'
'Ludvig heeft niets. Alleen heel veel prints van een website. Hij verkocht kennelijk van hieruit onderdelen online. Banden, velgen.'
'Maar niets anders, geen bekende...'
Munch was zijn sigaret vergeten, brandde bijna zijn vingers en liet hem vallen.
Katja sloeg haar armen over elkaar en keek hem bezorgd aan.
'Waar moeten we in godsnaam beginnen met zoeken?'
'Ik zou het niet weten, Katja.'
Om de bocht was een brommergeluid te horen en een jongen op een Suzuki reed tot vlak voor hen. Hij zette zijn helm af en keek verbaasd in het rond.
'Jeetje, eh... Wat is hier aan de hand?'
'Kunnen we je helpen?' vroeg Munch, en hij liep naar hem toe.
'Ik wilde alleen... Is Ulf hier?'
'Wat wilde je alleen?' vroeg Katja.
'Hij heeft mijn Shimano Stradic.'
'Shimano?'
'Een vismolentje,' zei Katja.
De jongen knikte.
'Hij heeft hem geleend en ik moet morgen naar het Randsjøen, dus...'
'Ken je hem goed?'
'Ulf? Nee, niet heel goed, maar...'
'Weet je waar hij woont? Niet hier, toch?'
'Nee, nee, hij woont in zijn hut.'
'En waar is die?'
'Helemaal bij Brekkåsen.'
'Is dat ver?'
'Ja, best ver.'
'Breng ons er maar heen.'
'Wat?'

De jongen keek hen vreemd aan.

'Nu? Dan moeten we wel met de auto. We kunnen er niet lopend heen.'

'Dan als de donder!' snauwde Katja, en ze duwde de slungelige jongen voor zich uit.

82

Ze had zwarte kohlstrepen onder haar ogen gezet als een jager, om de buit beter te kunnen zien als de zon zo laag stond als nu. Lydia sloop als een boskat tussen de bomen, over de hei, tot ze uiteindelijk in de verte het bruine huisje zag. Ze waren geen vrienden meer, dus moest ze voorzichtig zijn. Niet als een gewoon aardig meisje uit het bos door het raam naar de grappige tekenfilms gaan kijken – nee, deze keer was ze op haar hoede. Al haar zintuigen stonden op scherp. Zij tegen de dassenjager. Nu spande het erom. Ze ging op haar hurken achter een jeneverbes zitten en keek door haar verrekijker. Er was activiteit bij het huis. Gewoonlijk zag ze hem rustig zitten als ze dichter naar het raam liep. Bier op tafel. Etend met een vork uit een conservenblik. Maar vandaag niet. Hij draafde maar op en neer. Een rondje op het erf. Naar de quad die op het bospad geparkeerd stond. Naar binnen en weer naar buiten, en nu had hij iets bij zich. Wat was dat? Ja, het zal toch niet waar zijn? Een geweer. Een dubbelloops jachtgeweer. Ze richtte haar kijker snel naar de andere kant. Probeerde het hok in het vizier te krijgen, maar ze had geen zicht. Er stonden twee grote bomen in de weg. Ze maakte zich klein en sloop langzaam over het moeras. Zo stil als een muis, zo lenig als een eekhoorn, gevaarlijk als een ratelslang. Deze keer zou hij niet ontkomen. Als hij weer een das in de kooi had, zou hij ervan lusten. Dacht hij soms dat ze een gewoon meisje van twaalf was? Mooi niet. Ze had met haar blote handen forel gevangen. Ze had met een mes een hert gedood, na eindeloos op een tak te hebben zitten wachten. Bij een beek, waar ze wist dat hij zou komen. Winter en geen eten in huis. Opa Willy lag ziek in het kleine bed bij de kachel. Ze kon natuurlijk een van de dieren slachten, maar dat wilde ze niet. Ze had ze allemaal een eigen naam gegeven. Opa Willy had natuurlijk gezegd dat ze dat niet moest doen – *Ze gaan eens al-*

lemaal dood, dus hecht je er niet te veel aan –, maar daar had ze zich niets van aangetrokken. De dieren waren haar enige vrienden. Op de kalender bij de deur stond wanneer ze geslacht zouden worden. Tot die dag zouden ze leven. Ze had eten voor onderweg meegenomen. De warmste schoenen gekozen, een bontjas, een thermosfles met iets warms. Ze had boven in een boom zitten wachten. Als hij de das weer had gevangen, zou ze eens wat laten zien.

Wie ze eigenlijk was.

Ze ging weer op haar knieën op de vochtige bodem zitten. De geur van zwavel en metaal steeg op uit de moerasplanten om haar heen. Opnieuw keek ze door de verrekijker en nu kon ze de kooi zien. Een zucht van verlichting. Het deurtje stond open, zoals ze het had achtergelaten. Zou ze het doen: de kooi verbranden, hem laten verdwijnen? Ze had lucifers en de aanstekerbenzine van opa Willy in haar rugzak. Die liep altijd maar te roken, al wist hij dat het gevaarlijk was. Ze had hem plaatjes van dode longen in de boeken laten zien.

Iedere gek heeft zijn gebrek.

Hoestend voor de haard.

Ja, maar hoe moet het dan met mij?

Wat moet ik dan doen?

Als de Lange Tijd komt?

Moet ik dan hier blijven?

Helemaal alleen?

Lydia liet de kijker weer op haar borst glijden en wilde dichterbij sluipen, toen er plotseling iets gebeurde bij het huis.

Uit de kelder naar boven.

Twee – nee, drie man.

Twee voorop en de man erachter.

Had hij dan toch vrienden?

Nee.

O jee.

Hij liep achter hen aan met zijn geweer.

De kijker snel weer voor haar ogen. Ze verloor hen even uit het oog, maar ze kwamen aan de andere kant van het huis weer tevoorschijn.

Liepen langzaam naar het moeras, kwamen regelrecht op haar af.

Een vrouw. Donker haar. Blinddoek voor haar ogen. Ze kon zonder ondersteuning niet lopen.

Ze werd geholpen door die ander.

Een man. Iets ouder. Hij ook geblinddoekt, met zijn handen gebonden voor zich.

De man draaide zich om en zei iets, maar kreeg het geweer in zijn rug.

Werd verder geduwd.

Ze kwamen nu nog dichterbij, en stapten wankelend over het moeras. Ze had de kijker niet langer nodig, ze kon hen met het blote oog zien.

En nu waren ze waar ze wezen moesten.

De man gaf hun een commando.

Op de knieën.

Deed een stap achteruit en richtte het geweer op hen.

Op dat moment kwam ze overeind.

Ze had de boog van haar schouder gepakt en een pijl lag al tegen de pees.

'Hé!'

De man schrok op en keek verbouwereerd om zich heen; hij begreep niet waar het geluid vandaan kwam.

'Hier!'

Resoluut liep ze naar hen toe, het zachte veen verend onder haar voeten.

Nu zag hij haar. Vliegensvlug richtte hij de loop van het geweer op haar, maar de eerste pijl had de boog al verlaten.

Tweehonderd kilometer per uur. Hij draaide zich half om en schreeuwde het uit toen de pijl hem in zijn schouder raakte.

Het geweer ging af. Een luide knal door de lucht. Een zwerm kraaien vloog krassend uit de bomen, terwijl ze de tweede pijl tegen de pees legde.

En deze keer was het goed raak.

Ze kon zijn handen zien.

Die grepen naar zijn hals.

Lydia Clemens pakte een derde pijl uit de koker, maar het hoefde al niet meer.

De man zakte door zijn knieën.

Liet zijn armen langs zijn zij hangen.

En bleef levenloos in het moeras liggen.

9

83

Fredrik Riis werd wakker van blaasmuziek ergens in de verte en bleef met gesloten ogen op het ziekenhuisbed liggen. Zo was de routine van de laatste week. Bang om ze open te doen, bang om te voelen hoe het met zijn lichaam ging, maar het ging nu geleidelijk beter. Hij had inwendige bloedingen, een gescheurde milt, twee gebroken nekwervels. Hij was wakker geworden op de ic, nog slaperig van de narcose, en had geen jota gesnapt van waar hij was. Verdoofd. Niet in staat om maar iets te voelen. De pijn was later gekomen. Hevig. Alsof zijn lichaam en geest het tegelijkertijd in de gaten kregen, achteraf. Hij had voortdurend om de verpleging moeten bellen. *Geef me meer, dit kan zo niet langer.* Meer uit het infuus dat bij zijn bed hing, het slangetje in zijn linkerarm en vervolgens weer in slaap. Wakker worden. Pijn. Drukken. En dan dezelfde procedure nog een keer. Maar nu beter. Veel beter. De blaasmuziek kwam dichterbij, koperblazers en trommels, klarinetten en fluiten, ongelijk en hard, hoofdzakelijk uit de maat, maar dat was juist charmant. Mei in Noorwegen. Binnenkort zou gevierd worden dat het land honderdzevenentachtig was. Klopte dat wel? De Vikingen zouden over deze bewering zijn gevallen, het ziekenhuis hebben bestormd, hem uit het gips hebben gescheurd, hem van alle apparaten hebben losgerukt, hem hebben beroofd van het weinige dat hij had en hem daarna in stukken hebben gehakt. Sinds de zelfstandigheid van Noorwegen ging dat zo. De grondleggers rond de tafel in Eidsvoll, waar ze de grondwet hadden geschreven. En daarom had hij heel wat jaren elke meimaand met zijn trompet rondgelopen, over de Karl Johans gate, tot voor het paleis, en had hij zo goed als hij kon gespeeld terwijl de koninklijke familie op het balkon stond te zwaaien. De schoolfanfare van Uranienborg met die duffe uniformen. Waarom kreeg iedere andere muzikant gouden knopen en vrolijke kleuren en moesten zij in die matrozenpakjes rondlopen? Met bijpassende petten? Als kleine wit-blauwe zeelieden die net aan land waren gekomen. Het was natuurlijk geen trompet, het was een kornet, maar zijn familie zag het verschil niet. Wat was dat eigenlijk, een kornet? Die zag eruit als een trompet, dan moest het toch een trompet zijn? Hij was het ten slotte zelf ook maar gaan zeggen.

Zijn zus was op bezoek geweest.

Een van de eerste dagen.

Ze had lang huilend aan zijn bed gezeten en zijn hand stevig vastgehouden.

Hij had nog niet kunnen praten, zijn kaak zat toen nog vastgeschroefd, maar hij had geprobeerd het met zijn blik te zeggen.

Het gaat goed met me.

Fijn dat je er bent.

Uiteindelijk deed hij zijn ogen open. Het zwakke zonlicht viel door de doorzichtige gordijnen naar binnen en nu kon hij zien dat er iemand op de stoel zat.

'Hoi,' zei ze voorzichtig. 'Ben je wakker?'

'Ja, zo'n beetje,' zei Fredrik glimlachend, en hij drukte op het knopje om zijn ruggensteun omhoog te krijgen.

'Ik ben Silje Simonsen en ik werk op de Finstadschool, prettig kennis te maken.'

Hij lachte zacht.

'Ja, insgelijks.'

'Voor het geval je niet meer wist wie ik was, bedoel ik.'

Ze lachte en stond op. Liep naar het raam en ging op de vensterbank zitten, met haar rug naar het raam. Misschien werkte de verdoving nog steeds, maar hij werd helemaal warm vanbinnen toen hij haar zag.

'Hoe gaat het met je?'

'Tja, het gaat goed. Zullen we vanavond gaan dansen?'

Ze schoot in de lach.

'Graag, maar ik denk dat we beter even kunnen wachten.'

Ze kwam dicht bij hem staan, zodat hij haar lichte parfum kon ruiken. Ze ging op de rand van zijn bed zitten en streelde voorzichtig over zijn hand.

'Vind je dit prettig? Doet het pijn?'

'Nee, nee, het doet geen pijn.'

'Ik heb je gemist,' zei Silje Simonsen, en ze keek naar de grond.

'Ik jou ook,' zei Fredrik glimlachend. Hij moest zijn ogen weer dichtdoen, even rusten, hij had ze al te lang open.

'Zal ik weggaan?'

'Nee, ik wil graag dat je blijft.'

Ze kwam dichterbij, haar adem tegen zijn huid.

'Oké. Dan blijf ik,' zei ze zachtjes. Voorzichtig kuste ze hem op zijn wang.

84

Lydia keek naar de tafel en controleerde of ze alles bij zich had. Boterhammen, check. Ze had het brood zelf gebakken. Volkorenbrood met echte gist. De boter had ze ook zelf gekarnd. Gewoonlijk hadden ze melk van de geiten, maar die dronken ze op. Daarom haalden ze bij een boerderij in het dal melk, die ze afroomde om er boter van te karnen. De jam was misschien wel het best geslaagd. Er stonden zoveel frambozenstruiken om hun huis dat ze bijna geen stap hoefde te zetten om haar manden te vullen, en ze had een manier gevonden om lekkere jam zonder suiker te maken. En de bosbessenjam natuurlijk, het was moeilijk kiezen tussen die twee. Ze wist niet goed wat ze als broodtrommel kon gebruiken, maar ze bedacht ineens dat er een houten trommel in de kelder stond. Die moest veel waard zijn, want hij was ingepakt in het door opa Willy gehate plastic. Een kleine, lichtblauwe trommel met prachtig beschilderde zijkanten. Iemand had aan de onderkant een naam en een jaartal geschreven: *Magdalena, 1980*. Iets beters kon ze niet bedenken. Water in een metalen fles, check. En een jas, voor als het weer omsloeg, want het was best ver, check. Extra sokken konden nooit kwaad, check. Een handdoek, voor als ze onderweg zin kreeg om te zwemmen, check. Ze zette haar handen in haar zij. Dat was het wel. Lydia pakte alles netjes in de oude groene legerrugzak en zette hem bij de deur. Stilletjes liep ze naar de spiegel om zichzelf te bekijken. Ze had haar zelfgemaakte jurk met de grote bloemen aan. Ze had haar haar gekamd en had een knotje gemaakt, maar ze haalde het weer los en liet het over haar schouders hangen. Dat was veel beter. Oké, mooi.

Ze klopte op de deur en ging behoedzaam het donkere kamertje binnen.

'Opa?'

Donker binnen.

Ze liep naar het raam en trok de gordijnen open.

'Opa? Ben je wakker?'

De oude man trok de deken over zijn hoofd en keerde zich van haar af.

Zo ging het nu al een paar dagen.

'Opa? Ik ga nu weg. Zeg je me geen gedag?'

Oorverdovende stilte, maar ze hoorde dat hij ademhaalde.

'Kom op nou, opa. Het is niet het einde van de wereld. Ik vertrek niet voorgoed. Ik kom vanmiddag weer terug. Wil je dat ik iets voor je meeneem?'

Onder de deken schudde hij zijn hoofd.

'Ik ben nu twaalf, nu mag ik het zelf beslissen. Oké, ik moet gaan. Blijf niet te lang liggen, want dan krijg je altijd pijn in je rug. Je moet opstaan, want er moet veel gebeuren vandaag.'

Bij de deur bleef ze staan luisteren of hij misschien toch zou komen, maar ze hoorde geen voeten over de vloer sloffen.

Ach ja.

Het zou wel overgaan.

Het was prachtig weer. Alsof iemand boven de bomen deze dag samen met haar wilde vieren.

Ze glimlachte tegen de zon.

Ik ga naar school.

Dat is toch grandioos?

Lydia Clemens slingerde de rugzak om en wierp een laatste blik op het huisje voordat ze naar de poort rende.

85

Mia zat met een kop thee in haar hand op de aanrecht bij het raam aan de straatkant, terwijl ze naar de Italiaanse ambassade keek. Iemand was in de tuin bezig met de seringen onder de mooie bomen. Ze dacht: dat zou ik ook eens moeten doen, iets in de tuin. Had ze eigenlijk wel een tuin? Ze was het vergeten te vragen. Haar telefoon trilde zachtjes op de aanrecht. Ze wilde net op het rode knopje drukken, want ze had helemaal geen zin om met iemand te praten, maar veranderde van gedachten toen ze zag wie het was.

'Hoi, Holger.'

'Hoi, Mia, hoe gaat het met je?'

'Goed hoor, en met jou?'
'Prima, ik ben thuis. Hebben ze je gisteren ontslagen?'
'Eergisteren. Het ziet er allemaal goed uit. Mijn ene oor suist nog, maar dat gaat wel over, zolang ik maar niet hoef te bellen.'
Munch moest even lachen.
'Mooi zo, Mia. Heb je met Anette gesproken?'
'Nee.'
'Moeten we over een paar dagen niet even met elkaar praten, om te debriefen? Zou dat jou uitkomen?'
'Ja, dat moet wel lukken.'
Munch viel stil.
'Ik moet je nog één ding vragen. Anette zei dat je je contract niet hebt getekend. Ga je dat wel doen? Ben je wel van plan om bij ons te blijven?'
Mia glimlachte boven haar thee.
'Ja, graag zelfs. Tenminste, als jullie me willen hebben.'
Hij klonk opgelucht.
'Vanzelfsprekend, Mia, vanzelfsprekend. We hebben nog vele goede jaren voor ons. Heb je de bloemen gekregen?'
Mia wendde haar blik langzaam naar de lelies op de keukentafel.
'Ja, van wie zijn ze eigenlijk?'
'Van de familie van Ronny Eng. Ze wisten niet waar ze het zoeken moesten. Ze wilden je ontmoeten, je persoonlijk bedanken. Ik zei dat dat niet goed uitkwam. Dat is toch zo?'
Mia knikte.
'Ik ben een beetje moe.'
'Natuurlijk, zo gek is dat niet. Ik zal je verder met rust laten. Ik wilde alleen maar even horen hoe het met je ging.'
Ze hoorde geluiden op de achtergrond; hij was buiten, iemand riep hem.
'Dan zien we elkaar over een paar dagen.'
'Trouwens…'
'Ja?'
'Je bent vergeten me te vertellen hoe het is afgelopen.'
'Wat is afgelopen?'
'In Manglerud. Toen je die brievenbus in de gaten moest houden.'
Een vrolijke stem ergens achter hem.
Papa, kom je? De barbecue is heet.

'Dat vertel ik een andere keer wel. Mijn gezin heeft me nu nodig.'

'Oké. Dank je wel voor het bellen.'

Ze legde haar telefoon weer neer. Inmiddels waren de tuinlui buiten klaar; ze raapten hun tuingereedschappen op en slenterden naar het mooie gebouw. Ze wilde net weer water opzetten voor meer thee, toen plotseling iemand op straat haar aandacht trok.

Lang blond haar onder een muts.

Dunne armen om een mager lichaam geslagen.

Jezus nog aan toe.

Sigrid.

Mia sprong van de aanrecht af en holde blootvoets de trap af.

'Sigrid!'

Ze was bijna onherkenbaar. Bleek gezicht, trillend. Kon bijna niet uit haar woorden komen.

'Hoi, Mia. Woon jij hier?'

'Ja, kom gauw binnen. Je kunt hier niet buiten blijven staan.'

Ze sloeg haar arm om de frêle schouders en ondersteunde haar zusje de voortuin in. Mia moest haar de trap op helpen, want Sigrid viel bijna om. Ze kon maar nauwelijks haar vuile schoenen uittrekken.

De slaapkamer in, op het bed.

Mia hielp haar voorzichtig met haar kleren.

'Waar heb je al die tijd gezeten, Sigrid? Ik heb je zo gemist.'

Ze barstte in tranen uit.

'Ik ben heel moe. Ik kan niet praten.'

'Je hoeft niet te praten, lieverd. Dat komt later wel.'

Ze hielp haar in bed en dekte haar voorzichtig toe. Liep naar het raam en deed de gordijnen dicht.

'Mia?'

Sigrid strekte haar armen naar haar uit.

'Ja, lieverd. Praat maar niet. Ik ben bij je. Ik zorg voor je.'

'Ik voel me zo vies, Mia. Vanbinnen.'

Mia ging op de rand van het bed zitten en streelde haar tweelingzus voorzichtig over haar blonde haar.

'Dat ben je echt niet, Sigrid. Je bent de mooiste die ik ken. Niemand is zo zuiver als jij, zo zuiver als sneeuw. Je bent sneeuwwit.'

Even een glimlachje over haar mooie, bleke lippen.

Waarna haar ogen langzaam dichtgleden en ze in slaap viel.